U0600602

词学思辨录

欧明俊◎著

人民出版社

目 录

第三章 比较词学

第四章 当代词学之反思

引 言

词学有广义与狭义之分，广义指与词有关的一切学问，狭义则指词论、词研究及词研究之研究，此处用狭义词学概念。本书集中于词学理论的深度探讨及词学研究的反思，特别注重理论思辨，故名《词学思辨录》。

共分四章，第一章《词学体系新建构》，首先论述词体观念的嬗变。词是韵文之一体，是词体发展和词体观念嬗变的结果。词由唐五代时配合燕乐歌唱的纯艺术歌曲发展到宋末完全脱离音乐，成为新体格律诗，是一个漫长的动态过程，人们对它的认识也随着变化。元代以后，词已成为“古典文学”，人们站在各自时代的立场对其做倾向性的理解，认识越来越深刻。应以开放的思维，动态地认识词体和词体观。

接着对词学体系建构的历史进行回顾和反思。主张采用“词学体系”概念，不用“词学研究体系”概念。传统词学体系的建构，从无到有、从零散到系统、从片面到全面、从残缺到完整、从浅到深、从小到大，是历史地完成的。传统词学体系的建构，是指从南宋初到清末这一历史时期，现代词学家称作“旧词学”，与“新词学”对举。笔者称作“传统词学”，与“现代词学”对举，这样“命名”，兼顾历史时间和文化含义，不带褒贬色彩，似更合适。传统词学，实际上是三种体系并存：一是以音乐为本位的体系，二是以创作为本位的体系，三是以批评、研究为本位的体系。三种体系并行发展，形成各自的承传统系。但有时三者又不是孤立的，往往交叉融合。因此，又形成“变形”的三种体系：一是音乐、文学并重合论的体系，二是创作、研究并重合论的体系，三是作家作品、批评研究并重合论的体系。传统词学体系是多层面的，并不只有唯一的体系。以严格的科学理论体系的高要求，传统词学体系实际上只是“潜体系”，也就是说体系中许多要素已建构起来，但多处于零散的、片断的或混沌的状态，缺乏一种理论的统系。这一工作只有等待受到现代科学思维训练的学者归纳总结，词学体系才能由“潜”而“显”，才有真正科学意义上的词学体系。现代词学体系的建构历史大体上从 1918 年起到 1949 年止，时间虽不长，却完成了词学体系的现代化进程，使词学成为一门独立的学科，一门“显学”。现代词学体系的建构，因时局的变化，实际上是未完成的完成时态。现代词学是新文化运动催生的，新文化运动落潮后，词学又成为“国学”的新门类，脱离了“填词”学而成为一个新的学术门类，成为纯粹的学术研究。词学在 20 世纪二三十年代思想相对自由的条件下得到显著发展，词学体系的建构也逐步走向科学。

词学史上的“元批评”，是指首次开创性的批评，是享有“专利”的发明。许多“元批评”本对具体问题而发，有特定的内涵，后经历代词论家不断修正、完善，创造性“误读”，“层累”地增加新的内涵，“元批评”遂越出本来界域，产生更大的影响。不同的“元批评”，时效价值、历时价值和现代价值皆有差异，应结合起来具体评价。后代承继“元批评”的称作“衍生批评”，衍生批评对“元批评”的解读因时因人而异，有正解，有曲解，有积极或消极的“误读”。我们常犯的错误是轻视甚至忽视“元批评”，而拔高“衍生批评”的价值，剥夺“元批评”作者的“专利”，将“发明者”的功绩全归于后来“集大成者”身上，这是对“发明者”的不尊重。如对“境界”说的评价，学界过高肯定“集大成者”王国维的成就，不是历史的态度。“元批评”对词学观念、词史演进、词学发展的影响是深远巨大的。“元批评”属“源”，属“祖”，影响及价值虽有大小之分、积极消极之别，但因属原创，我们皆应予充分的尊重、体认和价值定位。

“元批评”和“衍生批评”，是词学“命名”，可补充完善词学体系。“命名”要求具有理论深度，是学术研究的最高形态。由具体研究中提炼出理论，并进行学术“命名”，是笔者的学术追求，虽不能至，心向往之。

系统回顾梳理词学范畴研究历史与现状，总结其成绩与不足。在此基础上拟构新的词学范畴研究体系，突破研究格局。词学范畴是一庞大的体系，以不同标准，从不同角度，词学范畴呈现出不同的特征。“元范畴”是词学中最原始、最早创造和运用的范畴，在此基础上发展的范畴是“衍生范畴”，“元范畴”是词学批评的最高理论形态。一部词学史，在很大程度上就是“范畴”创新发展史。词学范畴在词学史上具有独特价值和地位，对古代文学理论也有独特贡献。古代词学范畴体系往往只是“潜体系”，需要我们去系统梳理，进行逻辑建构。

词学体系新建构仍是进行时态，任重而道远，笔者将继续努力。

第二章《词学史论及反思》。评议词学史上的重要命题“穷而后工”说、“词中杜甫”说；质疑词为宋代“一代之文学”说；重估宋词价值，强调宋词史是一部“追认”的词史；近代词学师承是具体而微的词学史。

词“穷而后工”说承继诗“穷而后工”说而来，历代词论家对此说做出不同“反应”，大多数认同此说。清康熙朝，朱彝尊提出词“欢愉之辞工”，表现出特定时代安于太平逸乐的顺应心态，代表特定群体的词学观念。尤侗则认为词“不能穷人”，而是“达者而后工”。词“穷而后工”说特别强调作者身世遭际与词作间“同步对应”的因果关系，认为生活决定艺术。但“原生态”词作多“虚拟性情感”表达，不必“穷而后工”。实际上，“穷”只是“工”之一因，且是间接原因。此说有其批评适用的范围，只有限定在纯个人抒情词范围内，才最具合理性。此说易“遮蔽”作者个性才情，词作中灵感、想象的重要性。我们应多角度审视，还应反思此说单向线性思维的局限性。

以词为宋代“一代之文学”，只有限定在韵文系统内，词体本身纵向比较，才最具合理性。王国维、胡适以从西方引进的“纯文学”观念改造“宋词”说，胡适更“误读”为“宋词”胜过同时代其他文体。词体由边缘文体上升为中心文体，名正言顺地成为宋代文学代表。但过分“颠覆”传统，“遮蔽”了文学史部分真相。

“词中杜甫”的价值和地位多是“层累”地造就的，对其“身份确认”多不是基于事实的客观陈述，而是基于目的性的主观价值评判，有“片面的深刻”，但往往远离词史实际。

文学史上的“追认”，是指对过去的文学家、文学作品以及一切与文学有关的名义、声誉、价值、地位的提升和重新评定，是一种文化“命名”。词学家通过“层累”、系统“追认”，不断地改写词史。从一定程度上说，一部宋词史，即是一部“追认”的词史，每一次“追认”，都是一次新的“盖棺定论”，都是宋词史的“重写”。“追认”越多，意蕴越丰富，价值越大，同时越远离文学史“原生态”。

词学师承是具体而微的词学史。常州词派的师承是近代词学师承的主线，张惠言是“祖师”，周济是真正开宗立派者，张、周词学师承又分两线发展。近代词学师承的学缘、血缘、业缘、地缘“关系”皆较明显。近代词学师承多谨守“家法”，偏于保守，对近代学术思想的贡献有限，但有“片面的深刻”。师承中所体现的“师道”，对当下学者人格建设，对纯洁学术，极有借鉴意义。

词学史上的不少重要命题，皆有必要重新梳理评定，并进行学理上的反思，不少看似没有问题的地方都有问题。

第三章《比较词学》。从比较视野对历代词曲异同论做总检讨，系统评议“唐诗宋词”说和“宋词元曲”说。

历代词曲异同论必须做全面梳理检讨。历代论者从渊源、体制、题材、内容、语言、风格、手法、价值等角度对词曲异同做了全方位的论述，有人重其同，更多的则重其异，对词、曲的比较认识越来越深入。以正、变观念，崇“正体”，抑“变体”，轻视词、曲间的相互渗透融合，“诗余”、“词余”观念，是站在正统文学立场对词、曲的价值评判，静止地将词、曲原生态与衍生态混为一谈，皆有其局限性。论词、曲异同，应看其内在本质，而不必拘泥于枝节，词、曲诸多相异处多是相对的，不应绝对化。历代特别是现当代学者论词曲异同时，对象仅指宋代婉约词与元代北曲。这种概括，具有一定程度上的合理性，但“遮蔽”了前后代词、曲的特色，轻视词史、散曲史发展的承继性和延续性，亦遮蔽了“变体”词、曲的价值。历代论者多从“本色”、“正变”层面论词曲异同，过分重“本色”，轻“别调”，“纯洁”文体的同时，亦限制了文体创新和发展。词曲异同涉及品第问题，论者大致有三种观点：词曲等值、词高于曲、曲高于词，表现出多元的文体价值观。王国维以“自然”为最高标准，推崇元曲胜过宋词，将曲的价值推向极致，这是对传统“词余”观念的颠覆，他将词的“衍生态”与曲的“原生态”对比，难免片面，不应当作“定论”来接受。

以“唐诗宋词”代表“一代之文学”，是元代以来边缘文人的观点，而正统文人则以“唐诗宋文”代表“一代之文学”。此说只有限定在韵文系统内，文体自身纵向比较特别是与后代比较，才最具合理性。“唐诗宋词”说远离文学史“原生态”。“唐诗宋词”并提，但不“等值”，唐诗比宋词更有资格代表“一代之文学”。

“宋词元曲”是在不同层面上“并称”的。当限定在韵文系统内，词曲两体本身纵向比较特别是与后代比较，“宋词元曲”说最具合理性。“宋词元曲”说对文学史研究格局和撰写模式都产生一定的负面影响。它只是认识文学史的一种角度，只有一定程度上的合理性，不应作为“定论”。

有比较才有鉴别，没有参照坐标的任何孤立、静止的评价必然是片面的。

第四章《当代词学之反思》。注重研究之研究，梳理当代词学研究史，并做学理上的深刻反思。论词体起源与发生，首先需界定清楚并合理使用“词体”、“起源”、“发生”几个重要概念，这是论证“前提”。“起源”包括渊源和胚胎，只是“祖宗”、“父母”，不是自身，“发生”是指词体的产生过程，强调一种长时性、动态性，而“产生”只是一时的、静态的。词体是“类”概念，抽象概念，总括此类文体。词体是由众多具体的词调构成，词调才是“实体”的词，应从词调入手论词的起源及发生，即哪一或哪些词调是最早产生的？那就是词的起源及发生。论词体发生，只谈音乐是不够的，还必须谈文学因素。词体起源与发生研究，众说纷纭，不少问题皆应认真反思。

回顾和反思李清照《词论》研究，如作者、作年、如何理解“别是一家”说、为什么不提周邦彦、词论和词作间的“分离”现象及《词论》的历史地位等问题。长期以来，这些问题的研究大都相对独立。实际上，《词论》的许多疑点之间是相互牵扯纠缠的，可以说是“牵一发而动全身”，孤立研究最终得不到问题的解决。研究者更应力求在思维方式、研究方法上寻求突破，以更宏阔的视野审视《词论》。

吴世昌对近代词学进行了系统的“清算”，坚决反对张惠言开启的常州词派的“比兴寄托”理论，对常州词派之外的刘熙载、王国维的词学观也进行了“清算”，但不是全盘否定。吴世昌以历史学家和文学家的立场求真求美，重视词的原生态，强调词体“俚俗”之“本色”。他以求异思维论词，敢于质疑权威，表现出独立的学术精神。

本书所论，涉及词学体系的诸多方面，多修正“误读”，揭示被“遮蔽”的历史真相，还原词史及词学史“原生态”。强调必须有强烈的“史意识”，充分尊重古人智慧，充分体认历代词学家的观点，给予合理的价值定位，并反思惯性思维的局限性。力求材料、视角、方法三方面皆有新的突破，自然得出新观点。

我们使用接受来的知识即“前理解”作为思考问题的基础和前提，而问题在于已接受的知识不少是片面的，甚至是错误的，以此为“前提”，必然会造成认识的片面性。因此，笔者重视现代词学的反思，对自己已有的观念及学界通行的观念进行清理，不迷信权威，不盲从“定论”。现代引进的西方纯文学观念，决定了词体观、词学观，西方纯文学观念重文学的抒情性，审美娱乐，与中国传统大文学、杂文学观念不同。西方文学观念“诗学”即文学、文艺，“诗学”涵盖其他文体。中国传统文学观念，文章学包括其他文体，诗也可称文章，中西文学观念基本上是相反的。现代文学观念接受西方的影响，与传统相反，正与新文化运动反传统、反主流、重新估价一切一致，故词体地位大大提升，词体由边缘文体提升为正宗文体，彻底“颠覆”传统。这种观念，影响深远，至今不衰，但远离文学史原生态。现代词学家把词体界定为抒情文学，轻视思想性和审智功能，产生流弊。现在，很多学术领域都开始对现代学术进行反思，因此，词学研究领域，许多问题都需要做学理上的反思。

笔者注重学术思维的反思。习惯思维的改变，是学术创新的前提。通行的思维方式，一分为二，非此即彼，二元对立，两极化，简单化。应强调“一分为三”思维，两极取其中，中和、中庸，看问题更合理。求异思维很重要，从“反面”看问题，从“没问题”处看出问题。重视相对思维，承认真理的相对性，相反就是绝对思维。

学术无止境，学术道路漫漫其修远，吾仍需努力，上下而求索。

第一章　词学体系新建构

第一节　论词体观念的嬗变

"词体观念"即人们对词的体裁特性的认识和见解。今人一致的观念是：词是一种文体，是诗歌或韵文的一种。词作为一种诗体，是词史发展演变和词体观念嬗变的结果。词体是一种历史存在，它的发展是一个漫长的动态过程。在这一过程中，词的风貌和内质一直在变化着，人们对它的认识也随着变化。用动态的、历史的、发展的眼光全面考察词体观念的嬗变对我们准确地、科学地认识词史和词体特性是有帮助的。

一

考察词体观的嬗变，要重视历代词人、词论家理论上的见解，也要注重创作实践。许多情况下，词人的词体观即体现在他的词作中。

"词"的起源问题，历来皆有争议。但说它是伴随着隋唐以来兴起的燕乐而产生的，则是当代学术界统一的认识。“燕乐”是隋唐以来流行音乐的总称，它是由中原音乐、南方音乐和西域音乐相互交融而形成的新兴音乐。包括宫廷燕乐和民间燕乐，具备“新”和“俗”的特点。与它相对应的概念是雅乐（宫廷祭祀音乐）和清乐（汉魏六朝娱乐性音乐）。燕乐用于宴饮酒会，《宋史》称为“曲燕昵狎”的“靡靡之声”，而非“雅音”和“治世之音”。[①]燕乐及配合它歌唱的歌词（曲子辞），是娱乐性的，是人们享乐生活的产物。

“词”当初称作“曲子”、“曲子辞”，是配合燕乐歌唱的歌词。“词”与“辞”通用，是“歌词”的意思。晚唐五代时也有径称“小词”、“词”的，但仍是“歌词”的“词”，属音乐概念，而不是文学概念。“曲子”只是燕乐歌辞中众多体裁的一种，与“大曲”相区别，它是最小的、有完整音乐结构、独立的音乐单位。“曲子”亦即“小曲”的意思。许多“曲子”联唱可组合成“大曲”，“大曲”中抽取部分乐曲单独演唱或演奏称“歌头”或“摘遍”、“破曲子”，因此，“大曲”又可生成“曲子”。“著辞”是专用于酒宴上配合行令游戏的歌唱之词。唐五代的文人“曲子辞”，半数以上是“著辞”。“曲子”包括普通歌曲（民间歌曲、教坊歌曲）和著辞两大类。从语言形式上看，又有齐言和杂言之分。宋以后的“词”，只是“曲子辞”一系的发展结果。“曲子”是“艺术歌曲”，区别于“礼仪歌曲”。曲子辞兴起于民间，艺术形式多粗糙拙朴，经文人加工改造，渐变得精练文雅。也扩大了它的应用范围，促进了它的传播。[②]

“曲子”、“曲子辞”在唐五代时属音乐范畴。“曲子辞”是完整的音乐作品中不可分割的组成部分，曲、辞不可分割，“辞即曲之辞，曲即辞之曲”[③]，曲、辞一体化。故重音乐性，而不重辞章性，即重声音的美，而不重文字的美，文学性处于从属地位，[④]这是词的“原生态”。作为歌曲的“词”和作为格律诗一种的文体

① 脱脱等著：《宋史》卷一百四十二，中华书局2000年版，第2233页。

② 此段论述，参见王昆吾著：《隋唐五代燕乐杂言歌辞研究》第一章、第二章，中华书局1996年11月第1版。

③ 刘熙载著：《艺概》，上海古籍出版社1978年版，第132页。

④ 任二北著：《关于唐曲子问题商榷》，《文学遗产》1980年第2期。

的“词”，完全是性质不同的两种概念。唐五代时，只有歌词的“词”，而没有出现诗词的“词”，是铁的事实。饶宗颐先生在《“唐词是宋人喊出来”的吗》一文中引用许多材料，说明唐五代已有人用“词”字，来批评任二北的观点，但饶先生没有注意到同是“词”字的不同含义，立论是靠不住的。[①]因此，唐五代只有歌曲的“曲子辞”，而没有文学的“词”。只能说“唐五代曲子”，而不能说“唐五代词”。任二北废除“唐词”的提法是以历史的、动态的眼光看问题，仍是正确的。

“曲子辞”生来重音乐性和娱乐性。这是唐五代时的现状，也是当时人的观念。欧阳炯在《花间集叙》中说，他所辑“诗客曲子辞”，只是“用助娇娆之态”、“用资羽盖之欢”。花间词是音乐的，而非文学的。重声曲韵律，而非辞藻文彩。是供歌唱的，而非诵读。功能是娱乐消遣，而非言志教化。从当时的记载看，“曲子辞”是“歌”的、“唱”的，人称和凝为“曲子相公”，也是从“曲”着眼的。

晚唐五代人将词视为纯娱乐性的艺术歌曲，以“香”、“艳”概括词体特性。《旧唐书·温庭筠传》说温庭筠“士行尘杂，不修边幅，能逐弦吹之音，为侧艳之词”。[②]孙光宪《北梦琐言》谓温庭筠“其词有《金荃集》，取其香而软也”。词为“艳科”的观念就是在这时确立的。

因此，唐五代人的“词体观”可概括为：“词”是歌词，是流行歌曲，属音乐范畴，不是文学。风格香艳柔弱，功能是娱乐消遣，它主要用于宴会等社交娱乐场合，通过歌妓歌唱达到它的艺术效果。

因有文人的参与，也改变着单纯“伶工之词”的状态。文人有较深的文学艺术修养，有较高的审美趣味，又受传统“诗教”的影响，故也意识到曲子辞的文学性，有意地将词向文学方向发展。韦庄词开始抒发个人的飘零之感，从冯延巳“未如陛下‘小楼吹彻玉笙寒’”的对话中，也可看出，南唐君臣已注重词的语言文字美。[③]文人色彩的加重，是曲子辞发展的逻辑规律。

---

① 饶宗颐著：《文化之旅》，辽宁教育出版社1998年3月第1版，第130—145页。

② 刘昫等著：《旧唐书》卷一九〇，中华书局2000年版，第3456页。

③ 马令著：《南唐书》卷二十一，《四库全书》本。

李煜亡国后词作所写的“亡国之感”，感情真挚，独抒性灵，使曲子辞变成个人抒情的艺术。但它仍可歌，仍属“音乐文学”。

二

北宋时，词继续朝文学化、文雅化的方向发展。虽然伶工们仍在作词，歌妓们仍在演唱，但作词的队伍已以士大夫文人为主，他们越来越重视字句的锻炼推敲，喜以文字相推许，如“张三影”、“红杏枝头春意闹尚书”的雅谑，“大江东去”、“杨柳岸、晓风残月”的比较等，都充分说明文人们对词句亦即词的文学性的重视。

北宋人有时还把词当作纯文学来看待，亦即把它当作脱离音乐的新诗体来吟诵、阅读。如欧阳修《归田录》卷二载，钱惟演曾对僚属说：“平生唯好读书，坐则读经史，卧则读小说，上厕则阅小词。”[①]陈师道《后山诗话》载，李冠作《六州歌头》词，道刘项事，慷慨雄伟，刘潜“喜诵之”。[②]李清照在《词论》中说：“王介甫、曾子固，文章似西汉，若作一小歌词，则人必绝倒，不可读也。”[③]此时，词则是士大夫文人吟诵的文学作品了。

北宋人已有意将词与诗对比。如苏轼曾将自己的词作与秦观词比较，问晁补之、张耒：“何如少游？”二人回答道：“少游诗似小词，先生小词似诗。”[④]陈师道《后山诗话》将“苏子瞻词如诗，秦少游诗如词”说成是“世语云”，[⑤]说明诗、词之别已是世人的普遍认识。这表明词的“文体”观念的加强。世人努力将其与诗相提并论，肯定其有别于诗体的文学特性，李清照在《词论》中则进一步明确词“别是一家”，强调词体的独特品质。

苏轼确立了词的“豪放”风格，改变了词体的面貌和内质。说明词体并不只是

① 欧阳修著：《归田录》卷二，《学津讨源》本。
② 何文焕辑：《历代诗话》(上)，中华书局1981年版，第308页。
③ 胡仔著，廖德明校点：《苕溪渔隐丛话》后集卷三十三引，人民文学出版社1962年版，第254页。
④ 王直方著：《王直方诗话》，郭绍虞辑：《宋诗话辑佚》，中华书局1980年版，第93页。
⑤ 何文焕辑：《历代诗话》，中华书局1981年版，第312页。

香软婉约一格。这种观念在北宋时虽未得到多数人的认同，但毕竟开了风气。从此，词风刚、柔之争贯穿着整个词史。苏轼"以诗为词"，把传统的"诗言志"观念带进词体，这是词文学化的一大突破。本来，词只是纯娱乐的文艺，与诗无涉。当苏轼发现词体同样可表达诗体所表达的内容时，他试着将词诗化，且取得了成功，但因此也招来了讥评。这说明，一方面词专主言情(特别是男女之情)还是根深蒂固的观念；另一方面，词有向诗靠拢的可能性，诗、词可相互渗透和融合。但在苏轼那里，只是单方面的，即只以诗入词，而不以词入诗，这说明他的正统观念，是想以诗来改造身份卑下的词。音律上的突破，固然与苏轼个性的豪放不羁有关，但也说明了词与音乐疏离，才有词文学的独立地位。

北宋时，正统文人开始注重以道德来评价词。如理学家程颐批评晏几道词"天若知也，和天也瘦"道："上穹尊严，安得易而侮之！"[①]又据《邵氏闻见后录》载，韩少师得晏几道新词，批评他"才有余而德不足"。[②]吕惠卿则把词视作淫荡的"郑声"，说"为政必先放郑声"[③]，批评晏殊作词。甚至有人借艳词攻击欧阳修的道德修养。以道德评判加在词人身上，表明传统"诗教"观已介入词的批评。因此，北宋人对词始终是矛盾的态度，一方面心底喜好，乐于创作，乐于欣赏；另一方面，又表现出道貌岸然的样子，鄙视小词。钱惟演即说自己只在厕所阅小词，词的身份卑下可得而知。魏泰《东轩笔录》载，欧阳修常对人说："晏(殊)公小词最佳，诗次之，文又次于诗，其为人又次于文也。"[④]古人观念，太上立德，其次立功，其次立言。道德修养最重要，文章(立言)是其次的。而文艺各体中，则文章最重要，诗次之，小词则是等而下之的。欧阳修则将尊卑高下顺序整个儿颠倒过来，以示对晏殊的蔑视。由此可见词在北宋文人心目中的地位。词人以余事作词，以游戏态度为之，创作随作随弃的不少，词也不入作家文集。因词不是文学作品，故不入文集是正常现象。北宋人对词的矛盾态度体现出感情和理性的冲突，自然人与

① 程颐著：《河南程氏外书》卷十二，明抄本。
② 邵博撰，刘德权、李剑雄点校：《邵氏闻见后录》卷十九，中华书局 1983 年版，第 151 页。
③ 魏泰撰，李裕民点校：《东轩笔录》卷五，中华书局 1983 年版，第 52 页。
④ 魏泰撰，李裕民点校：《东轩笔录》佚文，中华书局 1983 年版，第 180 页。

社会人的冲突。

曲子辞本是民间俗曲，以“俗”为特色。文人染指改造后，虽已文雅许多，但仍“俗气”未除。柳永词多浅俗浮艳，苏轼、黄庭坚也以游戏态度创作不少谐谑词，开启了一股滑稽词风。北宋时，民间俚俗词风依然继续。“俗”的风行，自然招致“雅”的反对。“雅”是文人对文艺一以贯之的追求，张先作词即求清雅闲逸，把宋词引向闲雅一路。北宋末，大晟府词人注重词的典雅精工。万俟咏自编词集，一名《雅词》，一名《侧艳》，后召试入官，“以侧艳体无赖太甚，削去之”。[①]李清照《词论》也提倡“雅”词。北宋末，“雅”的呼声已很强烈，所以才有南宋的“风雅词派”。雅、俗之争在北宋时是始终存在的。

从当时“曲子词”的异称，也可看出北宋人的词体观念。北宋人多称词作“曲子”、“歌曲”、“乐歌”、“小词”、“小歌词”、“歌词”、“新乐府”、“乐府新词”，都是“歌词”的意思，不是文学作品。“小”字可见时人对词体的鄙视。词人的词集也不用“词”字，只用“乐府”、“长短句”，如《小山乐府》、《淮海居士长短句》等。

“乐府”本是西汉时主管音乐舞蹈的机构，后遂将合乐吟唱的诗称作“乐府歌辞”，简称“乐府”。北宋人以“乐府”称唐、五代以来流行的曲子辞，是从“合乐歌唱”这一共性来看的。北宋人的观念，曲子辞就相当于汉代的乐府。吴世昌《唐宋词概说》认为：“词一开始即是要配合音乐歌唱的，在这一意义上它是不折不扣的宋代乐府。”[②]确是的论。北宋人以“乐府”名“词”，只取“合乐歌唱”之意，说明“词”只是歌曲。与“乐府”联系起来，还有为词“正名”之意，亦见时人越来越重视“小词”的地位。

北宋人一方面鄙视词体，称为“小词”、“小歌词”，视词为“小道”、“末技”，是不登大雅之堂的文艺。另一方面又努力为它“正名”，摆脱“曲子”、“曲子辞”的称呼，称“乐府”、“近体乐府”、“长短句”、“乐府长短句”。但基本上仍将词当作歌曲，而不是文体。苏轼有些词音律不严，但仍可歌唱，只是被李清照讥为“著腔

① 王灼著：《碧鸡漫志》卷二，唐圭璋著：《词话丛编》（第一册），中华书局 1986 年版，第 83—84 页。
② 吴世昌著：《罗音室学术论著》（第二卷），中国文联出版公司 1991 年版，第 78 页。

子唱好诗”。词仍是一种主要用于娱乐的艺术歌曲，但苏轼等少数词人也偶尔把它当作“言志”诗。

三

金人入主中原，改变了宋朝的国运和文人的命运。“词运”亦随之改变。由北宋入南宋的词人们除少数人仍视词为“小道”，继续“浅斟低唱”外，有“骨气”的文人皆用词来歌唱抗战，为收复失地呐喊，唱出时代悲壮的声音。长期以来“气弱格卑”的“小词”形象为之一变。

南宋人有意识地“改造”词体，以适应时代的需要。人们强调词的功利价值，要求“有补于世”。陆游《花间集跋》说唐五代时“天下岌岌，生民救死不暇，士大夫乃流宕如此，可叹也哉！或者出于无聊故耶？”长期以来备受推崇的花间词，遭到讥评。陆游强调词人要有社会责任感，要关心国家、民族和人民的命运，词作要反映现实，关注政治时事。辛弃疾、陈亮等更以词论时政。词的实用功能和社会价值得到前所未有的重视。曲子辞在新的时代获得了新的生命。时代也要求词需有“正气”、“浩气”和阳刚之气，苏轼开创的刚健词风因而受到人们的推崇。而一直占词坛主流的绮靡香艳、软弱无骨的词风遭到批评和唾弃。

中叶以后，人们还把词的创作与“诗人之旨”联系起来，用传统的“诗教”观念来评价词，要求词符合儒家的伦理规范。这是北宋以来伦理教化观念对词体的进一步渗透。时人将词上比《诗经》、《离骚》，有意提高“小词”的地位，认为词与诗一样“有助于教化”。这是对北宋人“小道”词体观的“反动”，是对传统词体观念的理性反思，是新形势下对词的重新理解。词体符合伦理规范，内容上要去“淫艳”，语言上要去“靡丽”，风格上要去香软卑弱。他们拿出“雅正”做为救治之方，以“雅正”为论词标准。“雅正”就是发乎情，止乎礼义，“旨趣纯深，中含法度”[1]，“乐而

① 詹效之著：《〈燕喜词〉跋》，曹冠著：《燕喜词》附，《四印斋汇刻宋元三十一家词》本。

不淫，哀而不伤，一出于诗人礼义之正”。[①]宋末张炎在《词源》中推崇姜夔词的“清空”、“骚雅”，提出词须“雅而正”，不能“为情所役”，是对南宋风雅教化词体观的总结。

南宋词坛一直盛行“复雅”之风，如鲖阳居士编有《复雅歌词》，曾慥编有《乐府雅词》，皆以“雅正”相标榜。不少词人的词集也带“雅”字，如张孝祥的《紫薇雅词》、赵彦端的《介庵雅词》等。“雅正”的词体观使词逐渐疏离侧艳浅俗的“靡靡之音”，而与诗日近，词最终由音乐变成诗的一体。从此，中国文学史上，才真正有了与诗并列的新诗体——词。

南宋词的雅化不仅仅是诗体之词的雅化，可歌之词同样雅化。姜夔的自度曲如《暗香》、《疏影》等，便是典型的文人化的“雅”歌词。

南宋还出现了“诗余”观念。一些词的选本或专集喜以“诗余”命名，如《草堂诗余》、《群公诗余》、《樵隐诗余》等。“诗余”一般附录于文集中的“诗”后。“诗余”的含义有不同的解释，其实就是诗人之余事或余兴的意思。南宋人心目中的“诗余”，即是把作词当作作诗之余事。这说明词的地位还比不上诗，但已可与诗并提，“曲子词”上升到文学的地位。同时也表明，南宋人充分意识到词体与诗体的区别。

南宋时，“雅正”、“教化”的词体观占主流，取代了香艳、娱乐的词体观。词史上出现了第一次明确的尊体运动。

南宋时，词分两线发展：一线仍以音乐为本位，以香艳绮靡为“本色”，可歌唱，供娱乐消遣；另一线则以文学为本位，重辞藻文字，强调“教化”适用功能和清雅风格，词变成纯文学的格律诗。南宋人完成了词体观的根本性转变，词正式走上文学的殿堂，取得了与诗相提并论的地位。词不是纯粹的娱乐消遣，也是抒情言志、为现实政治服务的工具。同时，词也渐变得雅化、规范化、案头化，成为专为少数士大夫创作和欣赏的文字。有些词人被胡适讥为“词匠”，作词有时成为

① 林景熙著：《〈胡汲古乐府〉序》，《霁山集》卷五，《知不足斋丛书》本。

文字游戏。词的黄金时代也随着宋王朝的灭亡而结束。

词由与音乐疏离到独立成为一种诗体，是一个漫长的动态过程。这一过程由苏轼开其端，到南宋末期正式完成。对此，研究者应有清楚的认识。

南宋时，香软柔弱的可歌之词依然存在，只是遭到有识之士的普遍不满，已处潜隐状态。当文人雅词跃居词坛主流时，通俗歌曲被说话人吸收到话本中，如南宋坊刻《草堂诗余》诸调俚俗，即为说话人而编，而不是学者词人选本。南宋时，词已不是独立发展，还融进话本小说中。

南宋人开始用比兴寄托方法论词，如黄升《花庵词选》卷二引鲖阳居士对苏轼《卜算子》(缺月挂疏桐)一词的评论，句句比附，寻求微言大义，但有穿凿之弊。清张惠言以“寄托”论词，即是受鲖阳居士的启发。不过，南宋时，这种观念只是偶然一现，影响不大。

四

金人崇尚刚健豪壮词风，而不满“委靡”之作。同时受南宋人“雅正”观念的影响，贬斥俚俗纤艳词风。金人多接受南宋人的词体观，只是更欣赏“豪放”一格。

元人不欣赏词的柔弱风格。词与音乐已完全脱离，丧失了广泛的群众基础，影响有限。“曲”是元代新兴的音乐文学，是当时的流行歌曲，审美特性与词迥异，符合元人的审美趣味。元统治者提倡曲而不喜词，元曲取代了宋词。词在元代已成为“古典文学”。

元人往往词、曲不分，词集中多羼入曲调，如王恽《秋涧乐府》中，竟有三十九首曲调。其他作家亦多类此。有些曲牌与词牌相近，有些则与词全同或以词入曲。这说明元代词、曲间相互渗透甚至融为一体。从词体方面而言，吸收曲的新鲜血液，利于自身的发展。这时，词体在一定程度上变成“混血儿”。当然，有些词人仍严守宋词规范，维护词体的传统特性。

元人的词体观可大体上分两种，一种是维护词体的纯洁性，严守词、曲之别；

一种是以词入曲或词、曲合体，词已不是原来意义的词，而是“曲化”的词。不仅词、曲融合，词也融进诸宫调、戏文和杂剧中，成为其有机组成部分。词也因此获得新的生命。

金元道士如王喆、马钰、丘处机等，皆能词，以词写炼形服气之事，宣传全真教义。词体有了特殊的实用功能，超出了言情、娱乐的范畴，已不是严格意义上的文学体裁。这也是金元人对词体的新认识。从敦煌曲子辞中某些宣传佛教教义的作品中可看出它的渊源。

明人喜复古，在观念上仍如北宋人一样，视词为“小道”、“末技”，鄙视词体。所以在创作中没有投入大的精力。明人多以词赠答酬应，又多以游戏态度填词，语词尘俗，音律粗疏失谐，风格香艳靡弱。“托体不尊”，故词体不振。

明中叶以后，香艳绮靡词风盛行，正是保守的“卑体”观的体现。明人更重词体“柔靡而近俗”的言情特性①，以区别于“言志”的诗体，甚至把“情性”片面发展为“情欲”。这是“情”的解放思潮在词体上的投射，有鲜明的时代特色，是前所未有的。

明人注重词体风格特质的认识。张綖《诗余图谱·凡例》后所附按语中把词体分为婉约、豪放两种风格类型，分别以秦观、苏轼为代表，并认为“大抵词体以婉约为正”，“必是婉约，庶得词体”，苏轼的词“要非本色”②。明人更明确了词体主体审美特性，“婉约”正是词体区别于诗体的最大特色。“豪放”则为诗词融合的结果。这种以二分法对词体特性的认识虽不尽完善，但有独到处，故影响深远。

明代亦多词、曲混体，以新兴的南曲入词。从曲的角度看，是曲的“词化”；从词的角度看，则是词的“曲化”。这是元后期以来词“曲化”、曲“词化”现象的继续。一方面混淆了词体、曲体界线，不伦不类；另一方面词、曲互补，也有新意。

明人多以为词起源于诗，是诗体演变之余波别派。张綖更以“诗余”作为词体的别称。

---

① 王世贞著：《艺苑卮言》，唐圭璋著：《词话丛编》（第一册），中华书局1986年版，第385页。
② 游元泾校刊：《增正诗余图谱》卷首，明万历刻本。

词在明代，已是纯文学。明人偶亦自创新调，如王世贞自制《小诺皋》、《怨朱弦》，杨慎自制《误佳期》、《落灯风》等，但成就平平。

晚明小品兴盛，词亦属“小品”，是文人风雅生活的点缀，远离政治教化。

明亡前后，词人以词抒发民族情感，突破了观念上的限制，词又焕发了活力。

清初四十年，对词体的认识上基本承袭明末陈子龙为代表的“云间词派”的观念，强调言情和婉丽特性。陈维崧首先站出救治明以来词风颓靡之弊。他摆脱词为“小道”的传统束缚，《〈词选〉序》认为文体之间没有贵贱之分，词亦能“存经存史”①，不只是娱乐消遣。陈维崧是清人较早推尊词体者。为体现自己的词体观，他身体力行，创作时敢于“拈大题目，出大意义”②，写出不少豪迈奔放的“言志”词。

康熙二十年(1681)平定“三藩”后，清朝进入持续百年的“康乾盛世”。大一统的政治形势下，复古思潮重起，“正统”观念开始主导词坛。康熙皇帝钦命编纂《历代诗余》和《词谱》，并亲自作序，提倡清真雅正的词风，要求词“有关政教而裨益身心”、“思无邪”。以朱彝尊为首的浙西词派应运而生，推崇南宋姜夔、张炎“醇雅”词风，以治清初以来俚俗粗伉之弊。朱彝尊还把“雅”与寄兴托意联系起来，陈纬云《〈红盐词〉序》说“善言词者，假闺房儿女之言，通之于《离骚》、变雅之义”。③这是对词体的重新阐释，影响了张惠言的“寄托”说。汪森更明确推尊词体，认为“自有诗而长短句即寓焉。……古诗之于乐府，近体之于词，分镳并骋，非有先后；谓诗降为词，以词为诗之余，殆非通论矣”。④汪森不满明人的“诗余”说，想把词提高到与诗平等的地位，这是前所未有的观念。但他仅从“长短句”形式立论，则是缺乏理论依据的。

乾、嘉之际，张惠言编《词选》，以《易》论词，倡“意内言外”的“寄托”说，以

① 陈维崧著：《陈迦陵文集》卷三，清康熙刻本。

② 谢章铤著：《赌棋山庄词话》卷八，唐圭璋著：《词话丛编》(第四册)，中华书局1986年版，第3423页。

③ 朱彝尊著：《曝书亭集》卷四十，清康熙刻本。

④ 汪森著：《〈词综〉序》，朱彝尊、汪森编，李庆甲校点：《词综》，上海古籍出版社1978年版，第1页。

推尊词体。强调词写“感士不遇”和“忠爱之忱”，“以道贤人君子幽约怨悱不能自言之情，低徊要眇以喻其致”。[①]力图把词纳入温柔敦厚的“诗教”轨道，符合儒家伦理政治规范。以比兴寄托认识词体，穿凿比附，无视词的审美特性和整体形象，是对词体的有意“曲解”。周济提出“诗有史，词亦有史”的主张，重视词的社会价值和认识功能。陈廷焯、况周颐等皆对比兴寄托做了进一步的发挥。张惠言开启的“常州词派”统治词坛百年之久。后来词论家们对词体分别做出不同的理解，多是围绕着“尊体”与否展开的。

况周颐说：“词境以深静为至。”[②]是以老庄“虚静”思想论词，见解颇为独特。王国维以西方叔本华哲学和中国佛学论词，视词为超伦理政治、超功利的纯真、纯美艺术，认为词要情真、景真，要有“境界”。他又说：“词之为体，要眇宜修。能言诗之所不能言，而不能尽言诗之所能言。诗之境阔，词之言长。”[③]是从诗、词比较论角度立论的，对词的体性特征做了精到的总结性的概括。清人对词体的认识确有超乎前人之处，此仅举其要者。

五

综上所述，我们首先认识到词体是发展变化的，词体观也不是静止的，而是一个动态的嬗变过程。词由音乐体制演变为纯文学体制，经历了唐五代、北宋到南宋末的漫长过程。“质”的变化又是在“量变”基础上实现的。曲子词有意识地文学化是由苏轼开启的，到南宋末正式完成。这是词发展的内外部规模使然。也就是说，词的文学化是历史的逻辑发展的必然结果。

元代以后，词变为纯格律诗的一体，但已成为“古典文学”。历代人对词体的认识不尽相同，多是以接受者的身份对前代文学遗产做新的符合自己时代和个人

---

① 张惠言著：《词选序》，唐圭璋著：《词话丛编》（第二册），中华书局 1986 年版，第 1617 页。
② 况周颐著：《蕙风词话》卷二，唐圭璋著：《词话丛编》（第五册），中华书局 1986 年版，第 4425 页。
③ 王国维著：《人间词话》，唐圭璋著：《词话丛编》（第五册），中华书局 1986 年版，第 4258 页。

审美趣味的阐释。各种理解虽不免片面浮浅之弊，但总的来说，对词体的认识是越来越深刻的。词从唐五代发展到宋末，可以看作一个相对完整的自成统系的过程。由唐五代的纯音乐歌曲到北宋以应歌为主而渐与音乐疏离，再到南宋末完全脱离音乐，成为纯文学的新体格律诗。这个转化过程的完成，同时也是词的黄金时代的结束。可见，音乐特质是词体的基本属性。将词理解为“音乐文学”是从本质上把握词体。

历代人对词体的认识皆有自己时代的特点。时代的政治、文化背景，时代的审美趣味和风尚，时代对文艺的独到需求，都直接影响到人的词体观。有唐五代词、宋代词，也有元、明、清词。有元代的“唐宋词”，也有明、清的“唐宋词”。各代对词体做出合乎历史的、逻辑的又合乎时代的理解是允许的，但皆有未尽合理处，也是应该指出的。

合乐与否贯穿着宋代对词体认识的整个过程。“可歌”与“可诵”是对词体的不同要求。词在整个宋代基本上是“音乐文学”，但由音乐向纯文学的演进则是词体发展的必然趋势。维护词体的音乐特性本身没有错，但发展到宋末，仍片面强调“可歌”，则是保守的观念。坚持词的纯文学立场，扩大其社会功能，有历史进步性，但轻视其音乐属性，使词最终与音乐(燕乐)脱离，丧失了自己的本色，又使词的发展受到了限制。元代以北曲入词，明代以南曲入词，说明“古典文学”可与时代音乐结合，词体的音乐性能一线未断，但成就有限。

“正宗”、“本色”是对词的主体审美特性的认识。基本含义是：词体要婉约柔美，合乐歌唱，区别于诗。这种认识贯穿整个词史的始终。它强调维护词体的纯洁性，以求得独立发展。与之相对的概念是“别调”、“变体”，主要特色是以诗为词，疏于音律，风格刚健。两种观念的对立体现了人们对词体审美特性及社会功能的不同理解，各有利弊，但客观上促进了词的发展。

词体在发展演变过程中，与诗、曲相互渗透融合，“诗化”或“曲化”。保持词体的原生态是不可能的，也不是历史的、发展的观念。正确的态度是，既要保持词体特性，又要吸收他体之长。南宋以来，词体的尊、卑之争一直存在，尊体就是将词向传统诗文靠拢，卑体则是维护词体的原来特性。两种观念各有利弊，应从时代特征做历史的分析评价。如晚明人鄙视文体，诗、词、曲、文同样鄙视，不独词体。这是一种时代风尚，文学"小品化"，远离政教功利目的。清人的尊词体则是文学复古思潮的反映，清代各体文学都有过一番"中兴"局面，亦不独词体。所以不能孤立地看待历代的词体尊卑观念。

各种争议如诗与词、词与曲、雅与俗、刚与柔、豪放与婉约、"情"与"志"、审美娱乐与教化功利以及寄托之有无等，皆是从不同角度对词体的深层认识。

仅以简单的一句话来静态地概括词体是不全面的。我们既要认识词体观逻辑嬗变的整个过程，了解各个时代词体观的不同特色，又要了解个人之间词体观的差异。要以开放的思维从不同的角度认识词体观。这样，才能对词体有全面的、深刻的认识。

第二节　词学体系建构的历史回顾与反思

所谓"体系"，是指若干有关事物或思想意识互相联系、互相制约而构成的一个整体。真正意义上的科学的体系具有系统性、完整性、全面性、逻辑性等特性，否则，便是不健全的、残缺的体系，甚至不成其为体系。任何学科都有自己的体系，而体系是否完整、科学，则是一个学科是否成熟的标志。词学早在20世纪30年代已构建起比较完整的体系，这一体系随着时代的发展不断补充、修正、完善。这方面历代不少学者做出了努力，取得了很大成绩。但词学体系的建构仍是进行时态，不会终止。本书回顾词学体系的建构历史过程，旨在总结其成就与不足，对词学创新与发展有所助益。

词学体系的建构历史，本书以1949年为下限，不同于通常的以1911年为下限。限于篇幅，当代词学体系的建构过程及得失总结，以及本人词学体系的新构想，允另文论述。本书采用"词学体系"概念，不认同学者通用的"词学研究体系"

概念。“词学研究体系”可理解为“词学研究”的“体系”。“词学研究”与“词学”并无本质区别，“词学”就是研究词的学问，通常理解的“词学研究”也就是词的研究，这时“研究”二字实为画蛇添足。如将“词学研究”理解为词的研究(词学)之研究，可称“‘词学’学”，则是合理的，但学者一般不如此理解。“词学研究体系”还可理解为“词学”的“研究体系”，“研究”修饰“体系”，强调学术性。其实，体系就是理论，就是研究性质的，“研究”二字亦属多余。如称“词研究体系”，则是可以的，因词属研究对象，本身不含研究意味，必须用“研究”二字说明。长期以来，词学界对此理解比较混乱，本书认为统一称“词学体系”更加准确科学。

一、传统词学体系的建构

词学体系建构是一个漫长的历史过程，不是一朝一夕完成的，更不是某一位学者有能力完成的。词学体系从无到有、从零散到系统、从片面到全面、从残缺到完整、从浅到深、从小到大都是历史地完成的。我们必须有强烈的“史意识”，充分尊重历代学者的智慧和成果。因此，回顾词学体系的建构历史，探源溯流，知其得失，是必要的。

传统词学体系的建构，是指从南宋初到清末这一历史时期。这是通常所说的古代、近代历史时期。这一时期的词学被现代词学家称作“旧词学”，与“新词学”对举。本书称作“传统词学”，与“现代词学”对举。这样“命名”，兼顾历史时间和文化含义，不带褒贬色彩，似更合适。

传统词学著作，最早的有一定系统性的当推南宋初王灼的《碧鸡漫志》，现存之五卷本，卷一论乐歌递变，卷二评述唐宋数十家词人词作，卷三至卷五分析近30种曲调的缘起源流。王灼之论是以音乐为本位的词学，是研究词的原生态，与后来专论“律词”的词学性质不同。自宋末元初张炎《词源》问世，词乃正式为专门之学。《词源》上卷专论宫律，属于乐曲论；下卷论作法技巧，属创作论。龙榆生

(沐勋)说："词之有学，实始于张氏，而《词源》一书，乃为研究词学者之最要典籍矣。"[①]张炎和《词源》在词学体系建构史上享有"开山"的崇高地位。但《词源》仅局限于词乐论、创作论，是以词乐、词创作为本位的研究体系，内容亦不完整，与后世文学、学术为本位的词学体系距离甚远。宋元明时期，基本上无词学之名，但已有词学之实，词学体系已具雏形。这一历史时期的词学体系是以音乐和律词创作为本位，多属创作论，宗旨基本上是为词的创作服务，研究意识、学术意识皆比较薄弱，更缺乏学科意识，词学尚处于"无名"状态。

清代，词学昌盛，不少学者都从不同角度自觉不自觉地对词学体系建构做出贡献。清代学者已明确地将"词学"理解为学术研究，将研究从创作中独立出来。如清康熙十八年(1679)查继培编时人毛先舒的《填词名解》、赖以邠的《填词图谱》、仲恒的《词韵》、王又华的《古今词论》，汇刻为《词学全书》。查氏在《词学全书·序》中说毛氏、仲氏、王氏诸家"词学之刻，厘辨精确"。[②]明确指出学术研究的性质。《词学全书》所收四书已论及词谱、词韵、词论及作词方法，是专门的研究。康熙十七年(1678)，徐釚编成《词苑丛谈》，将历代词话分类辑成体制、音韵、品藻、纪事、辨证、谐谑、余编等类。嘉庆十年(1805)，冯金伯在徐氏《词苑丛谈》的基础上，编辑成《词苑萃编》，分为旨趣、品藻、指摘、纪事、音韵、辨证、谐谑、余编等类，已包括词学研究的许多方面。清末，江顺诒在《词学集成·凡例》中说："条分缕析，撮其纲曰源、曰体、曰音、曰韵，衍其流曰派、曰法、曰境、曰品，分为八卷。"分类比较科学，已自成体系。嘉庆间，顾广圻为秦恩复《词学丛书》所做的《词学丛书·序》中说："词而言学何也？盖天下有一事即有一学，何独至于词而无之"。继而指出"有词即有学"。[③]同治十二年(1873)，俞樾为徐本立《词律拾遗》所作的序说："我朝词学之盛，直接两宋，亦犹经学之盛，直接两汉也。"[④]可见，

① 龙沐勋著：《研究词学之商榷》，《词学季刊》第一卷第四号，1934年4月。
② 查继培编：《词学全书》卷首，中国书店1984年影印本。
③ 顾广圻著：《思适斋集》卷十三，道光十九年上海徐氏刊本。
④ 万树著：《词律》，上海古籍出版社1984年版，第462页。

清代学者已将词视为严肃的学术研究对象，已有初步的学科意识。词学体系已初步构建起来，但尚不完善。

1908年，王国维《人间词话》的问世，标志着传统词学体系的终结。《人间词话》创立了以美学批评为本位的词学体系，这是吸收西方文学、文化理论资源，结合本土词学传统而建构的古今中西合璧的词学体系。这一体系重视概念术语的“命名”，如境界、隔与不隔、有我与无我等，重视个人的生命体验和艺术感悟，重视跳出词体之外的文化观照，带有较强的主观个性色彩，令人耳目一新。具体观点虽有可商榷处，但新思路、新视角、新观点、新方法都给后来学者以极大的启发。《人间词话》开启了传统词学体系向现代词学体系的转换，推动了词学体系的现代化进程。

传统词学体系是建立在对“词学”概念理解的基础上的，不同时期、不同学者对“词学”有不同的理解，自然形成不同的词学体系。有学者将词学理解为词或词的创作。如清初蒋景祁编选刻印词集《瑶华集》时，称“国家文教蔚兴”，“词学盛行，直省十五国，多有作者。”①丁绍仪《听秋声馆词话》卷八说：“宋词学盛行，然夫妇均有词传，仅曾布、方乔、陆游、易祓、戴复古五家。”②这里所说的“词学”就是词或词的创作，属文学创作范畴，与学术、学科的“学”并无关系，因此也谈不上什么词学“体系”。

有学者将“词学”理解为词的作法，即“倚声填词”之学。如清初邹祗谟《远志斋词衷》云：“张光州南湖诗余图谱，于词学失传之日，创为谱系。”③田同之《西圃词说》谓倚声之道因“宫调失传，词学亦渐紊矣”。④陆蓥《问花楼词话》说：“且同一调，作者字数多寡，句注参差，各有不同，词学之芜甚矣。”⑤此处的“词学”即等于词写作论、创作论或词法论、填词技法论。传统词话论词探讨最多的即是词的

---

① 蒋景祁编：《瑶华集》卷首，中华书局1982年版，第1、9页。
② 唐圭璋著：《词话丛编》(第三册)，中华书局1986年版，第2670页。
③ 唐圭璋著：《词话丛编》(第一册)，中华书局1986年版，第658页。
④ 唐圭璋著：《词话丛编》(第二册)，中华书局1986年版，第1449页。
⑤ 唐圭璋著：《词话丛编》(第三册)，中华书局1986年版，第2542页。

作法、技法，目的是为创作服务，示学词者以门径，而不是研究词，示学者以治学门径。这样，词学体系自然是以创作为本位的技法修辞研究。也有学者仅将“词学”理解为图谱格律之学。如明周瑛的《词学筌蹄》、清吕德本的《词学辨体式》，皆为词谱，专讲词的体制格律，示学词者以门径。这里，词学体系主要是以研究词的体制、指导创作为目的。

还有学者将词的创作和研究两方面都视为“词学”。如清杜文澜《憩园词话》在总结“我(清)朝振兴词学”的成就时，既称赞“国初诸老辈，能矫明词委靡之失，铸为伟词”[①]，又表彰了万树《词律》、《御选历代诗余》及《钦定词谱》等研究成果。这样，词学体系便是创作与研究、作品与评论包容并论。

纵观清人的词学成果，实际上已涉及词源、词体、词人、词作、词创作、词史、词论、词文献等方面，只是没有学者进行系统科学的梳理总结。受乾嘉以来盛行的考据学的影响，晚清词学尤重词的考证辨伪、词集的校勘笺注，重视词文献的整理研究。词学的学术性大大增强，逐渐脱离以前偏重技法、修辞的创作之“学”，而成为专以批评研究为职责的学术之“学”。

传统词学，实际上是三种体系并存：一是以音乐为本位的体系，二是以创作为本位的体系，三是以批评、研究为本位的体系。三种体系并行发展，形成各自的承传统系。但有时三者又不是孤立的，往往交叉融合。因此，又形成“变形”的三种体系：一是音乐、文学并重合论的体系，二是创作、研究并重合论的体系，三是作家作品、批评研究并重合论的体系。传统词学体系是多层面的，并不只有唯一的体系。传统词学体系只是初步构建起来，亦不断补充、修正。但总的看来，因学者理论思维能力的欠缺，词学体系仍缺乏系统性、完整性和逻辑性，仍是不健全的。以严格的科学理论体系的高要求，传统词学体系实际上只是“潜体系”，也就是说体系中许多要素已建构起来，但多处于零散的、片断的或混沌的状态，缺乏一种理论的统系。学者对体系建构缺乏理论上的自觉，缺乏学科意识，认识上

① 唐圭璋著：《词话丛编》(第三册)，中华书局1986年版，第2852页。

还比较模糊，这一工作只有等待受到现代科学思维训练的学者归纳总结，词学体系才能由“潜”而“显”，才有真正科学意义上的词学体系。

二、现代词学体系的建构

现代词学体系的建构历史大体上从1918年起到1949年止，时间虽不长，却完成了词学体系的现代化进程，使词学成为一门独立的学科，一门“显学”。

1918年，上海中华书局出版谢无量的《词学指南》，标志着现代词学学科的初步独立。此书凡两章，第一章为“词学通论”，主要论述词之渊源体制、古今词家。第二章为“填词实用格式”，分小令、中调、长调三式，辨前人之误，以树立学词标准。此书属词学常识介绍，普及性读物，示初学者以门径，故名“指南”。但已有明确的学科独立意识，且有一定的系统性。标志着词学开始摆脱传统文学附庸的地位。此后，1920年吴莽汉编的《词学初桄》、1925年徐敬修编的《词学常识》相继问世，介绍词谱格律、填词技巧，缺点是学术性不强，也缺乏理论深度。

对现代词学体系建构做出重大贡献并产生深远影响的是梁启超和胡适。

梁启超晚年（1919—1929）对词学产生浓厚兴趣。他开始以社会学的理论方法研究唐宋词，一反传统的“正变”观念，高度评价南宋的爱国豪放词，肯定词的社会价值和历史价值，重视词的现实意义和社会功用。在理论方法上，他吸收西方的科学实证方法，结合传统考据学，对词人生平事迹、词作年代真伪等进行了周密的考证，澄清了不少学术难题。梁启超开创了以社会批评为本位的词学体系，同时亦重视词的音乐特质，强调音乐的词在国民精神教育上的独特功能。又重视词的审美批评、艺术分析，特别欣赏词中“回荡的”情感表达方式。这一词学体系，音乐与文学并重，审美批评与社会批评并重，文献史料与理论研究、科学方法并重，词的创作与学术研究并重。既重创新，吸纳外国理论方法上的长处，又不轻视传统词学中的有益成分。这是一比较完整、科学的词学体系。

作为新文化运动的领袖人物，胡适在《南宋的白话词》（1922）、《词的起源》

(1925)、《词选》(1927)、《白话文学史》(1928)等论著中，推崇词是历史上的“活文学”和“白话文学”，视为新文学的历史渊源之一。为了寻找新文学的历史依据，胡适以“六经注我”的方式对词史进行了全新的解读，他以“通俗、自然、真实”的标准重新估价词的历史和价值，认定词是一种新诗体，词脱离音乐是历史的必然，白话词是词史的中心，苏、辛词是词史的主流。他的《词选》重表达“个人的见解”，代表个人“对于词的历史的见解”①。胡适论词与其说是对词史的见解，毋宁说是对新文学的见解，文学史上的词尤其是唐宋词，只是胡适阐发新文学观的材料、由头或方式。这种观点可能远离历史真实，却逼近现实文学生活。胡适在研究词史时，注重运用科学的实证方法，还有历史—美学的批评方法、文本分析方法，都是词学方法论上的创新。胡适以新视角、新理论、新观点、新方法创新了现代词学体系，这是文学创新为本位的词学，作为历史的词学，已融进新文学视野中。这一体系主观成分较多，不少观点值得商榷，产生了一定的负面影响，但对现代词学体系的创新贡献甚巨，影响深远，是应充分肯定的。

1926年，上海中华书局出版了胡云翼的《宋词研究》，作者在《自序》中不满传统词话论词“零乱掇拾，杂凑无章”的状况，说自己“著这本书的动机，就是想将宋词成功地组织化、系统化的一种著作”。②此书上篇为宋词通论，从宏观上探讨了词的起源、特点和发展演变规律。下篇为宋词人评传，评介了宋代的重要词人，基本上是宋词史。作者注重词的内涵外延的辨析，总结宋词发展和变迁的状态，欣赏和评价重要词人词作。胡云翼接受胡适词学观念的影响，将他的理论付诸词学著作撰写实践中。他首次用新文学理论和方法系统地建构宋词研究体系，突破了传统词学偏重乐、谱、韵、律等词体特性以及填词技法修辞的体系局限，给真正学术意义上的现代词学体系建构奠定了基础。同年，上海大东书局出版了徐珂的《清代词学概论》，此书研究清代两大词派即浙西词派和常州词派的渊源流变、得

① 胡适选注，刘石导读：《词选》，中华书局2007年版，第2页。
② 胡云翼著，刘永翔、李露蕾编：《胡云翼说词》，华东师范大学出版社2004年版，第3页。

失经验，对重要词人进行了评论，介绍了词学研究的成就。此书亦用新的理论方法构建新的体系，属严肃的学术研究。虽是断代词学研究，但对整个现代词学体系的创新建构极有启示意义。

1930年，胡云翼的《词学ABC》由上海世界书局出版，这是一部以现代白话文和新观念、新方法撰写的词学著作，全面介绍词学常识的普及性读物，分别介绍了词的定义、词体的特点及其渊源、词的发展历史，并批评了词体的缺陷。作者首次将“词学”与“学词”区别开来，他说：“我这本书是‘词学’，而不是‘学词’。”明确了词学的研究对象和范围，规定了学科性质。胡云翼首次将传统词学体系中偏重词作法的内容排斥于现代词学体系之外。他将词的特性规定为“音乐的文学”，这一观念对后来影响甚大。

胡云翼后来还先后出版了《女性词选》、《抒情词选》、《李清照及其漱玉石》（上海亚细亚书局1928年）、《辛弃疾的词》（上海亚细亚书局1930年）、《中国词史大纲》（上海大陆书局1933年）、《中国词史略》（上海北新书局1933年）、《词学概论》（世界书局1934年）、《词学小丛书》（主编，上海文化服务社1937年）等。胡云翼构建了比较完整的词学体系，词的音乐特性和文学特性并重，矫正以往词学偏重音乐或文学的弊端。重视词的发展演变规律的探讨和总结，具有史家深邃的眼光，矫正以往学者只知填词之学的浅薄之弊。注重词的价值和地位的重新评判，注重对词的体制外的社会文化解析。用新的白话语言、新的著述体例、新的立论方法、创新的词学体系，但简单的两极思维方式、过分的反传统，是其不足。

1932年，梁启勋的《词学》由京城印书局出版，分上编、下编。上编共十二章，分总论、词之起源、调名、小令与长调、断句、平仄、发音等，实为词的常识介绍。下编共八章，分概论、敛抑之蕴藉法、烘托之蕴藉法、曼声之回荡、促节之回荡、融和情景、描写物态、描写女性等。实为词作法、艺术技巧论，是词体制内部特征的论述。《词学》上编《总论》说：“‘词学’二字颇生硬，过去虽有此名辞，未见通显。计词之传于世者，今尚得八百三十余调，一千六百七十余体。然而音谱失传，徒供读品。今但视作文学中之一种以研究之，则‘词学’二字亦尚可通。”[①]梁氏的词学观念明显受王国维、梁启超、胡适的影响，把他们的词学观具体化、系统化。梁氏明确指出“词学”的性质，只是文学中的一种，而不是音乐中的一种。这种观念对现代学科分类研究中把词纳入文学研究范畴产生深远影响。从此以后，绝大多数词学研究者是文学学科的学者，而非音乐学科的学者。梁氏对现代词学性质的规定、对现代词学体系的创新和词学学科的独立贡献极大。但从此词学研究基本上脱离了原生态的音乐，其负面影响亦不可忽视。

1933 年，是词学史上的“关键年”。这一年 4 月，龙榆生在上海创办的《词学季刊》面世，专门刊载词学研究成果，组织团结了一大批词学研究专家。《词学季刊》分图画、论述、专著、遗著、辑佚、词话、词录、词林文苑、通讯、附载、杂缀、补白等栏目，实际上包括词论、词史(词人、词作)、词文献、词文物、词创作等。现代词学体系的确立，与《词学季刊》是密不可分的。夏承焘 1985 年在影印《〈词学季刊〉题辞》中说：“盖词之为学，久已不振。旧学既衰，新学未兴。龙君标举‘词学’，使百年来倚声末技，顿成显学，厥功甚伟。”[②]

1934 年 4 月，龙榆生在《词学季刊》第一卷第四号上发表了《研究词学之商榷》一文，构建了自己的词学体系。他首先把“填词”与“词学”分开，他说：“取唐宋以来之燕乐杂曲，依其节拍而实之以文字，谓之‘填词’。推求各曲调表情之缓急悲欢，与词体之渊源流变，乃至各作者利病得失之所由，谓之‘词学’。”他认为词的创作(填词)是“文人学士之才情富艳者皆优为之”的事，而词学则“为文学史家之所有事”。文学史家研究词的目的，就是“归纳众制，以寻求其一定之规律，与其盛衰转变之情，非好学深思，殆不足以举千年之坠绪，如网在纲，有条不紊，以昭示来学也”。[③]“填词”是学词，是词的创作，属文学创作界，是词人的事；“词学”是研究词的专门学问，属于学术界，是文学史家的事。两者性质不同。龙榆生继

① 梁启勋著:《词学》，中国书店 1985 年影印京城印书局排印本，第 1 页。
② 龙沐勋编:《词学季刊》首页，上海书店 1985 年影印。
③ 龙沐勋编:《词学季刊》第一卷第四号，1934 年 4 月。

胡云翼之后明确了“词学”的研究对象范围和学科性质，将“词学”从词创作中独立出来，成为一专门的学科。龙榆生将词学的研究对象和范围界说为以张綖《诗余图谱》、程明善《啸余谱》、赖以邠《填词图谱》、万树《词律》为代表的“图谱之学”；以凌廷堪《燕乐考原》、方成培《香砚居词麈》为代表的“词乐之学”；以戈载《词林正韵》为代表的“词韵之学”；以张宗橚《词林纪事》、王国维《清真遗事》、夏承焘《词人年谱》为代表的“词史之学”；以王鹏运、朱彊村合校《梦窗词集》、朱彊村编校《彊村丛书》为代表的“校勘之学”。于上述五种外，龙榆生还另创研究词的音乐声情的“声调之学”；专以批评为职志(以况周颐《蕙风词话》、王国维《人间词话》为代表)的“批评之学”；示学者以治学门径的“目录之学”。“声调之学”是“取号称知音识曲之作家，将一曲调之最初作品，凡句度之参差长短，语调上疾徐轻重，叶韵之疏密清浊，一一加以精密研究，推求其复杂关系，从文字上领会其声情”。[①]他的《词曲概论》下编，就是“声调之学”的尝试。龙氏尤重“声调之学”，这是对词学体系建构的一大贡献。龙榆生是真正科学意义上的现代词学体系的确立者，于现代词学发展功绩甚大。龙氏所论，用今日眼光看，实包括词体、词乐、词史(词人、词作)、词论、词文献、词文化几大方面，构建了比较完整的词学体系。龙榆生对传统词学做了全面的清算和总结，肯定前人的成绩，弥补前人的缺失，运用现代科学理论建构起符合现代学科特点的词学体系。以后的词学体系都是在龙氏词学体系的基础上补充、修正和完善的。龙氏在现代词学体系建构历史过程中的地位应给予高度评价。

吴梅《词学通论》于1933年12月由上海商务印书馆出版。全书共九章，前五章分绪论、记平仄四声、记韵、记音律、作法，论词的体制和作法，为词创作论。后四章概论一、二、三、四，分论唐五代、两宋、金元、明清词，论词史。吴氏词学是以创作为本位，史的部分列举历代名家名作，旨在为创作提供范例。吴氏词学观念主要是传统的，只是将传统系统化、学术化，“现代”新质偏少，对现代

① 龙沐勋编：《词学季刊》第一卷第四号，1934年4月。

词学体系的具体贡献不及龙渝生、胡云翼等。但吴氏享有词学宗师的崇高地位，其词学由众弟子如唐圭璋、任中敏、卢前、万云骏等发扬光大，他对现代词学的影响是巨大的。

吴门弟子任二北的《词学研究法》（商务印书馆 1933 年）分“作法”、“词律”、“词乐”和“专集选集总集”四章。阐述词学研究的方法和途径。论“词集”一节，又分校勘字句、编纂与整理、考订与笺释、精读与选录、集评与定评、详别流派、拟作与和作等八项，构建了自具特色的词学体系。

夏承焘在 30 年代也有构建词学新体系的宏大志愿。在 1935 年的日记中，他谈到欲写“为词学总结”的“词学考”，计词学史、词学志、词学典、词学谱表四部分。1937 年日记中又写道：“思以十年力成词学史、词学志、词学考三书。”① 可惜这一宏愿最终未能完全实现。但他的丰硕成果，如词人事迹考证、词音谱声律研究、作家作品评论等，实际上也构成了一定的体系。唐圭璋精于词学文献整理，成果甚丰，对词人、词作、词史亦深有研究，也为现代词学体系建构做出了自己独特的贡献。

20 世纪 30 年代，有一批适合现代大学教育制度的带有通论性质的词史和词论著作问世，如刘毓盘的《词史》、王易的《词曲史》、吴梅的《词学通论》、任二北的《词学研究法》等。这些著作相对于声调、格律、考证、评点为主的传统词学研究，更具系统性、理论性和科学性，皆为现代词学体系建构做出了贡献。

1937 年 7 月，抗日战争爆发，民族灾难深重。《词学季刊》被迫停刊，词学随之衰落。因此，现代词学体系的建构过程基本上是从 1918 年起到 1937 年止。二三十年代是词学体系创新建构的黄金期、丰收期。

现代词学体系的建构因时局的变化实际上是未完成的完成时态，如按 30 年代词学鼎盛时期的趋势发展，词学体系必定会更加完整、科学。当我们今天面对现代词学家的丰厚遗产时，只有深深地感叹了。

---

① 夏承焘著：《夏承焘集》（第五册），浙江古籍出版社、浙江教育出版社 1997 年版，第 488 页。

三、词学体系建构的反思

纵观词学体系建构的历史过程，有许多成绩值得我们继承，许多经验值得我们借鉴。历代词人、学者对词和词学有各自的理解，因而形成了不同的词学体系，或以音乐为本位，或以文学为本位，或以创作为本位，或以批评研究为本位。因此，我们对词学体系的理解不能简单化，认为只有唯一的体系，或将某体系定为一尊，而排斥其他的体系。

词学体系的建构是一个动态的历史过程。它与时俱进，随着时代的发展而变化。每个时代的词学体系都打上时代的烙印，现代词学体系的创新是与新文化、新文学运动密不可分的，亦可视为新文化、新文学运动的有机组成部分。现代词学是新文化运动催生的，新文学的倡导者如胡适等把白话词视为新文学的历史渊源之一，词学成为文艺学的一个分支学科，是文学史研究的范畴。新文化运动落潮后，在"整理国故"和"扩充国学的领域"的学术风气推动下，词学又成为"国学"的新门类，脱离了"填词"学而成为一个新的学术门类，成为纯粹的学术研究。词学在二三十年代思想相对自由的条件下得到显著发展，词学体系的建构也逐步走向科学。词学体系建构的成就与不足皆可从时代背景中找到合理的解释，我们必须用历史的眼光看问题，切勿拘泥于词学本身做出简单的价值判断。

现代学者对词学仍有不同的认识。仍有人将词的创作视为词学，如1936年，叶恭绰为《清名家词》作序时说："盖词学滥觞于唐，滋衍于五代，极盛于宋。"①所说"词学"实指词的创作，而不是词的研究。这是传统词学观念在现代的延续。有些学者只将词视为韵文即广义诗歌的一部分，将诗词或词曲合论，1927年，上海书局出版了陈钟凡的《中国韵文通论》，其中第八章论"唐五代两宋词"，分词的起源、体制、声律、修辞、艺术、派别和余论七个部分，已论及词学的许多方面，

① 陈乃乾辑：《清名家词》卷首，上海书店1982年影印本。

自成体系，遗憾的是词只是韵文的附庸。任秉义的《诗词通论》、任中敏的《词曲通义》则将诗词、词曲合论。陆侃如、冯沅君的《中国诗史》，其中近代诗史实为词史，词学只是诗学的一部分。这些学者的眼中，词学仍没有独立地位，也不需自成体系。词学体系的独立只是相对的，学者可以有自己的理解，这是正常的。

古人缺乏学科分类、专业分工意识，词的创作与评论往往连为一体，词的评论者、研究者本身就是词人，没有不懂创作的纯粹的词学家。创作是词学家关注的中心，研究词的目的也是为创作服务。词学是创作的一部分，或就是创作的本身。这一观念一直影响到现代。如吴梅的《词学通论》仍是以创作为中心。历代许多学者将词学视为"填词学"，是专门研究词写作、创作的学问，创作几乎成为词学的全部。而以现代学科分类看，创作只是广义词学的一部分，填词学代替不了词学。但自从20世纪20年代，词学研究重体系创新，学术性加强，胡云翼将词学从"学词"中独立出来，成一新学科，词学便成为词评论、词研究之研究，与词创作(写作学)划分了疆界。但词史上，词创作论是传统词学的重要组成部分，如张炎《词源》，词论只是其中小部分，大量篇幅是论词的创作技法。现代词学体系不重词创作，甚至排除词创作，也是片面的。

20世纪30年代，查猛济在《刘子庚先生的词学》一文中说："近代的'词学'，大概可以分做两派：一派主张侧重音律方面的，像朱古微先生、况夔笙诸先生是。一派主张侧重意境方面的，像王静庵、胡适之诸先生是。只有《词史》的作者刘先生能兼顾这两方面的长处。"[①]查氏大体上概括了近现代词学不同体系的情形。纵观现代词学，实际上存在三种不同的体系：一是吴梅为代表的词学体系，这是传统词学体系在现代的延伸，以研究词体特性和技法修辞为本位，词学是为词的创作服务的；一是以梁启超、胡适、胡云翼为代表的词学体系，以社会批评、历史批评、文化批评为本位，重视词体制外的文化解析，重视词的现实意义和社会功能；一是以龙榆生为代表的词学体系，是音乐、文学、创作、批评、研究并重的体系，这

---

① 龙沐勋编：《词学季刊》第一卷第三号，1934年12月。

一体系相对完整、科学。

历代词学体系的建构，存在许多不足。如对“词学”概念的理解比较模糊混乱，缺乏科学的界定，随意使用。有些层面的体系缺乏完整性、系统性，缺乏理论深度。思维方式和研究方法上也存在着简单化、两极化的毛病。词学文献史料的整理不足，研究手段的落后，也影响了词学体系的科学建构。

现代词学观念影响至今，有些已形成思维定式。词学体系要有所创新，必须突破思维定式，比如，通行观念，词与音乐的关系，似乎词与音乐是异体，两者只在某种条件下或某些方面发生联系，如同词与小说、词与散文一样。这样观念完全是古代文学研究者站在文学研究的专业立场看问题，因他们基本上不懂音乐，又因词后来与音乐脱离了关系，词的衍生态是格律诗的一种，当面对格律诗时，眼中的音乐完全是外在的，而不是诗的本身属性。而实际上，词在当初原生态时是曲子、曲子词、歌词，首先是音乐，然后才是文学，故现代称作“音乐文学”，音乐与词是一体的，是二而一、一而二的，合起来看是音乐文学，分开看，歌是歌，词是词，音乐是音乐，文学是文学。因此，论词与音乐的关系只适宜脱离音乐以后、按谱填词的“律词”，而不适宜“应歌”的“歌词”。音乐研究者以音乐为本位看词时，完全只当作音乐，而根本不是什么新体格律诗，词是歌曲，是歌词，词即是音乐，音乐即是词，是一体的，不可分的。根本不是词与音乐的关系。将词与音乐截然分开，是词学研究者因专业和知识结构的局限产生的片面认识。这一观念导致对词的原生态认识的模糊，远离了词史真相。因此，很有必要将原生态的可歌的“歌词”与衍生态的按谱填写的不可歌的“律词”分开看待。当研究“歌词”时，即是音乐研究，词是歌曲的词，即是音乐本身，是音乐的一部分，根本不是“词与音乐”的关系。当研究“律词”时，则可研究词与音乐的关系，即词在哪些方面仍有音乐的影响。

又比如，词学是研究词的学问，而以往学者往往将词学理解为研究词文学的学问。实际上，文学只是词体的主体，是主要方面，词还有许多非文学的内容，词可以是哲学、伦理学，也可以是佛学、道学(仙学)，也可以是医学，这些都应列为词学的研究对象。

将词学理解为诗学的一种，亦有片面性。词当初是流行歌曲，词学还应是歌词学，是音乐学、音乐史学的一种。

我们理解的词学是研究词体的独立学科，以研究文学特性，研究情感、思想、艺术、语言、审美为中心，原生态的音乐特征也是研究重点。不仅研究词体本身（体制内研究），还研究词体以外的与词有关的一切方面（体制外研究），如比较词学、词文化学。词文化学是词学的最高形态，任何文体研究最终皆可上升为文化研究。文体只是一种文化符号，一种文化载体。文体不是孤立的，文学也不只是审美的，文体是文化的有机组成部分。

词学中的一些问题仅靠词学家局限于古代文学专业本身是解决不了的，必须靠音乐史研究者、文学史研究者、历史研究者、社会史研究者、哲学史研究者、宗教史研究者甚至中医史研究者、建筑史研究者联合起来研究，才能真正解决问题。因此，词学体系应该是开放的，词学要创新，必须与时俱进，突破“专业”的束缚。

第三节　论词学史上的“元批评”

“批评”含义有广狭之分，狭义的“批评”，仅指对具体作家作品的评论，广义的“批评”，则指整个文学批评、文学理论。本书所用的是广义“批评”概念。何为“元批评”？“元”指首次，原生，原创。“元”概念已被学术研究运用，如“元典”、“元范畴”、“元概念”等。文学批评史上的“元批评”，最早出现于诗文理论中，如“思无邪”、“郑声淫”、“兴观群怨”、“知人论世”、“以意逆志”等。“元批评”涉及各个层面，皆应追宗溯源，知其来龙去脉。“元批评”，是首次开创性的批评，享有发明“专利”。应充分研究“元批评”，弄清文学批评史真相，肯定“发明”者之功，给予合理的历史定位。不重视“元批评”，甚至视而不见，是谓“数典忘祖”，是对历史的不尊重，有悖文学史研究的学理。“元批评”应是古代文论研究中的重要议题，可惜未引起学界重视。目前无专文专著，兹专论词学史上的“元批评”，还可论《诗学史上的“元批评”》、《曲学史上的“元批评”》、《小说理论史上的“元批评”》、《散文理论史上的“元批评”》，进而可论《古代文论中的“元批评”》。

一

词学史上最早出现的“批评”是“元批评之元批评”，如此理解，则“元批评”是唯一的，其他后出的一切批评皆是“衍生批评”。本书将“元批评”理解为，词学批评的不同层面，凡最早的、开创性的批评皆为“元批评”。每个词人，每首词作，每个词调，每种类型，每个时代词，每个范畴，都有“元批评”。

历史上真实存在的“元批评”和传世文献、现存文献中的“元批评”有的一致，有的不一致，甚至相差很大。传世文献、现存文献中所见的“元批评”，可能是“衍生批评”，而真正的“元批评”我们无法知晓。文献一直不断散佚，对“元批评”的认识受到文献的限制。我们需努力寻出历史真实存在的“元批评”，有的材料可能会被发现，从而推翻认定的“元批评”，改写词学史，有的材料可能完全散佚，“发明”者成为永远的“无名英雄”。“元批评”的语源研究是必要的，但不必过分强调，应主要看其在文学批评史上的实际影响。

唐穆宗长庆三年(823)，李德裕喜获张志和《渔父歌》真迹，作《玄真子渔歌记》以志其事，感叹张志和“隐而名彰，显而无事”[①]。这是现存最早的词作题跋，可称为词学“元批评之元批评”。刘禹锡《忆江南》词小序云：“和乐天春词，依《忆江南》曲拍为句。”是现存最早的词序。欧阳炯《花间集序》是词史上第一篇具有“批评”理论色彩的“元批评”，是《花间集》的“元批评”，也是词集的“元批评”。其中所言“诗客曲子词”、“用资羽盖之欢”、“艳”、“清”、“丽”、“香”等，皆为“元批评”，影响广泛深远。

---

① 李德裕著：《李文饶文集》别集卷七，《四部丛刊》本。

有些开创性的词“选本”，只选不评，但明显有选家的词学思想在，这是一种“非理论形态”的“批评”，也是一种“元批评”。

“元范畴”是“元批评”的最高理论形态，“元批评”实质上就是学术范畴“命名”，大体上有两种“命名”方式：

一、移植式或借用式。大多数从诗学范畴“移植”而来，如气、韵、趣、味、格、境等，丁绍仪《听秋声馆词话》卷一说：“自来诗家，或主性灵，或矜才学，或讲格调，往往是丹非素。词则三者缺一不可。”①“性灵”、“才学”、“格调”，三个范畴皆来自诗学。词学“元范畴”原创性不及诗学，但有独特价值。有些是借用书论、画论范畴，如中锋、无垂不缩、白描、钩勒、点染等。

二、改造式。如清空、质实、柔厚、幽涩、境界等，有的则是组合式改造，如“清脆涩”、“重拙大”等。而真正完全自创的“元范畴”是极少的。

词学“元范畴”的“命名”，许多是单音节，如婉、媚、涩、拙等，独具传统文化特色。复合范畴，从意义上看，有的是并列式，无主次高下之别，如清空、骚雅、晦涩、雕琢等，有的是主从式，有主次或高下之分，如清婉、纤婉、柔婉、婉丽等，皆以“婉”为中心，豪放、豪迈、豪雄、豪壮、粗豪等，皆以“豪”为中心。有些是四音节的组合，如比兴寄托、沉郁顿挫、含蓄蕴藉、悲壮慷慨等，旧有范畴重新组合，产生新的意义，内涵丰富。

“元范畴”是词学中最原始、最早创造和运用的范畴，是基本范畴，核心范畴，再生能力强，以其为核心，可衍生出次级范畴，即与其他范畴组合成新范畴，如“气”，衍生出气象、气骨、气韵、气格、气势、生气、奇气、清气、逸气等，“韵”，衍生出气韵、韵趣、韵味、韵致、生韵等范畴。

“元范畴”不断产生，一部词学史，在很大程度上就是“元范畴”创新发展史，“元范畴”新生推动词学发展。凝炼成的“元范畴”，后人经常引用，作为“前理解”，作为论证问题的“前提”。

---

① 唐圭璋著：《词话丛编》（第三册），中华书局1986年版，第2575页。

作为“元批评”的“元范畴”，在词学史上影响广泛深远，应充分重视其创新价值，肯定其史的地位。

李之仪《跋吴思道小词》认为柳永词“较之《花间》所集，韵终不胜”。[①]晁补之说：“张子野与柳耆卿齐名，而时以子野不及耆卿，然子野韵高，是耆卿所乏处。”[②]推崇花间词、张先词以“韵”胜，批评柳永词乏“韵”。《荛白堂小集》云：“山谷道人向为余言，张志和《渔父词》雅有远韵。”[③]三家皆以“韵”论词，其中必有一最早者，但因史料所限，我们无法断定，只好皆视为“元批评”。后来词论家以“韵”论其他人词，论词史，“韵”成为词学史上的重要范畴。

词论家将旧有的单个诗学范畴或词学范畴组合起来，形成新的组合性范畴，亦可视为“元范畴”。如包世臣在《月底修箫谱序》中以“清”、“脆”、“涩”论词“声”。[④]孙麟趾《词迳》提出填词“十六字诀”：清、轻、新、雅、灵、脆、婉、转、流、托、淡、空、皱、韵、超、浑。郭麐《词品》十二则是：幽秀、高超、雄放、委曲、清脆、神韵、感慨、奇丽、含蓄、逋峭、秾艳、名隽。如：

清脆：美人满堂，金石丝簧。忽击玉磬，远闻清扬。韵不在短，亦不在长。哀家一梨，口为芳香。芭蕉洒雨，芙蓉拒霜。如气之秋，如冰之光。

神韵：杂花欲放，细柳初丝。上有好鸟，微风拂之。明月未上，美人来迟。却扇一顾，群妍皆媸。其秀在骨，非铅非脂。渺渺若愁，依依相思。[⑤]

① 李之仪著：《姑溪居士文集》卷四十，《丛书集成》本。

② 胡仔著，廖德明校点：《苕溪渔隐丛话》后集卷三十三引，人民文学出版社 1962 年版，第 253 页。

③ 胡仔著，廖德明校点：《苕溪渔隐丛话》后集卷三十三引，人民文学出版社 1962 年版，第 326 页。

④ 江顺诒著：《词学集成》卷八引，唐圭璋著：《词话丛编》（第四册），中华书局 1986 年版，第 3283 页。

⑤ 江顺诒著：《词学集成》卷八引，唐圭璋著：《词话丛编》（第四册），中华书局 1986 年版，第 3295—3297、3303 页。

“清脆”范畴，与包世臣的“清”、“脆”独立范畴是不同的。“神韵”范畴承王士祯“神韵”诗论而来，不是原创，但有自己独特理解。杨伯夔《续词品》十二则是：轻逸、绵邈、独造、微婉、闲雅、高寒、澄淡、轻逸、疏俊、孤瘦、精练、灵活。[①]其中“高寒”、“澄淡”、“孤瘦”皆为原创词学范畴，是“元批评”。

况周颐《蕙风词话》卷二云：

词有穆之一境，静而兼厚、重、大也。淡而穆不易，浓而穆更难。知此，可以读《花间集》。[②]

新创“穆”范畴，为词最高境界。

陈洵《海绡说词》新创“气息”和“留”范畴：

词莫难于气息，气息有雅俗，有厚薄，全视其人平日所养，至下笔时则殊，不自知也。

词笔莫妙于留，盖能留则不尽而有余味。离合顺逆，皆可随意指挥，而沉深浑厚，皆由此得。虽以稼轩之纵横，而不流于悍疾，则能留故也。[③]

周济《介存斋论词杂著》以书论词，论周邦彦在词史上的“集大成”地位：

美成思力独绝千古，如颜平原书，虽未臻两晋，而唐初之法，至此大备，后有作者，莫能出其范围矣。[④]

---

① 郭麐著：《灵芬馆词话》卷二引，唐圭璋著：《词话丛编》（第二册），中华书局1986年版，第1524页。

② 唐圭璋著：《词话丛编》（第五册），中华书局1986年版，第4423页。

③ 唐圭璋著：《词话丛编》（第五册），中华书局1986年版，第4840页。

④ 唐圭璋著：《词话丛编》（第二册），中华书局1986年版，第1632页。

词论家还以画论词，厉鹗《张今涪红螺词序》云：

尝以词譬之画，画家以南宗胜北宗。稼轩、后村诸人，词之北宗也；清真、白石诸人，词之南宗也。[①]

董其昌画论首倡“南宗”、“北宗”，重“南宗”而抑“北宗”，厉鹗移来论词，将词分“南北宗”，认为稼轩、后村为代表的“北宗”不如清真、白石为代表的“南宗”。南宗画重写意，北宗画则重工笔，一神似，一形似，厉鹗明显崇周、姜而抑辛、刘(克庄)。

“白描”本指国画中纯用线条勾画，不加色彩渲染的技法，卓人月、徐士俊《古今词统》最早将其“移植”来论词的技法，认为“不写形而写神，不取事而取意”，才是“白描高手”。[②]

周济《介存斋论词杂著》以“钩勒”论词，他说：“钩勒之妙，无如清真，他人一钩勒便薄，清真愈钩勒愈浑厚。”[③]《宋四家词选目录序论》评价清真词云：“清真浑厚，正于钩勒处见。”[④]

刘熙载《艺概》以“点染”论词：

词有点，有染，柳耆卿《雨霖铃》云：“多情自古伤离别，更那堪冷落清秋节。今宵酒醒何处，杨柳岸、晓风残月。”上二句点明离别冷落，“今宵”二句，乃就上二句意染之。点染之间不得有他语相隔，隔则警句亦成死灰矣。[⑤]

---

① 厉鹗著：《樊榭山房集·文集》卷四，《四部丛刊》本。

② 卓人月汇选，徐士俊参评，谷辉之校点：《古今词统》卷十三，辽宁人民出版社2000年版，第479页。

③ 唐圭璋著：《词话丛编》(第二册)，中华书局1986年版，第1632页。

④ 唐圭璋著：《词话丛编》(第二册)，中华书局1986年版，第1643页。

⑤ 刘熙载著：《艺概》，上海古籍出版社1978年版，第119页。

“非范畴”形态的“元批评”，用词组或一句话、数句话表述，精辟深刻，亦应重视。

唐宋时，词学批评不发达，缺乏自成体系的理论著作，但笔记、诗话、序跋、尺牍等形式中的散见词学批评多属“元批评”，词学史上的许多重要命题和概念范畴都是由宋代确立的，许多具体的“元批评”屡被后人征引，当作“元典”使用，应充分肯定其原创价值。如叶梦得《避暑录话》云“凡有井水饮处，即能歌柳词”。朱彝尊《书东田词卷后》赞赏沈朝初（号东田）词“有井水处无不歌之者”。[①]

历代词作不断产生，“元批评”亦不断产生。我们既要重视唐宋词的“元批评”，又要重视元明清词的“元批评”。谭献《复堂词话》将清代词人分为三派：“阮亭（王士祯）、葆馚（钱芳标）一流为才人之词；宛邻（张惠言）、止庵（周济）一派，为学人之词；惟三家（指纳兰性德、项鸿祚、蒋春霖）是词人之词。”[②]“才人之词”、“学人之词”、“词人之词”，可视为“元批评”。

二

许多“元批评”本对具体问题而发，有特定的内涵，首先应准确理解其原意，勿作普泛化理解，过度阐释。“元批评”经过历代词论家不断发挥、提升、修正，创造性“误读”，“层累”地增加新的内涵，改造为意义更加丰富的理论命题，由具体到抽象，由特殊到普遍，“元批评”遂越出本来“界域”，产生更大的影响。

有的“元批评”在传播过程中发生“增值”。如“词似诗”，《王直方诗话》云：“东坡尝以所作小词示无咎、文潜曰：‘何如少游？’二人皆对云：‘少游诗似小词，先生小词似诗。’”[③]晁补之、张耒说秦观“诗似小词”，苏轼“小词似诗”，是“元批评”。后来论词者多据此发挥，是为“衍生批评”。陈师道《后山诗话》说：“退之以文为

---

① 朱彝尊著：《曝书亭集》卷四十三，《四部丛刊》本。
② 唐圭璋著：《词话丛编》（第四册），中华书局1986年版，第4013页。
③ 郭绍虞辑：《宋诗话辑佚》，中华书局1980年版，第93页。

诗，子瞻以诗为词，如教坊雷大使之舞，虽极天下之工，要非本色。”[①]将苏轼词与韩愈诗并论。陈应行《于湖先生雅词序》云：“苏子瞻词如诗，秦少游诗如词，才之难全也，岂前辈犹不免耶？”[②]陈模（子宏）说：“东坡为词诗，稼轩为词论。”[③]发展为东坡词、稼轩词并论。《古今词统》徐士俊评语云：“苏以诗为词，辛以论为词，正见词中世界不小，昔人奈何讥之？”[④]批评前人，正面肯定苏轼“词诗”与辛弃疾“词论”特色。毛晋《稼轩词跋》云：“词家争斗秾纤，而稼轩率多抚时感事之作，磊落英多，绝不作妮子态。宋人以东坡为‘词诗’，稼轩为‘词论’，善评也。”[⑤]认同宋人观点。杨希闵《词轨》卷六先引毛晋所论，接着评论道：“稼轩为词论，其说近是；东坡为词诗，则大非。”[⑥]杨氏对前人此说只是部分认同，反对东坡为“词论”观点。谭莹《论词绝句一百首》则肯定“元批评”云：“小晏秦郎实正声，词诗词论亦佳评。”[⑦]李调元《雨村词话》卷二云：“放翁词似诗，然较诗浓缛，所欠一醒字，而《破阵子》词却甚工。”[⑧]又论陆游“词似诗”。潘德舆《养一斋诗话》卷二云：“汉、魏诗似赋，晋诗似《道德论》，宋、齐以下似四六骈体，唐诗则词赋骈体兼之，宋诗似策论，南宋人诗似语录，元诗似词，明诗似八股时文。风气所趋，虽天地亦因乎人，而况於文章之士哉！”[⑨]又发展为以“诗似词”论整个元代诗。“词似诗”本专论东坡词，后来又论稼轩词，再后来泛论许多词人词作，遂成为一普遍的观念。“元批评”内涵在传播过程中不断丰富、提升，运用范围更加广泛。

再如“寓以诗人句法”，黄庭坚《小山词序》中最早指出晏几道词“寓以诗人句法，清壮顿挫，能动摇人心”[⑩]，是专论晏几道词的“元批评”。后被广泛引用，南

---

① 何文焕辑：《历代诗话》（上），中华书局1981年版，第309页。
② 吴昌绶、陶湘辑：《景刊宋金元明本词》，上海古籍出版社1989年版，第728页。
③ 沈雄著：《古今词话·词话》上卷引，上海书店1987年影印本。
④ 卓人月汇选，徐士俊参评，谷辉之校点：《古今词统》卷首，辽宁教育出版社2000年版，第18页。
⑤ 毛晋著：《宋六十名家词》，明刊本。
⑥ 杨希闵著：《词轨》卷六，清抄本。
⑦ 谭莹著：《乐志堂诗集》卷六，光绪元年刻本。
⑧ 唐圭璋著：《词话丛编》（第二册），中华书局1986年版，第1410页。
⑨ 潘德舆著：《养一斋诗话》卷二，扫叶山房本。
⑩ 晏几道著：《小山词》卷首，《彊村丛书》本。

宋汤衡《张紫薇雅词序》云："元祐诸公，嬉弄乐府，寓以诗人句法，无一毫浮靡之气，实自东坡发之也。"又说《于湖词》，《歌头》、《凯歌》、《登无尽藏》、《岳阳楼》诸曲，皆规摹东坡词，是"所谓骏发踔厉，寓以诗人句法者也。"[①]"寓以诗人句法"，由最初评小山词，发展为评以苏轼为代表的元祐间诸词人，再到评张孝祥词及其他词人词作。

有些"元批评"，后世词论家虽经常引用，但缺乏必要的"体认"，因此它的理论价值没有充分体现出来。如张耒《东山词序》中"满心而发，肆口而成"，"天理之自然"，"性情之至道"，"粉泽之工"，"盛丽"、"妖冶"、"幽洁"、"悲壮"等，[②]首次概括贺铸词特色，皆准确到位，后人阐发不够。

作为"经典"的"元批评"，被后人不断重复接受。如张炎《词源》卷下评白石词、梦窗词如"野云孤飞"、"七宝楼台"。他说：

> 词要清空，不要质实。清空则古雅峭拔，质实则凝涩晦昧。姜白石词如野云孤飞，去留无迹。吴梦窗词如七宝楼台，眩人眼目，拆碎下来，不成片段。此清空质实之说。[③]

后代词论家多信奉此论，反复言说。如：

> 姜夔尧章崛起南宋，最为高洁，所谓"如野云孤飞，去留无迹"者。[④]
>
> （评沈闰生孝廉词）张叔夏谓姜白石词如"野云孤飞，去留无迹"，正堪移赠。[⑤]

---

① 吴昌绶、陶湘辑：《景刊宋金元明本词》，上海古籍出版社1989年版，第727—728页。
② 贺铸著：《东山词》卷首，《彊村丛书》本。
③ 张炎著：《词源》卷下，唐圭璋著：《词话丛编》（第一册），中华书局1986年版，第259页。
④ 田同之著：《西圃词说》附录，唐圭璋著：《词话丛编》（第二册），中华书局1986年版，第1453页。
⑤ 杜文澜著：《憩园词话》卷五，唐圭璋著：《词话丛编》（第三册），中华书局1986年版，第2955页。

词要清真，不要质实。昔人谓吴梦窗词如“七宝楼台，眩人眼目，碎拆下来，不成片段”。①

白石之词清气盘空，如“野云孤飞，去留无迹”，其高远峭拔之致，前无古人，后无来者，真词中之圣也。②

设色，词家所不废也。今试取温尉与梦窗较之，便知仙凡之别矣。盖所争在风骨，在神韵，温尉生香活色，梦窗所谓“七宝楼台，拆碎不成片段”。又其甚者，则浮艳耳。③

张叔夏则譬诸“七宝楼台，眩人眼目”。盖《山中白云》专主“清空”，与梦窗家数相反，故于诸作中，独赏其《唐多令》之疏快。④

尚密丽者失于雕凿。竹山之鹭曰琼丝，鸳曰绣羽。又霞铄帘珠，云蒸篆玉，翠簨翔龙，金枞跃凤之属，过于涩炼，若整疋绫罗，剪成寸寸。“七宝楼台”，盖薄之之辞。⑤

叔夏论其词，如“野云孤飞，去留无迹”，百世兴感，如见其人。自乙酉丙戌之年，余举词社于吴，即专以连句和姜词为程课，继以宋六十一家，择其菁英，咸为嗣响。⑥

神捷乃尔，益令人歆羡不置。“七宝楼台”，本无事修月手矣。⑦

吴梦窗于此等处多换以实字，玉田讥为“七宝楼台，拆下不成片段”，以为“质实则凝涩晦昧”。⑧

---

① 李佳著：《左庵词话》卷上，唐圭璋著：《词话丛编》（第四册），中华书局 1986 年版，第 3105 页。

② 戈载著：《宋七家词选》卷三，光绪十一年《蒙香室丛书》本。

③ 谢章铤著：《赌棋山庄词话》卷八，唐圭璋著：《词话丛编》（第四册），中华书局 1986 年版，第 3422 页。

④ 冯煦著：《蒿庵论词》，唐圭璋著：《词话丛编》（第四册），中华书局 1986 年版，第 3594 页。

⑤ 张祥龄著：《词论》，唐圭璋著：《词话丛编》（第五册），中华书局 1986 年版，第 4213 页。

⑥ 郑文焯著：《郑大鹤先生论词手简》，唐圭璋著：《词话丛编》（第五册），中华书局 1986 年版，第 4329 页。

⑦ 郑文焯著：《大鹤山人词话》附录《大鹤先生手札汇钞》，唐圭璋著：《词话丛编》（第五册），中华书局 1986 年版，第 4360 页。

⑧ 况周颐著：《蕙风词话》附录《蕙风词话诠评》，唐圭璋著：《词话丛编》（第五册），中华书局 1986 年版，第 4592 页。

玉田於梦窗颇致不满，不但“七宝楼台”之喻而已。梦窗“何处合成愁”一阕，在梦窗为别调，而玉田亟称之，他词不如是也。[①]

梦窗“七宝楼台”，自古腾诮，然古芬披挹，固词中之长吉体也。[②]

梦窗亦然，慢词极凝炼，令曲却极流利。故玉田于其慢词，讥为“凝涩晦昧”，谓如“七宝楼台，碎拆下来，不成片段”。而独赏其《唐多令》之疏快，以为不质实。集中尚有。[③]

不少“元批评”当时影响较大，具“时效”价值，因流于肤浅片面，在传播过程中发生“减值”，后人很少提及，几乎被“淘汰”。这种“昙花一现”式的“元批评”价值极低，不宜过高评价。有的“元批评”只是一次性的，因没有衍生批评“回应”，已不是严格意义上的“元批评”。

一些“元批评”在传播过程中内涵发生“变异”。后人有不同的理解，与原意相差很大，甚至完全相反。最典型的，如“涩”，原为贬义，被后人发展为褒义，否定性批评被改造成肯定性批评。王灼《碧鸡漫志》卷二云：

陈无己所作数十首，号曰语业，妙处如其诗，但用意太深，有时僻涩。[④]

最早批评陈师道词“僻涩”。张炎《词源》卷下云：

清空则古雅峭拔，质实则凝涩晦昧。……梦窗《声声慢》云：“檀栾金碧，婀娜蓬莱，游云不蘸芳洲。”前八字恐亦太涩。

① 周曾锦著：《卧庐词话》，唐圭璋著：《词话丛编》（第五册），中华书局1986年版，第4651页。
② 夏敬观著：《忍古楼词话》，唐圭璋著：《词话丛编》（第五册），中华书局1986年版，第4762页。
③ 蔡嵩云著：《柯亭词论》，唐圭璋著：《词话丛编》（第五册），中华书局1986年版，第4912页。
④ 唐圭璋著：《词话丛编》（第一册），中华书局1986年版，第83页。

词之语句，太宽则容易，太工则苦涩。[1]

以后，俞彦《爰园词话》、李渔《窥词管见》等皆批评“涩”、“生涩”、“苦涩”，皆为贬义。直到周济，以“婉”、“涩”、“高”、“平”四品论词，“涩”字遂变为褒义。周济《宋四家词选目录序论》云：

梦窗非无生涩处，总胜空滑。况其佳者，天光云影，摇荡绿波；抚玩无斁，追寻已远。[2]

以后，词论家多欣赏词之“涩”。谭献《复堂词话》云：

浙派为人诟病，由其以姜张为止境，而又不能如白石之涩，玉田之润。

词尚深涩，而频伽滑矣。[3]

沈祥龙《论词随笔》云：

词能幽涩，则无浅滑之病，能皱瘦，则免痴肥之诮。观周美成、张子野两家词自见。[4]

况周颐《蕙风词话》卷五云：

---

① 唐圭璋著：《词话丛编》（第一册），中华书局1986年版，第259、265页。
② 唐圭璋著：《词话丛编》（第二册），中华书局1986年版，第1633页。
③ 唐圭璋著：《词话丛编》（第四册），中华书局1986年版，第4008、4009页。
④ 唐圭璋著：《词话丛编》（第五册），中华书局1986年版，第4055页。

涩之中有味、有韵、有境界，虽至涩之调，有真气贯注其间。其至者，可使疏宕，次亦不失凝重，难与貌涩者道耳。[①]

蔡嵩云《柯亭词论》云：

词中有涩之一境。但涩与滞异，亦犹重大拙之拙，不与笨同。[②]

“元批评”原为褒义的，后人也会发展为贬义，肯定变为否定，如“艳”、“媚”、“纤”等。

有些“元批评”时褒时贬，历代争论不断。如北宋末，黄裳首次将柳永词比作杜甫诗，《书〈乐章集〉后》说：“予观柳氏《乐章》，喜其能道嘉祐中太平气象，如观杜甫诗，典雅文华，无所不有。是时予方为儿，犹想见其风俗，欢声和气，洋溢道路之间，动植咸若。令人歌柳词，闻其声，听其词，如丁斯时，使人慨然所感。呜呼，太平气象，柳能一写于乐章，所谓词人盛世之黼藻，岂可废耶？”[③]从歌咏盛世“太平气象”和风格“典雅文华”两方面肯定柳词并与杜诗相比的。张端义《贵耳集》卷上记载道：“项平斋，自号江陵病叟，余侍先君往荆南，所训学诗当学杜诗，学词当学柳词。扣其所云，杜诗、柳词皆无表德，只是实说。”[④]项安世（平斋）是从“无表德”、“实说”（即词作白描、质朴、真实）角度将柳词与杜诗并论的，示人以学习门径。但“无表德”、“实说”并不能代表杜诗的伟大成就，项安世的观点并不恰当。因此，刘熙载评论道：“柳耆卿词，昔人比之杜诗，为其实说，无表德也。余谓此论其体则然，若论其旨，少陵恐不许之。”[⑤]刘氏认为柳词只在体制形式上可比杜诗，思想内容上是没有资格与杜诗相比的，所言极是。胡薇元《岁寒居

① 唐圭璋著：《词话丛编》（第五册），中华书局1986年版，第4527页。
② 唐圭璋著：《词话丛编》（第五册），中华书局1986年版，第4906页。
③ 黄裳著：《演山集》卷三十五，《四库全书》本。
④ 张端义著：《贵耳集》，中州古籍出版社2005年版，第22页。
⑤ 刘熙载著：《艺概》，上海古籍出版社1978年版，第107—108页。

词话》说：“宋人云：‘诗当学杜，词当学柳。’盖词入管弦，柳实能手。”[1]又从“可歌”角度肯定柳永是宋词人的代表，可比唐诗人中的杜甫。谭献《复堂词话》评柳永《倾杯乐》(木落霜洲)云：“耆卿正锋，以当杜诗。”[2]“正锋”是书法用语，意谓书写字时，毛笔宜紧直，笔尖在纸上垂直运行，易渗水，这样写出的字厚重有力，不轻佻散漫，易产生浑厚劲健的效果。谭献认为，柳词中浑朴厚重的优秀之作可比杜诗。朱祖谋《手书·柳永词》说：“屯田词，自李端叔、刘潜夫、黄叔旸诸家评泊，多以其俳体为诟病久矣。惟张端义《贵耳集》引项平斋言：诗当学杜，词当学柳，杜诗柳词，皆无表德，只是实说云云。柳得一知音，不惜歌苦矣。”[3]朱氏欣赏推崇柳词，因此认同项安世的观点。王国维《清真先生遗事》则认为“昔人以耆卿比少陵，犹为未当也”。[4]他认为只有周邦彦词可比杜诗，以柳词比杜诗是不妥当的。(参见《“词中杜甫”说总检讨》)可见，历代论者是从不同角度欣赏或批评柳词，对“元批评”黄裳观点或认同或反对。

三

“批评”，分“他评”与“自评”。“他评”指对其他作家作品的批评，一般论“批评”，多指“他评”，作者是评论者，而不是作家。“自评”是对自己作品的批评。词人“自评”，基本上是“元批评”，影响大，值得重视。

“自评”与“他评”关系复杂。有时，“自评”是对自己词作的首次批评，是“元批评”，而他人的批评是“衍生批评”。有时，则相反，“自评”是对“他评”的“回应”，是“衍生批评”。但换一角度看，作为对自己词作的首次批评，亦是“元批评”。有时“自评”与“他评”同时进行，同时发表，则皆可视为“元批评”。作者对首次自评有时会反思，再批评，或反批评，重新肯定或否定，或修正完善。

---

① 唐圭璋著:《词话丛编》(第五册)，中华书局1986年版，第4027页。
② 唐圭璋著:《词话丛编》(第四册)，中华书局1986年版，第3990页。
③ 孙克强著:《唐宋人词话》，河南文艺出版社1999年版，第145页。
④ 王国维著:《王国维遗书》(第十一册)，上海古籍书店1983年影印本。

词人“自评”，有的极为准确精当，后人常承继引用。如苏轼《与鲜于子骏书》中说：“近却颇作小词，虽无柳七郎风味，亦自是一家。”他特别欣赏《江城子·密州出猎》，在信中说：“数日前，猎于郊外，所获颇多。作一阕，令东州壮士抵掌顿足而歌之，吹笛击鼓以为节，颇壮观也。”①

不少词选家在词选中选进自己词作，附骥名人，自我欣赏，自我推销，也是一种“自评”，是“非理论形态”的“元批评”。

“自评”多自夸自赞，如陈师道《渔家傲》云：“拟作新词酬帝力，轻落笔，秦黄去后无强敌。”《四库全书总目》卷二〇〇《后山词提要》评曰“自负良为不浅”。②陈氏《书旧词后》亦自述：“余它文未能及人，独于词自谓不减秦七、黄九。”③胡仔说：“无己自矜其词如此。今《后山集》不载其小词，世亦无传之者，何也？”④陆游《渭南文集》卷二十八《跋后山居士长短句》云：“陈无己诗妙天下，以其余作辞，宜其工矣。顾乃不然，殆未易晓也。”⑤陈师道存词不多，南宋即少有人欣赏，他的自评显然过于自负。叶适《书〈龙川集〉后》说陈亮每一词成，“辄自叹曰：‘生平经济之怀，略已陈矣。’予所谓微言，多此类也。”⑥陈振孙《直斋书录解题》批评陈亮“《外集》皆长短句，极不工而自负，以为经纶之意具在是，尤不可晓也。”⑦陈亮自负，后人有认同，有批评。陈廷焯年轻时对自己词作很自信，常自我赞许，《白雨斋词话》卷六云：“丙戌之秋，余曾赋《丑奴儿慢》一篇，极郁极厚，有感而发也。”⑧自负己作已达到最高境界。自赞式“元批评”多年轻气盛时所发，往往自我期许过高，言过其实，定位不当，后人多批评修正，我们理解时应保持谨慎态度。

“自评”多自谦，多客套话。欧阳修《采桑子》词《西湖念语》云：“因翻旧阕之

---

① 苏轼著，孔凡礼点校：《苏轼文集》卷五十三，中华书局1986年版，第1560页。
② 永瑢等撰：《四库全书总目》（下册），中华书局1965年影印本，第1829页。
③ 陈师道著：《后山集》卷十七，《四库全书》本。
④ 胡仔著，廖德明校点：《苕溪渔隐丛话》前集卷五十一，人民文学出版社1962年版，第346页。
⑤ 陆游著：《陆游集》（第五册），中华书局1976年版，第2247页。
⑥ 叶适著：《叶适集》卷二十九，中华书局1961年版，第579页。
⑦ 陈振孙著：《直斋书录解题》卷十八，上海古籍出版社1987年版，第548页。
⑧ 陈廷焯著，屈兴国校注：《白雨斋词话足本校注》卷六，齐鲁书社1983年版，第506页。

辞，写以新声之调，敢陈薄伎，聊佐清欢。”[①]赋词权当即兴表演，以助游兴。“薄伎”是自谦，有轻视词体之意，表明作者的创作态度。曹贞吉《未边词序》云：“余家濒海之乡，椎鲁少文，比学填词，发音辄为伧鄙，不可耐正，如扣缶击髀，其声呜呜，断不能拥鼻作一情语。”过分自我贬抑。叶申芗自幼即好填词，《天籁轩词谱·凡例》末云：“素不谙音律而酷好填词，自束发受书，即窃相摹拟。”[②]《满庭芳·自题词存》云：“笑余迂拙，浑不辨丝簧。却爱倚声深妙，暗偷掐、窃效颦妆。”

有的自谦中带有自许，蒋敦复《芬陀利室词话》卷二云：

> 余少年填词，喜豪放，和迦陵《怅怅词》五首，跌荡淋漓。《百字令》咏垓下起句云：“拔山已矣，忽英雄气尽，今朝儿女。”以此自负。有携余诗词质酉生，叹曰：“此君才气，非我辈所能企及，独倚声，一门外汉耳。”缘此绝不填词者十余年。[③]

文廷式《云起轩词钞》自序云：

> 余于斯道，无能为役，而志之所在，不尚苟同。三十年来，涉猎百家，推较利病，论其得失，亦非扪籥而谈矣。而写其胸臆，则率尔而作，徒供世人之指摘而已。然渊明诗云：兀傲差若颖。故余亦过而存之，且书此意，以自为序焉。[④]

有些“自评”只是一时即兴之言，甚至只是戏言，不必太当真。

“自评”有的很严肃，是对自己的“盖棺定论”，代表作者的一贯思想。晏几道

---

① 唐圭璋著：《全宋词》(一)，中华书局1965年版，第121页。

② 叶申芗著：《天籁轩词谱》卷首，道光十四年《天籁轩五种》本。

③ 唐圭璋著：《词话丛编》(第四册)，中华书局1986年版，第3654页。

④ 文廷式著：《云起轩词钞》卷首，光绪三十三年刻本。

《小山词自序》云：

> 补亡一编，补乐府之亡也。叔原往者浮沉酒中，病世之歌词，不足以析酲解愠，试续南部诸贤绪余，作五、七字语，期以自娱。不独叙其所怀，兼写一时杯酒间闻见所同游者意中事。尝思感物之情，古今不易，窃以谓篇中之意，昔人所不遗，第于今无传尔。故今所制，通以补亡名之。始时沈十二廉叔、陈十君龙家，有莲、鸿、苹、云，品清讴娱客。每得一解，即以草授诸儿。吾三人持酒听之，为一笑乐而已。而君龙疾废卧家，廉叔下世。昔之狂篇醉句，遂与两家歌儿酒使，俱流传于人间。自尔邮传滋多，积有窜易。七月己巳，为高平公缀缉成编。追惟往昔过从饮酒之人，或垅木已长，或病不偶。考其篇中所记悲欢合离之事，如幻如电，如昨梦前尘，但能掩卷怃然，感光阴之易迁，叹境缘之无实也！①

词人词作小序中多"自评"，自述创作渊源、背景或内容艺术上的特色。周紫芝《鹧鸪天》词序云："予少时酷喜小晏词，故其所作，时有似其体制者，此三篇是也。"但晚年经过"靖康之变"后颠沛流离的折磨，词风与好尚已有很大不同。所以他又说："晚年歌之，不甚如人意，聊载于此，为长短句体之助云。"②又《水调歌头》(白发三千丈)序云："十月六日于仆为生之日，戏作此词为林下一笑。世固未有自作生日词者，盖自竹坡老人始也。"③又《鹧鸪天》(年少登高意气多)序云："重九登醉山堂，戏集前人句作《鹧鸪天》，令官妓歌之，为酒间一笑。前一首，自为之也。"④辛弃疾《破阵子》(醉里挑灯看剑)词序云："为陈同甫赋壮词以寄之。"姜夔

---

① 晏几道著:《小山词》卷首,《彊村丛书》本。
② 唐圭璋著:《全宋词》(二),中华书局1965年版,第876页。
③ 唐圭璋著:《全宋词》(二),中华书局1965年版,第873页。
④ 唐圭璋著:《全宋词》(二),中华书局1965年版,第875页。

《扬州慢》词题序云："淳熙丙申至日，予过维扬。夜雪初霁，荠麦弥望。入其城，则四顾萧条，寒水自碧，暮色渐起，戍角悲吟。予怀怆然，感慨今昔，因自度此曲。千岩老人以为有黍离之悲。"[①]吴文英《西平乐慢》(岸压邮亭)序云："过西湖先贤堂，伤今感昔，泫然出涕。"[②]又《惜红衣》(鹭老秋丝)序云："余从姜石帚游苕霅间三十五年矣，重来伤今感昔，聊以咏怀。"[③]这些"自评"是确信不疑的"元批评"，可作为评价依据。

不少词人年轻时填词，成为名人后却"悔少作"，自我否定。"回忆"式批评，多遮盖一些不利于自己声誉者，自我开脱，自我辩解。孙光宪《北梦琐言》卷六记载道：

> 晋相和凝，少年时好为曲子词，布于汴洛。洎入相，专托人收拾焚毁不暇。然相国厚重有德，终为艳词玷之。契丹入夷门，号为"曲子相公"。所谓好事不出门，恶事行千里，士君子得不戒之乎！[④]

陆游《渭南文集》卷十四《长短句自序》云：

> 予少时汩于世俗，颇有所为，晚而悔之。然渔歌菱唱，犹不能止，今绝笔已数年，念旧作终不可掩，因书其首以识吾过。[⑤]

毛奇龄《西河词话》卷二说：

> 予少时与姜公子作《当楼词》，极知失温厚之意。既而自解，谓

---

① 唐圭璋著：《全宋词》(三)，中华书局1965年版，第2180页。
② 唐圭璋著：《全宋词》(四)，中华书局1965年版，2891页。
③ 唐圭璋著：《全宋词》(四)，中华书局1965年版，2903页。
④ 孙光宪著：《北梦琐言》卷六，《丛书集成》本。
⑤ 陆游著：《陆游集》(第五册)，中华书局1976年版，第2101页。

《国风》甚温厚，然朱熹注作淫诗，则在六经中，亦俨然有此等，为夫子所录，因任情为之。要亦无学问不能自主，故有此。[1]

万俟咏自编词集分两体，一名《雅词》，一名《侧艳》，后召试入官，“以侧艳体无赖太甚，削去之”。[2]向子諲南渡后，将自己的词集分为《江北旧词》和《江南新词》。词集“命名”，也是一种“元批评”。

宋代大部分作家以词为“小道”、“末技”，不愿在文集中收入词作，而另外刊行，实为无文字表述的“自评”式“元批评”。

“毁少作”是实际显现的“元批评”，表明作者当时的观点，但隐含着另一种意思的“元批评”，后悔，否定，即说明曾经喜爱过、肯定过，只是肯定性观点，没有用文字形式表达。

胡仔《苕溪渔隐丛话》引《冷斋夜话》说：“黄鲁直作艳语，人争传之，秀（指道人法秀）呵曰：‘公艳语荡天下淫心，不止于马腹，正恐生泥犁耳。’鲁直颔应之。”[3]可见黄庭坚是轻视艳语淫词的。他后来有悔意，《小山词序》云：

余少时间作乐府，以使酒玩世，道人法秀独罪余以笔墨劝淫，于我法中当下犁舌之狱，特未见叔原之作耶？[4]

不过，还为自己辩护，说还有比己作更“淫”者。

我们对词人“自评”式“元批评”首先应有起码的尊重，但不能轻信，应保留式接受。“自评”的可信度、准确度，有时反而不如“他评”。“自评”多自创范畴，在作者词学思想及整个文学思想体系中占有重要地位，作者的文学思想，首先是自

① 唐圭璋著：《词话丛编》（第一册），中华书局1986年版，第585页。
② 王灼著：《碧鸡漫志》卷二，唐圭璋著：《词话丛编》（第一册），中华书局1986年版，第83—84页。
③ 胡仔著，廖德明校点：《苕溪渔隐丛话》前集卷五十七引，人民文学出版社1962年版，第390页。
④ 晏几道著：《小山词》卷首，《彊村丛书》本。

己创作经验的总结，甘苦自知。“自评”式“元批评”在词学批评史上占有突出地位，可惜学界重视不够。

四

姚斯说：“第一个读者的理解，将在一代又一代的接受的链上，被充实和丰富，一部作品的历史意义就是在这一过程中得以确定，它的审美价值也是在这过程中得以证实。”[①]“第一个读者”，就是第一个批评者，他的观点即是“元批评”。

后人承继“元批评”的称作“衍生批评”，“衍生批评”建立于“元批评”基础上，是由“元批评”引发，是对“元批评”的“回应”，引申、补充、修正、完善，肯定或否定。“衍生批评”可分为以下几种类型：

一、肯定式批评。完全承继“元批评”观点，多引用、注解、阐释，不离原义，完全接受。有的因“元批评”合理而予以接受，有自己的见解，有的则是不假思索地完全沿袭，没有自己见解。不少“衍生批评”只是重复前人，没有说明出处，从“知识产权”角度看，是抄袭剽窃，毫无价值，甚至只有“负价值”。但换个角度看，“重复”又是“有意味”的形式，也是“批评”的一种形式，没有不断“重复”，就显示不了原创者的“伟大”，“伟大”是在不断重复中产生的。“获得我心”，故直接引用。这是古人一种表达思想的方式，正如引用圣贤“语录”一样。

二、扬弃式批评。同一词论家，对“元批评”有承继有批判，有肯定有否定，凭自己的理解，继承其“合理性”一面，抛弃其“不合理”一面。

三、否定式批评。即不赞成“元批评”，否定其价值，另立己论。况周颐《蕙风词话》卷二云：

> 元人沈伯时作《乐府指迷》，于《清真词》推许甚至。唯以“天便教

① 姚斯著：《接受美学与接受理论》，辽宁人民出版社1987年版，第25页。

人，霎时厮见何妨”。“梦魂凝想鸳侣”等句为不可学，则非真能知词者也。清真又有句云：“多少暗愁密意，唯有天知。”“最苦梦魂、今宵不到伊行。”“拚今生、对花对酒，为伊泪落。”此等语愈朴愈厚，愈厚愈雅，至真之情，由性灵肺腑中流出，不妨说尽而愈无尽。南宋人词如姜白石云：“酒醒波远，正凝想、明珰素袜。”庶几近似。然已微嫌刷色。诚如清真等句，唯有学之不能到耳。如曰不可学也，讵必颦眉搔首，作态几许，然后出之，乃为可学耶？明已来词纤艳少骨，致斯道为之不尊，未始非伯时之言阶之厉矣。①

完全否定沈义父清真词“不可学”的观点，认为清真词只有“学之不能到”，不存在“不可学”。

四、争议式批评。对同一“元批评”，不同时代不同人有不同的理解。有的赞成，有的反对，争议不断，莫衷一是。这种批评，往往是“片面的深刻”。

五、误读式批评。因观念或能力差异，有意或无意“误读”古人，误读“元批评”，有积极一面，又有消极一面。

词学批评具有“层累”性特征，对词作的首次批评是“元批评”，对“元批评”的首次“回应”是二次批评，对二次批评的再批评，是三次批评，对三次批评的再批评，是四次批评，以此类推，皆是“衍生批评”。对同一对象，离开“元批评”的创造性批评，则不属于“衍生批评”，也应视为“元批评”。

词学批评史很大程度上，就是“元批评”不断产生，“衍生批评”不断“回应”的历史。“衍生批评”对“元批评”不断“再批评”，推动词学批评的发展。

有些“衍生批评”影响甚大，远远超过“元批评”，以至于人们多不知“元批评”，就像英语中原义多希腊语义，现代语义是衍生的，但早已被人们接受使用，原来语义早被遗忘。仍强调“元批评”，强调“还原”，有无必要？这要从两方面看：一

① 唐圭璋著：《词话丛编》（第五册），中华书局1986年版，第4428页。

方面，我们承认“衍生批评”的价值，给予高度评价。另一方面，也应“追宗寻祖”，找出本原，将“发明”权重归于“元批评”者，还原历史本真，这种“还原”也是十分必要的，我们对所有的“发明”者都应给予充分的尊重。但认识历史真相，不是历史研究的全部。

有些“元批评”精辟深刻，极有理论深度，后人多反复引用，基本没有发挥，这种“元批评”应高度评价。如谭献首次将诗文论中的“潜气内转”移植来论词，如评辛弃疾《水龙吟·登建康赏心事》起句“裂竹之声，何尝不潜气内转”[①]。他将“潜气内转”作为创作主张加以提倡，要求作者“柔厚”之情隐藏在词的深处，即所谓“潜气”。又要求这深隐于词后之情感，盘旋郁勃，不张扬显露，即所谓“内转”。况周颐《蕙风词话》、夏敬观《忍古楼词话》、陈匪石《宋词举》、《旧时月色斋词谭》、钱萼孙《吴梦窗词笺释序》、陈洵《海绡翁说词稿》等，皆赞赏认同，直接引用。

草创的“元批评”较粗糙，有的不够准确合理，只是雏形，后人逐步修正完善，遂形成一成熟的范畴或命题。从草创到定型，往往有一个过程，一人首创，后来一人或多人发挥，历代学者共同“创造”。欧阳炯《花间集序》说“诗客曲子词”是“用资羽盖之欢”[②]，词的功能就是“佐欢助乐”，这是词体功能定位，是最早的词体功能论，属于草创的“元批评”。陈世修《阳春集序》说冯延巳作词是“娱宾遣兴”，表述更为精警，成为定型的“元批评”，故后人经常引用。陈世修《阳春集序》说冯延巳“不矜不伐，以清商自娱”。晏几道《小山词自序》说“作五、七字语，期以自娱”。这是词“自娱”说“定型”的“元批评”。

李之仪《跋吴思道小词》认为词“自有一种风格，稍不如格，便觉龃龉”，因而“于遣词中最为难工”[③]。认为诗词有别，“自有一种风格”，正是李清照“别是一家”说的先声，但李清照的说法更精辟，被后人特别是现代学者普遍接受。因此，李之仪之说可视为雏形的“元批评”，李清照之说则是定型的“元批评”。定型的“元批

① 谭献著：《复堂词话》，唐圭璋著：《词话丛编》（第四册），中华书局1986年版，第3994页。
② 李一氓著：《花间集校》，人民文学出版社1981年版，第2页。
③ 李之仪著：《姑溪居士文集》卷四十，《四部丛刊》本。

评”，后人多引用，往往不提草创者，对草创者是不公的。

一般认为明代李东琪首提“诗庄词媚”说，他说：“诗庄词媚，其体元别。然不得因媚辄写入淫亵一路。媚中仍有庄意，风雅几不坠。”①实际上，早在宋代，词论家即以“媚”概括词体特性，如王灼《碧鸡漫志》卷一云：“而士大夫所作歌词，亦尚婉媚，古意尽矣。”②王炎在《双溪诗余自序》中也说：“夫古律诗且不以豪壮语为贵，长短句命名为曲，取其曲尽人情，惟婉转妩媚为善，豪壮语何贵焉？不溺于情欲，不荡而无法，可以言曲矣。此炎所未能也。”③因此，李东琪之论是对宋代以来以“媚”论词体的总结和改造，不是“元批评”。

“元批评”首先要充分肯定，“衍生批评”的“再创造”，有的价值较高，也要充分肯定。

影响“元批评”价值定位的因素有许多，有时代的，有政治的，有评论者主观因素，审美差异，有各种“关系”影响。

因血缘关系，词论家对评论对象的“元批评”往往过高。宋嘉祐戊戌十月望，陈世修作《阳春集》序云：

> 南唐相国冯公延巳，乃余外舍祖也。公与李江南有布衣旧，因以渊谟大才，弼成宏业。江南有国，以其勋贤，遂登台辅。与弟文昌左相延鲁，俱竭虑于国，庸功日著，时称二冯焉。公以金陵盛时，内外无事，朋僚亲旧，或当燕集，多运藻思，为乐府新词，俾歌者倚丝竹而歌之，所以娱宾而遣兴也。日月浸久，录而成编。观其思深辞丽，均律调新，真清奇飘逸之才也。噫，公以远图长策翊李氏，卒令有江介地，而居鼎辅之任，磊磊乎才业何其壮也。及乎国已宁，家已成，又能不矜不伐，以清商自娱，为之歌诗，以吟咏情性，飘飘乎才思何

① 王又华著：《古今词论》引，唐圭璋著：《词话丛编》（第一册），中华书局1986年版，第606页。
② 唐圭璋著：《词话丛编》（第一册），中华书局1986年版，第79页。
③ 王炎著：《双溪诗余》卷首，王鹏运辑：《四印斋汇刻宋元三十一家词》本。

其清也。核是之嫩，萃于一身，何其贤也。[①]

冯延巳人品，史家评价较低，陈氏却拔得很高，对其词品，也全是溢美之辞。陈宗石为其兄陈维崧作《湖海楼词序》，也是赞不绝口，他说：

> 伯兄之词富矣，伯兄之遇穷矣。方伯兄少时，值家门鼎盛，意气横逸，谢郎捉鼻，麈尾时挥，不无声华裙屐之好，故其词多作旖旎语。殆中更颠沛，饥驱四方，或驴背清霜，孤篷夜雨；或河梁送别，千里怀人；或酒旗歌板，须髯奋张；或月榭风廊，肝肠掩抑；一切诙谐狂啸，细泣幽吟，无不寓之于词。甚至里语巷谈，一经点化，居然典雅，真有意到笔随，春风化物之妙。[②]

因地缘关系，词论家对作为乡贤的词人词作亦往往推许过高，如张綖奉秦观为"婉约"词"体"代表，很大原因即在于同是高邮人。

因业缘关系，"元批评"多亦赞誉之辞。宋翔凤为邓廷桢僚属，自然赞美其人其词，《双砚斋词钞序》称扬邓廷桢"洁身自守"，"胸次坦白"，又妙解音律，喜好填词，善学古人，博采众家之长，其词雍容和谐，清逸脱俗，"与尘坌而共洗，偕风露而俱清"，寄托遥深，温柔敦厚，和平蕴藉，[③]可谓推崇备至。

词学师承影响"元批评"、"衍生批评"的承传。张惠言是常州词派的开山"祖师"，推尊词体，以治经之法解词，首倡"意内言外"，对近代词学影响巨大深远。其《词选序》云："词者，盖出于唐之诗人，采乐府之音以制新律，因系其词，故曰词。传曰：意内而言外谓之词。其缘情造端，兴于微言，以相感动。极命风谣里巷男女哀乐，以道贤人君子幽约怨悱不能自言之情，低徊要眇以喻其致。"[④] 董士

① 冯延巳著：《阳春集》卷首，王鹏运辑：《四印斋所刻词》，上海古籍出版社1989年影印本。
② 陈维崧著：《湖海楼词》卷首，陈乃乾辑：《清名家词》（第二卷），上海书店1982年影印本。
③ 邓廷桢著：《双砚斋词钞》卷首，民国九年邓邦述校刻《双砚斋丛书》本。
④ 张惠言著：《词选序》，唐圭璋著：《词话丛编》（第二册），中华书局1986年版，第1617页。

锡为张惠言外甥，直接师从舅氏治学，词学得张氏“真传”。宋翔凤直接师承张惠言以经论词的文法，将张氏“意内言外”词论发扬光大。周济于嘉庆九年(1804)从董士锡(字晋卿)学词。词论皆承张惠言兄弟而来，《介存斋论词杂著》发挥“意内言外”说，明确提出填词要有寄托，“有寄托则表里相宜，斐然成章”；“无寄托，则指事类情，仁者见仁，智者见智”。蒋敦复童稚时即与周济相识，后期词学以承续周济词学为己任。况周颐《蕙风词话》卷四云：“意内言外，词家之恒言也。”[①]谭献《复堂词话》、胡薇元《岁寒居词话》、李佳《左庵词话》、沈祥龙《论词随笔》、张德瀛《词徵》、冒广生《小三吾亭词话》等，皆奉张氏“意内言外”说。

周济宋词“四家”说，亦可视为“元批评”。吴文英本为南宋一普通词人，地位一般，并不为词家所重，总体上历代批评者多，赞誉者少，张惠言《词选》即不取梦窗词。周济始推扬梦窗词，誉为宋词“四家”之一。从此，梦窗词为词家所宗，显扬于世。近代王鹏运、朱祖谋、况周颐、郑文焯、吴梅、陈洵、杨铁夫、易孺、陈匪石、蔡桢、汪东等皆嗜梦窗词。王鹏运嗜爱并校刻《梦窗词》，曾与朱祖谋合校《梦窗词》。朱祖谋治《梦窗词》数十年，先后进行了四次校勘，张寿镛汇辑为《梦窗词校勘记》，收入《四明丛书》。弟子吴梅汇校《梦窗词》即受朱氏影响，汇校时曾参照朱氏《梦窗词集小笺》，并予以择录。吴氏对《梦窗词》校勘尤精，后人将其校勘语集成《汇校·梦窗词·札记》，发表于《文学遗产》增刊第十四辑。杨铁夫遵照导师朱祖谋旨意，专治梦窗词，撰成《梦窗词笺释》，杨氏几用毕生精力笺释梦窗词，成为梦窗词研究专家。近代词坛，“梦窗热”长期盛行，多是周济“元批评”倡导之功。

“元批评”在词学流派内部传承有序。如宋翔凤论词强调读者的主观创造性，《论词绝句》自注云：“不必作者如是，是词之精者，可以仁者见仁，智者见智者也。”[②]直接影响周济《介存斋论词杂著》的“仁者见仁，智者见智”。[③]谭献《复堂词

① 唐圭璋著：《词话丛编》(第五册)，中华书局1986年版，第4488页。
② 宋翔凤著：《洞箫楼诗纪》卷三，清咸丰刻本。
③ 唐圭璋著：《词话丛编》(第二册)，中华书局1986年版，第1630页。

话》则发挥说："作者之用心未必然，而读者之用心何必不然。"[①]常州词派的"接受"理论一脉相承。

五

词学各个角度、各个层面都有"元批评"。"元批评"，评词的起源，评词人、词作，评词史、词体，评词调、词乐、词韵、词律，评词论；评咏物词，评渔父词或渔隐词，评边塞词、悼亡词、风土词、都市词、咏史词等。

不只是词人词作批评，才是"元批评"，对批评者、对批评之批评，也是"元批评"。

"元批评"论创作主体，如"词心"说，陈廷焯《白雨斋词话》卷八引乔笙巢语云：

> 少游词寄慨身世，闲雅有情思。酒边花下，一往而深，而怨诽不乱，悄乎得小雅之遗。他人之词，词才也；少游，词心也。得之于内，不可以传。虽子瞻之明隽，耆卿之幽秀，犹若有瞠乎后者，况其下耶？此与庄中白之言颇相合。淮海何幸，有此知己。

又云：

> 乔笙巢谓他人之词，词才也；少游，词心也。可谓卓识。[②]

况周颐《蕙风词话》卷一发挥云：

---

① 唐圭璋著：《词话丛编》（第四册），中华书局1986年版，第3987页。
② 唐圭璋著：《词话丛编》（第四册），中华书局1986年版，第3959页。

填词要天资，要学力。平日之阅历，目前之境界，亦与有关系。无词境，即无词心。矫揉而强为之，非合作也。境之穷达，天也，无可如何者也。雅俗，人也，可择而处者也。①

卷二又云：

黄东甫《柳梢青》云："天涯翠巘层层。是多少长亭短亭。"《眼儿媚》云："当时不道春无价，幽梦费重寻。"此等语非深于词不能道，所谓词心也。②

沈曾植《菌阁琐谈》云：

止庵而后，论词精当，莫若融斋。涉览既多，会心特远，非情深意超者，固不能契其渊旨。而得宋人词心处，融斋较止庵真际尤多。③

王士祯《倚声初集序》云：

有诗人之词，唐、蜀、五代诸人是也；有文人之词，晏、欧、秦、李诸君子是也；有词人之词，柳永、周美成、康与之之属是也；有英雄之词，苏、陆、辛、刘是也。至是，声音之道乃臻极致，而词之为功虽百变而不穷。④

---

① 唐圭璋著：《词话丛编》（第五册），中华书局1986年版，第4407页。
② 唐圭璋著：《词话丛编》（第五册），中华书局1986年版，第4450页。
③ 唐圭璋著：《词话丛编》（第四册），中华书局1986年版，第3608页。
④ 邹祗谟、王士祯辑：《倚声初集》卷首，清顺治十七年刻本。

首次将唐宋词人分为“诗人之词”、“文人之词”、“词人之词”、“英雄之词”。

王国维在《清真先生遗事》中将周邦彦比拟“词中老杜”。不少学者将“词中杜甫”说视为王国维的“发明”和“专利”，将其视为“元批评”。而事实上，将周邦彦比拟“词中杜甫”的不只是王国维一人，王国维更不是“发明”者。他的观点影响大是事实，但“发明权”不是他。“词中杜甫”说是历代词学家的共同创造，我们皆应高度重视，充分体认。（参见《“词中杜甫”说总检讨》）

清初先著、程洪《词洁辑评》评张炎《齐天乐》（分明柳上春风眼）一词时说：“美成如杜，白石兼王、孟、韦、柳之长。”①最早将周邦彦比拟杜甫。阳羡词派的开创者陈维崧《〈词选〉序》说：“东坡、稼轩诸长调，又駸駸乎如杜甫之歌行与西京之乐府也。”②将苏轼、辛弃疾比作“词中杜甫”，皆是“元批评”。

“元批评”中多名词人并论。如“秦黄”并论，陈师道《后山诗话》称：“今代词手，惟秦七、黄九耳，唐诸人不逮也。”③将“秦黄”并举，是从批评苏轼“以诗为词”，“虽极天下之工，要非本色”的对立面来称许二人的，肯定其“可歌”本色，是为“元批评”。其后，李清照《词论》提出词“别是一家”，称当世“知之者少”，“后晏叔原、贺方回、秦少游、黄鲁直出，始能知之”，并分析秦、黄二人词作得失：“秦即专主情致，而少故实，譬如贫家美女，虽极妍丽丰逸，而终乏富贵态；黄即尚故实而多疵病，譬如良玉有瑕，价自减半矣”。④

张綖《淮海居士长短句跋》说：

然词尚丰润，山谷特瘦健，似非秦比。⑤

清代词论家多对陈师道“秦黄”并论“元批评”提出异议：

① 唐圭璋著：《词话丛编》（第二册），中华书局1986年版，第1367页。
② 施蛰存主编：《词籍序跋萃编》，中国社会科学出版社1994年版，第761页。
③ 何文焕辑：《历代诗话》（上），中华书局1981年版，第309页。
④ 胡仔著，廖德明校点：《苕溪渔隐丛话》后集卷三十三引，人民文学出版社1962年版，第254页。
⑤ 秦观著：《淮海集》附，明嘉靖刻本。

词家每以秦七、黄九并称，其实黄不及秦甚远，犹高之视史，刘之视辛，虽齐名一时，而优劣自不可掩。[①]

诃凭法秀浪相夸，迴脱恒蹊玉有瑕。黄九定非秦七比，后山仍未算词家。[②]

秦、黄并誉，冤哉。[③]

秦七黄九，并重当时，然黄之视秦，奚啻碔砆之与美玉。词贵缠绵，贵忠爱，贵沉郁，黄之鄙俚者无论矣；即以其高者而论，亦不过于倔强中见姿态耳！于倔强中见姿态，以之作诗，尚未必尽合，况以之为词耶？[④]

晁补之、陈后山皆谓：今代词手，惟秦七、黄九。然山谷非淮海之比，高妙处只是著腔好诗。[⑤]

明清人将“秦黄”词“异同”论发展为“优劣”论，自有其道理，但过分崇秦抑黄，亦有失偏颇，黄庭坚词自有其独特价值。

同时人的批评多为“元批评”，是原生态评价。如孙光宪《北梦琐言》谓温庭筠“其词有《金荃集》，取其香而软也”。[⑥]苏轼《张子野词》跋云：

子野诗笔老妙，歌词乃其余波耳。《华州西溪》诗云：“浮萍破处见山影，小艇归时闻草声。”又和余诗云：“愁似鳏鱼知夜永，懒同蝴蝶为春忙。”若此之类，皆可以追配古人，而世俗但称其歌词。昔周昉士女，盖所谓未见好德如好色者欤。[⑦]

---

① 彭孙遹著：《金粟词话》，唐圭璋著：《词话丛编》（第一册），中华书局1986年版，第722页。
② 谭莹著：《乐志堂诗集》卷六，光绪元年刻本。
③ 钱裴仲著：《雨华盦词话》，唐圭璋著：《词话丛编》（第四册），中华书局1986年版，第3013页。
④ 陈廷焯著，杜维沫校点：《白雨斋词话》卷一，人民文学出版社1983年版，第13页。
⑤ 胡薇元著：《岁寒居词话》，唐圭璋著：《词话丛编》（第五册），中华书局1986年版，第4028页。
⑥ 孙光宪著：《北梦琐言》，《丛书集成》本。
⑦ 张先著：《张子野词》卷末，《知不足斋丛书》本。

可见，张先当时诗歌成就很高，词亦颇受欢迎。黄庭坚《书王观复乐府》云："观复乐府长短句，清丽不凡，今时士大夫及之者鲜矣。然须熟读元献、景文笔墨，使语意浑厚乃尽之。"[①]以"清丽"、"浑厚"范畴论王观复词，是"元批评"。

晁补之《评本朝乐章》皆是"元批评"：

> 世言柳耆卿曲俗，非也，如《八声甘州》云："渐霜风凄紧，关河冷落，残照当楼"，此真唐人语，不减高处矣。欧阳永叔《浣溪沙》云："堤上游人逐画船，拍堤春水四垂天，绿杨楼外出秋千"，要皆绝妙，然只一"出"字，自是后人道不到处。苏东坡词，人谓多不谐音律。然居士词横放杰出，自是曲子中缚不住者。黄鲁直间作小词，固高妙，然不是当行家语，自是著腔子唱好诗。晏元献不蹈袭人语而风调闲雅，如"舞低杨柳楼心月，歌尽桃花扇底风"，知此人不住三家村也。张子野与柳耆卿齐名，而时以子野不及耆卿；然子野韵高，是耆卿所乏处。近世以来，作者皆不及秦少游，如"斜阳外，寒鸦万点，流水绕孤村"，虽不识字人，亦知是天生好言语。

有些词人、词作当时无人批评，甚至很长时间内皆无人欣赏，一直处于"沉睡"状态，只有"潜价值"。"元批评"将其"挖掘"出来，始产生影响，"元批评"功莫大焉。

具体经典词作的"元批评"值得重视。如温庭筠《菩萨蛮》(小山重叠金明灭)，张惠言说：

> 此感士不遇也。篇法仿佛《长门赋》，而用节节逆叙。此章从梦晓后，领起"懒起"二字，含后文情事，"照花"四句，《离骚》"初服"之

① 黄庭坚著：《山谷集》外集卷九，《四库全书》本。

意。[1]

首次以骚赋论此词，可视为“元批评”。常州词派后继者多承其说，谭献《谭评词辨》卷一云：“以上《士不遇赋》，读之最确。”[2]陈廷焯《白雨斋词话》卷一云：

飞卿词全祖《离骚》，所以独绝千古。《菩萨蛮》、《更漏子》诸阕，已臻绝诣，后来无能为继。

所谓沉郁者，意在笔先，神余言外，写怨夫思妇之怀，寓孽子孤臣之感。凡交情之冷淡，身世之飘零，皆可于一草一木发之。而发之又必若隐若现，欲露不露，反复缠绵，终不许一语道破，匪独体格之高，亦见性情之厚。飞卿词，如“懒起画蛾眉，弄妆梳洗迟”。无限伤心，溢于言表。

飞卿《菩萨蛮》十四章，全是变化楚骚，古今之极轨也。徒赏其芊丽，误矣。[3]

现代学者则批评张氏之论，王国维《人间词话删稿》云：

固哉！皋文之为词也。飞卿《菩萨蛮》、永叔《蝶恋花》、子瞻《卜算子》，皆兴到之作，有何命意？皆被皋文深文罗织。[4]

任中敏《词曲通义》云：

常州派谓温庭筠之《菩萨蛮》与《离骚》同一宗旨，但考温氏并无

---

① 唐圭璋著：《词话丛编》（第二册），中华书局1986年版，第1609页。
② 尹志腾校点：《清人选评词集三种》，齐鲁书社1988年版，第146页。
③ 唐圭璋著：《词话丛编》（第四册），中华书局1986年版，第3777—3778页。
④ 唐圭璋著：《词话丛编》（第五册），中华书局1986年版，第4261页。

与屈原之身世，而此词又无切实之本事，则“新贴绣罗襦，双双金鹧鸪”，绝非《离骚》“初服”之意，仅不过因鹧鸪之双飞，制襦之人乃兴起自身孤独之感耳，与上文弄妆迟懒、花面交映之旨实一贯，此就全词之措辞，可以定其意境者也。①

李冰若《栩庄漫记》云：

统观全词意，谀之则为盛年独处，顾影自怜；抑之则侈陈服饰，搔首弄姿。“初服之意”，蒙所不解。②

黄庭坚《跋东坡乐府》评苏轼《卜算子·黄州定惠院寓居作》：“语意高妙，似非吃烟火食人语，非胸中有万卷书，笔下无一点尘俗气，孰能至此？”③是“元批评”，后人多视为经典，直接引用，如邓廷桢《双砚斋词话》评东坡《卜算子》“明漪绝底，芗泽不闻，宜涪翁称之为不食人间烟火”。④

历代词论家又将此论进一步引申发挥。明代俞彦则将“似非吃烟火食人语”提升为概括苏轼词整体特色，《爰园词话》卷二云：

子瞻词无一语著人间烟火，此自大罗天上一种，不必与少游、易安辈较量体裁也。其豪放亦止“大江东去”一词。何物袁绹，妄加品骘，后代奉为美谈，似欲以概子瞻生平。不知万顷波涛，来自万里，吞天浴日，古豪杰英爽都在，使屯田此际操觚，果可以“杨柳岸，晓风残月”命句否？⑤

---

① 任中敏著：《词曲通义》，商务印书馆1931年版，第27页。
② 李冰若著：《花间集评注》，河北教育出版社1999年版，第12页。
③ 黄庭坚著：《豫章黄先生文集》卷二十六，《四部丛刊》本。
④ 唐圭璋著：《词话丛编》（第三册），中华书局1986年版，第2529页。
⑤ 唐圭璋著：《词话丛编》（第一册），中华书局1986年版，第402页。

郑文焯《大鹤山人词话》又移来评东坡《八声甘州·寄参寥子》："突兀雪山，卷地而来，真似钱塘江上看潮时，添得此老胸中数万甲兵，是何气象雄且桀。妙在无一字豪宕，无一语险怪，又出以闲逸感喟之情，所谓骨重神寒，不食人间烟火气者，词境至此观止矣。"①

词论家又以之评唐宋名家词：

《于湖集》所作长短句凡数百篇，读之泠然洒然，真非烟火食人辞语。予虽不及识荆，然其潇散出尘之姿，自在如神之笔，迈往凌云之气，犹可以想见也。②

芟《花间集》者，额以温飞卿《菩萨蛮》十四首，而李翰林一首为词家鼻祖，以生不同时，不得列入。今读之，李如藐姑仙子，已脱尽人间烟火气；温如芙蕖浴碧，杨柳挹青，意中之意，言外之言，无不巧隽而妙入。珠璧相耀，正自不妨并美。③

若总统诸家而求其极致，于不食烟火，不落言诠，如女中之有国色，无事矜庄修饰，使当之者忽然自失，而未由仿佛其皎好，其惟太白之"暝色入高楼，有人楼上愁"乎？④

希真赋月词："插天翠柳，被何人推上，一轮明月。"赋梅词："横枝消瘦一如无，但空里疏花数点。"词意奇绝，似不食烟火人语。⑤

石次仲孝友《金谷遗音》，用笔超逸，似不食人间烟火，在南宋另是一格。⑥

---

① 唐圭璋著：《词话丛编》（第五册），中华书局1986年版，第4326—4327页。

② 陈应行著：《于湖先生雅词序》，吴昌绶、陶湘辑：《景刊宋金元明本词》，上海古籍出版社1989年版，第728页。

③ 明汤显祖评：《花间集》卷一，明万历刻朱墨套印本。

④ 冯金伯辑：《词苑萃编》卷二引《词洁》，唐圭璋著：《词话丛编》（第二册），中华书局1986年版，第1785页。

⑤ 冯金伯辑：《词苑萃编》卷五引，唐圭璋著：《词话丛编》（第二册），中华书局1986年版，第1867页。

⑥ 李调元著：《雨村词话》卷二，唐圭璋著：《词话丛编》（第二册），中华书局1986年版，第1408页。

(评潘功甫舍人词)其词多《湘月》之调，皆不食人间烟火语。①

易安佳句，如《一翦梅》起七字云："红藕香残玉簟秋。"精秀特绝，真不食人间烟火者。②

刘熙载《艺概》云：

黄鲁直跋东坡《卜算子》(缺月挂疏桐)一阕云："语意高妙，似非吃烟火食人语，非胸中有万卷书，笔下无一点尘俗气，孰能至此？"余案：词之大要，不外厚而清。厚，包诸所有。清，空诸所有也。③

则发挥为"厚而清"总论词体。

苏轼《卜算子》本写投闲置散后幽独的心境，南宋鲖阳居士始以"诗教"观念论之，亦可视为"元批评"，《复雅歌词》云：

"缺月"，刺明微也。"漏断"，暗时也。"幽人"，不得志也。"独往来"，无助也。"惊鸿"，贤人不安也。"回头"，爱君不忘也。"无人省"，君不察也。"拣尽寒枝不肯栖"，不偷安于高位也。"寂寞吴江冷"，非所安也。此词与《考槃》诗极相似。④

主观臆测，牵强比附，影响甚大。后来词论家多袭用这种论词方法，亦有批评者，王士祯《花草蒙拾》说：

村夫子强作解事，令人欲呕。……仆尝戏谓坡公命宫磨蝎，湖州

① 杜文澜著：《憩园词话》卷二，唐圭璋著：《词话丛编》(第三册)，中华书局1986年版，第2879页。
② 陈廷焯著，杜维涑校点：《白雨斋词话》卷二，人民文学出版社1983年版，第52页。
③ 刘熙载著：《艺概》，上海古籍出版社1978年版，第120页。
④ 谢维新著：《古今合璧事类备要》外集卷十一，明刻本。

诗案，生前为王珪、舒亶辈所苦，身后又硬受此差排耶？”[①]

“元批评”对词史上“大家”“名家”地位的确立，对词作的“经典化”，起到至关重要的“奠基”作用，往往定下评价基调，后人多据此发挥。

有对词调的“元批评”，张炎《词源》卷下云：“作慢词，看是甚题目，先择曲名，然后命意。命意既了，思量头如何起，尾如何结，方始选韵，而后述曲。最是过片，不要断了曲意，须要承上接下。”又云：“词之难于令曲，如诗之难于绝句，不过十数句，一句一字闲不得。末句最当留意，有有余不尽之意始佳。”[②]

有对题材的“元批评”，张炎《词源》卷下云：“诗难于咏物，词为尤难。体认稍真，则拘而不畅，模写差远，则晦而不明。要须收纵联密，用事合题。一段意思，全在结句，斯为绝妙。”[③]沈义父《乐府指迷》云：“咏物词，最忌说出题字。”[④]后人多据此立论。

六

“元批评”的价值定位，应看其实际影响。李清照的“别是一家”说是“定型”的“元批评”。《词论》最早见于南宋胡仔《苕溪渔隐丛话》后集卷三十三，作者引后批评道：

> 易安历评诸公歌词，皆摘其短，无一免者，此论未公，吾不凭也。其意盖自谓能擅其长，以乐府名家者。退之诗云：“不知群儿愚，那用故谤伤。蚍蜉撼大树，可笑不自量。”正为此辈发也。[⑤]

---

① 唐圭璋著：《词话丛编》（第一册），中华书局1986年版，第678页。
② 唐圭璋著：《词话丛编》（第一册），中华书局1986年版，第258、265页。
③ 唐圭璋著：《词话丛编》（第一册），中华书局1986年版，第261页。
④ 唐圭璋著：《词话丛编》（第一册），中华书局1986年版，第284页。
⑤ 胡仔撰，廖德明校点：《苕溪渔隐丛话》后集卷三十三，人民文学出版社1962年版，第255页。

后魏庆之《诗人玉屑》卷二十一《诗余》条、清徐釚《词苑丛谈》卷一《体制》、田同之《西圃词说》等，皆照引原文。方成培《香研居词麈》卷三提到《词论》，更注重音律方面。俞正燮《癸巳类稿·易安居士事辑》引用《苕溪渔隐丛话》所引全文，评曰："易安讥弹前辈，既中其病，而词日益工。"[①]历代词学家多讥评之。

"别是一家"说，词史及词学批评史上的实际影响，并没有今人想象的那么大。李清照在世时，《词论》并没有引起人们的注意，在词坛上几乎没有任何反响。因此，"时效"价值是有限的，或者说只具备"潜价值"。李清照去世后，《词论》被胡仔《苕溪渔隐丛话》、魏庆之《诗人玉屑》收入，但是并没有受到应有的赞扬，反而是讥评。因此，《词论》在李清照身后的"盖棺定论"，评价也是极低的。自宋至清，《词论》并没有产生多大的影响力。近现代，专门以《词论》为研究对象的文章几乎没有，只有一些论著稍有提及，如朱东润的《中国文学批评史大纲》(开明书店1944版)等。可见，直到现代，《词论》的影响仍是有限的。当代，《词论》开始成为词学研究"热点"之一，对"别是一家"说评价很高，与历代对其评价不相符合。(参见《李清照〈词论〉研究的回顾与反思》)

陈师道首倡词"本色"论，《后山诗话》云："退之以文为诗，子瞻以诗为词，如教坊雷大使之舞，虽极天下之工，要非本色。"[②]是"元批评"，以后"衍生批评"多引用或发挥，"本色"内涵亦发生变化。刘克庄《翁应星乐府序》认为"长短句当使雪儿啭春莺辈可歌，方是本色"。[③]张炎《词源》卷下论词："句法中有字面，盖词中一个生硬字用不得。须是深加锻炼，字字敲打得响，歌诵妥溜，方为本色语。"[④]仇远《玉田词题辞》云："世谓词者诗之余，然词尤难于诗。词失腔犹诗落韵，诗不过四五七言而止，词乃有四声、五音、均拍、重轻、清浊之别。若言顺律舛，律协言谬，俱非本色。"[⑤]张綖认为词体"以婉约为正"，并赞同后山评苏词"虽极天下之

① 俞正燮著，于石、马君骅、诸伟奇校点：《俞正燮全集》(第一册)，黄山书社2005年版，第765页。
② 何文焕辑：《历代诗话》(上)，中华书局1981年版，第309页。
③ 刘克庄著：《后村先生大全集》卷九十七，《四部丛刊》本。
④ 唐圭璋著：《词话丛编》(第一册)，中华书局1986年版，第259页。
⑤ 吴则虞校辑：《山中白云词》附录，中华书局1983年版，第164页。

工，要非本色”。[①]沈谦说：“男中李后主，女中李易安，极是当行本色。”[②]何良俊《草堂诗余序》也概括“诗余以婉丽流畅为美”，并推崇北宋婉约词“柔情曼声，摹写殆尽，正词家所谓当行、所谓本色也”。[③]孟称舜《古今词统序》认为“词与诗、曲，体格虽异，而同本于作者之情”。“作者极情尽态，而听者洞心耸耳。如是者皆为当行，皆为本色”。[④]贺裳《皱水轩词筌》说：“词虽以险丽为工，实不及本色语之妙。”[⑤]彭孙遹《金粟词话》说：“词以艳丽为本色，要是体制使然。”[⑥]谢元淮《填词浅说》云：“守定词场疆界，方称本色当行。”[⑦]

朱彝尊始倡词“南北宋”比较论，《词综·发凡》云：“世人言词，必称北宋，然词至南宋始极其工，至宋季而始极其变。姜尧章氏最为杰出。”[⑧]王时翔《小山词自序》云：

> 词莫盛于宋，而分南北二种。向来填词家多以北宋为宗，迨朱检讨竹垞先生谓：词至南宋始称极盛，诚属创见。然笃而论之，细丽密切，无如南宋，而格高韵远，以少胜多，北宋诸公往往高拔南宋之上。余年十五，爱欧文忠、晏小山、秦准海之作，慕其艳制，得二百余阕……年来里中举诗社，与毛博士鹤汀、顾孝廉玉停，倡言以词，参之二君，皆仿南宋，予亦强效之，弗能至也。[⑨]

对朱氏之论部分接受。

---

① 游元泾校刊：《增正诗余图谱》卷首，明万历刊本。
② 唐圭璋著：《词话丛编》（第一册），中华书局1986年版，第605页。
③ 卓人月汇选，徐士俊参评，谷辉之校点：《古今词统》卷首，辽宁教育出版社2000年版，第12页。
④ 卓人月汇选，徐士俊参评，谷辉之校点：《古今词统》卷首，辽宁教育出版社2000年版，第3页。
⑤ 唐圭璋著：《词话丛编》（第一册），中华书局1986年版，第716页。
⑥ 唐圭璋著：《词话丛编》（第一册），中华书局1986年版，第723页。
⑦ 唐圭璋著：《词话丛编》（第三册），中华书局1986年版，第2509页。
⑧ 朱彝尊、汪森编，李庆甲校点：《词综》，上海古籍出版社1978年版，第10页。
⑨ 王时翔著：《小山文集》卷三，乾隆十一年王氏泾东草堂刻本。

王灼《碧鸡漫志》卷二说："晁无咎、黄鲁直皆学东坡体，韵制得七八。"[①]元好问《鹧鸪天》题序云："效东坡体。"元好问《中州乐府》卷一云："百年来，乐府推(蔡)伯坚与吴彦高，号吴蔡体。"[②]"东坡体"、"吴蔡体"，皆有特定内涵，也是"元批评"。

"唐诗、宋词、元曲"为"一代之文学"说，是历代文论家的共同创造。据现存资料，最早提出此说的是金、元之际的刘祁，他说："唐以前诗在诗，至宋则多在长短句，今之诗在俗间俚曲也。"[③]他尚缺乏明晰的"一代之文学"意识，刘祁之论可说是雏形，可称草创的"元批评"。元代罗宗信在《〈中原音韵〉序》中说："世之共称唐诗、宋词、大元乐府，诚哉！"[④]这说明，罗宗信生活的时代，"唐诗、宋词、元曲"并称，已是"通行"的说法了，这是"定型"的"元批评"。明清两代，一直流行此说，如茅一相《题词评〈曲藻〉后》、胡应麟《欧阳修论》、王思任《吴观察宦稿小题叙》、吴伟业《〈北词广正谱〉序》、焦循《易余籥录》等，皆发挥此说。1912年，王国维在《宋元戏曲考·序》中说："凡一代有一代之文学，楚之骚，汉之赋，六代之骈语，唐之诗，宋之词，元之曲，皆所谓一代之文学，而后世莫能继焉者也。"[⑤]王国维是以从西方引进的进化论观念、纯文学观念，肯定一代有"一代之文学"，这与传统"大文学"观念是不同的。王国维还将这两方面具体体现于文学史研究和写作中，这对现代人的文学观、文学史观，对文学史研究和评价，对文学史写作模式的影响是十分巨大的。今人多认为王国维首次提出"唐诗、宋词、元曲"为"一代之文学"说，而实际上，王国维只是"改造"，而不是"发明"。将"衍生批评"误为"元批评"，是不合理的。

---

① 唐圭璋著：《词话丛编》(第一册)，中华书局1986年版，第83页。
② 元好问著：《中州乐府》卷一，武进董氏诵芬室影元至大刻本。
③ 刘祁著：《归潜志》卷十三，中华书局1983年版，第145页。
④ 周德清著：《中原音韵》卷首，元刻本。
⑤ 王国维著：《王国维文学论著三种》，商务印书馆2001年版，第57页。

七

应重视“元批评者”的身份、立场与态度。黄庭坚《小山词序》记述：“余少时，间作乐府，以使酒玩世，道人法秀独罪余以笔墨劝淫，于我法中当下犁舌之狱。”[①] 道人法秀是站在维护道德纯洁性的立场严厉斥责黄庭坚的，是以道德评价代替审美评价。

“元批评”言说方式多用比喻、比拟，形象生动，具体可感。词论家多喜用这种“非范畴形态”的“元批评”，别具特色。如俞文豹《吹剑续录》载：“东坡在玉堂，有幕士善讴，因问：‘我词比柳词何如？’对曰：‘柳郎中词，只好十七八女孩儿，执红牙拍板，唱‘杨柳岸，晓风残月’。学士词，须关西大汉执铁板，唱‘大江东去’。公为之绝倒。”[②] 幕士袁綯所评可视为“元批评”，既生动形象，又精辟深刻，后人多称赏发挥。

马洪《花影集》自序云：

> 予始学为南词，漫不知其要领。偶阅《吹剑录》中载：东坡在玉堂日，有幕士善歌。坡问曰：“吾词何如柳耆卿？”对曰：“柳郎中词宜十七八女孩儿，按红牙拍，歌‘杨柳岸，晓风残月’。学士词须关西大汉，执铁板，唱‘大江东去’。”缘是求二公词而读之，下笔略知蹊径。[③]

王世贞《艺苑卮言》云：

> 昔人谓“铜将军铁绰板，唱苏学士‘大江东去’，十八九岁好女子

① 晏几道著：《小山词》卷首，《彊村丛书》本。
② 俞文豹著：《吹剑续录》，《说郛》本。
③ 杨慎著：《词品》卷六引，唐圭璋著：《词话丛编》（第一册），中华书局1986年版，第530页。

唱柳屯田'杨柳岸，晓风残月'，为词家三昧"。然学士此词，亦自雄壮，感慨千古。果令"铜将军"于大江奏之，必能使江波鼎沸。至咏杨花《水龙吟慢》，又进柳妙处一尘矣。①

贺裳《皱水轩词筌》云：

苏子瞻有"铜琶铁板"之讥，然《浣溪沙》春闺曰："彩索身轻常趁燕，红窗睡重不闻莺。"如此风调，令十七八女郎歌之，岂在"晓风残月"之下。②

冯金伯《词苑萃编》卷二十一《辨证》二云：

苏东坡"大江东去"，有"铜将军铁绰板"之讥。柳七"晓风残月"，谓可令十七八女郎按红牙檀板歌之。此袁绹语也，后人遂奉为美谈。然仆谓东坡词自有横槊气概，固是英雄本色。柳纤艳处，亦"丽以淫"耳。③

邓廷桢《双砚斋词话》云：

东坡以龙骧不羁之才，树松桧特立之操，故其词清刚隽上，囊括群英。院吏所云：学士词须关西大汉，铜琶铁板，高唱"大江东去"。语虽近谑，实为知音。④

① 唐圭璋著：《词话丛编》（第一册），中华书局 1986 年版，第 387 页。
② 唐圭璋著：《词话丛编》（第一册），中华书局 1986 年版，第 696—697 页。
③ 唐圭璋著：《词话丛编》（第三册），中华书局 1986 年版，第 2190 页。
④ 唐圭璋著：《词话丛编》（第三册），中华书局 1986 年版，第 2529 页。

叶申芗《满庭芳·自题词存》云："铁板高歌，红牙低按，佳话分擅词场。"《金缕曲·谢周稚圭抚军寄示词稿》写道："笔墨供游戏。笑年来、词颠私署，新声偷倚。岂较红牙和铁板，按谱填腔而已。"

此论后发展为论词体两种风格类型，义近"婉约"与"豪放"。

不少"元批评"者对批评对象多夸张式吹捧赞誉，如万俟咏被南宋末黄昇推为"词圣"，《唐宋诸贤绝妙词选》卷七云：

> 雅言之词，词之圣者也。发妙旨于律吕之中，运巧思于斧凿之外，工而平，和而雅。比诸刻琢句意而求精丽者远矣。[①]

南宋郭应祥有《笑笑词》，詹傅《笑笑词序》云：

> 近世词人，如康伯可，非不足取，然其失也诙谐；如辛稼轩，非不可喜，然其失也粗豪。惟先生之词，典雅纯正，清新俊逸，集前辈之大全自成一家之机轴。[②]

说郭应祥词"集前辈之大全"，成就超过辛弃疾，一味溢美。张镃《梅溪词序》评梅溪词：

> 盖生之作，辞情俱到……生满襟风月，鸾吟凤啸，锵洋乎口吻之际者，皆自漱涤书传中来，况欲大肆其力于五七言，回鞭温、韦之途，掉鞅李、杜之域，跻攀风雅，一归于正，不于是而止。[③]

---

① 黄昇著：《花庵词选》(一)，辽宁教育出版社1997年版，第113页。
② 吴讷著：《百家词》，天津市古籍出版社1992年版，第1225页。
③ 史达祖著：《梅溪词》，上海古籍出版社1988年版，第167页。

皆言过其实。

词论家还喜用极端化、绝对化的赞誉，如“前无古人，后无来者”，张炎《词源》卷下云：

> 诗之赋梅，惟和靖一联而已。世非无诗，不能与之齐驱耳。词之赋梅，惟姜白石《暗香》、《疏影》二曲，前无古人，后无来者，自立新意，真为绝唱。太白云：“眼前有景道不得，崔颢题诗在上头。”诚哉是言也。①

“元批评”者对“元批评”也有反思，会自己补充、修正，甚至否定。不少习见的“元批评”，皆应重新审视，予以恰当的价值定位。

历代多赞扬性、肯定性“元批评”，又有讥贬性、否定性“元批评”，如对柳永的人品、人格，陈师道《后山诗话》载，柳永“会改京官”，仁宗“乃以无行黜之”②。柳词品格不高，当时苏轼即不满柳词“以气格为病”③。魏泰《东轩笔录·佚文》载，欧阳修轻视晏殊，每对人说：“晏公小词最佳，诗次之，文又次于诗，其为人又次于文也。”④古人观念，太上立德，其次立功，其次立言，人生价值的实现，道德、事业、文章，轻重有序。而文章各体中，文最重要，其次诗、赋，其次词、曲。欧阳修将晏殊的成就整个儿颠倒过来，以示蔑视之意。周济《介存斋论词杂著》云：“《梅溪词》中，喜用偷字，中以定其品格矣。”⑤

合理的“元批评”多精警语，后人多尊奉，作为“语录”、“格言”引用。黄庭坚《小山词序》云：

① 唐圭璋著：《词话丛编》(第一册)，中华书局1986年版，第266页。
② 何文焕辑：《历代诗话》(上)，中华书局1981年版，第311页。
③ 叶梦得著：《避暑录话》卷下，《四库全书》本。
④ 魏泰撰，李裕民点校：《东轩笔录》佚文，中华书局1983年版，第180页。
⑤ 唐圭璋著：《词话丛编》(第二册)，中华书局1986年版，第1632页。

晏叔原，临淄公之暮子也。磊隗权奇，疏于顾忌，文章翰墨，自立规摹，常欲轩轾人，而不受世之轻重。诸公虽称爱之，而又以小谨望之，遂陆沉于下位。平生潜心六艺，玩思百家，持论甚高，未尝以沽世。余尝怪而问焉。曰："我盘跚勃窣，犹获罪于诸公，愤而吐之，是唾人面也。"乃独嬉弄于乐府之余，而寓以诗人之句法，清壮顿挫，能动摇人心。士大夫传之，以为有临淄之风耳，罕能味其言也。余尝论：叔原，固人英也，其痴亦自绝人。爱叔原者，皆愠而问其目。曰：仕宦连蹇，而不能一傍贵人之门，是一痴也。论文自有体，不肯一作新进士语，此又一痴也。费资千百万，家人寒饥，而面有孺子之色，此又一痴也。人百负之而不恨，己信人，终不疑其欺己，此又一痴也。乃共以为然。虽若此，至其乐府，可谓狎邪之大雅，豪士之鼓吹，其合者《高唐》、《洛神》之流，其下者岂减《桃叶》、《团扇》哉？[①]

杨慎服膺张炎"清空"说：

玉田"清空"二字，词家三昧尽矣。学者必在心传耳传，以心会意，有悟入处，又须跳出窠臼，时标新意，自成一家。若屋下架屋，则为人之臣仆。[②]

但过于迷信"元批评"，也是不对的。

有争议的"元批评"，如陈师道论苏轼"以诗为词"，后人即争议不断。阮阅《诗话总龟》后集卷三十一先引陈师道语后，评论道："余谓后山之言过矣。子瞻佳词最多，其间杰出者……凡此十余词，皆绝去笔墨畦迳间，直造古人不到处，真可

① 晏几道著：《小山词》卷首，《彊村丛书》本。

② 王又华著：《古今词论》引，唐圭璋著：《词话丛编》(第一册)，中华书局1986年版，第595页。

使人一唱而三叹。”[①]不认同陈氏之论。王若虚《滹南诗话》卷二云：

陈后山云：“子瞻以诗为词，虽工非本色。今代词手，唯秦七、黄九耳。”予谓后山以子瞻词如诗，似矣；而以山谷为得体，复不可晓。

陈后山谓“子瞻以诗为词”，大是妄论，而世皆信之，独茅荆产辨其不然，谓公词为古今第一。今翰林赵公亦云，此与人意暗同。盖诗词只是一理，不容异观。[②]

潘德舆《养一斋诗话》卷二云：

陈履常谓东坡以诗为词，赵闲闲、王从之辈，均以为不然。称其词起衰振靡，当为古今第一。愚谓王、赵之徒推举太过也。何则？以诗为词，犹之以文为诗也。[③]

是对批评之批评之再批评。

李白《忆秦娥》(箫声咽)，黄昇首次赞赏此词及《菩萨蛮》“二词为百代词曲之祖”。[④]陈霆《渚山堂词话》序则提出异议：

始余著词话，谓南词起 于唐，盖本诸玉林之说。至其以李白《菩萨蛮》为百代词曲祖，以今考之，殆非也。隋炀帝筑西苑，凿五湖，上环十六院。帝尝泛舟湖中，作《望江南》等阕，令宫人倚声为棹歌。《望江南》列今乐府。以是又疑南词起于隋，然亦非也。北齐兰陵王长

① 阮阅著：《诗话总龟》后集卷三十一，《四部丛刊》本。
② 丁福保辑：《历代诗话续编》(上)，中华书局1983年版，第516、517页。
③ 潘德舆著：《养一斋诗话》卷二，扫叶山房本。
④ 黄昇著：《花庵词选》(一)，辽宁教育出版社1997年版，第1页。

恭及周战而胁，于军中作《兰陵王》曲歌之。今乐府《兰陵王》是也。然则南词始于南北朝，转入隋而著，至唐宋昉制耳。[1]

也有学者认同的，杨慎《词品》序云："曰诗余者，《忆秦娥》、《菩萨蛮》二首为诗之余，而百代词曲之祖也。"[2]顾起纶《花庵词选跋》说："李太白首倡《忆秦娥》，凄惋流丽，颇臻其妙，为千载词家之祖。"[3]因对词体特质和起源认识不同，导致对李白词历史地位认识的差异。

有片面的"元批评"。李清照《词论》观点即多片面偏激。柴望《凉州鼓吹自序》云："词起于唐而盛于宋，宋作尤莫盛于宣、靖间，美成、伯可各自堂奥，俱号称作者。"[4]将周邦彦与康与之并论，实际上，康与之词的成就远不及周邦彦，后人遂改造为"柳周"并论，或"周秦"并论，或"周姜"并论。

有错误的"元批评"。《花间集》中有一首鹿虔扆《临江仙》(金锁重门荒苑静)，《乐府纪闻》云："虔扆初读书古祠，见画壁有周公辅成王图，期以此见志。国亡不仕，词多感慨之音"。蔡居厚《诗史》云："鹿虔扆工小词，伤蜀亡。词云：金锁重门荒苑静……"[5]后人多承其说，倪瓒云："鹿公高洁，偶尔寄情倚声，而曲折尽变，有无限感慨淋漓处。"[6]《十国春秋拾遗》云："孟蜀鹿太保有《临江仙》宫词云：'金锁重门荒院静，……'故国黍离之感，不专为靡靡之音也。"[7]今人多承旧说，认为此词主题是抒写"亡国之痛"，如唐圭璋《唐宋词简释》、郭扬《千年词》、李谊《花间集注释》、江苏古籍出版社《唐宋词鉴赏词典》、上海辞书出版社《唐宋词鉴赏词典》等。实际上，《花间集》为后蜀赵崇祚所编，结集于广政三年即公元940年。集中

---

① 唐圭璋著：《词话丛编》(第一册)，中华书局1986年版，第347页。
② 唐圭璋著：《词话丛编》(第一册)，中华书局1986年版，第408页。
③ 黄昇著：《花庵词选》附，《词苑英华》本。
④ 柴望著：《秋堂诗余》卷首，《彊村丛书》本。
⑤ 郭绍虞辑：《宋诗话辑佚》，中华书局1980年版，第469页。
⑥ 沈辰垣等编：《御选历代诗余》卷一百十三引，浙江古籍出版社1998年版。
⑦ 冯金伯著：《词苑萃编》卷十引，唐圭璋著：《词话丛编》(第二册)，中华书局1986年版，第1997页。

首载此词，是知作于此年之前无疑。而后蜀亡于宋却是 25 年以后即宋太祖乾道三年(965)的事了，绝无预先伤悼蜀亡之事。以为此词伤后蜀之亡，显然毫无根据。也有以为伤前蜀之亡的，如黄进德《唐五代词》说："当为痛悼前蜀王衍亡国之作。"按情理推断也是不可能的。此词的主旨就是一般的"怀古伤今"之作。词人触景生情，抒发时代兴亡之感的作品，不必身临其境，亲受亡国之痛的。姜方锬《蜀词人评传》云："诗人感兴，随处皆然，慨叹兴亡，古今同调。暗伤亡国，岂必身受而然哉！"[①]所言甚是。

对"元批评"，后人多有"误读"。如温庭筠《更漏子》，南宋胡仔说："庭筠工于造语，极为绮靡，《花间集》可见矣。《更漏子》一词尤佳。"[②]认为此词是温氏"绮靡"词风的代表作。清谢章铤评曰："温尉词当看其清真，不当看其繁缛。胡元任谓庭筠工于造语，极为奇丽。然如《更漏子》云：'梧桐树，三更雨，不道离情正苦。一叶叶，一声声，空阶滴到明。'语弥淡，情弥苦，非'奇丽'为佳者矣。"[③]谢氏"误读"胡仔"绮靡"为"奇丽"，认为温词的特色在"清真"，不在"奇丽"，此词可为代表。《白雨斋词话》卷一中，陈廷焯说："飞卿《更漏子》三章，自是绝唱，而后人独赏其末章'梧桐树'数语。胡元任云：'庭筠工于造语，极为奇丽，此词尤佳。'即指'梧桐树'数语也。不知'梧桐树'数语，用笔较快，而意味无上二章之厚。胡氏不知词，故以'奇丽'目飞卿，且以此章为飞卿之冠，浅视飞卿者也。后人从而和之，何也？"[④]陈氏"误读"胡仔，批评胡仔以"奇丽"论此词，是"浅视飞卿"。也就是认为此词的真正佳处并不是"奇丽"，胡仔不懂词，乱说一通。陈氏此段话，本为"矫正"而发，以沉郁厚重标准代替"奇丽"标准来评价此词。虽是"误读"，亦有价值。

"元批评"的辨别确认十分有必要，"元批评"享有发明"专利"，"发明"者的成

① 姜方锬著：《蜀词人评传》，成都古籍书店 1984 年版，第 116 页。
② 胡仔著，廖德明校点：《苕溪渔隐丛话》后集卷十七，人民文学出版社 1962 年版，第 125 页。
③ 谢章铤著：《赌棋山庄词话》卷八，唐圭璋著：《词话丛编》(第四册)，中华书局 1986 年版，第 3421 页。
④ 唐圭璋著：《词话丛编》(第四册)，中华书局 1986 年版，第 3778 页。

就，评价再高都不为过，我们常犯的错误是轻视甚至忽视“元批评”，而拔高“衍生批评”的价值，剥夺“元批评”作者的“专利”，将“发明”者的功绩全归于后来“集大成”者身上，有的因“无知”，不知有“元批评”，有的是观念上的问题，过于迷信权威，这是对“发明”者的不尊重。

学界多将“重、拙、大”说误认为是况周颐的发明。而实际上，是被唐圭璋誉为晚清词坛的“祖灯”的端木埰最早提出“重、拙、大”说，由弟子王鹏运、况周颐继承光大。王鹏运力尊词体，论词亦重“重、拙、大”，他说：“宋人拙处不可及，国初诸老拙处亦不可及。”①况氏《蕙风词话》对导师端木埰、王鹏运标举的“重、拙、大”说进行了系统的阐发，他说：“作词有三要，曰重、拙、大。南渡诸贤不可及处在是。”又云：“重者，沉著之谓。在气格，不在字句。”②“词忌作，尤忌做得太过，巧不如拙，尖不如秃。”③又云：“词有穆之一境，静而兼厚、重、大也。淡而穆不易，浓而穆更难。知此，可以读《花间集》”④“问哀感顽艳，‘顽’字云何诠？释曰：拙不可及，融重、拙、大于拙之中，郁勃久之，有不得已者出乎其中，而不自知，乃至不可解，其殆庶几乎？犹有一言以蔽之：若赤子之笑啼然，看似至易，而实至难者也”⑤，况周颐又传赵尊岳、夏敬观、蔡桢、唐圭璋、缪钺、万云骏等，皆对“重、拙、大”做了进一步阐释。

对“境界”说的评价，学界过高肯定“集大成”者王国维的成就。王国维《人间词话》云：“词以境界为最上。有境界则自成高格，自有名句。五代、北宋之词所以独绝者在此。”⑥

其实，此前，早有词论家提出“境界”说，李佳《左庵词话》卷下云：“词曰诗余，曲曰词余，诗与词不同，词与曲境界亦难强合。然工诗者未必工词，工词者

---

① 况周颐著：《蕙风词话》卷一，唐圭璋著：《词话丛编》（第五册），中华书局1986年版，第4406页。
② 况周颐著：《蕙风词话》卷一，唐圭璋著：《词话丛编》（第五册），中华书局1986年版，第4406页。
③ 况周颐著：《蕙风词话》卷一，唐圭璋著：《词话丛编》（第五册），中华书局1986年版，第4517页。
④ 况周颐著：《蕙风词话》卷一，唐圭璋著：《词话丛编》（第五册），中华书局1986年版，第4423页。
⑤ 况周颐著：《蕙风词话》卷三，唐圭璋著：《词话丛编》（第五册），中华书局1986年版，第4527页。
⑥ 王国维著：《人间词话》，唐圭璋著：《词话丛编》（第五册），中华书局1986年版，第4239页。

自可工曲，词曲之间，究相近也。”[①]刘体仁《七颂堂词绎》云：“词中境界，有非诗之所能至者，体限之也。大约自古诗‘开我东阁门，坐我西间床’等句来。”又：“文长论诗曰：如冷水浇背，陡然一惊，便是兴观群怨，应是为傭言借貌一流人说法。夫温柔敦厚，诗教也。陡然一惊，固是词中妙境。”[②]王国维对前代词论家“境界”说进行改造，增加新的内涵。王氏“境界”说，是“定型”的“元批评”，但我们不应忽视草创的“元批评”。

“元批评”影响或“显”或“隐”，有的一直处于“显”影响状态，历代不断被重复，如“娱宾遣兴”、“婉约”、“豪放”、“本色”等。有的时显时隐，如“涩”、“拙”、“圆”、“瘦”等。有的会被冷落埋没相当长时间，遇上合适的文化气候，重被“挖掘”出来，获得“新生”，仍有价值，如李清照的词“别是一家”说。“元批评”的“潜价值”亦值得重视。

应将“元批评”置于史的坐标中，多角度评价。有的超过词体文学本身，在其他文体批评中亦产生影响，甚至超过整个文学理论领域，如王国维的“境界说”，冯友兰即发展为哲学中的“境界说”。有的影响较小，仅限于某一时期或范围。有的如“昙花一现”，极少有人“回应”，甚至从无后继者，因平庸、浅陋而被淘汰。

词学中的“元批评”所用的概念、范畴，“原创”的较少，更多的是由诗论、文论、书论、画论中“移植”而来，如清、雅、奇、真、性灵、本色、自然、沉郁、境界等。李之仪《跋东坡诸公追和渊明〈归去来引〉后》中，将欧阳修“诗穷而后工”说“移植”到词学批评中。朱彝尊则将韩愈的“欢愉之辞难工”改造为“欢愉之辞工”，《紫云词序》说：

> 词者诗之余，然其流既分，不可复合……昌黎子曰：“欢愉之言难工，愁苦之言易好。”斯亦善言诗矣。至于词或不然，大都欢愉之辞

---

① 唐圭璋著：《词话丛编》(第四册)，中华书局1986年版，第3166页。
② 唐圭璋著：《词话丛编》(第一册)，中华书局1986年版，第619、623页。

工者十九，而言愁苦者十一焉耳。故诗际兵戈俶扰，流离琐尾，而作者愈工；词则宜于宴嬉逸乐，以歌咏太平，此学士大夫并存焉而不废也。[①]

学者多重视“权威”的“元批评”，平凡人物的“元批评”，则多有忽略。陈师道《后山诗话》云：

往时青幕之子妇，妓也，善为诗词。同府以词挑之，妓答曰：“清词丽句，永叔子瞻曾独步；似恁文章，写得出来当甚强。”[②]

“清词丽句”是妓女创造的“元批评”。

词学家的立场、观念、学养、审美偏嗜存在差异，不少“元批评”有草率、随意、偏激、片面、浮浅甚至错误之弊。

周曾锦《卧庐词话》论词中有“真挚”一境云：

诗中有真挚一境，填词所无也。如皋黄畊南词，虽不为上乘，而其真挚处，固自可取。如《百字令》哭沙婿卧云……此种虽非词家所尚，然正如龙眠人物，以白描见长，要非批风抹月者所能办。[③]

作者颇自信，认为是自己发明，是“元批评”，实则以“真挚”论词，历代多有，其论无甚创新处。

“元批评”具有作者个性特点，有的理性、客观、公正，坚持学理上评价，有的着重纯艺术、纯审美评价，重视文学的超功利性，有的重政治的道德的评价，是文学外围评价。

“元批评”具有时代特色，同一时代不同时期，皆有特色。它倡导、推动词学

① 朱彝尊著：《曝书亭集》卷四十，《四部丛刊》本。
② 何文焕辑：《历代诗话》（上），中华书局1981年版，第308页。
③ 唐圭璋著：《词话丛编》（第五册），中华书局1986年版，第4652页。

风尚，与时代审美趣味、学术风尚亦有密切关系。

词学思想是历代词学家的共同创造，许多思想是“层累”地造就的，应充分肯定“元批评”，同时也应肯定历代“衍生批评”的价值，不应将历代词学家的共同创造全部集于少数名人一身。应将“元批评”的时效价值、历时价值和现代价值结合起来评价。

“元批评”属“源”，属“祖”，价值及影响虽有大小高低之分、积极消极之别，但因是“原创”，我们皆应予以充分的尊重和体认，轻视甚至无视其存在，都不是历史的态度。

“元批评”推动和扩大词人词作影响，奠定其词史地位，倡导、确立词派，引导创作风尚，词学潮流，甚至改变词史演进轨迹，改变词学史走向，对词学发展的影响是巨大深远的。许多具体“元批评”成为一种词学传统，后世词学家承继发扬，甚至尊奉恪守，坚信不疑。

词学“元批评”对词学史作出自己的贡献，在整个古代文学理论史上亦占有独特地位。但其影响多在词体范围内，“跨文体”影响有限，无法与诗、文理论相比，不应评价过高。

第四节　词学范畴研究的回顾及宏观体系建构

词学，广义上说，是研究词及一切与词有关的问题的学问。传统词学只是诗学或韵文学的一部分，没有独立地位。词学在20世纪30年代正式从诗学或韵文学中独立出来，发展成为自成体系的学科。本书理解的词学，是狭义词学，即词批评之批评，词研究之研究，即通常所说的“词论”。“范畴”与“概念”、“术语”可分可合，合起来看，范畴就是概念、术语，无本质区别，都是对事物本质特点的概括。分开看，概念、术语，内涵清晰、稳定，具客观性、权威性，范畴则多具丰富性、复杂性、主观性、变动性、开放性、形象性，理解上，因时因人而异。文学批评大体上分范畴批评和“非范畴”批评两种形态，后者用一句话或数句话表述对象特征，范畴批评是文学批评最凝炼的高级形态。“词学范畴”不完全等于“词学审美范畴”，有些范畴如“诗余”，属于词体价值判断，“乐府”，属于词体属性判断，“长短句”，属于词体体制特征判断，再如韵、律、调、法等，不作审美价值判断，即是“非审美”范畴。本节首先回顾梳理词学范畴研究历史与现状，总结其成绩与不足。在此基础上，就词学范畴体系研究的宏观建构，做一粗略的初步探讨，权作引玉之砖。

一

词学研究发展至今，已取得很大成就，词学文献整理、词学批评史、词学研究史、断代词学、词学家、词学某一具体问题的个案研究等，都有丰硕成果面世。词学范畴是词学的重要组成部分，但20世纪初至80年代，这方面极少有专门论述，仅散见于词学著作中，偶有论及豪放、婉约、境界、寄托等，如詹安泰的《论寄托》。20世纪80年代以来，词学范畴研究渐被重视，邓乔彬《论姜夔词的清空》（《文学遗产》1982年第1期）、《论姜夔词的骚雅》（《文学评论丛刊》第22期，中国社会科学出版社1984年）是拓荒之作，屈兴国《〈白雨斋词话〉的沉郁说》（见《白雨斋词话足本校注》，齐鲁书社1983年）对“沉郁”范畴作了较系统的阐述。一些词学研究专著中，多有对范畴的论述，如万云骏《诗词曲欣赏论稿》，论述了空和实、疏和密、离与合、点与染、大与细、雅与俗、巧与拙、情和采、显与隐、直与曲、断与续、顺与逆等。刘庆云《词话十论》，论述了情、意境、婉约与豪放、艳丽与平淡、清空与质实、雅正与浅俗、骚雅、沉郁、重拙大等。梁荣基《词学理论综考》，论述寄托、雅正、自然、沉郁、清空，正与变、豪放与婉约、清空与质实、自然与雕琢、秾丽与疏淡、典雅与浅俗、情与景、隔与不隔、沉郁与拙重大，还具体细致论述了婉雅、婉丽、清丽、秾丽、艳丽、纤丽、凄婉。谢桃坊《中国词学史》论述了豪放、婉约、比兴寄托、词品、沉郁、境界等，方智范、邓乔彬等《中国词学批评史》对雅正、清空、骚雅、沉郁、重拙大等皆做了深入辨析。张惠民《宋代词学审美理想》分析了比兴寄托、雅正、浑厚、清空等范畴，邱世友《词论史论稿》主要是词学名家范畴研究，如李清照的情致论，张炎的清空论、意趣论，陈霆的风致论，朱彝尊的醇雅论，张惠言的比兴寄托论，周济的空实和寄托论，刘熙载的词品论、正变论、含蓄论、寄托论、厚清论，谢章铤的性情论、寄托论、清空论，谭献的柔厚论、涩论，冯煦的寄托论、空实论，陈廷焯的沉郁论，况周颐的重拙大论，王国维的境界论等。朱崇才《词话学》中亦专门论述正与变、雅正与淫俗、婉约与豪放、清空与质实、格与品、沉郁顿挫与重拙大、自然与浑成、境界。杨柏岭《晚清民初词学思想建构》论述了词境，感、雅、远，周济的"浑化"，蒋敦复的"有厚入无间"，刘熙载的"厚而清"，谭献的"折中柔厚"，陈廷焯的"沉郁"，王鹏运、况周颐的"静穆浑成"，王国维的"境界"等。

汪涌豪《中国古代文学理论体系·范畴论》第五章"范畴与文体"第二节"词的体制与范畴"，概括论述了宋代词学范畴以及元明以后范畴的振兴，重点辨析骚雅、沉郁、妥溜、涩、深静，并强调诸范畴的联通，还列有词体式的范畴"集束"，如清空、清真、清远、清婉、清虚、清疏、清快、质实等。周明秀的博士论文《词学审美范畴研究》首次对词学审美范畴进行了较系统的研究，论述了词学审美范畴体系的构成，将词学审美范畴分为不同类别，即词体发生论范畴、词体源流论范畴、词体正统观念论范畴、词体内容特色范畴、词体风格论范畴、词体表现方法范畴、词体规范论范畴，重点剖析诗余、正变、本色、婉约、缘情、含蓄、豪放、质实、雅俗、尊体等范畴。

杨海明《唐宋词美学》、邓乔彬《唐宋词美学》、张宏生《清代词学的建构》、孙维城《宋韵——宋词人文精神与审美形态探论》、丁放《金元词学研究》、孙克强《清代词学》、《清代词学批评史论》、孙立《词的审美特性》、朱惠国《中国近世词学思想研究》、彭国忠《唐宋词学阐微》、陈水云《清代词学发展史论》、皮述平《晚清词学的思想与方法》、刘贵华《古代词学理论的建构》等，皆对词学范畴做出不同角度和程度的独到阐释。

词学范畴个案研究的单篇论文也有不少，刘庆云《词话中的几个审美范畴述评》(《湘潭大学学报》1985 年第 1 期) 论述了艳丽、平淡、雅、清空、拙、涩等范畴，胡建次《宋代词学对五个重要审美范畴的开启》(《湖南社会科学》2008 年第

3期）论述了味、韵、趣、格、气五个范畴，胡建次还有系列论文论述了情、景、正、变、雅、俗、趣、味、韵、格等范畴，杨雨有系列论文论述重与轻、拙与巧、大与小、浓与淡、深与浅等相应范畴，其他论文还论及厚、艳、媚、味、兴、体、才、气、力、词心等。

上述可见，词学范畴研究不断拓展、深入，特别对几个重要范畴如婉约、豪放、骚雅、清空、质实、比兴寄托、沉郁、重拙大、境界等研究，比较全面而深刻，取得可喜成绩，首先必须充分肯定。但平心而论，还有不少方面有待加强和改进，研究论题相对集中，有些论文创新不够，有似曾相识之感，趣、味、韵、格、厚、媚、浓、淡、深、浅等范畴，虽有人研究，仍可进一步深化。个案范畴研究尚有不少空白点，如幽、瘦、圆、秀、丽、绮、纤、细、软、弱、雄、壮、刚、健、亮、冷、清、疏、朴、古、穆、留、浑、洁、俊、逸、脆、虚、新、奇、神、转、活、香、俚、粗、板、滞、薄、浮、腻、空灵、性灵、简净、沉着、峭拔等，皆无专文研究。已有成果多集中于个案范畴或少数词学名家的范畴论研究，对词学范畴体系缺乏全面的认识和把握，宏观视野不够开阔，偏重范畴的静态分析，动态把握不够，对各范畴的丰富内涵挖掘阐发也不够，对“元范畴”的确认、“元范畴”的命名、重要词学范畴渊源、传播与接受研究，皆待加强。论者多孤立研究各范畴，对相近范畴间关联及交互影响，对词学范畴、诗学范畴、曲学范畴之间的关系，仍缺乏认识。材料运用上有的也不够全面，研究方法仍可进一步创新。总之，与词学其他方面相比较，词学范畴研究显得滞后，这一现状有待改变。

词学范畴研究，有不少空间需要开拓。古代词学范畴体系只是“潜体系”或“准体系”，基本上处于分散状态，需要我们去系统梳理，进行逻辑建构，做出全面系统的评价。应以宏阔的学术视野，构建新的词学范畴研究体系，拓展研究领域，创新理论和方法，突破研究格局。

词学范畴宏观综合研究，极有学术价值，是词学史研究的拓展和深化，对古代文学理论史的研究，亦是拓展和深化，对当下文学理论建设、文化创新及精神文明建设，也有一定的借鉴意义。

二

词学范畴是一庞大的体系。以不同标准，从不同角度，词学范畴大体上可分以下几种类型，历代词论家皆有论述。

1. 词体制论范畴，论词体、调、韵、律、令、慢等。论词调，刘体仁《七颂堂词绎》云："中调、长调转换处，不欲全脱，不欲明黏。"又云："长调最难工，芜累与痴重同忌。衬字不可少，又忌浅熟。"①沈谦《填词杂说》云："小调要言短意长，忌尖弱。中调要骨肉停匀，忌平板。长调要操纵自如，忌粗率。能于豪爽中，著一二精致语，绵婉中著一二激厉语，尤见错综。"②焦循《雕菰楼词话》云："词调愈平熟，则其音急，愈生拗，则其音缓，急则繁，其声易淫，缓则庶几乎雅耳。"③有的总论词体特质，毛先舒《词辨坻》云："词贵开宕，不欲沾滞，忽悲忽喜，乍远乍近，所为妙耳。"④谢章铤《赌棋山庄词话》卷十一云："词宜雅矣，而尤贵得趣。雅而不趣，是古乐府，趣而不雅，是南北曲。"⑤王鸣盛《罐埜山人词集序》说："词之为道最深，大约只一细字尽之。"⑥词学家还将词体与诗体比较，概括词体特征，何元朗《草堂诗余序》云："乐府以皦径扬厉为工，诗余以婉丽流畅为美。"⑦田同之《西圃词说》云："诗贵庄，而词不嫌佻。诗贵厚，而词不嫌薄。诗贵含蓄，而词不嫌流露。之三者，不可不知。"⑧

2. 词史论范畴，如正、变、尊、卑、体、派。王世贞《艺苑卮言》论词史"正变"云："之诗而词，非词也。之词而诗，非诗也。言其业，李氏、晏氏父子、耆卿、子野、美成、少游、易安至矣，词之正宗也。温、韦艳而促，黄九精而险，长公丽而壮，幼安辨而奇，又其次也，词之变体也。"⑨毛先舒《鸾情词话》总结北

① 唐圭璋著：《词话丛编》（第一册），中华书局1986年版，第619、621页。
② 唐圭璋著：《词话丛编》（第一册），中华书局1986年版，第629页。
③ 唐圭璋著：《词话丛编》（第二册），中华书局1986年版，第1491—1492页。
④ 邹祇谟、王士祯著：《倚声初集》卷首引，清顺治十七年刻本。
⑤ 唐圭璋著：《词话丛编》（第四册），中华书局1986年版，第3461页。
⑥ 谢章铤著：《赌棋山庄词话》续编四引，《词话丛编》（第四册），中华书局1986年版，第3549页。
⑦ 王世贞著：《艺苑卮言》引，《词话丛编》（第一册），中华书局1986年版，第386页。
⑧ 唐圭璋著：《词话丛编》（第二册），中华书局1986年版，第1452页。
⑨ 唐圭璋著：《词话丛编》（第一册），中华书局1986年版，第385页。

宋词特色云："北宋词之胜也，其妙处不在豪快，而在高健；不在艳亵，而在幽咽。豪快可以气取，艳亵可以意工。高健、幽咽则关乎神理骨性，难可强也。"[①]周济《宋四家词选目录序论》云："梦窗奇思壮采，腾天潜渊，返南宋之清泚，为北宋之秾挚。"[②]谢章铤《赌棋山庄词话》卷十一云："大抵今之揣摩南宋，只求清雅而已，故专以委夷妥帖为上乘。而不知南宋之所以胜人者，清矣而尤贵乎真，真则有至情，雅矣而尤贵乎醇，醇则耐寻味。"[③] 分别以"清泚"、"清真"、"清醇"概括南宋词风格特色。词论家喜论词体派，汪懋麟《棠村词序》说："予尝论宋词有三派：欧、晏正其始；秦、黄、周、柳、姜、史、李清照之徒备其盛；东坡、稼轩放乎其言之矣。其余子，非无单词只句，可喜可诵，苟求其继，难矣哉！"[④]王鸣盛《罐整山人词集序》说："北宋词人原只艳冶、豪宕两派，姜夔、张炎、周密、王沂孙方开清空一派，五百年以来，以此为正宗。"[⑤]谢章铤《赌棋山庄词话》卷九说："宋词三派：曰婉丽，曰豪宕，曰纯雅。"[⑥]沈祥龙《论词随笔》云："唐人词，风气初开，已分二派。太白一派，传为东坡，诸家以气格胜，于诗近西江。飞卿一派，传为屯田，诸家以才华胜，于诗近西昆。后虽迭变，总不越此二者。"[⑦]从不同角度概括，各有道理。

3. 词创作论范畴，如意、志、性、情、才、气、学、识、品、德、感、性灵、词心。徐喈凤《荫绿轩词证》云："词虽小道，亦各见其性情。性情豪放者，强作婉约语，毕竟豪气未除；性情婉约者，强作豪放语，不觉婉态自露。故婉约自是本色，豪放亦未尝非本色也。"[⑧]不同的人，"性情"必然不同，而"性情"的差异，又必然导致风格的多样。陈廷焯《白雨斋词话》卷八云："乔笙巢谓他人之词，词才也；少游，词心也。可谓卓识。"[⑨]

---

① 卓回著：《古今词汇·初编》卷首，清康熙十八年刻本。
② 唐圭璋著：《词话丛编》（第二册），中华书局1986年版，第1643页。
③ 唐圭璋著：《词话丛编》（第四册），中华书局1986年版，第3460页。
④ 施蛰存著：《词籍序跋萃编》，中国社会科学出版社1994年版，第544—545页。
⑤ 谢章铤著：《赌棋山庄词话》续编四引，《词话丛编》（第四册），中华书局1986年版，第3549页。
⑥ 唐圭璋著：《词话丛编》（第四册），中华书局1986年版，第3443页。
⑦ 唐圭璋著：《词话丛编》（第五册），中华书局1986年版，第4049页。
⑧ 徐喈凤著：《荫绿轩词》附，清康熙刻本。
⑨ 唐圭璋著：《词话丛编》（第四册），中华书局1986年版，第3959页。

4. 词艺论范畴，如气、韵、趣、味、格、境等。包括风格论范畴，如浓、淡、闲、逸、远、疏、密、古朴、艳丽。蔡小石(宗茂)《拜石词序》云："词胜于宋，自姜、张以格胜，苏、辛以气胜，秦、柳以情胜，而其派乃分。然幽深窅眇，语巧则纤，跌宕纵横，语粗则浅，异曲同工，要在各造其极。"①谢章铤《赌棋山庄词话》卷九云："晏、秦之妙丽，源于李太白、温飞卿。姜、史之清真，源于张志和、白香山。"②陈廷焯《白雨斋词话》卷六云："周、秦词以理法胜，姜、张词以骨韵胜，碧山词以意境胜。要皆负绝世才，而又以沉郁出之，所以卓绝千古也。至陈、朱则全以才气胜矣。"③况周颐《玉栖述雅》云："轻灵为闺秀词本色。"④ 从不同角度概括词人词作风格特色。

语言论范畴，如雅、俗、工、苦、涩、痴。张炎《词源》卷下云："词之语句，太宽则容易，太工则苦涩。"⑤毛先舒《词辨坻》云："李易安《春情》'清露晨流，新桐初引'，用《世说》，全句浑妙。"⑥江顺诒《词学集成》引张祖望语："词虽小道，第一要辨雅俗。结构天成，而中有艳语、隽语、豪语、苦语、痴语、没要紧语，如巧匠运斤，毫无痕迹，方为妙手。"⑦沈祥龙《论词随笔》云："炼字贵坚凝，又贵妥溜。"⑧

词法论范畴，如顺、逆、留、转、折、空、实、离、合、正、奇、出、入、断、续。刘熙载《艺概·词曲概》论章法云："词之章法，不外相摩相荡，如奇正、空实、抑扬、开合、工易、宽紧之类是已。"⑨孙麟趾《词迳》云："何谓留？意欲畅达，词不能住，有一泻无余之病。贵能留住，如悬崖勒马，用于收处最宜。"⑩词忌

---

① 江顺诒著：《词学集成》卷五引，《词话丛编》(第四册)，中华书局 1986 年版，第 3272 页。
② 唐圭璋著：《词话丛编》(第四册)，中华书局 1986 年版，第 3444 页。
③ 唐圭璋著：《词话丛编》(第四册)，中华书局 1986 年版，第 3909 页。
④ 唐圭璋著：《词话丛编》(第五册)，中华书局 1986 年版，第 4609 页。
⑤ 唐圭璋著：《词话丛编》(第一册)，中华书局 1986 年版，第 265 页。
⑥ 邹祗谟、王士祯著：《倚声初集》卷首引，清顺治十七年刻本。
⑦ 唐圭璋著：《词话丛编》(第四册)，中华书局 1986 年版，第 3285 页。
⑧ 唐圭璋著：《词话丛编》(第五册)，中华书局 1986 年版，第 4052 页。
⑨ 唐圭璋著：《词话丛编》(第四册)，中华书局 1986 年版，第 3698 页。
⑩ 唐圭璋著：《词话丛编》(第三册)，中华书局 1986 年版，第 2556 页。

一览无余，收处最宜留，做到“言有尽而意无穷”。陈洵《海绡说词》云：“词笔莫妙于留。盖能留，则不尽而有余味，离合顺逆，皆可随意指挥，而能深沉浑厚，皆由此得。虽以稼轩之纵横，而不流于悍疾，则能留故也。”[①]孙麟趾《词径》云：“何谓托，泥煞本题，词家最忌。托开说去，便不窘迫，即纵送之法也。”[②]托，即托开写，运用纵送之法，不拘泥于本题。

5. 词体功能和价值论范畴，如娱宾遣兴、教化、言志、小道、末技、诗余等。陈世修《阳春集序》说冯延巳作词是“娱宾遣兴”，又说冯延巳“不矜不伐，以清商自娱”。晏几道《小山词自序》说“作五、七字语，期以自娱”。[③]可见词体的原生态功能。

6. 词鉴赏论范畴，如涵咏、神、妙、高、奇、深、快、本色、当行。张耒《东山词序》以“盛丽”、“妖冶”、“幽洁”、“悲壮”等首次概括贺铸词风格特色，皆准确到位。[④]

众多范畴构成一个网络系统，将词学各个领域串通起来，我们认识清楚词学范畴，也就基本上认清了整个词学。

三

词学范畴体系中，最重要的是“元范畴”。“元范畴”是指最原始、最早创造和运用的范畴，在此基础上发展的范畴是“衍生范畴”。“元范畴”是词学批评的最高理论形态。词学范畴大多数从诗学范畴“移植”而来，如性、情、意、气、韵、趣、味、格、境、自然、本色、性灵、神韵，有些是借用书论、画论范畴，如中锋、白描、钩勒、点染，还借用佛学范畴，如妙悟、圆通等。有些是改造旧有范畴，

① 唐圭璋著：《词话丛编》（第五册），中华书局1986年版，第4840页。
② 唐圭璋著：《词话丛编》（第三册），中华书局1986年版，第2556页。
③ 晏几道著：《小山词》卷首，《彊村丛书》本。
④ 贺铸著：《东山词》卷首，《彊村丛书》本。

词论家将原来单个诗学范畴组合起来，形成新的复合范畴，而真正完全自创的词学“元范畴”是极少的。如雅正、骚雅、清空、质实、柔厚、幽涩、清脆、疏淡等，是两个范畴的重组。江顺诒《词学集成》卷六引包世臣《月底修箫谱序》以“清”、“脆”、“涩”论词“声”，[①]沈祥龙《论词随笔》云：“词有三要：曰清，曰韵，曰气。”[②]是三个范畴的组合。词学“元范畴”创新性不及诗学，但有独特价值。

词学范畴创新，就是词学“命名”。命名方式多样，许多是单音节，是独体范畴，如丽、艳、媚、纤、雄、壮、清、幽、涩。古代汉语的特点，多单音节，与现代汉语基本上是双音节不同，我们今天讨论词学范畴时，首先要充分重视古人这一语言表达习惯，重视以单音节范畴为研究对象。如许多时候，婉约并不等于婉，婉约对应的是婉丽、婉雅、婉媚，同样，豪放也不等于豪，豪放对应的是豪雄、豪迈、豪壮，皆是复合范畴。有些范畴是双音节，两字不可分开，如自然、含蓄、蕴藉、飘逸。许多是两个范畴的组合，是复合范畴，如艳丽、纤细、绮靡、古朴、简洁，复合范畴从意义上看，有的是并列式，无主次高下之分，如清空、骚雅、浅薄、粗率、直露、晦涩、雕琢，有的是主从式，有主次或高下之分，如芊雅、工雅、清雅、淡雅、古雅、雅洁等，皆以雅为中心。有些是三个范畴的组合，如“轻清灵”，蔡嵩云《柯亭词论》云：“小令以轻、清、灵为当行。不做到此地步，即失其宛转抑扬之致，必至味同嚼蜡。”[③]又如“重拙大”、“感雅远”等，旧有范畴重新组合，内涵丰富。还有四音节者，实际为双音节的组合，如古雅峭拔、凝涩晦昧、意内言外、比兴寄托、要眇宜修、温柔敦厚、沉郁顿挫、悲壮慷慨、哀感顽艳、烟水迷离、清妍婉润、清切婉丽、婉约蕴藉、婉丽流畅、婉转妩媚、浅近卑俗等。复合范畴，不是独体范畴的简单相加，新的组合产生新的意义。

范畴“命名”，可以是名词，如气、韵、格、境，也可以是形容词，如浓、淡、轻、重、厚、薄，可以是动宾结构的词组，如言志、载道、娱宾遣兴，也可以是

---

① 唐圭璋著：《词话丛编》（第四册），中华书局1986年版，第3283页。
② 唐圭璋著：《词话丛编》（第五册），中华书局1986年版，第4050页。
③ 唐圭璋著：《词话丛编》（第五册），中华书局1986年版，第4905页。

偏正结构的词组，如浑然天成、凄婉、美刺。

相同或相似范畴的不同表述，其中有一"共名"范畴，如婉约、婉丽、婉媚、柔婉、纤婉、深婉，意思相近，婉约可作"共名"。又如雕琢、雕饰、雕刻、镂刻、雕镂、斧琢、追琢等，雕琢可作"共名"。自然、天然、天工、天籁等，自然可作"共名"。"共名"范畴，并不是定论，不同词学家笔下有不同的"共名"，如历代多以"婉约"概括词体特质或词体内部阴柔类风格类型，亦有不少学者用婉、媚、婉媚、婉丽等范畴。

词学家还有一种表达习惯，就是范畴的组合以连词串连起来，如香而弱、香而软、清而丽、典而丽、婉而妩媚、典雅而精工。我们在讨论时，为求符合现代汉语表达习惯，可将连词去掉，不影响意义表达。

词学"元范畴"是基本范畴、母范畴，再生能力强，衍生出子范畴。以其为核心，可衍生出次级范畴，即与其他范畴组合的新范畴。如"气"，衍生出气象、气骨、气韵、气格、气势、生气、奇气、清气、逸气等；再如"韵"，衍生出韵趣、韵味、韵致、生韵等；雅，衍生出雅正、骚雅、醇雅、古雅、婉雅、娴雅、清雅、高雅、淡雅、和雅、温雅、庄雅等；凄，衍生出凄凉、凄婉、凄艳、凄丽、凄苦、凄厉、凄怨等；雄，衍生出雄豪、雄壮、沉雄、雄迈、清雄、雄浑、雄健、雄爽等；纤，衍生出纤靡、纤巧、纤丽、纤婉、纤小、纤细、纤佻等；秀，衍生出幽秀、秀洁、隐秀、清秀、俊秀等；疏，衍生出清疏、疏淡、疏越、疏快、疏俊等；圆，衍生出圆润、圆转、圆活、圆粹、清圆等；润，衍生出圆润、温润、细润、弘润、雅润、丰润等；柔，衍生出柔婉、柔美、柔媚、柔丽、纤柔、轻柔、香柔、柔弱、柔软、柔曼等；古，衍生出古朴、高古、古雅、简古、苍古等；涩，衍生出凝涩、僻涩、苦涩、幽涩、生涩、深涩等。

词学范畴的言说方式多为描述说明，还有一种独特的意象描绘方式，郭麐仿效司空图《二十四诗品》作《词品》十二则，即幽秀、高超、雄放、委曲、清脆、神韵、感慨、奇丽、含蓄、逋峭、秾艳、名隽。如"清脆"云："美人满堂，金石丝簧。忽击玉磬，远闻清扬。韵不在短，亦不在长。哀家一梨，口为芳香。芭蕉洒雨，芙蓉拒霜。如气之秋，如冰之光。”[①]杨伯夔又作《续词品》十二则：轻逸、绵邈、独造、微婉、闲雅、高寒、澄淡、轻逸、疏俊、孤瘦、精练、灵活，如“孤瘦”云：“怅焉独迈，憀予隐忧。悟出系表，天地可求。亭亭危峰，倒影碧流。空山沍寒，老梅古愁。味之无腴，挹之寡俦。遥指木末，一僧一楼。”[②]用形象化的语言描述概括对象特征，而不是用逻辑语言论证，不是概念性的抽象理论表达。这样，有韵味，有独特审美价值和理论价值，理论文本身即是美文，但也造成后人理解上的困难。

唐宋时，词创作盛极一时，元代以来部分学者更将宋词誉为“一代之文学”，但词学批评不发达，更缺乏自成体系的理论著作。不过，笔记、诗话、序跋、尺牍等形式中的散见词学批评亦有不少“范畴”批评，词学史上的重要范畴多是由唐宋时确立的，如艳、香、软、弱、清、韵、媚、婉、豪、气等。如北宋词论家以“韵”论词，李之仪《跋吴思道小词》认为柳永词“较之《花间》所集，韵终不胜”。[③]晁补之说：“张子野与柳耆卿齐名，而时以子野不及耆卿，然子野韵高，是耆卿所乏处。”[④]推崇花间词、张先词以“韵”胜，批评柳永词乏“韵”。《蕙白堂小集》云：“山谷道人向为余言，张志和《渔父词》雅有远韵。”[⑤]后世词论家以“韵”论其他人词，论词史，“韵”成为词学史上的重要范畴。许多具体的范畴屡被后人征引，当作“语典”使用，应充分肯定唐宋人对词学范畴的原创之功。如宋代词论家以“媚”概括词体特性，王灼《碧鸡漫志》卷一云：“而士大夫所作歌词，亦尚婉媚，古意尽矣。”[⑥]王炎《双溪诗余自序》云：“夫古律诗且不以豪壮语为贵，长短句命名为曲，取其曲尽人情，惟婉转妩媚为善，豪壮语何贵焉？不溺于情欲，不荡而无法，可以言曲矣。此炎所未能也。”[⑦]王又华《古今词论》引明代李东琪语云：“诗庄词媚，其体元

① 江顺诒著：《词学集成》卷八引，《词话丛编》（第四册），中华书局1986年版，第3295—3297页、3303页。

② 郭麐著：《灵芬馆词话》卷二，《词话丛编》（第二册），中华书局1986年版，第1524页。

③ 李之仪著：《姑溪居士文集》卷四十，《丛书集成》本。

④ 胡仔著，廖德明校点：《苕溪渔隐丛话》后集卷三十三引，人民文学出版社1962年版。

⑤ 胡仔著，廖德明校点：《苕溪渔隐丛话》后集卷三十九引，人民文学出版社1962年版。

⑥ 唐圭璋著：《词话丛编》（第一册），中华书局1986年版，第79页。

⑦ 王炎著：《双溪诗余》卷首，王鹏运辑：《四印斋汇刻宋元三十一家词》本。

别。然不得因媚辄写入淫亵一路。媚中仍有庄意，风雅庶几不坠。”[①]论者经常引用李东琪之论，以为是他的“发明”，其实他只是对宋代以来以“媚”范畴论词体的承继。我们应重视范畴的溯源研究。

历代词作不断产生，“范畴”批评亦不断产生。如况周颐《蕙风词话》卷二云：“词有穆之一境，静而兼厚、重、大也。淡而穆不易，浓而穆更难。知此，可以读《花间集》。”[②]新创“穆”范畴，奉为词学最高审美理想。陈洵《海绡说词》新创“气息”范畴：“词莫难于气息，气息有雅俗，有厚薄，全视其人平日所养，至下笔时则殊，不自知也。”[③]另如皱、瘦、神韵、性灵、重拙大、境界等，皆是清代新创、新用的词学范畴。我们既要重视唐宋时的词学范畴，又要重视元明清时的词学范畴。

词学范畴有鲜明的时代特征，每个时代都有独具特色的范畴。词学范畴与时代词体观念、审美风尚、学术风尚关系密切，不同时代，同一时代不同时期，都有不同的审美偏嗜，范畴是其突出体现。如晚明词学风尚重自然、本色、艳丽、香软，香、艳、绮、丽、媚、纤、柔、婉等范畴出现频率很高。晚清词学充满末世情怀，学人之词成为主流，老气横秋，又过尊词体，因此，浑、厚、深、涩、重、拙、大等范畴盛行。

词学范畴内涵与时俱变。如“豪放”本是诗学范畴，唐司空图《二十四诗品》中专列“豪放”一目。苏轼始以“豪放”论词，《与陈季常》云：“又惠新词，句句警拔，诗人之雄，非小词也。但豪放太过，恐造物者不容人如此快活。”[④]此处“豪放”一词主要是概括词人的性格特征。陆游《老学庵笔记》云：“世言东坡不能歌，……则公非不能歌，但豪放，不喜裁剪以就声律耳。”[⑤]也是以“豪放”论人，兼评词风。宋末沈义父《乐府指迷》云：“近世作词者，不晓音律，乃故为豪放不羁之语，遂

① 唐圭璋著：《词话丛编》（第一册），中华书局1986年版，第606页。
② 唐圭璋著：《词话丛编》（第五册），中华书局1986年版，第4423页。
③ 唐圭璋著：《词话丛编》（第五册），中华书局1986年版，第4840页。
④ 苏轼著，孔凡礼点校：《苏轼文集》卷五十三，中华书局1986年版，第1569页。
⑤ 陆游著，杨立英校注：《老学庵笔记》，三秦出版社2003年版。

借东坡、稼轩诸贤自诿。”[①]真正以“豪放”论词的风格，认为“豪放”就是不拘声律，是应该批评的。明代，张綖始正式以“豪放”与“婉约”对举，来概括词体两种风格类型，《诗余图谱》一书“凡例”后附识语云：“词体大略有二，一体婉约，一体豪放。婉约者，欲其词情蕴藉；豪放者，欲其气象恢宏。”[②]并分别举出秦观、苏轼为代表。以后，世人论宋词，遂言必称“豪放”、“婉约”。每一范畴的演进史，往往即是增值史，内涵“层累”而加，价值亦随之“层累”而增，许多词学范畴是历代词学家的共同创造。

同一范畴在不同时代“际遇”不同，命运各异。一些“范畴”在传播过程中内涵发生“变异”，后人有不同的理解，有的与原意相差很大，甚至完全相反。如“涩”范畴，原为贬义，被后人发展为褒义，否定性批评变为肯定性批评。王灼《碧鸡漫志》卷二云：“陈无己所作数十首，号曰语业，妙处如其诗，但用意太深，有时僻涩。”[③]最早批评陈师道词“僻涩”。张炎《词源》卷下云：“清空则古雅峭拔，质实则凝涩晦昧。……梦窗《声声慢》云：‘檀栾金碧，婀娜蓬莱，游云不蘸芳洲。’前八字恐亦太涩。”又云：“词之语句，太宽则容易，太工则苦涩。”[④]以后，俞彦《爰园词话》、李渔《窥词管见》等皆批评“涩”、“生涩”、“苦涩”，俱为贬义。直到周济，以“婉”、“涩”、“高”、“平”四品论词，“涩”字遂变为褒义。周济《宋四家词选目录序论》云：“梦窗非无生涩处，总胜空滑。况其佳者，天光云影，摇荡绿波；抚玩无斁，追寻已远。”[⑤]晚清词论家如谭献《复堂词话》、沈祥龙《论词随笔》、况周颐《蕙风词话》等，皆欣赏词之“涩”。“元范畴”原为褒义的，后人也会发展为贬义，肯定变为否定，如艳、媚、纤等。同一范畴，褒贬义因时因人而异。如“绮靡”多用于贬义，亦有用于褒义者，陈霆《渚山堂词话》评论本朝词“赋情遣思，殊乏圆妙。甚

---

① 唐圭璋著：《词话丛编》（第一册），中华书局 1986 年版，第 282 页。
② 游元泾校刊：《增正诗余图谱》卷首，明万历刊本。
③ 唐圭璋著：《词话丛编》（第一册），中华书局 1986 年版，第 83 页。
④ 唐圭璋著：《词话丛编》（第一册），中华书局 1986 年版，第 259、265 页。
⑤ 唐圭璋著：《词话丛编》（第二册），中华书局 1986 年版，第 1633 页。

则音律失谐，又甚则语句尘俗，求所谓清楚流丽，绮靡蕴藉，不多见也”。[①]又如拙、涩、豪、奇、巧等，亦时褒时贬。有些范畴，历代沿袭，没有大的新创变化，有些则极少有人接受使用，基本上被淘汰。

词学“范畴”不断产生，不断修正、完善，一部词学史，在很大程度上就是“范畴”创新发展史。“元范畴”在词学史上影响广泛深远，应充分重视其创新价值，肯定其词学史地位。“衍生范畴”是“再创造”，有的价值较高，也要充分肯定。（参见《论词学史上的“元批评”》）

四

词学范畴呈现出多面特征，应做不同角度的认识和评价。相近范畴，组成“范畴群”，如纤、细、柔、弱、小，古、老、苍、瘦、枯。相近意义，用不同的范畴表示，如俗、俚、鄙、粗、村、野，应细致辨析。范畴群可分中心范畴或核心范畴和附属范畴，核心范畴可统领其他范畴，如豪或刚可统领雄、健、壮、劲、遒、爽等。

根据感情色彩和价值判断，可分为褒义范畴和贬义范畴。如高、洁、俊、圆、神、高妙、高境、高格、神韵、境界、高雅、典雅、雅正、清刚等，洁，又有清洁、洁净、高洁、淡洁、娟洁、整洁、简洁、端洁、雅洁、媚洁、修洁、峻洁、约洁、秀洁等，皆属于褒义范畴。淫、靡、粗、鄙、俚、俗、卑、陋、浅、薄、浮艳、纤弱、卑弱、绮靡、淫靡、晦涩、浅俗、粗率、板滞、浅薄、尖酸、酸腐、率易、雕琢等，皆属于贬义范畴。贬义范畴，亦可称“审丑范畴”。董士锡《餐华吟馆词叙》云：“学秦病平，学周病涩，学辛病纵，学姜、张病肤。”[②]论学词所忌，所忌者即是贬义范畴。同是褒义或贬义，程度上亦有差别，有的是不满，有的是批评，有的是完全否定。褒贬亦会转换，许多范畴或褒或贬，主观色彩强烈，多

---

① 唐圭璋著：《词话丛编》（第一册），中华书局1986年版，第378—379页。
② 董士锡著：《齐物论斋集》卷二，清道光间刻本。

夸张性表达，应注重学理上的辨析。

有通用范畴和专用范畴。清、丽、雅、逸、自然、雕琢、意境等，为文、诗、词、曲各体文论通用范畴，气息、宽、重拙大等，则为词学专用范畴，此类极少。

以范畴出现频率高低为标准，划分为高频范畴和低频范畴，亦即常用范畴和非常用范畴。基本范畴、核心范畴，一定是高频范畴、常用范畴。与诗学范畴相较，词学有其独具特色的高频范畴，如婉、媚、香、艳、软、弱、纤、柔、绮、丽等。还有一些独具特色的次高频范畴，如幽、涩、浑、厚、圆、瘦、拙等，冷、峭、古、朴、老、响、亮、野、穆、留等则是低频范畴，亦应重视。

有抽象范畴和具象范畴。抽象如性灵、神韵、空灵、古雅，需用心体会。具象如媚、瘦、香、辣、滑、腻、滋味等，生动形象，有强烈的感官性。具象范畴又有冷、暖色之分，冷、清、寒、峭、凄等，是冷色调范畴群，艳、丽、温、亮等，是暖色调范畴群。

词学范畴多呈对应关系，相反相对，二元对立，如雅与俗、重与轻、拙与巧、大与小、涩与滑、圆与方、疏与密、虚与实、自然与雕琢。同一范畴有不同的对应范畴。或一对一，如浅对深、淡对浓、薄对厚、轻对重；或一对二，如正对变，又对奇；婉对豪，又对直；庄对媚，又对佻；雅对俗，又对郑；拙对工，又对巧；粗对细，又对纤；实对虚，又对空；质实对清空，又对疏快。有的范畴相对独立，无对应范畴，如气、清、幽、趣、味、韵、灵、浑、穆、皱、俊、逸、秀、冷、香、腻、当行、本色等。

各范畴间呈交互网状关系，不同范畴的不同组合，产生不同意义。如婉与清组合成清婉，婉与丽组合成婉丽，婉与纤组合成纤婉，清与丽组合成清丽，丽与艳组合成艳丽，婉与雅组合成婉雅，清与雅组合成清雅，清与刚组合成清刚，柔与婉组合成柔婉。应注重各范畴间的“关系”研究，切忌孤立分析评价。

《周易》“一阴一阳之谓道”，以阴阳划分世间万物，阴阳相生相克，相反相成。词学范畴总体上可分阴柔、阳刚两大类。阴柔类单一范畴有婉、柔、媚、丽、纤、细、小、巧、淡、轻、弱、软、幽、绮等，复合范畴有婉约、婉丽、婉媚、纤婉、纤弱、柔婉、柔媚、绮丽、隽秀、香弱、香软等。阳刚类单一范畴有豪、雄、健、壮、放、旷、大、重、厚等，复合范畴如豪放、雄健、刚健、雄放、清雄、清壮、清刚、悲壮等。某一核心范畴衍生出子范畴群，亦有刚柔之分，如气范畴，气势、气派、大气、劲气、雄气，属阳刚类；小气、羸气、气弱等，属阴柔类。

相反相对的范畴相伴而生，同时出现，有此必有彼。如词论家论雅必论俗，论实必论虚，论拙必论巧，这典型地反映出传统文化中二元对立思维特色。孙麟趾《词径》云："深而晦，不如浅而明也。惟有浅处，乃见深处之妙。譬如画家有密处，必有疏处。能深入不能显出，则晦。能流利不能蕴藉，则滑。能尖新不能浑成，则纤。能刻画不能超脱，则滞。一句一转，忽离忽合，使阅者眼光摇晃不定，技乃神矣。"[①]一连串的相对范畴出现，褒贬分明。阴阳两极类范畴，有时等于贬义褒义类范畴，如小与大、薄与厚、佻与庄。有时则相反，如瘦与肥，圆与方，曲与直，阴柔类却是褒义范畴。

辩证思维强调对称、平衡，如正与奇、涩与滑、浓与淡、疏与密、含蓄与显露，简单明白，但两极化、绝对化，往往褒贬失当。

某一范畴与不同范畴相对，内涵不同。如婉约与豪放相对，可论词体、曲体之别，又可论词体内部两种风格类型，婉约与豪放、清雅相对，又是词体的三种风格类型。孙麟趾《词迳》将词体分为四种风格类型，各推出代表词人："高澹、婉约、艳丽、苍莽，各分门户。欲高澹学太白、白石，欲婉约学清真、玉田，欲艳丽学飞卿、梦窗，欲苍莽学蘋洲、花外。"[②]这里，"婉约"只是四种风格中的一种，与其他三种风格对举，且代表词人更换为周邦彦、张炎。王鹏运《半塘遗稿》云："北宋人词，如潘逍遥之超逸，宋子京之华贵，欧阳文忠之骚雅，柳屯田之广博，晏小山之疏俊，秦太虚之婉约，张子野之流丽，黄文节之隽上，贺方回之醇肆，皆可模拟得其仿佛。"[③] 婉约只是秦观词风的"专利"，与其他词人词风对举。同一

① 唐圭璋著：《词话丛编》（第三册），中华书局1986年版，第2557页。
② 唐圭璋著：《词话丛编》（第三册），中华书局1986年版，第2557页。
③ 孙克强著：《唐宋人词话》，河南文艺出版社1999年版，第165页。

婉约，对应的范畴层次不同，内涵亦不同。仅将婉约理解为与豪放对应的范畴，是简单片面的。

对应范畴，相反对立，有时，词学家只论特色，不分优劣，不偏重一方，如浓与淡、疏与密、轻与重、方与圆、正与奇、平易与奇险等。有时，词论家崇尚对应范畴某一方，分高下优劣，肯定或否定，如雅而不俗，隐而不显，拙而不巧，清空而不质实，自然而不雕琢，含蓄而不显露，态度鲜明，作出明确评判，黄燮清《寒松阁词题评》云："词宜细不宜粗，宜曲不宜直，宜幽不宜浅，宜沉不宜浮，宜蓄不宜滑，宜艳不宜枯，宜韵不宜俗，宜远不宜近，宜言外有意，不宜意尽于言，宜属情于景，不宜舍景言情。"①对应范畴往往相反相成，刘熙载《艺概·词曲概》云："北宋词用密亦疏，用隐亦亮，用沉亦快，用细亦阔，用精亦深，南宋只是掉转过来。"②不是两极对立，而是两者互融。

词论家尤重相近范畴的辨析。冯金伯《词苑萃编》卷二引《词洁》云："轻而不浮，浅而不露，美而不艳，动而不流，字外盘旋，句中含吐，小词之能事毕矣。"③蔡嵩云《柯亭词论》云："词中有涩之一境。但涩与滞异，亦犹重大拙之拙，不与笨同。"④叶衍兰《新蘅词序》评张景祁《新蘅词》云："有石帚之清峭，而不偏于劲；有梅溪之幽隽，而不失之疏；有梦窗之绵丽，而不病其秾；有玉田之婉约，而不流于滑。"⑤崇尚肯定一方，而批评或否定另一方。

还有亦刚亦柔的中和类范畴群。正统文学观念，以"诗教"论诗，词论家则发展为以"词教"论词，强调"温柔敦厚"，发乎情，止乎礼义，怨而不怒，乐而不淫，哀而不伤，感情克制收敛，不放纵显露。表现在范畴论中，主张隐而不露，含蓄蕴藉，中正、中和、平和、平正、平妥、妥帖、雅正、和雅、庄雅、骚雅、清雅、安雅、醇雅、醇正、醇厚、醇至、温厚、温婉、柔厚、深隐、从容、冲和，崇尚

---

① 施蛰存著：《词籍序跋萃编》，中国社会科学出版社 1994 年版，第 598 页。

② 唐圭璋著：《词话丛编》（第四册），中华书局 1986 年版，第 3696 页。

③ 唐圭璋著：《词话丛编》（第二册），中华书局 1986 年版，第 1793 页。

④ 唐圭璋著：《词话丛编》（第五册），中华书局 1986 年版，第 4906 页。

⑤ 张景祁著：《新蘅词》卷首，清百亿梅花仙馆光绪九年刻本。

中和之美，追求一种“理性化”的审美理想。刘熙载《艺概·词曲概》云：“词之妙，莫妙于不言言之，非不言也，寄言也。如寄深于浅，寄厚于轻，寄劲于婉，寄直于曲，寄实于虚，寄正于余，皆是。”[①]中和之美，强调融合、包容、相互渗透，你中有我，我中有你，阴阳两极不是完全对立，而是亦阴亦阳，非阴非阳，阳中有阴，阴中有阳，如同颜色中的“间色”，两色相融，调和成一种新的颜色，独具审美特色。中和类范畴，是一种审美理想，追求理性美、成熟美，更是一种人格理想，一种修炼功夫，没有一定的阅历、涵养和见识，达不到这种境界。

决定中和类范畴的是中庸思维，实际上是“一分为三”思维，看重的是中间状态，两极取其中，弥补了一分为二、两极思维绝对性、极端性、对立性的局限，自有其深刻处，此点学界向来重视不够。但中庸思维的局限性也是明显的，过分理性，收敛感情，四平八稳，难以打动人。文艺本质上更是一种过盛生命力的释放，是情感的发泄，是情绪化的记录，未必理智、冷静。这是文艺的最大魅力，两极情感，大悲大喜，更具感染力。文艺是感性的，非常规、非常态的，而不是如哲学、科学、史学，理性，冷静。

同一范畴内涵丰富，具层次性、阶次性，有一级范畴、二级范畴甚至多级范畴。如风格类范畴，婉、媚、艳，为词体特质总概括，“诗庄词媚”，“词为艳科”，为一级范畴。以豪放、婉约概括词体内部两种风格类型，为二级范畴。婉约类下，又分婉丽、纤婉、凄婉、清婉、柔婉、婉媚等，豪放类下，又分豪雄、豪迈、豪壮、豪逸、粗豪等，为三级范畴。意、情、气、韵、趣、味、格、境等，从不同角度、不同方面概括词体特征，皆是一级范畴。如趣范畴下，又分闲趣、雅趣、谐趣，韵又分韵趣、韵味、韵致、生韵等，是二级范畴。如“婉约”范畴，内涵丰富，多层次，既论词体，又论词情、词风、词句、词调，绝不仅仅是论风格，切勿简单化、狭隘化理解。

不少范畴，表达词学审美理想，是最高境界，如洁、穆、浑、圆、雅、厚、

① 唐圭璋著：《词话丛编》（第四册），中华书局1986年版，第3707页。

重、拙、大等。先著、程洪著有《词洁》，蒋兆兰《词说》云："古文贵洁，词体尤甚。"①况周颐《蕙风词话》卷二云："词有穆之一境，静而兼厚、重、大也。淡而穆不易，浓而穆更难。"②常州词派自周济起，对"浑"之一格，情有独钟，视为审美理想。冯煦《蒿庵论词》认为周邦彦词胜史达祖，"又在浑之一字。词至于浑，而无可复进矣"。③孙麟趾《词迳》云："词至浑，功候十分矣。"④清代词论家喜谈审美理想，与"尊体"观念有关。而婉、媚、艳等，只是词体特色，不是审美理想。

范畴具流派特征。各词学流派皆有自己的核心范畴，如浙西词派的雅正、清雅、醇雅等，常州词派的比兴寄托、温柔敦厚、柔厚等。

词论家多有自己的核心理论范畴，各具特色。如张炎的意趣、雅正、骚雅、古雅峭拔、疏快、清空、质实、凝涩晦昧，谭献的温厚、柔厚、虚浑、幽涩、潜气内转，陈廷焯的缠绵、温厚、沉郁、顿挫，沈祥龙的幽涩、皱瘦，王国维的境界、造境、写境、自然等。孙麟趾《词迳》提出填词"十六字诀"：清、轻、新、雅、灵、脆、婉、转、流、托、淡、空、皱、韵、超、浑。⑤历代词论家对词学范畴创造和阐释做出不同贡献，基本上是用范畴来构建自己的词学思想体系，应摆正其史的地位。

联系起来综合分析，词学范畴有如下特点：一、序列性，统序性。⑥众多范畴构成系列的有序的群体。二、关联性。诸多范畴间存在亲疏不同的"关系"，相互或交互影响。三、对应性。两个范畴相反相对，相伴而生，辩证统一。四、直观性，具象化，人格化，生命化。形象、生动、鲜活，可感、可见。五、模糊性。含义不明晰，理解上因人而异，历代争议不断。六、包容性、开放性。同一范畴不是封闭的，历代不断变化，充实完善，内涵越来越丰富。七、层次性、阶次性。

---

① 唐圭璋著：《词话丛编》（第五册），中华书局 1986 年版，第 4630 页。
② 唐圭璋著：《词话丛编》（第五册），中华书局 1986 年版，第 4423 页。
③ 唐圭璋著：《词话丛编》（第四册），中华书局 1986 年版，第 3589 页。
④ 唐圭璋著：《词话丛编》（第三册），中华书局 1986 年版，第 2556 页。
⑤ 唐圭璋著：《词话丛编》（第三册），中华书局 1986 年版，第 2555 页。
⑥ 汪涌豪著：《中国古代文论范畴的统序特征》，《文学评论》2000 年第 3 期。

同一范畴有广义、狭义之分。

词学范畴论的思维特征可概括为以下几点。一、感性思维，形象化，化抽象为具象，化静为动，化枯燥为趣味。二、两极思维，一分为二。三、辩证思维。四、中庸思维，“一分为三”。五、模糊思维，不具体，不明晰，阐释空间大。

词学范畴研究重点是审美分析和评价，还可以作历史学研究、语言学研究、文化学研究。不少范畴具道德意蕴，如温厚、柔厚、温婉，可作伦理学解析。应重视相近范畴的共通共同性，不应盲目夸大其“异”。有些词学范畴含义模糊，不明晰，词学家理解和运用时差异甚大，多随意发挥，有意“误读”，过度阐释。又多通释互训，循环阐释，皆需要反思。范畴出现频率高低，可用定量分析方法，与定性分析相结合分析。

词学范畴在词学史上有独特价值和地位，对古代文学理论也有独特贡献，但成就又是有限的。词学范畴对当代诗歌理论建设以及文艺理论建设，极有借鉴价值，遗憾的是长期以来遭到当代诗歌理论界和文艺理论界的轻视甚至忽视。

第二章　词学史论及反思

第一节　词“穷而后工”说评议

诗“穷而后工”说，并引申为文艺各体“穷而后工”说，是古代文论的重要命题，已有不少学者专文论述，如宋生贵《文穷而后工——文艺家人格素质的折射》(《文史哲》1992年第5期)、曾子鲁《“自鸣不幸”与“穷而后工”——简论韩愈、欧阳修对文学创作与现实生活的看法》(《江西教育学院学报》1993年第4期)、吴高泉《“穷而后工”的美学学理机制》(《广西师范大学学报》1998年第2期)、张福勋《“穷而后工”说溯源》(《内蒙古师范大学学报》2000年第3期)、巩本栋《“诗穷而后工”的历史考察》(《中山大学学报》2008年第4期)等。笔者拜读后，深受启发，小有心得。词论中，亦有“穷而后工”说，此论题目前尚无人专文系统研究，极有学术价值，兹略抒浅见。

一、词“穷而后工”说的渊源及内涵

词“穷而后工”说源于诗“穷而后工”说。诗“穷而后工”说可远溯自司马迁的“发愤著书”说，《报任少卿书》云：“古者富贵而名磨灭，不可胜记，唯俶傥非常之人称焉。盖西伯拘而演《周易》；仲尼厄而作《春秋》；屈原放逐，乃赋《离骚》；左丘失明，厥有《国语》；孙子膑脚，《兵法》修列；不韦迁蜀，世传《吕览》；韩非囚秦，《说难》、《孤愤》。《诗》三百篇，大抵圣贤发愤之所为作也。此人皆意有所郁结，不得通其道，故述往事，思来者。及如左丘明无目，孙子断足，终不可用，退论书策以舒其愤，思垂空文以自见。”[①]认为不可磨灭的作品都是圣贤因困厄而“发愤之所为作也”。杜甫《天末怀李白》云：“文章憎命达，魑魅喜人过。”韩愈在为裴均、杨凭所作《荆潭唱和诗序》中说：“夫和平之音淡薄，而愁思之声要妙。欢愉之辞难工，而穷苦之言易好也。是故文章之作，恒发于羁旅草野；至若王公贵人气满志得，非性能而好之，则不暇以为。今仆射裴公开镇蛮荆，统郡惟九；常侍杨公领湖之南壤地二千里，德行之政并勤，爵禄之报两崇。乃能存志乎诗书，寓辞乎咏歌，往复循环，有唱斯和，搜奇抉怪，雕镂文字，与韦布闾里憔悴专一之士较其毫厘分寸，铿锵发金石，幽眇感鬼神，信所谓材全而能钜者也。”[②]韩愈既认为“穷苦之言易好”，又认为达官显宦，存志乎诗书，也能创造出优秀作品，“铿锵发金石，幽眇感鬼神”。

承韩愈观点，欧阳修始明确提出诗“穷而后工”说。《梅圣愈诗集序》云：“予闻世谓诗人少达而多穷。夫岂然哉？盖世所传诗者，多出于古穷人之辞也。凡士之蕴其所有，而不得施于世者，多喜自放于山巅水涯。外见虫鱼、草木、风云、鸟兽之状类，往往探其奇怪。内有忧思感愤之郁积，其兴于怨刺，以道羁臣寡妇之

① 萧统著：《文选》卷四十一，上海古籍出版社1986年版。

② 韩愈著，马其昶校注，马茂元整理：《韩昌黎文集校注》卷四，上海古籍出版社1986年版，第262—263页。

所叹，而写人情之难言，盖愈穷则愈工。然则非诗之能穷人，殆穷者而后工也。”[①] 诗“穷而后工”说是针对梅尧臣及其诗而发，强调诗人遭际困厄，才能创作出优秀作品，诗人的幸不幸与诗作的优劣成反比。欧阳修正式“命名”诗“穷而后工”说，享有“发明专利”。

此后，历代学者多祖述赞成欧阳修之论，明屠隆《唐诗品汇选释断序》认为：“人不独好和声，亦好哀声，哀声至于今不废也。其所以不废者可喜也。”并谓唐人“言边塞征戍，离别穷愁，率感慨沉郁，顿挫深长，足动人者，即悲壮可喜也”。[②] 这是从读者审美心理角度立言。赵翼《题遗山诗》云：“国家不幸诗家幸，赋到沧桑句便工。”论者又超越特定的背景和批评语境，将诗“穷而后工”视为普遍意义的诗学命题。有的则对此论进行“反拨”，认为“穷”未必能“工”；有人又提出“反命题”，即诗能“达”人。

不只是诗“穷而后工”，推而广之，散文、赋、词、散曲、戏曲、小说、书法、绘画等，文艺各体，皆存在“穷而后工”。

词“穷而后工”说，亦直接承继诗“穷而后工”说而来。传统观念，词是“小道”、“末技”，是歌筵樽前娱宾遣兴之具，是消闲娱乐的产物，而不同于“言志”之诗。诗、词分工不同，尊卑有别。直到朱彝尊，仍认为词宜“宴嬉逸乐”。因此，宋、元、明三代，词论中对诗“穷而后工”说几乎没有“反应”，这说明词学对诗学借鉴“反应”的迟钝，是词学先天不足。不过，虽未用此语，但有此意，事实上认为词“穷而后工”，是存在的。直到清初，陈维崧才正式将诗“穷而后工”说引入词学批评，《王西樵炊闻卮语序》云：“王先生之穷，王先生之词之所由工也。……大约维崧之所谓‘穷’者，不过旦夕不得志及弃坟墓去妻子以糊口四方耳。……盖维崧者‘愁’矣，而未‘穷’。故维崧之词将老而愈不能工。若甲辰三月王先生之‘穷’，则何如拘挛困苦于圜扉间，前后际俱断，彼思前日之事与后日之事，俱如乞儿过朱

---

① 欧阳修著，洪本健校笺：《欧阳修诗文集校笺》(中)，上海古籍出版社2009年版，第1092—1093页。

② 屠隆著：《由拳集》卷十二，明万历刻本。

门，意所不期，魂梦都绝。盖已视此身兀然若枯木，而块然类异物矣。故其所遇最穷，而为词愈工。”[①]王士禄号西樵山人，《炊闻卮语》是他的词集，他曾在康熙三年(1664)因事入狱。陈维崧认为自己为糊口而背井离乡，只是“愁”，还谈不上“穷”，故词未“工”，而友人王西樵遭受人生困厄，“所遇最穷”，所以“为词愈工”，即“穷而后工”。

陈宗石《湖海楼词序》紧扣陈维崧身世遭际，辨析其前后词风的变化，作者喟然叹道：“伯兄之词富矣，伯兄之遇穷矣。”他认为，陈维崧前期词不过是少年浮华生活的记录：“方伯兄少时，值家门鼎盛，意气横溢，谢郎捉鼻，麈尾时挥，不无声华裙屐之好，故其词多作旖旎语。”当后期环境发生变化，其词内容与风格也随之而变。序中概括道：“迨中更颠沛，饥驱四方，或驴背清霜，孤篷夜雨，或河梁送别，千里怀人，或酒旗歌板，须髯奋张，或月榭风廊，肝肠掩抑，一切诙谐狂啸，细泣幽吟，无不寓之于词，甚至俚语巷谈，一经点化，居然典雅，真有意到笔随、春风化物之妙。”[②]作者认为，颠沛流离的困苦生活成就了陈维崧妙词，确是“穷而后工”。

约康熙十三年(1674)，朱彝尊作《陈纬云红盐词序》云：

> 善言词者，假闺房儿女之言，通之于《离骚》、变雅之义，此尤不得志于时者所宜寄情焉耳。而予糊口四方，……多与筝人、酒徒相狎，情见乎词，后之览者，且以为快意之作，而孰知短衣尘垢，栖栖北风雨雪之间，其羁愁潦倒，未有甚于今日者邪？[③]

此序是写给境遇坎坷的友人陈维岳的。作者认为词体最宜于“不得志于时者”寄托感情，表现“羁愁潦倒”之情。朱氏身处新朝羁縻环境，心境悲凉，故发此论。

① 陈维崧著：《陈迦陵文集》卷二，《四部丛刊》本。
② 陈维崧著：《湖海楼词》卷首，陈乃乾著：《清名家词》(第二卷)，上海书店1982年版。
③ 朱彝尊著：《曝书亭集》卷四十，《四部丛刊》本。

朱氏晚年作《解佩令·自题词集》云："十年磨剑，五陵结客，把平生涕泪都飘尽。老去填词，一半是空中传恨，几曾围燕钗蝉鬓？"表达其年轻时的恢复之志和晚年心境，实际上是认为词"穷而后工"。

浙西词派后期代表人物吴锡麒重申"穷而后工"之旨，其《张渌卿露华词序》云：

昔欧阳公序圣俞诗，谓"穷而后工"，而吾谓惟词尤甚。盖其萧寥孤奇之旨，幽敻独造之音，必与尘事罕交，冷趣相洽，而后托幺弦而徐引，激寒吹以自鸣，天籁一通，奇弄乃发。若夫大酒肥鱼之社，眼花耳热之娱，又岂能习其铿锵，谐诸节奏？①

他认为，与诗相较，词更是"穷而后工"，更宜于抒发词人孤寂幽独的感情，这是对浙西词派鼻祖朱彝尊"欢愉之辞工"观点的否定，值得重视。

江顺诒《词学集成》卷七引赵秋舲(庆熹)《花帘词序》云：

花帘主人工愁者也，词则善写愁者。不处愁境，不能言愁。必处愁境，何暇言愁？栩栩然，荒荒然，幽然，悄然，无端而愁，即无端其词。落花也，芳草也，夕阳明月也，皆不必愁者也。不必愁而愁，斯视天下无非可愁之物，斯主人之所以能愁，主人之词所以能工。②

认为词人身处"愁境"，才能写出愁情。

冯煦《蒿庵论词》云：

少游以绝尘之才，早与胜流，不可一世。而一谪南荒，遽丧灵宝，故所为词，寄慨身世……淮海、小山，真古之伤心人也。其淡语

① 吴锡麒著：《有正味斋骈体文》卷八，清咸丰九年青箱书塾刻本。
② 唐圭璋著：《词话丛编》(第四册)，中华书局1986年版，第3289页。

皆有味，浅语皆有致，求之两宋词人，实罕其匹。[①]

认为“伤心人”才能写出“伤心词”，词人的身世遭遇决定词作的特色和成就。

陈廷焯《白雨斋词话》卷七云：“诗以穷而后工，倚声亦然。故仙词不如鬼词，哀则幽郁，乐则浅显也。”[②]认为“仙词”写乐情，浅显，不如“鬼词”写愁情，幽郁，深刻。此论有一定道理，但不可一概而论，词人性情各异，境遇不同，“鬼词”固佳，“仙词”亦好，历代赞赏李白、苏轼、朱敦儒“仙”词者亦有不少。

纳兰性德《填词》诗云：“诗亡词乃盛，比兴此焉托。往往欢娱工，不如忧患作。”张德瀛《词征》卷六云：

> 容若词与顾梁汾唱和最多，“往往欢娱工，不如忧患作”两语，则容若自道甘苦之言。然容若词幽怨凄黯，其年词高阔雄健，犹之晋侯不能乘郑马，赵将不能用楚兵，两家诣力，固判然各别也。[③]

认同纳兰性德“往往欢娱工，不如忧患作”观点。同时指出，词人性情不同，故词风有别，不应强求。

刘鹗《老残游记》自叙说：

> 《离骚》为屈大夫之哭泣，《庄子》为蒙叟之哭泣，《史记》为太史公之哭泣，《草堂诗集》为杜工部之哭泣，李后主以词哭，八大山人以画哭；王实甫寄哭泣于《西厢记》，曹雪芹寄哭泣于《红楼梦》。[④]

人以文学“哭泣”，实亦指“穷而后工”。

---

① 唐圭璋著：《词话丛编》（第四册），中华书局1986年版，第3586—3587页。
② 唐圭璋著：《词话丛编》（第四册），中华书局1986年版，第3955页。
③ 唐圭璋著：《词话丛编》（第五册），中华书局1986年版，第4181页。
④ 刘鹗著：《老残游记》，人民文学出版社1982年版，第1页。

王鹏运《沁园春》(词汝来前)有句“芒角撑肠，清寒入骨，底事穷人独坐诗？”《沁园春》(词告主人)有句“无端惊听还疑，道词亦穷人大类诗”。这两首是王鹏运为词修祀，表达自己的词学主张，认为词工而穷人，词作优秀不仅不会带来好运，恰恰相反，会带来厄运。因词遭厄运者李煜最为典型，但这种情况并不多，因此不能绝对化理解。

冒广生《小三吾亭词话》卷一评蒋春霖《水云楼词》“多清商变徵之音，而流别甚正……翁以舞剑扛鼎之雄，出轻拢缓拨之调，哀感顽艳，穷而愈工”。[①]胡蕴玉《忧香集序》云：“诗以穷而愈工，词以愁而愈妙。”[②]皆强调词人穷愁而词愈工，词宜于表现悲苦之情。

词“穷而后工”说，直接承继诗论，亦从词的文体特点着眼。与诗体相比，词体表达感情更细腻、委婉、深沉、真实，尤善于表现困苦穷愁之情，词论家喜将诗、词比较而论。吴本嵩《今词苑序》云：

> 虽欢愉述景，妮好言情，终觉默默与愁会。……大抵诗贵和平浑厚，虽言愁之作古今不绝，而缠绵凄恻，如诉如慕，莫若诗余之言愁可以绘神绘声。[③]

陈维崧编选《今词苑》的标准是“存经存史”，所以收入的康熙前十年的作品，都是表现作者愤激不平之声或故国之思。

李佳《左庵词话》卷下云：

> 阳湖刘光珊学博炳照，工倚声，号语石词人。有《留云借月庵词》，俞荫甫太史序之，有云：“欧阳公有言，诗必穷而后工，余谓词

① 唐圭璋著：《词话丛编》(第五册)，中华书局1986年版，第4665页。

② 《南社》第九集，1914年5月。

③ 陈维崧著：《今词苑》卷首，清康熙十年刻本。

亦然。”自题《秋窗填词图》云：“一寸词肠，七分是血，三分是泪。”其概可见。[①]

认为词与诗、文一样，皆是“穷而后工”。

论者还承继司马迁“发愤著书”说。谢章铤《张鸣珂寒松阁词序》云：“古不云乎：《诗》三百篇，大抵圣贤发愤之所为作也。夫人苟非不得已，殆无文学，即填词亦何莫不然。”[②]李佳《左庵词话》卷下云：

韩子云：“欢愉之词难工，艰苦之言易好。”诗、文皆然，词亦何莫不然。统观诸作，凡泛泛应酬，空空写景，半属平平。若骚客劳人，俯仰古今，溯洄身世，自罔不情味隽永，令读者百回不厌。[③]

认同韩愈的“穷苦之言易好”，强调词亦如此。词论家还接受韩愈《送孟东野序》中提出的“不平则鸣”说。周济《介存斋论词杂著》说：“稼轩不平之鸣，随处辄发，有英雄语，无学问语，故往往锋颖太露。然其才情富艳，思力果锐，南北两朝，实无其匹，无怪流传之广且久也。”[④]王国维《人间词话删稿》云：“古诗云：‘谁能思不歌，谁能饥不食’，诗词者，物之不得其平而鸣者也。故欢愉之辞难工，愁苦之言易巧。”[⑤]这与词“穷而后工”说本质上是一致的。

可见，历代词论家大多认同词“穷而后工”说，特别强调优秀作品只是作者生活遭遇所“激”的产物，艺术源于生活，生活决定艺术。

---

① 唐圭璋著：《词话丛编》（第四册），中华书局1986年版，第3146页。
② 张鸣珂著：《寒松阁词》卷首，清光绪十年江西书局刻《寒松阁集》本。
③ 唐圭璋著：《词话丛编》（第四册），中华书局1986年版，第3166页。
④ 唐圭璋著：《词话丛编》（第二册），中华书局1986年版，第1633页。
⑤ 唐圭璋著：《词话丛编》（第五册），中华书局1986年版，第4257页。

二、词"穷而后工"说的不同"反应"

历代词论家对词"穷而后工"说做出不同"反应"。约康熙二十三年(1684)，朱彝尊作《紫云词序》云：

> 昌黎子曰："欢愉之言难工，愁苦之言易好。"斯亦善言诗矣。至于词，或不然，大都欢愉之辞工者十九，而言愁苦者十一焉耳。故诗际兵戈俶扰，流离琐尾，而作者愈工；词则宜于宴嬉逸乐，以歌咏太平。此学士大夫并存焉而不废也。[①]

此序是词人应仕途通达的友人丁炜约请而作，是"应景"文章。朱氏说得很清楚：

> 赣州控百粤、三楚、七闽之隘，曩时兵戈未息，士之栖于山泽者，见之吟卷，每多幽忧凄戾之音，海内言诗者称焉。今则兵戈尽偃，又得君抚循而煦育之，诵其乐章，有歌咏太平之乐，孰谓词之可偏废与？[②]

丁炜为朝廷官吏，《紫云词》中多"和平"之音，"有歌咏太平之乐"，所以朱彝尊说词作"欢愉之辞工者十九"。他认为诗、词两体界限分明，诗宜于言愁，词宜于言乐，"宴嬉逸乐"、"歌咏太平"，仍是传统"小道"观念。此论是对韩愈"欢愉之言难工，愁苦之言易好"之论的"反拨"。此论有具体的言说对象，有特定的历史语境，康熙二十年(1681)，"三藩之乱"平定，兵戈尽偃，清代进入"太平盛世"，朱氏故发此论。前此，康熙十七年(1678)，清廷诏开博学鸿词科，朱彝尊应荐入试，

---

① 朱彝尊著：《曝书亭集》卷四十，《四部丛刊》本。
② 朱彝尊著：《曝书亭集》卷四十，《四部丛刊》本。

授任翰林院检讨，充《明史》纂修官，表明对新朝的认同与合作。为了迎合统治者的脾胃，朱氏提出了词欢愉而后工的主张，表现出安于太平逸乐的顺应心态。朱氏此论不只是一己之见，而是代表特定时代特定群体的词学观念，我们应予以充分体认，不应抽象出来泛泛理解。

谢章铤《赌棋山庄词话》卷十云：

> 仆近纂《雅集词》，或疑其中多肮脏幽咽之章，且引竹垞之言曰："欢愉之言难工，愁苦之言易好。昌黎亦善言诗矣，至于词，或不然。大都欢愉之辞工者十九，而言愁苦者十一焉耳。"（《紫云词序》）余谓情之悲乐，由于境之顺逆，苟当其情，辞无不工，此非可强而致，伪而为也。且竹垞尝曰："《南风》之诗，《五子》之歌，此长短句之所由昉。"（《水村琴趣序》）之二篇者，一乐一悲，其可谓虞舜知言，而《五子》为不足道乎？况昌黎之说，即词亦何莫不然。昔范希文在塞下，尝填《渔家傲》，有"将军白发征夫泪"句。欧阳六一议为"穷塞主"。及后送人守边，乃特矫之曰"玉杯遥献南山寿"。然论者谓范公真得《东山》诗人之意，而六一辞气涉夸，感人已浅，是真善于品藻矣。夫词多发于临远送归，故不胜其缠绵恻悱。即当歌对酒，而乐极哀来，扪心渺渺，阁泪盈盈，其情最真，其体亦最正矣。[①]

针对朱彝尊"欢愉之辞工"的观点，谢氏强调指出，情有悲乐之分，境有顺逆之别，只要情真，"辞无不工"，不必强将欢愉之言与愁苦之言比高下，这是深刻的思想。

徐釚《紫云词序》认为词可"润色太平"[②]，唱响"主旋律"。如北宋末，黄裳《书〈乐章集〉后》云："予观柳氏《乐章》，喜其能道嘉祐中太平气象，如观杜甫诗，典

① 唐圭璋著：《词话丛编》（第四册），中华书局 1986 年版，第 3451 页。
② 徐釚著：《南州草堂集》卷十九，清康熙三十四年刻本。

雅文华，无所不有。是时予方为儿，犹想见其风俗，欢声和气，洋溢道路之间，动植咸若。令人歌柳词，闻其声，听其词，如丁斯时，使人慨然所感。呜呼，太平气象，柳能一写于乐章，所谓词人盛世之黼藻，岂可废耶？”①黄裳从歌咏盛世“太平气象”和风格“典雅文华”两方面肯定柳词并与杜诗相比。与柳永同时稍后的范镇早就称赏柳词歌咏“太平”的特色和成就。他说：“仁宗四十二年太平，镇在翰苑十余载，不能出一语咏叹，乃于耆卿词见之。”②南宋陈振孙也盛赞柳永词于“承平气象形容曲尽”。③他们是从反映“太平盛世”、表现时代精神状态角度，将柳词与杜诗相提并论的。可见，欢愉之词亦工，亦有价值。

有论者认为“穷”而未必“工”。浙西词派殿军郭麐《秋梦楼词序》自述道：

> 余少喜倚声，惟爱《花间集》，得《子夜》、《读曲》之遗。中年以往，羁旅寥落，死生离合，穷郁悲忧感其中，而事物是非接其外，以为诗歌杂文有不足以曲折达意者，遂有会于南宋诸家之作，然好之而未暇工也。④

自谦词作“穷而不工”。况周颐《二云词序》亦云：“岁在癸丑，避地海隅，索居多暇，稍复从事，顽而不艳，穷而不工。”⑤“穷”与“工”不是绝对的因果关系，如穷苦至极，词人丧失基本的物质条件，是无法创作的，又何“工”之有？

徐釚《横江词序》云：

> 或曰：昌黎子云“欢愉之言难工，愁苦之言易好”，大抵为诗言之也，至于词，则闺帏之绮语，婉丽芊绵，方始擅长。古人于宴嬉逸乐

① 黄裳著：《演山集》卷三十五，《四库全书》本。
② 祝穆著：《方舆胜览》卷十引，上海古籍出版社1991年影印宋刻本。
③ 陈振孙著：《直斋书录解题》卷二十一，上海古籍出版社1987年版，第616页。
④ 郭麐著：《灵芬馆杂著》卷二，清光绪花雨楼刊本。
⑤ 况周颐著：《第一生修梅花馆词·二云词》卷首，清光绪《蕙风丛书》本。

之时，往往假借声律，被诸管弦，此屯田待制诸君，或命双鬟女伎，按调于花下酒边，至今旗亭乐部之所流传，犹足令人开颜破涕，未有幽忧凄戾之音可以采入乐章者。词固非愁苦之所能言矣。余独以为不然。夫诗与词亦道人之性情耳，人当欢愉，则所言皆欢愉之语，人直愁苦，则所言皆愁苦之句，是虽不失为性情之正，然犹匹夫匹妇所能言耳。唯见道深者，则虽愁苦之时而犹得欢愉之旨，此即颜氏子箪食瓢饮之乐，而子舆氏所谓不动心者也。不然，彼灵均之憔悴放逐而犹寄兴于美人香草，亦何以哉？……然则昌黎子所云，宁独为诗言之哉？①

他认为词是抒发性情的，无论欢愉愁苦，只要真实袒露，皆是佳作，“虽愁苦之时而犹得欢愉之旨”，方称最佳作品。

尤侗则认为词“不能穷人”，而是“达者而后工”。《三十二芙蓉词序》云：

“诗能穷人”，非笃论也，至于词尤不然。《花间》、《兰畹》所载，和凝、韦庄、冯延巳之流，皆一时卿相，而《谒金门》、《小重山》诸阕传为佳话，要其人不足道也。……更有进者以寇平仲之刚，而曰“柔情不断如春水”，范希文之正，而曰“眉间心上，无计相回避”，欧阳永叔之忠，而曰“无人与说相思，近日带围宽”。尽三公名垂宇宙，不以颣其白璧。由斯以谭，岂惟词不能穷人，殆达者而后工也。②

此论为身居高位、天下仰之的文豪龚鼎孳词集而发，认为“达”者所述之情，亦是一种真情，故其词亦可“工”。

“原生态”词，是流行歌曲，应歌而作，合乐而歌，娱宾遣兴，是有闲阶层享

① 徐釚著：《南州草堂集》卷二十，清康熙三十四年刻本。
② 尤侗著：《西堂杂组》二集卷三，《续修四库全书》第1406册，上海古籍出版社1995年版，第315页。

乐生活的产物，即使言愁，也是“富贵闲愁”，恰是“达而后工”，而非“穷而后工”，如冯延巳、晏殊、欧阳修等人的词作。以“知人论世”解读“原生态”词，多不可靠。“穷而后工”之论，大体上适用于脱离音乐后作为新体格律诗的“衍生态”词，如南宋抒写家国、身世之感的“言志”词，但不可绝对化理解。

毛奇龄认为词“工”而后能“穷”人。《西河词话》卷二记述陈维崧因作《桂枝香》二阕而遭礼部某郎中的忌恨。以至于“其后凡礼部于翰林院衙门有所差择，必厚抑嘉陵，竟至淹滞。始知文字之隙，原有检点所不及者，然不可不慎也”。[①]陈廷焯《白雨斋词话》卷八感慨道：“先生以词自豪，竟以词受累，何造化之善弄人耶！”[②]

“穷而后工”，意谓“达而后不工”，文人仕途通达，生活优裕，志满意得，易看重世俗利益和物质享受，而轻视文学创作，难于创作出优秀作品。但这只是一般情况，有论者认为词有自身特点，不必“穷”而后“工”。赵尊岳《填词丛话》卷三云：“词语尚华贵，虽愁苦之音，亦当以华贵出之。不同诗之郊寒岛瘦，穷而后工也。小山、饮水，六百年间，方轨并驾，首由于此。”[③]有好的物质条件，才有余裕闲暇从事文学创作，才能创作出优秀作品。文艺还有贵族性一面，是一种精神消闲，是奢侈品，为生存温饱而奔波的人们，是没有条件创作和欣赏文艺的。

词“穷而后工”，是正命题，“反命题”则是词“工”而后人“达”，词能“达”人，此方面例子不胜枚举，还有认为词不“工”而人“达”者。可见，词“穷而后工”说只是“一家之言”，并不是“定论”。

三、词“穷而后工”说之价值评定

词“穷而后工”说自具合理性，其学理上的价值首先要充分肯定。“穷”与“达”或“通”相对，“穷”，主要指作者仕途坎坷，命运多舛，政治上不得志，生活境遇

① 唐圭璋著：《词话丛编》(第一册)，中华书局1986年版，第581页。
② 唐圭璋著：《词话丛编》(第四册)，中华书局1986年版，第3958页。
③ 夏承焘等主编：《词学》第四辑，华东师范大学出版社1986年版，第77页。

困顿，穷愁潦倒，落魄失意，郁积于内心的情感需要宣泄出来。“工”与“拙”相对，“工”不只是指语言技巧层面的工巧、工致，更是指作品整体上的佳好。“工”的理解，标准不同，因人而异。“穷而后工”说，认为作者身世遭际与词作是“同步对应”关系。词作是作者生活经验的反映，是真实情感的记录。真实，才具艺术魅力，才能感人。生活快乐的人，一般不会写出穷愁的词作来；生活穷愁的人，一般也不会写出快乐的词作来。作者生活遭遇决定词作内容及艺术上的优劣高下，生活决定艺术。

艺术是生命换来的，必须全身心投入，只有穷困悲苦之人才能创作出优秀之作。王国维评李煜词说：“尼采谓：‘一切文学，余爱以血书者。’后主之词，真所谓以血书者也。”① 又评况周颐时说：“天以百凶成就一词人。”② 艺术不是“异己”的手段，艺术就是目的，就是生命的组成部分，就是生命本身。

贫、穷、困、厄、苦、难、忧、愁、悲、愤，文人多不幸，“文章憎命达”，王世贞作有《文章九命》，总结了历代文人九种不幸命运，注释了“穷而后工”说。

大悲痛，大感慨，极端化情感，反差强烈，与正统“诗教”倡导的“温柔敦厚”相反，更感人，更具震撼力。

对“穷”“达”的理解应分不同层面。“穷”“达”，指作者遭遇、身份、地位的变化，但不只是外在事功及物质层面。“穷”“达”，也包括作者精神层面，心理状态。陈锐《哾庵词序》云：

> 尝谓诗人多穷，词则尤甚。凡不得行其志而寄声于诗词，其心弥苦，故境自造其幽奇；其义弥彰，而言必引于荒忽。如以诗词为穷人之具，非本论也。宋之稼轩最称达官，其词宏放，自又一家。官虽不穷，心则穷矣。③

① 唐圭璋著：《词话丛编》（第五册），中华书局1986年版，第4243页。
② 唐圭璋著：《词话丛编》（第五册），中华书局1986年版，第4268页。
③ 夏敬观著：《哾庵词》卷首，中华书局1939年版。

人不得志，而以词抒发之。仕途通“达”，但未必尽合其志，未必能尽展其才，“穷”不只是指身份地位，心“穷”才是最大的“穷”，识见深刻！故“穷”的深层含义，还应指“位不配德，任不展才”，位“达”而志“穷”，即所谓“士不遇”。位虽显达，而不得“志”，仍不免牢愁满腹，自鸣不平。辛弃疾如此，纳兰性德亦属这一类型。世人眼中所谓“达”，作者的内心体验却为“穷”。

“穷而后工”说是在词的后来发展阶段提出的，它在很大程度上反映了脱离音乐后成为新体格律诗的词体创作的实际情况。特别是清人推尊词体，视词为“言志”诗，此说才引起重视，他们因此“追认”了李煜、秦观、晏几道、李清照等词人后期穷愁词的价值。我们也因此明白宋、元、明三代，通行观念视词为“小道”、“末技”，娱宾而遣兴，而对“穷而后工”说不感兴趣的原因了。

对词“穷而后工”说及相关命题，应作不同角度的评价。实际上，穷而后工，有人或有时却是达而后工；穷未必工，达亦未必工；工者自工，拙者自拙。词之工拙高下，主要源自作者秉性才情，系乎“才”，不直接系乎“位”或“命”，与“穷”、“达”只是间接因果关系。谢章铤《赌棋山庄词话》卷七引芑川《百字令》题《饮水词》后云：“为甚麟阁佳儿，虎门贵客，遁入愁城里？此事不关穷达也，生就肝肠尔尔。”[①]主要是作者才情决定作品优劣，“生活”加上“才情”，方能产生真正的艺术，才、情、学、识、胆、力等，皆是决定文学作品优劣的重要因素，仅仅“穷”，是远远不够的。大才者，无论“穷”“达”，作品皆工。有些人文学天赋极高，但没有创作出优秀作品，是“不为”也，不是“不能”也。南宋强焕《片玉词序》云：“文章、政事，初非两途。学之优者，发而为政，必有可观；政有其暇，则游艺于咏歌者，必其才有余辨者也。”[②]“穷而后工”，并非指一切“穷”者，其前提是指有文学才情之人，相对于不穷时而言。如迷信“穷而后工”，过分强调生活阅历和经验，势必“遮蔽”作者才情以及文学创作中灵感、想象的重要性。文学是想象的艺术，灵感可催生优秀作品。优秀文学是“性灵”的自然抒发，与作者个性气质

① 唐圭璋著：《词话丛编》（第四册），中华书局 1986 年版，第 3417—3418 页。

② 周邦彦著：《片玉词》卷首，明汲古阁本。

关系最直接，与生活阅历并无直接关系。王国维评李煜词说："词人者，不失其赤子之心也。故生于深宫之中，长于妇人之手，是后主为人君所短处，亦即为词人所长处。客观之诗人，不可不多阅世。阅世愈深，则材料愈丰富，愈变化，《水浒传》、《红楼梦》之作者是也。主观之诗人不必多阅世。阅世愈浅，则性情愈真，李后主是也。"①王国维所论，是对抒情诗人强调性情之真，显得偏激，李煜最有名的词作产生于被俘之后，恰恰证明了要"阅世"。但是，与李煜一样遭遇的君主很多，写出优秀作品的又有几人？生活固然重要，才情和艺术感悟力更为重要，艺术天赋是文学作品艺术高下的决定性因素。从这一角度看，王国维所论自有一定道理，可谓"片面的深刻"。真正天才的词人作词，不愁亦工，况周颐《蕙风词话》卷一云："词人愁而愈工。真正作手，不愁亦工，不俗故也。"② 况氏首先认同词人愁而愈工，同时强调"不愁亦工"，只要不俗即是。

"穷"只是"工"之一因，还有其他原因，"穷"不是"工"的直接原因，只是间接原因。境遇之"穷"与作品之"工"并不总是存在必然联系，并不一定成正比，不应过重单线性因果关系。

"原生态"词，是"流行歌曲"，多是"代言"体，是"商业化"的"制作"，多"虚拟性情感"，未必是作者的真情实感。"虚"、"假"创作，有时比亲身经历更感人，不必"穷而后工"。文学源于生活，又高于生活，前人的经验，书本上的经验，可学而得之，未必一切皆"身临其境"。

人生一半是欢喜快乐，一半是悲苦忧愁。文学一半是喜剧，一半是悲剧，喜剧有价值，悲剧更感人。故"穷而后工"说得到人们普遍认可，但不应绝对化理解。过重悲苦忧愁，过轻欢喜快乐，将文学史理解为眼泪史、苦难史，会"遮蔽"文学史的另一半。读者需要的并不都是眼泪，文学满足读者不同层面的情感需求。词体更适宜表现忧郁、悲壮之情，确实以"悲"为美，即叶嘉莹先生所说的"弱德之美"，但又不仅仅以"悲"为美，还以"乐"为美，词中的"欢乐调"同样感人，"工"

---

① 唐圭璋著：《词话丛编》（第五册），中华书局1986年版，第4242—4243页。
② 唐圭璋著：《词话丛编》（第五册），中华书局1986年版，第4408页。

不是悲苦文学的“专利”。

词“穷而后工”说，有其批评适用的范围，只有限定在纯个人抒情词范围内，才最具合理性，不大适宜论作者与作品主人公分离，作者隐身一旁，只是客观书写的叙事词，不应将其普泛化。此说只有特定角度和程度上的合理性，倡导一方面同时，易“遮蔽”其他方面。我们还应反思此说思维上的局限性，单向线性思维，两极思维，非此即彼，完全排他。实际上，二元对立外，还有“穷”、“达”之间的中间状态，就一定不“工”吗?

词“穷而后工”说是词学史上的重要命题，有其独特的理论价值，应充分重视。它直接承继诗“穷而后工”说而来，原创性不及诗学，因此又不宜过高评价。

第二节　词为宋代“一代之文学”说质疑

谈及宋代“一代之文学”，人们往往不假思索地回答曰“宋词”。因为自金、元以来，“唐诗、宋词、元曲”之说便盛行不衰，特别是经过焦循、王国维等学者的进一步阐发，“一代有一代之文学”观念早已深入人心，几乎成为“定论”，“宋词”成为当然的、惟一的“一代之文学”。这种观点(简称“宋词”说)长期以来被研究者尊奉，确信不疑，其中的合理性是首先应该承认的，我们必须充分肯定前人的智慧识见，尊重前人的观点。但我们也有责任怀疑和修正前人的观点，当从纯学理层面上重新审视“宋词”说时，我们便生出疑问：此说的合理性程度究竟有多大？它已是“定论”呢？还是某种角度上的结论？如果说此说存在不足，那么具体表现在哪些方面？又如何解释？如何弥补、修正？这些便是本书试图探讨的问题。

此前，张珠龙《以词为宋一代文学代表的传统观点值得商榷》(《求索》1994 年第 5 期)一文首先对此说提出质疑。作者从题材、内容、艺术特色诸方面比较宋代诗、词、文三种文体，认为以“宋诗”为宋代文学代表“更确切些”。此文的不足比较明显，它只是静态、孤立的论证，对前人的观点缺乏必要的体认和理解，缺乏历史观念，也没有深层文化剖析，基本上是自说自话，因此，也缺乏说服力。

一

我们首先要做的工作是弄清“宋词”说的来龙去脉。“宋词”说是“一代有一代之文学”说的组成部分，因此必须紧密联系“一代有一代之文学”说进行论述。据现存资料，最早提出“宋词”说的是金、元之际的刘祁，他说：“唐以前诗在诗，至宋则多在长短句，今之诗在俗间俚曲也。”①刘祁认为，唐代以前各代诗俱佳，宋代的诗歌真正有成就的则多在“长短句”即“词”，而不是古、近体诗，元代的真正诗歌是“俗间俚曲”即新兴的“散曲”。刘祁之论可说是“宋词”说的雏形，他只是在广义诗歌即韵文系统内肯定宋词的价值，言下之意，宋词胜过宋诗，但他尚缺乏明晰的“一代之文学”意识，并没有明确说宋词代表“一代之文学”。元代罗宗信在《〈中原音韵〉序》中说：“世之共称唐诗、宋词、大元乐府，诚哉！”②这说明，罗宗信生活的时代，宋词与唐诗、元曲并称，已是“通行”的说法了。罗宗信本意是抬出唐诗、宋词来肯定元曲，所论仅限于韵文系统，只认为词在宋代的成就最高，并没有认为宋代各体文学中词的成就最高。

元末明初的叶子奇说：“唐之词不及宋，宋之词胜于唐，诗则远不及也。”③认为宋词胜过唐词，宋诗不及唐诗，但没有说宋词一定胜过宋诗。杨慎《词品》卷二说：“宋之填词为一代独艺，亦犹晋之字、唐之诗，不必名家而皆奇也。”④他看重的是“独艺”，即宋词的独特艺术成就，并未将宋词与宋诗、宋文比高低。明中叶以后，前后七子大倡复古，主张“文必秦汉，诗必盛唐”，否定宋诗，何景明、李梦阳都明确说“宋无诗”。因否定宋诗，那么宋代韵文中，便只剩下宋词了。“宋词、元曲”是明中叶以后的流行说法。臧懋循《〈元曲选〉序》中有云：“世称宋词、

① 刘祁著：《归潜志》卷十三，中华书局1983年版，第145页。
② 周德清著：《中原音韵》卷首，元刻本。
③ 叶子奇著：《草木子》卷四，中华书局1959年版，第70页。
④ 唐圭璋著：《词话丛编》（第一册），中华书局1986年版，第462页。

元曲。”[①]王世贞《曲藻序》云：“曲者，词之变。……诸君如贯酸斋、马东篱……咸富有才情，兼喜声律，以故遂擅一代之长。所谓‘宋词、元曲’，殆不虚也。”[②]茅一相《题词评〈曲藻〉后》云：“夫一代之兴，必生妙才；一代之才，必有绝艺。春秋之辞命，战国之纵横，以至汉之文、晋之字、唐之诗、宋之词、元之曲，是皆独擅其美而不得相兼，垂之于千古而不可泯灭者。”[③]茅一相所说的“绝艺”是“大文学”概念，他认为诗是唐代的“绝艺”，宋代以后不及，词是宋代的“绝艺”，元代以后不及，不同时代“不得相兼”，但他也没有将宋词与宋诗、宋文比高低。

胡应麟对宋词与时代的关系有过比较深入的论述，《欧阳修论》一文说：“自春秋以迄胜国，概一代而置之，无文弗可也。若夫汉之史、晋之书、唐之诗、宋之词、元之曲，则皆代专其至，运会所钟，无论后人踵作，不过绪余。即以马、班而造史于唐，李、杜而 诗于宋，吾知有竭力而亡全能矣。”[④]他强调与唐诗、元曲一样，宋词是宋人的专长，成就已达到顶峰，后代无论如何继作，也是无法企及的。胡应麟只是将宋词与元代以后词相比，肯定词以宋代的成就为最高，但没有说宋词胜过宋诗、宋文。他在《庄岳委谈》中说：“汉文、唐诗、宋词、元曲，虽愈趋愈下，要为各极其工。”[⑤]承认宋词与汉文、唐诗一样有很高的艺术成就，但品格不及唐诗，更比不上汉文。作者首先坚持正统文学观念，认为词不及诗，诗不及文，但已有修正，承认词的艺术成就。胡应麟又说：“诗至于唐而格备，至于绝而体穷。故宋人不得不变而之词，元人不得不变而之曲。词胜而诗亡矣，曲胜而词亦亡矣。”[⑥]他将宋词与宋诗相提并论，肯定宋词而否定宋诗，但没有认为宋词胜过宋文。

晚明时，陈继儒说：“先秦两汉诗、文具备，晋人清谈、书法，六朝人四六，

① 臧懋循著：《元曲选》卷首，明万历刻本。

② 中国戏曲研究院编校：《中国古典戏曲论著集成》(四)，中国戏剧出版社 1959 年版，第 55 页。

③ 中国戏曲研究院编校：《中国古典戏曲论著集成》(四)，中国戏剧出版社 1959 年版，第 38 页。

④ 胡应麟著：《少室山房类稿》卷九十八，江苏广陵古籍刻印社 1983 年重印本。

⑤ 胡应麟著：《少室山房笔丛》卷四十一，清光绪间广雅书局刻本。

⑥ 胡应麟著：《诗薮》内编卷一，上海古籍出版社 1979 年版，第 1 页。

唐人诗、小说，宋人诗余，元人画与南北剧，皆自独立一代。”[①]在《〈吴骚〉引》中，他又说：“汉以歌，唐以诗，宋以词，迨胜国而宣于曲，迄今胜焉。”[②]陈继儒认为，宋词是宋代文学、艺术各体的代表，自“独立一代”，即代表“一代之文学”。陈宏绪《寒夜录》卷上引卓人月话说：“我明诗让唐，词让宋，曲让元，庶几吴歌挂枝儿、罗江怨、打枣竿、银铰丝之类，为我明一绝耳。”[③]亦肯定宋词独盛一代。王思任《吴观察宦稿小题叙》云：“汉之赋，唐之诗，宋元之词，明之小题，皆精思所独到者。”[④]则认为词可作为宋、元两代的代表文体。

可见，元、明人多是限定在韵文系统内肯定宋词，只是认为宋词胜过元、明词，可与唐诗、元曲媲美，或宋词胜过宋诗，但没有认为胜过宋文。只有陈继儒认为宋词“独立一代”即代表“一代之文学”。

有清一代，“宋词”说仍然是通行观点。吴伟业《〈陈百史文集〉序》说：“有一代之兴，必有一代之文以为之重。”[⑤]在《〈北词广正谱〉序》中，他称赞李玉的《北词广正谱》是“骚坛鼓吹，堪与汉文、唐诗、宋词并传不朽”。[⑥]吴伟业持“一代之文”体现“一代之兴”的观点，实际上是肯定宋词为“一代之文学”。尤侗说：“或谓楚骚、汉赋、晋字、唐诗、宋词、元曲，此后又何加焉？余笑曰：只有明朝烂时文耳。”[⑦]在《己丑真风序》中，尤侗认为：“天地变而世变，世变而文变。”[⑧]他的观点是：文学随时代变化而变化，宋词代唐诗而兴，元曲代宋词而兴。他是从新、变角度肯定宋词。康熙时，顾彩《〈清涛词〉序》云：“一代之兴，必有一代擅长之著作，如木火金水之递旺，于四序不可得兼也。古文莫盛于汉，骈俪莫盛于晋，诗律莫盛于唐，词莫盛于宋，曲莫盛于元。昌黎所谓以鸟鸣春，以雷鸣夏，以虫鸣秋，

① 陈继儒著：《太平清话》卷一，明崇祯刻本。
② 王稚登辑：《吴骚集》卷首，明万历刻本。
③ 陈宏绪著：《寒夜录》卷上，《学海类编》本。
④ 王思任著：《王季重集》卷三《时文叙》，明末刻本。
⑤ 吴伟业著：《梅村家藏稿》卷二十七，《续修四库全书》第1396册，上海古籍出版社1995年版，第182页。
⑥ 李玉著：《北词广正谱》卷首，清初刻本。
⑦ 尤侗著：《艮斋杂说》卷三，清康熙刻本。
⑧ 尤侗著：《西堂杂组》一集卷四，《续修四库全书》第1406册，上海古籍出版社1995年版，第232页。

以风鸣冬者，其是之谓乎！”[①]认为宋词是宋代“擅长之著作”，体现宋代“一代之兴”，与其他时代“不可得兼”。

焦循说：“有明二百七十年，镂心刻骨于八股……洵可继楚骚、汉赋、唐诗、宋词、元曲，以立一门户……夫一代有一代之所胜，舍其所胜，以就其所不胜，皆寄人篱下者耳。”他打算“自楚骚以下至明八股，撰为一集，汉则专取其赋，魏晋六朝至隋则专录其五言诗，唐则专录其律诗，宋专录其词，元专录其曲，明专录其八股，一代还其一代之所胜”。焦循强调一代文学有一代之“专”、“胜”，后世所不及，如赋是汉代专胜，魏晋赋只是汉赋之“余气游魂”；律诗是唐代之专胜，宋诗“不过唐人之余绪”。[②]主张论一代之文学，应专录其胜，而不应“舍其所胜，以就其所不胜”。作为一代“通儒”，焦循以宋词为“一代之所胜”的观点，是对历代观点的总结，对近、现代学者影响甚大。

清代学者基本上是重复元、明人的观点，仍多在韵文系统内认定宋词为“一代之文学”。

上述可见，元、明、清三代，刘祁、罗宗信、郎瑛、杨慎、王世贞、茅一相、胡应麟、陈继儒、卓人月、王思任、吴伟业、尤侗、顾彩、焦循等，皆以“宋词”为“一代之文学”，“宋词”说确是历代流行的观点。

今天学者信奉“宋词”说的时候，往往忽视了古人的另一种观点。元代虞集《〈中原音韵〉序》说：“一代之兴，必有一代之绝艺足称于后世者：汉之文章，唐之律诗，宋之道学，国朝之今乐府，亦开于气数音律之盛。”[③]虞集首次提出以“道学”为宋代文学的代表，这一观点被明清两代不少论者所接受。元末明初叶子奇说：“传世之盛，汉以文，晋以字，唐以诗，宋以理学，元之可传，独北乐府耳。宋朝文不如汉，字不如晋，诗不如唐，独理学之明，上接三代。”[④]明初曹安《谰言

① 孔传铎著，顾彩选：《清涛词》卷首，清康熙刻本。
② 焦循著：《易余籥录》卷十五，清嘉庆刻本。
③ 周德清著：《中原音韵》卷首，元刻本。
④ 叶子奇著：《草木子》卷四，中华书局1959年版，第70页。

长语》卷上提出“汉文、唐诗、宋性理、元词曲”。[①]明中叶，郎瑛说：“常言唐诗、晋字、汉文章，此特举其大略，究而言之，文章与时高下，后代自不及前”。“至若宋之理学，真历代之不及。若止三事论之，则宋之南词、元之北乐府亦足配言耳。”[②]他强调，宋理学家文才是文学正宗，宋词是其次的，宋词至多只能与宋文一道代表宋代文学，地位在宋文之下。李开先《〈改定元贤传奇〉序》云：“南宫刘进士濂，尝知杞县事，课士策题，问：汉文、唐诗、宋理学、元词曲，不知以何者名吾明？”[③]晚明王思任《〈唐诗纪事〉序》云：“一代之言，皆一代之精神所出，其精神不专，则言不传。汉之策，晋之玄，唐之诗，宋之学，元之曲，明之小题，皆必传之言也。”[④]清初李渔《闲情偶寄·结构第一》说：“‘汉史’、‘唐诗’、‘宋文’、‘元曲’，此世人口头语也。”[⑤]明末清初通行观念，与唐诗、元曲并称的不只是“宋词”，还有“宋文”，且“宋文”代表主流文学观念。可见，元、明、清三代，虞集、叶子奇、曹安、郎瑛、刘濂、王思任、李渔等皆以“宋文”（道学、理学、性理）为宋代“一代之文学”，这是传统大文学、杂文学观，代表正统、主流文学观和文学史观。而“宋词”说仅代表非主流的、边缘的文学观和文学史观。两种观点一直并行，“宋词”说并没有成为“定论”。

二

现、当代许多学者皆认为宋词为“一代之文学”，这是古人观点的自然承继。王国维观点是对历代观点的总结，对现、当代产生深远影响。1912年，王国维在《宋元戏曲考·序》中说：“凡一代有一代之文学，楚之骚，汉之赋，六代之骈语，唐之诗，宋之词，元之曲，皆所谓一代之文学，而后世莫能继焉者也。”[⑥]强调各体

① 曹安著：《谰言长语》卷上，《四库全书》本。
② 郎瑛著：《七修类稿》卷二十六，上海书店2001年版，第275页。
③ 李开先著：《李开先全集》（上），文化艺术出版社2004年版，第461页。
④ 任远校点：《王季重十种》，浙江古籍出版社1987年版，第75页。
⑤ 李渔著，单锦珩校点：《闲情偶寄》，浙江古籍出版社1985年版，第2页。
⑥ 王国维著：《王国维文学论著三种》，商务印书馆2001年版，第57页。

文学在某代发展到高峰，后代无法企及，比如宋以后的诗(律诗)皆不及唐诗，元以后的词皆不及宋词。这种观点与前人是一致的，也是较有道理的。但王国维并没有说唐诗胜过唐文，宋词胜过宋文、宋诗，他倒是怀疑唐诗、宋词是否有资格代表“一代之文学”。他说：“余谓律诗与词，固莫盛于唐、宋，然此二者果为二代文学中最佳之作与否，尚属疑问。”王氏自己“疑问”，遗憾的是后人却不加怀疑，当作“定论”接受。

王国维又专从文学发展演变角度论文体盛衰变化。他在《文学小言》中说：“诗至唐中叶以后，殆为羔雁之具矣。故五季、北宋之诗(除一二大家外)，无可观者，而词则独为其全盛时代。其诗词兼善如永叔、少游者，皆诗不如词远甚，以其写之于诗者，不若写之于词者之真也。至南宋以后，词亦为羔雁之具，而词亦替矣(除稼轩一人外)。观此足以知文学盛衰之故矣。”[①]他认为，按照文体演进规律，南宋词已是衰败时期，成为“羔雁之具”的游词，但按“一代之文学”说，南宋词是宋词的不可分割的组成部分，又应该肯定。王国维欣赏褒扬唐五代、北宋词，而贬低南宋词，将唐五代与北宋连在一起，并与南宋词对立。这与宋词为“一代之文学”说相矛盾。在《文学小言》一文中，王国维还认为，“真文学”“托于不重于世之文体以自见”。[②]因此，词、曲、小说这些原不被世人重视的文体才是真正的文学。王国维是以从西方引进的纯文学观念肯定词的价值，肯定宋词为“一代之文学”。但他也意识到，以西方文学观念来套中国传统文学未必完全合适。王国维的观点并不完善。

王国维的贡献在于：首先，他引进了西方进化论观念考察中国古代文学的发展，认为文学进化如同生物进化，新陈代谢，新的必然取代、胜过旧的。而焦循及以前学者所用理论依据是《周易》以来的“通变”观念。其次，他引进近代西方的纯文学观念，特别重视词、曲、小说的文学地位和成就，这与传统“大文学”观念和鄙视词、曲、小说的正统观念是不同的。王国维还将这两方面具体体现于文学

① 傅杰编校：《王国维论学集》，中国社会科学出版社 1997 年版，第 313 页。
② 傅杰编校：《王国维论学集》，中国社会科学出版社 1997 年版，第 311 页。

史研究和写作中，这对现代人的文学观、文学史观，对文学史研究和评价，对文学史写作模式的影响是十分巨大的。但局限性也是明显的，完全以西方文学观念硬套中国文学史，在一定程度上肢解、误读了中国文学的民族特色。

胡适是在王国维观点基础上展开对此问题的论述的。1917 年，他在《文学改良刍议》一文中说："文学者，随时代而变迁者也。一时代有一时代之文学：周秦有周秦之文学，汉魏有汉魏之文学，唐宋元明有唐宋元明之文学。此非吾一人之私言，乃文明进化之公理也。……凡此诸时代，各因时势风会而变，各有其特长，吾辈以历史进化之眼光观之，决不可谓古人之文学皆胜于今人也。……《三都》、《两京》之赋富矣，然以视唐诗、宋词，则糟粕耳。此可见文学因时进化，不能自止。"① 胡适以进化论解释文学史演进现象，认为宋词在当时是新诗体，故必胜旧诗体，可代表"一代之文学"。在《文学进化观念与戏剧改良》一文中，胡适又论述道："文学乃是人类生活状态的一种记载，人类生活随时代变迁，故文学也随时代变迁，故一代有一代的文学。周秦有周秦的文学，汉魏有汉魏的文学，唐有唐的文学，宋有宋的文学，元有元的文学。"② 胡适更强调文学的"时代"新质，不仅仅看重文体，他对历代将一代之"文体"等同于一代之"文学"的观点有所修正，但仍不完善。

胡适认为白话文学是中国文学的正宗。1922 年，他在《南宋的白话词》一文中，将词看作白话文学的代表，认为宋词和元曲、明清小说等通俗文学的价值超过正统文学的诗文。③ 词体之尊，达到极致。1923 年，胡适在《〈中古文学概论〉序》中说："从前的人，把词看作'诗余'，已瞧不上眼了；小曲和杂剧更不足道了。至于'小说'，更受轻视了。近三十年中，不知不觉的起了一种反动。""词集的易得，使我们对于宋代的词的价值格外明了。……于是我们对于文学史的见解也就不得不起一种革命了。"④ 胡适确立的现代词学观念，对宋词的重视，是对传统的主流文学观的"反动"、"革命"，自有创新进步意义，但局限性也是十分明显的。

---

① 姜义华主编：《胡适学术文集·新文学运动》，中华书局 1993 年版，第 21 页。
② 姜义华主编：《胡适学术文集·新文学运动》，中华书局 1993 年版，第 74 页。
③ 《晨报副刊》，1922 年 12 月 1 日。
④ 胡适著，季羡林主编：《胡适全集》（第 2 册），安徽教育出版社 2003 年版，第 796 页。

胡适一方面认为宋词为“一代之文学”，一方面又主张“把唐诗还给唐，把词还给五代两宋，把小曲杂剧还给元朝，把明、清的小说还给明、清。每一个时代，还它那个时代的特长的文学，然后评判它们的文学的价值”。[①]认为词是“五代两宋”时代的“特长的文学”，“五代”与“两宋”连为一体，并不只提宋代。在《文学改良刍议》中，胡适说：“唐五代及宋初之小令，此词之一时代也，苏、柳、辛、姜之词，又一时代也。”又将宋词分成不同的“时代”。在《吾国历史上的文学革命》中，胡适认为：“文学革命，至元代而登峰造极。其时，词也，曲也，剧本也，小说也，皆第一流之文学，而皆以俚语为之。其时吾国真可谓有一种‘活文学’出世。”[②]他认为元代词、散曲、戏剧、小说皆是“第一流之文学”，也就是说皆可称“一代之文学”。则“元词”亦可视为“一代之文学”，不仅仅是“宋词”。这都与“宋词”说相矛盾。

胡适《〈词选〉序》描述词体嬗变轨迹，并不完全与朝代更替一致，词体嬗变有自身规律，有内趋力，并不完全靠外力推动。这种文体嬗变规律的认识更符合文学史的实际，也部分突破了“一代有一代之文学”说的局限。

胡云翼《宋词研究》说：“所谓时代文学，就是变迁的文学。只要在当代是一种新文体，由这种新文体创造出来的文学，便是时代文学。反之，只死板板地去用那已经用旧变尽了的文体的文学，便不是时代文艺。”“词的发达、极盛、变迁种种状态，完全形成于有宋一代。宋以前只能算是词的导引，宋以后只能算是词的余响。只有宋代，是词的时代。因此，我们为什么说宋词是时代的文学呢？这可以简单回答说：词在宋代是一种新兴的文体，这种文体虽发生在宋以前，但到宋代才大发达，……这种词是富有创造性的，可以表现出一个时代的文艺特色。所以我们说宋词是时代的文学。宋以后因词体已经给宋人用旧了，由宋词而变为元曲，所以元词明词便不是时代的文学了。”[③]胡云翼仍是发挥王国维、胡适的观点，他强调文体的“新”，只有新文体，才有资格称“时代文学”，如是旧文体，成就再大，

---

① 胡适著：《〈国学季刊〉发刊宣言》，胡适著，季羡林主编：《胡适全集》（第2册），安徽教育出版社2003年版，第8—9页。

② 姜义华主编：《胡适学术文集·新文学运动》，中华书局1993年版，第4—5页。

③ 胡云翼著，刘永翔、李露蕾编：《胡云翼说词》，华东师范大学出版社2004年版，第8页。

也没有资格称"时代文学"。宋词为时代新文体，故可称"时代文学"。

焦循、王国维的观点经由胡适、胡云翼等的阐发、改造，自然地进入并影响现代学术。从此，宋词为"一代之文学"说作为主流观念影响学术界，至今不衰。现、当代许多学者都不加思考地当作"真理"接受。20世纪30年代，浦江清评陆侃如、冯沅君《中国诗史》时说："焦、王发现了中国文学演化的规律，替中国文学史立一个革命的见地。在提倡白话文学、民间文学的今日，很容易被现代学者所接受，而认为唯一正确的中国文学史观了。"①浦氏过分夸大了此说的价值，亦说明此说影响之深。

胡适将王国维及其以前人的说法"误读"为唐诗、宋词、元曲胜过同时代其他文体，代表"一代之文学"。这种"误读"，至今学术界仍不甚了了。胡适以后，"宋词"说几乎成为"定论"，被学术界普遍接受。谈及宋代"一代之文学"，极少有人再提"宋文"了。

近、现代，"宋词"说盛行时，仍有人坚持传统、主流文学观念，认为宋文才能真正代表"一代之文学"，而宋词是没有资格的。1910年出版的林传甲《中国文学史》论宋代文学时，仍只论诗、文，不论词，同时黄人的《中国文学史》也是如此。词连进入文学史的资格都没有，当然更没有资格代表"一代之文学"。1918年，上海中华书局出版的谢无量《中国大文学史》云："唐文学之特质，仅在诗歌，宋文学之特质，则在经学文章之发达。经术至宋一变，学者益究心纯理，故文体往往严正可观。"他肯定"经学文章"是宋代文学的"特质"，即认为宋文代表"一代之文学"。曾毅认为："唐之取士以诗赋，宋之取士以策论，故宋之文学，不在诗而在文。"②亦认为宋文为"一代之文学"。

当代学者亦有不认同"宋词"说的。钱钟书先生早对"一代有一代之文学"说提出质疑，他说："王静安《宋元戏曲史》序有'汉赋、唐诗、宋词、元曲'之说。谓某体至某朝而始盛，可也；若用意等于理堂，谓某体限于某朝，作者之多，即证作品

① 浦江清著，浦汉明编：《浦江清文史杂文集》，清华大学出版社1993年版，第103—104页。

② 曾毅著：《订正中国文学史》(下)，上海泰东书局1932年版，第69—70页。

之佳，则又买菜求益之见矣。元诗固不如元曲，汉赋遂能胜汉文，相如高出子长耶？唐诗遂能胜唐文耶，宋词遂能胜宋诗若文耶？”他不满陆侃如、冯沅君《中国诗史》“于宋元以来，只列词曲，引静安语为解”。[①]钱先生实际上认为宋词的成就不及宋诗、宋文，没有资格代表“一代之文学”，其观点值得重视。“一代有一代之文学”说强调文与时俱变，文体不断创新，新必胜旧，此盛彼衰，此兴彼亡。钱钟书先生对此亦提出质疑，他说：“夫文体递变，非必如物体之有新陈代谢，后继则须前仆。”他举散文骈、散两体演变发展为例，论证文体兴替并不是简单的彼亡此兴。又说：“诗词蜕化，何独不然？”[②]宋代词体兴，并不意味着诗体衰，更不是诗体亡。强调宋词的成就不应以贬低宋诗的成就为前提。

游国恩等主编《中国文学史》说：“前人以词为宋代的代表文学，我们还不能同意。”[③]徐调孚在《全宋词》前言中说：“从思想内容的角度看，宋词的成就不如唐诗，也不如宋诗。其致命的弱点，就在于反映的社会生活过于狭窄。”[④]当时流行以阶级斗争、政治标准，以庸俗社会学方法研究和评价古代文学，宋词反映社会生活不及诗文深、广，内容情调上存在不健康的方面，遂遭到批评贬斥。詹安泰在《宋词发展的社会意义》一文中说：“过去的人都把‘宋词’和‘唐诗’、‘元曲’并提。如果就反映现实的深度和广度看，宋词是比不上唐诗和元曲的；不但比不上唐诗和元曲，就是和宋代的诗、文比起来也有逊色。因而宋词在中国文学发展的历史过程中是最薄弱的一环，它没有出现过诗中的杜甫和曲中的关汉卿这么伟大的现实主义的作家。这是无可否认的事实。所以，把宋词的评价提高到和唐诗、元曲并驾齐驱的地位，从而认为它可以为宋代的代表文学，这是不符合实际情况的。”[⑤]他们认为宋词没有资格与唐诗、元曲相提并论，代表“一代之文学”，笔者是赞同的。但他们的解释并不科学，仅以政治思想内容为标准，并不能完全说明问题，这也

① 钱钟书著：《谈艺录》，生活·读书·新知三联书店 2001 年版，第 99—100 页。
② 钱钟书著：《谈艺录》，生活·读书·新知三联书店 2001 年版，第 96—97 页。
③ 游国恩等主编：《中国文学史》(三)，人民文学出版社 1964 年版，第 581 页。
④ 唐圭璋著：《全宋词》(一)，中华书局 1965 年版，第 3 页。
⑤ 《学术研究》1979 年第 3 期。

是时代的局限。

程千帆先生在为吴志达《中国文言小说史》所作序中说："近代治文学史者，颇循清儒焦里堂'一代还其一代之所胜'之论，诗尊唐，词标宋，曲崇元。推而广之，旧所斥为小道之小说戏剧遂亦得与诗古文辞比肩文苑。此王静安《宋元戏曲考》之所由作也。然若误解其说，以为文学之发展悉显示于文体之变迁，以文学发展史等同于文体变迁史，甚或以为唐后无诗，宋后无词，元后无曲，举宋以来之诗、元以来之词，明以来之曲，悉屏诸诗史之外，如某二氏所著书者，则不谓为昧于文学历史之全貌，不可也。"[①]程先生的批评是有道理的，将文体变迁等同于文学发展，确是片面的文学史观。过崇"宋词"，而过贬元明清词，并不符合文学史实际。遗憾的是，钱钟书、程千帆等先生的观点并未引起学界重视，"宋词"说早已"深入人心"，学界已不加怀疑地当作"真理"接受了。

三

我们对"宋词"说应做不同角度的动态的、全面的评价。"宋词"说只具特定角度、一定程度上的合理性，应具体分析和评价。宋词独具特色，多时代新质，是宋代"绝艺"，是文艺时尚，广受宋人欢迎。在词史系统内，与唐五代词、元明清词相较，宋词成就最高，因此可称"一代之文体"。在韵文系统内，强调诗歌(母文体)内部各文体(子文体)的演进、新变，唐代，近体诗超过古体诗，宋代，词超过古、近体诗，元代，曲(散曲)超过古、近体诗和词，宋词新质和成就超过前代，又为后代典范，为后代所不及，堪称"一代之文体"。以进化论的观念看，宋词是新文体、新文学，胜过宋诗、宋文等旧文体、旧文学，可代表宋代新文学特色，宋诗、宋文成就虽高，但新、变成分不及宋词，故宋词可称"一代之文学"。以现代纯文学观念看，宋文(特别是古文)多非文学成分，可不论，宋诗虽是纯文学文

① 吴志达著：《中国文言小说史》，齐鲁书社1994年版，第1页。

体，但多抽象说理，多学术化，亦多不合纯文学标准。只有宋词是纯文学文体，且独具特色，故可称“一代之文学(纯文学)”。从上述这些角度看，说宋词为“一代之文学”，才是合理的或比较合理的。

有学者以“音乐”为本位而不是以“文学”为本位来论述音乐文学系统各文体的兴替盛衰，以可歌与否为标准，认为只有可歌，才是“真诗”。明王肯堂《郁冈斋笔麈》卷四云：“唐之歌失而后有小词，则宋之小词，宋之真诗也。小词之歌失而后有曲，则元之曲，元之真诗也。”“若夫宋、元之诗，吾不谓之诗矣；非为其不唐也，为其不可歌也。”①王氏认为，真正的诗是“可歌”的，宋词可歌，故是“真诗”，宋诗不可歌，故不是“真诗”，“真诗”才有真正的价值。刘熙载《艺概·词曲概》云：“词，声学也。”从音乐角度说，宋词为“一代之文学”，实谓宋词为“一代之音乐”，“一代之乐”是宋词的原生态。“可歌”标准看重的是音乐价值而非文学价值，也就是说，看重的是“艺术”而非“文学”。那么，这种“一代之文学”概念既不是近、现代纯文学概念，也不是传统大文学、杂文学概念，而是今天所说的音乐概念、艺术概念。这种观念认为，就广义诗歌系统而言，歌词与时代音乐密切结合，才能产生那个时代最优秀的诗歌。如果是单纯的脱离音乐的格律诗，那么，它的黄金时代已经过去，便不可能作为一代文体的代表了。楚辞、汉乐府、唐律诗、宋词、元曲之所以能作为时代文体的代表，就是因为它们属音乐文学，宋以后的诗，元以后的词，明以后的散曲，基本上脱离了音乐，便不可能超过前代的成就。每个时代都有自己时代的流行歌曲或音乐文学，汉乐府、唐律诗、宋词、元曲，名称虽异，实质上都是音乐文学，故可以“乐府”统名之(词称乐府，曲亦称乐府)。以这种观念看，宋词才有资格代表“一代之文学”即“一代之音乐文学”。

“宋词”说强调文学随时代的变化而变化，文体也随时代的变化而演变更新，文体由兴到盛到衰，是一个变动的过程，呈抛物线向前发展，每个朝代都有它擅长特盛的一种文体，后继的朝代只能承其余绪，无法超越。这种观念以《周易》以

---

① 王肯堂著：《郁冈斋笔麈》卷四，明万历刻本。

来“通变”理论为依据，重“变”求“新”，反对厚古薄今，与西方进化论不谋而合，近代以来广受学界尊奉。其进化的文学史观、革新精神和进步意义，是应充分肯定的。

“宋词”说的局限性是显而易见的。它过重词体在宋代的“专”、“绝”、“胜”，过轻它在前、后各代的成就，甚至认为宋以后无词。实际上，唐五代词确立了词体基本品格和规范，已取得很高成就，宋词只是在它的基础上发展变化。历代不少学者如陆游、陈子龙、张惠言、刘熙载、王国维、胡适等皆高度评价唐五代词。元词成就亦很高，王思任即视为元代“一代之文学”，清词号称“中兴”，也取得很大成就。“宋词”说遮蔽了唐五代词和元明清词的价值和地位。过分突出“宋词”，人为割断了词史发展的延续性，这样，原本丰富、完整的词史，遂变成片断、残缺的词史。

宋代文学只突出词的“专胜”，将词体定于一尊，诗、文、戏曲、小说都变成陪衬，以词之一体排斥其他文体。古代文体有大体的分工，文载道，诗言志，词抒情尤其是男女私情，分工不同，成就各异，某一文体的成就很难代表、更难代替同时代其他文体的成就，汉赋代替不了汉文，唐诗代替不了唐文，宋词更代替不了宋文、宋诗。“宋词”说无视古代文体分工的史实，以此代彼，以偏概全，必然以一种文体遮蔽同时代其他文体的成就。宋代，文化发展至高峰，各体文学皆繁荣兴盛，取得各自成就，各体文学的成就彼此是不可替代的。

多数论者只承认惟一词体代表宋代“一代之文学”，而不承认有两种或更多文体可共同代表宋代“一代之文学”，这是惟一思维的局限。宋代“一代之文学”是否只有一种文体呢？若只有一体，可推宋文或宋诗，而不是宋词。实际上，可以有两种或两种以上文体如宋文、宋诗、宋词共同代表“一代之文学”，岂不是更全面、科学、合理吗？郎瑛、王思任都认为宋词、宋文皆可视为“一代之文学”，并不限于惟一一种文体。这种观点突破惟一思维排他性的局限，是很有价值的。

“宋词”说过重新文体而轻视旧文体，将新文体等同于新文学、优秀文学，认为只有新文体才能代表“一代之文学”。实际上，新文体写新文学，旧文体也可写新文学。从本质上说，一切时代之文学都是新文学，无论用新文体还是旧文体。宋时，古文、赋、诗都是旧文体，文体特性本身并无大的变化，但内容是新时代的，仍反映时代精神。词虽兴起于唐五代，但到宋代才大发展，体制上亦不断创新，并最终规范定型，发展为独立之诗体。因此，词可称宋代新文体。若推出宋代有特色、有代表性的新文体，则非词体莫属。若论宋代“一代之文学”，则词体未必有此资格。

将“文体”兴衰等同于“朝代”兴亡，亦有失偏颇。过重某一文体与某一朝代的对应关系，认为文体演变主要靠外力推动，自然轻视文体自身的演变规律，轻视文体演变的自主性、自律性。焦循《与欧阳制美论诗书》说：“诗亡于宋而遁于词，词亡于元而遁于曲。”[1]认为诗盛于唐而亡于宋，词盛于宋而亡于元，宋代因诗亡而词兴，元代因词亡而曲兴，认为词体兴以诗体亡为前提，十分偏激。将词体兴衰等同于朝代兴亡，以为两者发展是同步关系，这就忽视了词体自身的兴衰规律。实际上，朝代亡，词体不会随之而亡。宋初的词与晚唐五代词一脉相承，并未因朝代更替而有多少改变，词亦未随宋朝灭亡而灭亡，到元代依然兴盛。文体演变是一个渐进过程，可经过几个朝代，一个朝代灭亡并不意味着此一文体的灭亡，此一文体仍会按自身规律发展。文化发展是有惯性的，不因改朝换代而突然中断。

以“朝代”代替“时代”，以“朝代文学”代替“时代文学”，亦有不合理处。实际上，文体发展可依据自身兴衰演变划分不同的“时代”，并不完全受朝代更替的制约，不一定与“朝代”兴衰同步，文体发展史的阶段划分可打破完全以朝代为标志的划分法，而依据文学史实际划分不同的时代，不一定局限于某一朝代。同一朝代亦可归入某文体盛衰的不同时代。词史可以晚唐五代宋元为繁盛期，明代为衰落期，清代为“中兴”期。这样更符合文学史实际。

仅以词作为宋代的代表文体，其他朝代“不得相兼”，排斥它作为其他朝代代表文体的资格，亦不完全合理。实际上，一种文体完全可以作为不同朝代的代表

---

① 焦循著：《雕菰集》卷十四，道光四年阮福刻本。

文体，正如骈文可以作为六朝的代表文体，小说可作为明、清的代表文体，词也可作为元代的代表文体，晚明王思任即有此主张，词并不是宋代的“专利”。

此说将“文体”与“文学”概念混为一谈，以“一代之文体”代替“一代之文学”，以一体代替众体，以文体演进史代替文学发展史，最终，文学史成为片面、残缺的文学史。

“宋词”说对文学史研究格局和撰写模式影响甚大，暴露出来的弊端也较明显。这种思维定势在很多方面、很大程度上遮蔽了学者的研究视野，造成研究格局的不平衡和文学史撰写的主观、片面。这是应该郑重指出，深刻反思的。

现代不少学者皆迷信宋词为“一代之文学”说，在宋代文学史撰写格局上，特别加大宋词的比重。如赵景深《中国文学史新编》（上海北新书局1936年版）“宋元编”一章，有四节论宋词即宋初词、苏派词与周派词、辛派词、姜派词，仅有一节“宋代诗文小说”，各文体比重严重失调。更有甚者，1932年，上海开明书店出版的陆侃如、冯沅君《中国文学史简编》，宋代部分只有一专节“宋代的词”，而没有诗、文、戏曲、小说，似乎宋代的文学只有词，其他文体皆一文不值。胡云翼《新著中国文学史》（1932年版）也是如此。作为大学教材的古代文学作品选亦过分偏重宋词，以最通行的朱东润主编的《中国历代文学作品选》为例，宋代部分，词在前，诗其次，文又其次，明显重词轻诗、文，张先、秦观、姜夔等，只选词，不选一篇诗、文，无视他们的诗、文成就，极为片面。人民文学出版社2002年出版的袁世硕主编的《中国古代文学作品选》，选录秦观词5首、李清照词6首、姜夔词3首，诗、文亦无一篇入选，观念上仍无多大改变。

此说遮蔽了宋诗的成就，造成对宋诗评价的片面性，轻视甚至否定宋诗，许多本以诗著名的文人如晏殊、张先、秦观、姜夔等，我们今天多仅视为词人，有几人知道秦观、姜夔是有名的诗人呢？正是迷信“宋词”说，导致这种认识上的偏差。这是对宋代文学史的误读，是对宋代文学原生态的漠视。“宋词”说更遮蔽了宋代散文成就。在宋代文学研究格局中，散文研究最为薄弱，这与宋代散文成就极不相称，也是对宋人和元、明、清各代重视宋文观念的不尊重。

"宋词"说对词史研究格局亦造成负面影响。因过轻元、明、清词，以为只是宋词"绪余"，研究上不够重视。最极端的是陆侃如、冯沅君《中国诗史》，该书将词视为广义诗的范畴，只论唐、宋词，元、明、清词则弃而不论，认为元、明、清词不值一写。至今，元、明、清词研究论文及专著仍屈指可数，文学史著作和文学选本对元、明、清词也多一笔带过，只大谈戏曲、小说。这对元、明、清词是不公的。

四

以"宋词"代表"一代之文学"是元代以后"追认"的。宋人自己原本十分轻视词，多称词为"小词"、"小歌词"，视为"小道"、"末技"，绝大部分作家把诗、文创作当作正经事，主要精力都用于诗、文创作上，而填词只以游戏态度偶尔染指，当作闲暇时的消遣娱乐。宋代无一人认为词可代表自己时代"一代之文学"。词在宋人心目中的价值和地位是无法与诗、文相比的。宋代不少文人只写古文和诗赋，根本不屑作词，绝大部分文人首先是古文家、诗人，然后才是词人。若列出宋代著名古文家、诗人、词人名单，词人是绝对比不上古文家、诗人的。《全宋词》数量上无法与《全宋文》、《全宋诗》相比，质量上各有千秋，但不能肯定宋词胜过宋诗、宋文。

宋代科举考试的科目是诗赋、经义，文人多于此用心，文人不填词的有很多，但没有一个不写诗、文的。词是新兴的文艺，填词只是诗、文之余事，词在当时是根本没有资格代表"一代之文学"的。

"宋词"说无视宋词的原生态，没有将其放在历史语境中评价。词在宋代主要是流行歌曲，是音乐文学，尤其在北宋时，词不登大雅之堂，不入作家文集，绝大多数作家轻视词，宋词在时代精神文化生活中处于非主流的边缘地位，无法与诗、文相比。宋词在宋人目录学著作中列入"乐曲"类(如尤袤《遂初堂书目》)、"歌词"类(如陈振孙《直斋书录解题》)，属音乐范畴而非文学范畴。宋词甚至连"文学"的资格都没有，怎么能谈得上是宋代代表文体，代表"一代之文学"呢？无视宋词的原生态，后人将自己的观念强加给宋人，宋词变成后人“观念”上的“宋词”，而不是宋人的“宋词”。我们要追问，宋词的价值和地位的高低是由“当事人”宋人说了算呢？还是由后人说了算呢？宋人的“自评”是不是可以不屑一顾呢？后人又有多大权力代表宋人主张呢？宋人自己不看重词，后人却硬代表宋人看重词，是不是“强奸”宋人的感情和意愿呢？是不是可以无视客观性和真实性而任意评判宋词呢？宋词是一种客观历史存在，我们首先要尊重历史、尊重古人。依阐释学和接受美学理论，我们有权力创造性地“误读”宋词，“误读”历史，以为我所用，为时代所用。但必须同时强调，这只是“我”的意思，而不是古人的意思。宋词代表“一代之文学”只是后人的观念，而不是宋人的观念，是主观的价值评判，而不是客观的史实陈述。宋人本缺乏“一代之文学”意识，即使有，也只会推出宋文或宋诗，而绝不会是宋词。宋人观念如此，我们必须承认和理解。

古代主流文学观念，文体是有尊卑等级秩序的。文第一，其次诗，为文之余，其次词，为诗之余，其次曲，为词之余。这点只要看《四库全书》收录标准、范围和比重即可明了。因此，主流文学观念中，宋词是没有资格代表“一代之文学”的。

元代以后，有些学者认为宋词为“一代之文学”，但属非主流观点，并未得到主流观念的认同。近代以来，引进西方纯文学观念，重诗歌、戏剧、小说，轻散文，抛弃传统杂文学、大文学观念，现代又过重反传统、反正统，将古代文体的尊卑等级秩序几乎全颠倒过来。至今，这种观念早已“深入人心”，规定了文学史研究格局。本来被宋代人自己鄙视的“宋词”也价值大增，得到普遍的尊崇。这对矫正轻视纯文学的古代主流、正统文学观念是有积极意义的。但因此矫枉过正，认为宋词胜过宋诗、宋文，则是与文学史实不相符的。

作为“一代之文学”说的补充、修正，克服过分拘泥于以朝代论文体的局限性，历代学者有从另一角度立论的，淡化或不谈朝代，而只谈文体自身的演变。谢章铤《赌棋山庄词话》卷九云：“自三百篇不被管弦，而古乐府之法兴，乐府亡而唐人歌绝句之法兴，绝句亡而宋人歌词之法兴，词亡而元人歌曲之法兴，至明代，曲分南北，檀板间各成宗派。”[①]作者描述了韵文体自身的兴替轨迹，皆与音乐变化密切相关，音乐变化是韵文体制变化的最本质原因。“被管弦”，仍可歌，韵文体制只是量变、渐变，不可歌，则引起质变、突变，与朝代更替没有直接对应关系。王国维《人间词话》说：“四言敝而有楚辞，楚辞敝而有五言，五言敝而有七言，古诗敝而有律绝，律绝敝而有词。盖文体通行既久，染指遂多，自成习套。豪杰之士，亦难于其中自出新意，故遁而作他体，以自解脱。一切文体所以始盛终衰者，皆由于此。故谓文学后不如前，余未敢信。但就一体论，则此说固无以易也。”[②]王国维描述了韵文体盛衰流变的规律，由兴起到盛到衰，“一切文体”皆逃脱不了这一规律。从这一角度看，说词体在宋代特盛，这是文体演进的规律所至，而与朝代关系是其次的。这样立论，大体上是符合文学史实际的。

“宋词”说在现代变成主流的文学观和文学史观。这种观念是接受西方近代纯文学观念的产物，但与古代主流文学观、文学史观相距甚远。时过境迁，这种观念局限性逐渐凸显出来。我们应清楚地认识到，这只是一种观念，一种认识文学史的观点，绝不是惟一的，完全可有另一种或数种文学史观。“宋词”说只是“一家之言”，难免有不完善处，不应盲从。应与其他研究视角相结合，才能对文学史有更全面、理性、科学的认识。

文学史观深受学者所处时代的影响，一个时代有一个时代立场的文学史。同是“宋词”，有宋人心目中的“宋词”，有元、明、清人心目中的“宋词”，也有现、当代人心目中的“宋词”。宋人心目中的宋词是没有资格代表“一代之文学”的，元、明、清各代有不少学者推出词代表宋代“一代之文学”，宋词的价值得到提升，但其价值是后人“追认”的，只代表后人的观点。不应将后人的观点强加给宋人，即使宋人于地下，也是不答应的。因此，宋词为“一代之文学”只是一种文学史观，与历史“当事人”的观点是完全相反的。“观念”上的“宋词”与文学史本初状态的“宋词”相差甚大。我们必须区分清楚后人的观点与宋人观点的差异，切忌混为一谈。

---

① 唐圭璋著：《词话丛编》（第四册），中华书局1986年版，第3437—3438页。

② 王国维著：《人间词话》，唐圭璋著：《词话丛编》（第五册），中华书局1986年版，第4252页。

"宋词"说是"一代有一代之文学"说的组成部分。此说的局限性引发我们对文学观、文学史观的深刻反思。传统的以"通变"、"新变"解释文学史和近现代以"进化论"解释文学史能不能视为解释文学史的唯一正确理论？文体演进能不能代替文学演进？文体兴衰与朝代兴亡是不是同步关系？西方的纯文学观念是否完全适合中国古代文学发展实际？中国传统大文学观念是否毫无价值、不值重视？"一代之文学"的标准是什么？是主流文体、主流文学有资格还是非主流文体、非主流文学有资格代表"一代之文学"呢？宋词是以何资格作为宋代"一代之文学"的？这些都值得重新审视。宋词只能在一定前提下，在特定标准下，在特定参照系和坐标中，才可称为"一代之文学"。笼统而言，是不科学的。

本书写作意图绝不是简单地否定此说，标新立异，只是在肯定此说合理性一面的前提下，指出其存在的不足，以及今人理解和实践此说时的偏差。强调从不同角度全面、动态、科学地分析评价。本书只是个人"私见"，目的在于引起学界同仁对此问题的重新思考。

第三节 "词中杜甫"说总检讨

王国维在《清真先生遗事》中曾将周邦彦比拟"词中老杜"。王国维在近现代学术史上享有崇高的地位，其学说影响甚大，许多观点被后人当作"定论"接受。"词中老杜"说也是如此，以至于不少学者将"词中老杜"说视为王国维的"发明"和"专利"。而事实上，将周邦彦比拟"词中杜甫"的不只是王国维一人，王国维更不是"发明"者。历代词人被比为杜甫的也不只有周邦彦一人，宋代还有柳永、苏轼、辛弃疾、姜夔、刘克庄、吴文英、王沂孙、张炎，清代则有陈维崧、蒋春霖、郑文焯等。将宋代某词人比为杜甫，也不是从周邦彦开始的。本节是对词学批评史上所有持此说的总检讨，题目不作"词中老杜"说，是为避免读者误以为本书只是评议王国维的"词中老杜"说，这是首先要说明的。

"词中杜甫"是词学批评史上的一个重要命题。从宋代开始，历代主要是清代许多词论家论述过这一问题。因论者的文学观、词学观不同，思维方式不同，论述问题的标准、角度不同，对“词中杜甫”的理解和认定自然不同，论者有各自心目中的“词中杜甫”，并未形成统一认识。这一命题涉及词史、词学批评史乃至整个文学史上的不少理论问题，很有研究价值。当代学者中，已有罗忼烈《清真词与少陵诗》、刘扬忠《稼轩词与老杜诗》、陈祥耀《“词中老杜”与苏辛异同》、赵海菱《老杜诗与白石词》等文论及，但皆属“个案”研究，主旨都在证明究竟哪位词人有资格配做“词中杜甫”，而对“词中杜甫”说的源流承传情况，丰富复杂的内涵，以及所涉及的诸多理论问题，因限于体例，皆未展开论述。另有陈水云《杜甫与“词中少陵”》和谷曙光《“词中少陵”补笺》(分别发表于《杜甫研究学刊》2003 年第 3 期、2006 年第 1 期) 对此命题做了系统的梳理和分析，笔者拜读后，仍觉“意犹未尽”。因此，本节拟在诸家研究的基础上，对“词中杜甫”说进一步做一番总检讨。同时，对由此引发出的一些深层次理论问题，做出个人的思考。

一

从现存资料看，早在北宋末，黄裳即将柳永比作杜甫，他是以宋词人比拟杜甫的第一人。《书〈乐章集〉后》说：“予观柳氏《乐章》，喜其能道嘉祐中太平气象，如观杜甫诗，典雅文华，无所不有。是时予方为儿，犹想见其风俗，欢声和气，洋溢道路之间，动植咸若。令人歌柳词，闻其声，听其词，如丁斯时，使人慨然所感。呜呼，太平气象，柳能一写于乐章，所谓词人盛世之黼藻，岂可废耶？”[①]黄裳是从歌咏盛世“太平气象”和风格“典雅文华”两方面肯定柳词并与杜诗相比的，并没有说柳永有杜甫的崇高地位。与柳永同时稍后的范镇早就称赏柳词歌咏“太平”的特色和成就。他说：“仁宗四十二年太平，镇在翰苑十余载，不能出一语咏叹，乃于耆卿词见之。”[②](南宋陈振孙也盛赞柳永词于“承平气象形容

① 黄裳著:《演山集》卷三十五,《四库全书》本。
② 祝穆著:《方舆胜览》卷十引，上海古籍出版社 1991 年影印宋刻本。

曲尽”。[①])他们是从歌咏太平景象、反映时代精神状态角度，将柳词与杜诗相提并论的。张端义《贵耳集》卷上记载道：“项平斋自号江陵病叟，余侍先君往荆南，所训学诗当学杜诗，学词当学柳词。扣其所云，杜诗、柳词皆无表德，只是实说。”[②]古人有名有字，《颜氏家训》云：“名以正体，字以表德。”名和字，一为表面意，一为深层意。“无表德”意谓不在深层意蕴上着力。项安世(平斋)从“无表德”、“实说”(即词作白描、质朴、真实)角度将柳词与杜诗并论，示人以学习门径。他也只是从此方面肯定柳词杜诗的特色和价值，但“无表德”、“实说”并不能代表杜诗的伟大成就，项安世的观点并不恰当。因此，刘熙载评论道：“柳耆卿词，昔人比之杜诗，为其实说，无表德也。余谓此论其体则然，若论其旨，少陵恐不许之。”[③]刘氏认为，柳词只在体制形式上可比杜诗，思想内容上是没有资格与杜诗相比的，所论极是。胡薇元则认为：“宋人云：‘诗当学杜，词当学柳。’盖词入管弦，柳实能手。”[④]从“可歌”角度肯定柳永是宋词人的代表，可比唐诗人中的杜甫。谭献《复堂词话》评柳永《倾杯乐》(木落霜洲)云：“耆卿正锋，以当杜诗。”[⑤]“正锋”是书法用语，意谓书写字时，毛笔宜紧直，笔尖在纸上垂直运行，易渗水，这样写出的字厚重有力，不轻佻，不散漫，易产生浑厚劲健的效果。谭献认为柳词中浑朴厚重的优秀之作可比杜诗，持论较为谨慎，并未将柳词价值盲目夸大。朱祖谋《手书·柳永词》说：“屯田词，自李端叔、刘潜夫、黄叔　诸家评泊，多以其俳体为诟病久矣。惟张端义《贵耳集》引项平斋言：诗当学杜，词当学柳，杜诗柳词，皆无表德，只是实说云云。柳得一知音，不惜歌苦矣。”[⑥]朱氏欣赏推崇柳词，因此认同项安世的观点。王国维则认为“昔人以耆卿比少陵，犹为未当也”。[⑦]他论定只有周邦彦词可比杜诗，认为柳词比杜诗是不妥当的，所论较有道理。

---

① 陈振孙著：《直斋书录解题》卷二十一，上海古籍出版社1987年版，第616页。
② 张端义著：《贵耳集》，中州古籍出版社2005年版，第22页。
③ 刘熙载著：《艺概》，上海古籍出版社1978年版，第107—108页。
④ 胡薇元著：《岁寒居词话》，唐圭璋著：《词话丛编》(第五册)，中华书局1986年版，第4027页。
⑤ 唐圭璋著：《词话丛编》(第四册)，中华书局1986年版，第3990页。
⑥ 孙克强著：《唐宋人词话》，河南文艺出版社1999年版，第145页。
⑦ 王国维著：《清真先生遗事》，《王国维遗书》(第十一册)，上海古籍书店1983年影印本。

宋人只以柳词比拟杜诗，但没有整体上相比。宋人原本鄙视词，视为“小道”、“末技”，很少有人将词人比拟前代诗人，更不会比拟杜甫，这是时代观念，是可以理解的。论者欣赏柳词，比作杜诗，只是看重其某些侧面，这种比拟是有不同程度的合理性的。视柳永为“词中杜甫”，只是宋代和清代个别学者的观点，并没有被学界广泛接受。

清人又将苏轼比拟“词中杜甫”。首倡者是阳羡词派的开创者陈维崧，《〈词选〉序》说：“东坡、稼轩诸长调，又駸駸乎如杜甫之歌行与西京之乐府也。”[①]仅以苏词中的长调比拟杜诗中歌行体。陈维崧词学苏、辛，将苏轼与杜甫相提并论，正见苏轼在他心目中的崇高地位。他的这一观点影响后来词论家。陈维崧同以苏、辛词比杜诗，认为如杜诗的不只是某一词家，这种观点是深刻的。刘熙载说：“东坡词颇似老杜诗，以其无意不可入，无事不可言也。若其豪放之致，则时与太白为近。”又云：“词品喻诸诗，东坡、稼轩，李、杜也。”[②]从风格角度将东坡词比拟太白诗，又从内容上将东坡词比拟老杜诗。角度、标准不同，皆有道理。他并不拘泥于将东坡比拟某一家，是比较科学的态度。冯煦在《蒿庵论词》中即十分赞赏刘熙载的观点。清末江顺诒《词学集成》卷一认为，词至南宋姜夔、张炎，“始称极盛，而为词家之正轨。以辛拟太白，以苏拟少陵，尚属闰统。”[③]“闰统”意即非正统、非正宗，江顺诒承袭浙西词派的观点，以姜夔、张炎为词之“正轨”，而以苏、辛词为“变体”、“别格”，但承认苏词与杜诗的相似性及其成就。

历代词论家，只有清人以苏词比拟杜诗，持此论者并不多，也只认为苏词与杜诗在某些方面相似。从总体上看，东坡词更近李白诗，清代不少学者皆持此观点，如陈廷焯《白雨斋词话》卷八云：“太白之诗，东坡词可以敌之。”[④]苏词与杜诗，只有某些方面可比，而与李白诗，则是整体上可比，将苏轼比拟“词中李白”，

① 施蛰存主编：《词籍序跋萃编》，中国社会科学出版社1994年版，第761页。
② 刘熙载著：《艺概》，上海古籍出版社1978年版，第108、113页。
③ 唐圭璋著：《词话丛编》（第四册），中华书局1986年版，第3227页。
④ 陈廷焯著，杜维沫校点：《白雨斋词话》卷八，人民文学出版社1983年版，第222页。

相对来说更有道理。

清代不少词论家皆将周邦彦比拟“词中杜甫”。清初先著、程洪《词洁辑评》评张炎《齐天乐》(分明柳上春风眼)一词时说：“美成如杜，白石兼王、孟、韦、柳之长。”[①]但没有展开论述。周济《词辨》自序谓董士锡于清真词“推其沉著拗怒，比之少陵”。[②]董氏为张惠言外甥，承张氏词学，但他只是从艺术风格的“沉著拗怒”方面将清真词比拟杜诗。周济认同董士锡的观点，自己在《宋四家词选目录序论》中首次提出“清真，集大成者也”的著名论断。浦起龙《读杜心解·发凡》云：“篇法变化，至杜律而极。”周济《介存斋论词杂著》云：“美成思力独绝千古，如颜平原书，虽未臻两晋，而唐初之法至此大备，后有作者，莫能出其范围矣。”[③]律诗之“法”至杜甫“而极”，词之“法”至周邦彦而“大备”，两者确有可比性。周济在《介存斋论词杂著》中又提出“诗有史，词亦有史”的观点，但并未将清真词誉为“词史”，他看重的不是“词史”，而是“集大成”。周济是常州词派的真正开宗立派者，推尊词体，认为周邦彦词达到“浑化”之境，是词的最高境界，也是后世学习的最佳典范。周济虽未明确说周邦彦是“词中杜甫”，实际上是认为周邦彦如同杜甫一样，在词史上享有至高无上的地位。他的观点影响再传弟子冯煦，冯煦《蒿庵论词》说：“《提要》云……词家之有文英，如诗家之有李商隐。予则谓商隐学老杜，亦如文英学清真也。”[④]即是把周邦彦比作“词中杜甫”。

陈廷焯《词坛丛话》把周邦彦推为“圣于词者”的五家之一，说周氏“真千古词坛领袖”。[⑤]在《白雨斋词话》中，陈氏对周邦彦有系统的论述，如卷一云：“词至美成，乃有大宗。前收苏、秦之终，后开姜史之始。自有词人以来，不得不推为巨擘。后之为词者，亦难出其范围。然其妙处，亦不外沉郁顿挫。”[⑥]卷二云：“顿挫

① 唐圭璋著：《词话丛编》(第二册)，中华书局1986年版，第1367页。
② 施蛰存主编：《词籍序跋萃编》，中国社会科学出版社1994年版，第781页。
③ 唐圭璋著：《词话丛编》(第二册)，中华书局1986年版，第1632页。
④ 唐圭璋著：《词话丛编》(第四册)，中华书局1986年版，第3594—3595页。
⑤ 唐圭璋著：《词话丛编》(第四册)，中华书局1986年版，第3723页。
⑥ 陈廷焯著，杜维沫校点：《白雨斋词话》卷一，人民文学出版社1983年版，第16页。

之妙，理法之精，千古词宗，自属美成。”[①]将周邦彦推到词史上的最高地位，但没有将他与杜甫相比。卷八又云：“诗有诗境，词有词境，诗词一理也。然有诗人所辟之境，词人尚未见者，则以时代先后远近不同之故。一则如渊明之诗，……求之于词，未见有造此境者。一则如杜陵之诗，包括万有，空诸倚傍，纵横博大，千变万化之中，却极沉郁顿挫，忠厚和平，此子美所以横绝古今，无与为敌也。求之于词，亦未见有造此境者。”“至谓白石似渊明，大晟似子美，则吾尚不谓然。”[②]他不赞成前人将周邦彦比作杜甫。陈氏认为“变古”而使后人不能再“复古”，才是词中的最上乘。他说：“诗至杜陵而圣，亦诗至杜陵而变。”“诗有变古者，必有复古者。然自杜陵变古后，而后世更不能复古，何其霸也！”他寄期望于来哲，“谁为杜陵，别出旗鼓，以开来学哉？”[③]呼唤“词中杜甫”的出现，即表明心目中没有一人可配称“词中杜甫”。陈廷焯没有将“词圣”与“诗圣”并列，只是就词论词，见解独到。正统文学观念，词不如诗，词人亦不如诗人。周邦彦词成就再高，也只能与词史上其他词人相比，但无法与大诗人相比，更比不上杜诗。

王国维晚年对周邦彦词推崇备至。他在《清真先生遗事·尚论》中“以宋词比唐诗”，认为“词中老杜，则非先生(按：指周邦彦)不可”。王国维欣赏清真词的“精工博大”、“浑然天成”、“模写物态，曲尽其妙”，欣赏“文字”、“音律”之美，肯定其影响深远，“入人至深”。他认为周邦彦在宋词中地位最高，“两宋之间，一人而已。”[④]比拟杜甫，是对周邦彦的最高评价。但王国维只是在文字音律、艺术风格及其影响深远几方面立论，并没有看重杜诗的“诗史”、“忠爱”等方面。王国维早先对周邦彦及其词颇有訾议，《人间词话》中以“雅正”、“深远之致”、“创意”为标准衡量清真词，评价并不高。这与后来对清真词的高度评价看似矛盾，实则统一，他是以不同标准衡量的，自然结论有异。必须指出，历代词论家心目中有好几位

---

① 陈廷焯著，杜维沫校点：《白雨斋词话》卷二，人民文学出版社1983年版，第29页。

② 陈廷焯著，杜维沫校点：《白雨斋词话》卷八，人民文学出版社1983年版，第221—222页。

③ 陈廷焯著，杜维沫校点：《白雨斋词话》卷七，人民文学出版社1983年版，第183、185页。

④ 王国维著：《王国维遗书》(第十一册)，上海古籍书店1983年影印本。

"词中杜甫"，绝不只是王国维所说的周邦彦一位，王国维也不是"词中杜甫"说的第一人，他的观点影响大是事实，但"发明权"不是他。对"词中杜甫"说的历代不同人的不同观点，我们皆应高度重视，充分体认。

汪东《唐宋词选评语》云："词至清真犹文家之有马、扬，诗家之有杜甫，吐纳众流，范围百族，古今作者，莫之与竞矣。"①邵瑞彭《〈周词订律〉序》云："尝谓词家有美成，犹诗家有少陵，诗律莫细乎杜，词律亦莫细乎周。"②皆将周邦彦比作杜甫。夏承焘《周邦彦的〈满庭芳〉》一文认为，在"格律"方面，周词可比杜诗，而"思想性"方面是无法与杜诗相比的。③罗忼烈《清真词与少陵诗》一文，分别从文字、声律、风格、章法、修辞、技巧等方面，论述清真词与杜诗的相近处。结论是：若论思想内容，任何词人的词皆不能和少陵诗相提并论，"若论文艺技巧有如上述各种诸家（按：指苏轼、柳永、姜夔）之于老杜容或得其一体，但终不及清真全面，所以董晋卿，尤其是王国维，以周邦彦比拟杜甫是比较适合的。"④罗先生的观点能自圆其说，不过仍有可讨论处，不谈"思想内容"，仅从"文艺技巧"方面立论，似乎太偏重"技巧"了。叶嘉莹《论周邦彦词》一文认为，周邦彦词被称为"集大成"，且被比拟为"词中老杜"，实在大多是就其"写作功力"方面之成就而言，而并不是就其"内容意境"方面而言的。⑤周邦彦词承前启后，在艺术上"集大成"，也只在此方面可与杜甫相比。这样立论比较稳妥，与夏承焘、罗忼烈两先生的观点也是基本上一致的。当代学者多直接承袭王国维观点，如钱鸿瑛《周邦彦研究》第八章标题即是"而词中老杜，则非先生不可"。

杜甫将律诗规范、定型，是律诗的"集大成者"，影响甚大，被誉为"诗圣"。周邦彦在词史上的地位正与杜甫在诗史上的地位相似，柳永、张先、苏轼等只是词体的开拓者、革新者，周邦彦则是词体的总结者、定型者，其词为词体创作确

---

① 夏承焘等主编：《词学》（第二辑），华东师范大学出版社1983年版，第79页。
② 杨易霖著：《周词订律》卷首，上海开明书店1931年版。
③ 夏承焘著：《唐宋词欣赏》，北京出版社2002年版，第72页。
④ 夏承焘等主编：《词学》（第四辑），华东师范大学出版社1986年版，第19页。
⑤ 叶嘉莹著：《唐宋词名家论稿》，河北教育出版社1997年版，第197页。

立了范式，历代词人模仿学习的最多。从对后世影响上看，周邦彦的地位是其他词人无法比拟也是无法取代的。正是从这个意义上说，周邦彦堪称词史上的“集大成”者。但必须指出，也只有形式格律、文字声韵、艺术技巧方面，从影响大、易学方面，周邦彦才可比杜甫。至于杜甫的忠爱，忧国忧民，杜诗的思想深度，反映社会生活的广度，蕴含的文化意味，博大精深，沉郁顿挫，一代“诗史”，大家气象，品格之高等等，则是周邦彦词无法企及的。因此，将周邦彦比拟“词中杜甫”，只有一定角度和程度上的合理性。

二

清代以来词论家中，亦有人将辛弃疾比拟“词中杜甫”。陈维崧在《〈词选〉序》中最早将稼轩长调词比拟杜甫歌行体诗，作者论词崇尚辛弃疾，因此比拟杜甫。刘熙载说：“词品喻诸诗，东坡、稼轩，李、杜也。”[①]则重其“品格”。蔡嵩云认为东坡词于诗似太白，“稼轩词沉郁顿挫，气足神完，于诗似少陵，然有其感慨而无其性情，亦不能学也”。[②]是从艺术风格角度将稼轩词比拟杜诗，强调学习杜诗、辛词，既要有其“感慨”，又要有其“性情”。

现当代学者如缪钺、顾随、叶嘉莹、杨海明、刘扬忠、陈祥耀等，皆认为辛弃疾最有资格比拟“词中杜甫”。缪钺《论辛稼轩词》指出，“宋词之有辛稼轩，几如唐诗之有杜甫。”[③]顾随《稼轩词说》云：“词中之辛，诗中之杜也。”[④]《驼庵诗话》亦云：“以作风论，辛颇似杜，感情丰富，力量充足，往古来今仅稼轩与之相近。但稼轩有一着老杜还没有，便是干才。”[⑤]顾随从艺术和“作风”两方面将辛弃疾比作

① 刘熙载著：《艺概》，上海古籍出版社1978年版，第113页。

② 张炎、沈义父著，夏承焘校注，蔡嵩云笺释：《词源注·乐府指迷笺释》，人民文学出版社1963年版，第77—78页。

③ 缪钺著：《缪钺全集》（第三卷），河北教育出版社2004年版，第144页。

④ 顾随著：《顾随文集》，上海古籍出版社1986年版，第60页。

⑤ 顾随著：《顾随文集》，上海古籍出版社1986年版，第756页。

杜甫，争取词史“正统”地位。叶嘉莹《论辛弃疾词》一文认为，所有诗(包括词)首重“内心之感发”，都是要显示作者襟抱的，真正伟大之作者“是以自己全部生命中之志意与理念来写他们的诗篇，而且是以自己整个一生之生活来实践他们的诗篇的”。唐代诗人中能够做到这一点的只有杜甫，词人中，自当推崇“辛弃疾为唯一可以入选之人物”。[①]杨海明《唐宋词史》一书从题材广泛角度，认为稼轩词比东坡词更似杜甫诗。刘扬忠《稼轩词与老杜诗》认为：“综合思想内容、胸怀气度、艺术境界及风骨体制等重要方面来进行比较，在宋词诸名家中，差堪与杜甫并肩而立的只有号称‘词坛飞将军’的辛弃疾。”[②]陈祥耀《“词中老杜”与苏辛异同》指出，不能机械看待“词中老杜”问题，“只能论其大体，论其精神实质；不能抓住局部问题，只论表面形式。”柳永、苏轼、周邦彦、姜夔、王沂孙皆比不上杜甫，“要说‘词中老杜’，自然应推辛弃疾。”[③]上述诸家，多强调从精神实质，从总体成就和地位上进行比拟，认为以辛弃疾比拟“词中杜甫”最为合适，这样立论是较合理的。

清人又多以姜夔比拟“词中杜甫”。吴蔚光《〈自怡轩词选〉序》云：“文极于《左》，诗极于杜，词极于姜，其余皆不离乎此者近是。”[④]许宝善《自怡轩词选·凡例》说白石是“词中之圣也”，皆把姜夔比拟杜甫。张其锦《〈梅边吹笛谱〉序》引老师凌廷堪的话说，慢词北宋为初唐，“南渡为盛唐，白石如少陵，奄有诸家。”[⑤]作者仅以慢词立论，不涉小令。邓廷桢《双砚斋词话》说：“词家之有白石，犹书家之有逸少，诗家之有浣花。盖缘识趣既高，兴象自别。”[⑥]认为姜夔词在整个词史上成就最大，可比杜甫。宋翔凤《论词绝句》云：“诗从杜曲波愈阔，词到鄱阳音大希。”[⑦]他在《乐府余论》中又说：“词家之有姜石帚(按：姜石帚与姜白石非一人，此处所

---

① 叶嘉莹著：《唐宋词名家论稿》，河北教育出版社1997年版，第235—238页。

② 《文学遗产》，1991年第6期。

③ 周保策、张玉奇编：《辛弃疾国际学术研讨会论文集》，香港天马出版有限公司2003年版，第593—594页。

④ 施蛰存主编：《词籍序跋萃编》，中国社会科学出版社1994年版，第765页。

⑤ 施蛰存主编：《词籍序跋萃编》，中国社会科学出版社1994年版，第574页。

⑥ 唐圭璋著：《词话丛编》(第三册)，中华书局1986年版，第2530页。

⑦ 宋翔凤著：《洞箫楼诗纪》卷三，清咸丰刻本。

论当指姜白石)，犹诗家之有杜少陵，继往开来，文中关键。其流落江湖，不忘君国，皆借托比兴，于长短句寄之。”①从整体上推崇姜夔词承前启后、继往开来的词史地位，又认为姜夔词忠君忧国，比兴寄托，也如杜诗一样。戈载说：“白石之词清气盘空，如野云孤飞，去留无迹，其高远峭拔之致，前无古人，后无来者，真词中之圣也。盖白石深明律吕之学。”②将其推到至高无上的地位，实际上也是比为“诗圣”杜甫。况周颐《餐樱庑词话》引朱依真《论词绝句》推崇姜夔“合是诗中杜少陵，词场牛耳让先登”。③张祥龄《词论》云：“周清真，诗家之李东川也。姜尧章，杜少陵也。”④皆将姜夔比作杜甫。陈廷焯《云韶集》卷六云：“词有白石，犹史有马迁，诗有杜陵，书有羲之，画有陆探微也。”⑤《词则·大雅集》卷三也说：“白石词清虚骚雅，前无古人，后无来者，真词中之圣也。”⑥基本上承继戈载之说。他们的观点多为浙西词派领袖朱彝尊观点的发挥，只不过朱彝尊并未明确提出姜夔词可比老杜诗。清人将姜夔词的价值和地位推到极致，姜夔明显是清人主要是浙派心目中的“姜夔”。姜夔的地位在南宋并没有如此“独尊”，宋人不如此看，元明人也不如此看，姜夔自己也不敢奢望身后有如此殊荣。浙派词论家有意“误读”，拔高姜夔，实为自己词学观服务。

当代学者赵海菱写的《试论白石词与老杜诗的暗通之处》(《南昌大学学报》2003 年第 1 期)、《老杜诗与白石词》(《杜甫研究学刊》2003 年第 2 期)两文详细论证姜夔词似杜甫诗，因此可称“词中杜甫”。

晚清刘师培把刘克庄词比拟杜甫诗，《论文杂记》云：“刘克庄《后村词》，眷恋旧君，伤时念乱，例以古诗，亦子建、少陵之亚，此儒家之词也。”⑦当代学者杨海明《论爱国词人刘克庄的词》一文认为，“过去，有人曾把周邦彦和辛弃疾比作词中

① 唐圭璋著：《词话丛编》(第三册)，中华书局 1986 年版，第 2503 页。
② 戈载辑著：《宋七家词选》卷三，光绪十一年《蒙香室丛书》本。
③ 况周颐著，孙克强辑考：《蕙风词话·广蕙风词话》，中州古籍出版社 2003 年版，第 398 页。
④ 唐圭璋著：《词话丛编》(第五册)，中华书局 1986 年版，第 4211 页。
⑤ 陈廷焯著：《云韶集》卷六，稿本。
⑥ 陈廷焯著：《词则》(上)，上海古籍出版社 1984 年影印本。
⑦ 刘师培著：《中国中古文学史·论文杂记》，人民文学出版社 1959 年版，第 131 页。

的‘老杜’，但这主要是指他们词的艺术方面的博大精深和波澜老成。如果从思想性而言，那就没有什么词人的作品更像后村词那样接近老杜了。”[①]许山河《爱国的诗篇，时代的悲歌——刘克庄词初探》一文更明确说刘克庄“是词中的杜甫”。[②]平心而论，刘克庄词在“思想性”方面确与杜诗相似，但成就及影响是无法与杜甫相比的。

清人还将吴文英比拟“词中杜甫”。王鹏运《〈梦窗词稿〉跋》云：“梦窗以空灵奇幻之笔，运沉博绝丽之才，几如韩文、杜诗，无一字无来历。”[③]沈曾植《海日楼丛钞》说：“自道光末戈顺卿辈推戴梦窗，周止庵心厌浙派，亦扬梦窗以抑玉田，近代承之，几若梦窗为词家韩、杜。”[④]陈锐《袌碧斋词话》说白石、梦窗“南渡以来，双峰并峙，如盛唐之李、杜矣”。[⑤]近代词家推崇吴文英，多受周济影响，偏爱梦窗词，本属个人审美嗜好，无可厚非，但将其比拟杜甫，确有拔高之嫌。因此，现当代研究者多不认同他们的观点。如将吴文英词比拟李商隐诗，则更为恰当。

陈廷焯将王沂孙比拟杜甫。《白雨斋词话》卷二说：“王碧山词，品最高，味最厚，意境最深，力量最重；感时伤世之言，而出以缠绵忠爱，诗中之曹子建杜子美也。”“少陵每饭不忘君国，碧山亦然。然两人负质不同，所处时势又不同。少陵负沉雄博大之才，正值唐室中兴之际，故其为诗也悲以壮。碧山以和平中正之音，却值宋室败亡之后，故其为词也哀以思。推而至于《国风》《离骚》则一也。”同卷又说王沂孙词“惓惓故国，忠爱之心，油然感人，作少陵诗读可也”。[⑥]卷八又云：“无论诗古文词，推到极处，总以一诚为主。杜诗韩文，所以大过人者在此。求之于词，其为碧山乎？然自宋迄今，鲜有知者。”[⑦]陈廷焯诗宗杜甫，他从忠爱、诚、品

---

① 《福建论坛》1984年第3期。

② 《湘潭大学学报》1984年第4期。

③ 金启华等著：《唐宋词集序跋汇编》，江苏古籍出版社1990年版，第271页。

④ 沈曾植著：《菌阁琐谈》附录一，唐圭璋著：《词话丛编》（第四册），中华书局1986年版，第3613页。

⑤ 唐圭璋著：《词话丛编》（第五册），中华书局1986年版，第4200页。

⑥ 陈廷焯著，杜维沫校点：《白雨斋词话》卷二，人民文学出版社1983年版，第40、46、47页。

⑦ 陈廷焯著，杜维沫校点：《白雨斋词话》卷八，人民文学出版社1983年版，第211页。

高、味厚、意境深等方面推崇王沂孙其人其词，认为可高比杜甫的诗。王沂孙在宋末仅为普通词人，元明两代亦少有推许者，自张惠言、周济推崇标榜以来，其人其词价值大增。庄棫（号蒿庵）偏嗜碧山词，直接影响陈廷焯，陈廷焯更将碧山词价值和地位推向极致。叶嘉莹《王沂孙其人及其词》评论陈廷焯此论时说："虽然就咏物之作的历史发展言之，建安时代的曹植与唐代的杜甫，都是长于在咏物之作中寓含托意的作者，但以王沂孙拟比为曹、杜二家，则未免过于溢美，与近人对碧山词之妄加诋毁者，皆有不尽公允之处，固当分别观之也。"[①]是持平之论。陈廷焯偏爱王沂孙，难免溢美。

清人又将张炎比拟"词中杜甫"。王弈清等《历代词话》卷八引《宋名家词评》称赏张炎《台城路》（十年前事翻疑梦）说："如此等词，即以为杜诗、韩笔可也，岂止极填词之能事？"[②]江藩《〈词源〉跋》云："玉田生与白石齐名，词之有姜、张，如诗之有李、杜也。"[③]王鹏运《双白词跋》进一步发挥说："《山中白云词》直与白石老仙方驾。论者谓词之姜、张，诗之李、杜，不诬也。"[④]实际上，张炎及其词也是无法与杜甫及其诗相提并论的。

"词中杜甫"基本上誉称宋代词人，清代词人中亦有人被誉为"词中杜甫"。陈廷焯《词坛丛话》将陈维崧比拟杜甫，他说："词中陈其年，犹诗中之老杜也。风流悲壮，雄跨一时。"又说："其年才大如海，其于倚声，……独开门径，别具旗鼓，足以光掩前人，不顾后世。……以诗中老杜较之，固非虚美。"[⑤]陈氏特别推崇陈维崧，誉为"圣于词者"五家之一，可高比杜甫。蒋春霖的词多反映咸丰年间太平军战事，表现忧国忧民的情怀，风格沉郁顿挫。谭献评道："咸丰兵事，天挺此才，为倚声家老杜。"[⑥]正是从这些方面将其比拟杜甫的。朱祖谋《望江南·杂题我朝诸

---

① 叶嘉莹著：《迦陵论词丛稿》（增订本），河北教育出版社1997年版，第176页。
② 唐圭璋著：《词话丛编》（第二册），中华书局1986年版，第1255页。
③ 蔡桢著：《词源疏证》附录，中国书店1985年影印本。
④ 王鹏运著：《四印斋所刻词》，上海古籍出版社1989年影印本，第219页。
⑤ 唐圭璋著：《词话丛编》（第四册），中华书局1986年版，第3731—3732页。
⑥ 谭献著：《箧中词》今集卷五，光绪八年谭氏家刻本。

名家词集后》、卢前《望江南·饮虹簃论清词百家》、徐珂《近词丛话》、冒广生《小三吾亭词话》皆直接承继谭献的观点。蒋春霖词确可称"词史"，但若论文学史上的地位，则是无法与杜甫相比的。龙榆生《清季四大词人》推崇郑文焯《贺新郎·秋恨》二首"足当'杜陵诗史'，《水云》一集未能专美于前也"。[①]钱仲联《光宣词坛点将录》评张尔田《遁庵乐府》云："感时抒愤之作，魄力沉雄，诉真宰，位精灵，声家之少陵、玉溪也。"[②]这种比拟，只看到某些方面的相似处，没有从总体上把握，合理性程度不高。

三

清代词论家多以诗比词论词，尤喜将宋代名词人比拟唐代名诗人。如《四库全书总目·东坡词提要》将柳永比拟白居易，苏轼比拟韩愈，陈廷焯《白雨斋词话》中把"东坡之词比为太白之诗"。这是在诗词并列、唐诗宋词并列的观念上展开的，也是有意义的，反映出清人推尊词体的观念。以诗论词，将词人与诗人并提，就成为推尊词体的最有效途径之一。"词中某某"说如得到人们认可，即意味着对词体之尊的认可。"词中杜甫"说就是众多的以词人比拟诗人特别是以宋词人比拟唐诗人的"词中某某"说中的最典型一说，最值得我们分析评价。"词中杜甫"是词论家推崇、学习和研究对象时的一种形象说法，有时只有部分相似处，其说并不太严谨，故意见纷呈，莫衷一是。

这种"比拟"论词的方法比较直观，可调动论者的知识储备，带着"前理解"论词，这就要求"前理解"和对评论对象的理解皆需准确到位，同时也对读者的知识储备提出高要求，否则便难以领会，如运用得当，不失为一种好方法。但它又难以掌握，易流于空泛、片面。其利弊得失在"词中杜甫"说中有充分的体现。

词论家将某词人比拟杜甫时，他首先对杜甫有个基本评价。"杜甫"实为内涵

---

① 龙榆生著：《龙榆生词学论文集》，上海古籍出版社1997年版，第460页。

② 夏承焘等主编：《词学》（第三辑），华东师范大学出版社1985年版，第228页。

不同的文化符号，“词中杜甫”亦为“形同质异”的概念，有时指词人，有时指词作。词论家看重的往往是某一方面或某些侧面，以不同标准，从不同角度看，“词中杜甫”的含义即不同：或看其人与杜甫的人格及思想上的相似处，如忠君爱民、忧国伤乱等；或看其作内容上的歌咏太平气象或“诗史”特点；或看体制上的格律谨严；或看风格上的沉郁顿挫；或看“集大成”的成就。对“词中杜甫”说应做不同层面的理解：某词人部分词作与杜甫部分诗作相似可比，但不涉及作者人品、人格，如柳永词、吴文英词、张炎词；某词人及其词作与杜甫及其部分诗作相似可比，如王沂孙其人其词；某词人有意学杜，其词作与杜甫律诗在形式、艺术等方面相似可比，题材、内容、思想上的关系并不大，在宋词及词史上的地位可比杜甫在唐诗及诗史上的地位，如周邦彦；某词人有意学杜，其人与杜甫在胸怀气度、人格精神上相似，词作在思想内容、精神内质及语言风格等方面与杜诗相似，而未必拘泥于形式、格律上的相似，影响亦大，总成就、地位上，可为宋词及词史的代表，如同杜甫是唐诗及诗史上的代表，如辛弃疾。可见，以某词人比拟杜甫，并不都意味着如我们理解的“诗圣”杜甫。我们对历代词论家的观点首先应给予充分的体认和理解，肯定其合理性的一面，然后再客观指出其局限性。今天也不必完全以完美高大的“诗圣”杜甫形象为唯一标准来静态孤立地批评前人观点的片面。

“定格”的“诗圣”杜甫形象是历代“层累”地增值造就的。早在中唐时，元稹《唐故工部员外郎杜君墓係铭并序》即高度评价杜诗。清刘凤诰《杜工部诗话》卷五说：“自元微之作序铭，盛称‘诗人以来，未有如子美’者。王介甫选四家，以杜居首；秦少游则推为孔子大成；郑尚明则推为周公制作；黄鲁直则推为诗中之史；罗景纶则推为诗中之经；杨诚斋则推为诗中之圣；王元美则推为诗中之神：崇奉至矣。”[①]“诗圣”杜甫形象在宋代已经确立，元、明、清三代，杜甫一直被人尊奉，享有至高无上的地位。这一形象大体上可概括为：忠君爱国，对理想和事业执着追求；关注现实政治，有强烈的社会责任感，仁义爱民，为士君子人格的典范；其诗是时代

① 张忠纲著：《杜甫诗话六种校注》，齐鲁书社 2002 年版，第 265 页。

的镜子，表现时代精神，可称“诗史”；又众体兼备，格律谨严精细，艺术技巧纯熟工妙，风格多样，以沉郁顿挫为主；承前启后，集古今之大成。“诗圣”杜甫是一特定概念，更是一种“境界”，是词人无法企及的，不是词人随便可比的。严格地说，历代词人中没有一个可与杜甫相提并论。宋代作家中，真正可比杜甫的只有陆游的诗或苏轼的诗。陈廷焯认为没有任何人的词达到杜诗之“境”，确为的论。将词史上的任何一位词人誉称“词中杜甫”，都是拔高了某词人，实际上也是贬低了杜甫。某词人词作的某些方面似杜甫杜诗，这样的词人有不少，但也只是相似而已，不应轻易誉称“词中杜甫”。“词中杜甫”太多太滥，反而显得不严肃，也缺乏合理性。

词史上无一人真正可比杜甫。那么，是不是说“词中杜甫”说没有合理性，应该摒弃呢？也不是。只要某词人与杜甫存在较多的形式或内质的相似处，有可比性，此说还是有一定程度上的合理性的。以某词人比拟杜甫，不可能有绝对的合理性，只能求合理性程度。其中，以辛弃疾、周邦彦比拟杜甫，合理性程度最高，以郑文焯、张尔田比拟杜甫，合理性程度最低。若认为只有唯一词人可称“词中杜甫”，论者会见仁见智，可能永远不会有令大家信服的结论。若允许推出一二词人比拟杜甫，综合地看，从内在精神和价值上看，以辛弃疾最有资格，若从形式格律、艺术技巧、可模仿操作等层面看，则非周邦彦莫属。

“圣”是对文学家、艺术家的最高评价，书有“书圣”，画有“画圣”，诗有“诗圣”，词亦有“词圣”。推崇某词人为“词圣”，意谓他在词史上的成就和地位最高，如同“诗圣”杜甫。这是以文学史上的成就和地位立论的，作品本身的相似性是其次的，这种比拟是合理的。

杜甫是“诗圣”，某词人如杜甫，则是“词圣”，这是对某词人的高度评价。这又分两层含义：一、杜甫是唐诗人中成就和地位最高的，某词人是宋词人中成就和地位最高的，唐诗中推出一人，宋词中也推出一人，分别作为代表。二、杜甫是诗史上成就和地位最高、影响最大的，某词人在词史上成就、地位、影响亦如杜甫，不独在各自时代地位最高，这是最高的评价。这又分两种理解：一是某词人与杜甫是相等的地位，只不过一是词人，一是诗人，完全可相提并论，其作品亦“等值”。二是某词人在宋词中或词史上的地位类似杜甫，但并不意味着某词人词作的成就“等值”于杜甫杜诗的成就。传统主流文学观念，词不如诗，词中地位最高，但与诗相比，可能不如自己的诗，可能不如同时代名诗人的诗，可能不如唐代名诗人的诗，当然，更不如杜甫的诗。如称苏轼为“词中杜甫”，并不意味着苏轼诗不如词。事实上，苏轼诗比其词更有资格比拟杜诗。

“词圣”是对某词人的最高推崇，并不总是意味着比拟“诗圣”杜甫。“词圣”就是“词圣”，是就词论词，与“诗圣”杜甫不一定有关系。因此，不能一见“词圣”，就以为是“词中杜甫”。“词圣”也不是唯一的，不同时代的词论家有各自心目中的“词圣”，如蒋兆兰以周邦彦为“词圣”，许宝善、戈载、陈廷焯皆以姜夔为“词圣”。陈廷焯《词坛丛话》推出古今词人“圣于词者”有五家，即贺铸、周邦彦、姜夔、朱彝尊、陈维崧。此说未尽合理，说贺铸、朱彝尊、陈维崧为“词圣”，过分拔高，过贬苏轼、辛弃疾，也是片面的。不过，这种观点突破唯一思维排他性的局限，亦自具合理性。因名词人有各自的成就，难以轩轾，不一定要强分高低，排出次第。

杜甫杜诗“形象”有发展演变过程，并不是静态的。有作为普通诗人的杜甫，又有“诗圣”的杜甫，“诗圣”只是一种形象，绝不是唯一的。誉为“词中杜甫”的词人“形象”也有动态变化的过程，其价值也在不断“追认”中得到提升。词人身后的“形象”多高于生前形象，比拟“词中杜甫”，更是将其价值和地位提升到极致。文学价值是由“原生”价值和“衍生”价值共同构成的，“词中杜甫”多指“衍生”价值。“词中杜甫”的价值和地位亦多是“层累”地造就的，对其“身份确认”多不是基于事实的客观陈述，而是基于目的性的主观价值评判，有“片面的深刻”，但往往远离史实和原生态。这是文学传播和接受过程中的突出现象。对此，我们应有清楚的认识。

某词人学杜甫，只是说明他的词似杜诗，并不一定能证明他可与杜甫比肩，正如江西诗派皆学杜诗，并不能说明他们皆可与杜甫相提并论，仅仅“相似”点多，许多人皆可称“词中杜甫”，这样比拟，说明不了实质问题。如王沂孙其人其词与杜甫相似处较多，但仍无资格高比杜甫。“词中杜甫”有时只是从内在精神、总体价值和地位上立论，不必过分强调相似性。

词论家以某词人比拟杜甫，说明对某词人推崇至极，但有些词论家的观点往往有一个逐渐形成的过程，并不是一开始即如此，应以动态、历史的眼光看待。如周济，据其《词辨》自序，他原本不喜清真，而董士锡比清真为杜甫，两人观点不一致，“牴牾者一年”，周济“遂笃好清真”。又如王国维，对清真词始则贬多于褒，继而褒贬参半，继而又褒多于贬，这在《人间词话》中多有反映，到了《清真先生遗事》，即将清真推为“词中老杜”。王国维对清真的认识也有一个不断改变、加深的过程。也有相反的情形，如陈廷焯词学初宗浙派，故推崇姜夔为“词中之圣”。他后来转宗常州词派，重温厚沉郁、比兴寄托，故对“清虚”的姜词评价有所降低，“词中杜甫”便以王沂孙代替姜夔。同是陈廷焯，不同人生阶段，心目中有不同的“词中杜甫”。今天也不应以凝定、静止的眼光看待周济、王国维和陈廷焯的观点。

“词中杜甫”说体现出不同时代的词体观念和文学观念。总体上看，宋人轻视词，词无资格与诗文并列，极少有人以词人比拟前代诗人，更不会比拟杜甫，宋词人亦绝无一人自比杜甫。词人自己也多重诗轻词，就是比拟前代名诗人，也是以诗比，而不是以词比。宋人只有黄裳、项安世偶尔将柳永词比拟杜诗。当他们如此比拟时，只是看柳词与杜诗中歌咏太平的相似处，柳永还不是严格意义上的“词中杜甫”。以宋词人比杜甫，词人的崇高地位完全是后人“追认”的。宋词人活着的时候，皆无此殊荣。笔者尚未发现元明两代词论家将某词人比拟杜甫。盖因元明两代是词的衰落期，观念上仍轻视词。元明时，亦偶有人推尊词体，但尚未认为某词人可高比杜甫。

“词中杜甫”说盛行的是清代，与清代“词学中兴”，推崇词体的观念密切相关。只有词脱离音乐，成为格律诗的一体，与诗的地位并列，词体价值和地位得到观念上的尊崇，词人才有资格与诗人相比，词论家才会将某词人高比杜甫。清代，杜甫早已被尊为“诗圣”，享有最崇高的地位。词论家推崇某词人为杜甫，多是首先肯定杜甫杜诗“最伟大”的前提下，意欲抬高某词人的地位，以相标榜，实为一种夸大的说法。将古代某词人比拟杜甫，视为模仿学习对象，证明取径最高最正。这是一种文人习气，标榜古人，实为自我标榜，古人只是“招牌”，这是典型的“六经注我”式的发挥。不同流派的词论家抬出各自的“偶像”，阳羡词派抬出苏、辛，浙西词派抬出姜、张，常州词派抬出周邦彦、吴文英、王沂孙，誉为“词中杜甫”，当作模仿典范，实质上是一种理论和宣传策略，自有其合理性一面，但片面性也是明显的，过分拔高某一词人，取径狭隘，产生流弊。

同一词论家会将不同词人比为“词中杜甫”，如上文所述，陈廷焯对姜夔、王沂孙词皆推崇备至，皆誉称“词中杜甫”。标准不同，角度不同，结论便不同，看似矛盾，实际上是可以解释的。

又有论者以数位词人一起比拟杜甫。尤侗《〈词苑丛谈〉序》云：“词之系宋，犹诗之系唐也。……唐诗以李、杜为宗，而宋词苏、陆、辛、刘有太白之风，秦、黄、周、柳得少陵之体。”①认为秦观、黄庭坚、周邦彦、柳永在词体方面都有近杜诗的一面。杜诗博大精深，词人仅得其一面，以数位词人一起比拟杜甫，比仅以某一词人比拟杜甫，合理性更大些。可惜，历代论者很少这样思考。尤侗之论更具方法论上的价值，尽管具体结论未尽合理。

将某词人比拟杜甫，有时只是看其某些方面的相似，并不是全部。因此，从某种角度看，某词人可比杜甫，从其他角度看，则可比拟李白、白居易或李商隐，如此比拟，都是有一定道理的。将某词人比拟杜甫，并不意味着某词人就不可以比拟其他诗人。同是辛弃疾，其他词论家也可将其比为“词中李白”或“词中韩愈”，如刘师培《论文杂记》即将稼轩词比拟诗中的左思和李白诗，称为“纵横家之词”，也是有道理的。

“词中杜甫”说反映出词学史上存在的一些问题。此说单纯以人为对象立论，有其天生的局限性，我们对此应保持足够的警惕。以人为对象易于将作品割裂开，

---

① 徐釚编著，王百里校笺：《词苑丛谈校笺》，人民文学出版社1988年版，第3页。

以一部分作品的特色和价值遮蔽另一部分作品的特色和价值。论者存有攀附名人心理，易拔高对象。这是词学史上的一种倾向，流弊较大。此说多是清人推尊词体观念的产物，有时代特色，反映出词学观和文学观的变化，亦有时代的局限性。论者往往凭阿私所好，主观片面，又多门户之见，扬此抑彼，争正宗、正统。此说还反映出词论家学识上的局限，有的论者没有将词人放在整个史的坐标上考察定位，多凭一时的感受立论，以点代面，以偏概全，没有充分论证，因此也缺乏说服力，表现出思维方式、方法论上的缺陷。

值得我们思考的问题有很多："词中杜甫"的标准是不是唯一？有没有不同的标准？"词中杜甫"的人选是不是唯一，有没有数人皆可称作"词中杜甫"？如以唯一标准推举唯一词人称作"词中杜甫"，是不难的。但若以另外的标准，则会推出又一个"词中杜甫"。因此，不同时代，不同时期，不同词论家推出不同的"词中杜甫"，是可以解释的文学现象和文化现象。

"词中杜甫"说内涵丰富复杂，时代特征、流派特征都较明显，我们应具体分析，切忌笼统视之。它只有特定角度、一定程度上的合理性，不应轻意作为"定论"接受。本书也不主张简单地肯定或否定此说。

第四节　"追认"与宋词价值重估

"追认"概念，《辞海》界说为"事后认可某人的某种身份"。这是专指名人的，推而广之，"追认"，可视为一种独特的文化现象。"追认"的对象既可为当代名人，也可为历史上的名人。既可为具体的历史事件，也可为抽象的概念范畴。文学史上的"追认"，是指对过去的文学家、文学作品以及一切与文学有关的名义、声誉、价值、地位的提升和重新评定。"追认"的是未曾"命名"过的，如晚唐五代"词"；或是对追认对象声誉和地位的提升，如诗学史上，"诗三百"被"追认"为"诗经"，陶潜被"追认"为"隐逸诗人之宗"，杜甫被"追认"为"诗圣"等。"追认"往往是一种文化"命名"，每一次"追认"，都是追认者对追认对象的重新评价，是新的"盖棺定论”。宋词史，在很大程度上，是“追认”的词史，是被“改造”、“误读”了的词史，是观念的词史，而不是本真的词史。我们明白了“追认”现象，即可拨开历史迷雾，接近文学史真相。因此，从“追认”视角，重新认识和评价宋词，极有学术意义。

一

词学史上的“追认”现象很突出。宋代以后，将唐五代“曲子”、“曲子辞”“追认”为“词”，是词体概念本身的“追认”。“词”当初称作“曲子”、“曲子辞”，是配合燕乐歌唱的歌词。“辞”与“词”通用，是“歌词”的意思。晚唐五代时也有径称“小词”、“词”的，但仍是“歌词”的“词”，属于与“曲”相对应的音乐概念，而不是文学概念。“曲子”只是燕乐歌辞中众多体裁的一种，与“大曲”相区别，它是最小的、有完整音乐结构、独立的音乐单位。“曲子”亦即“小曲”的意思。“曲子”包括普通歌曲(民间歌曲、教坊歌曲)和著辞两大类。宋以后的“词”，只是“曲子辞”一系的发展结果。“曲子”是“艺术歌曲”，区别于“礼仪歌曲”。[①]“曲子辞”是完整的音乐作品中不可分割的组成部分，“词曲本不相离，惟词以文言，曲以声言耳。词、辞通”，“辞即曲之辞，曲即辞之曲也”。[②]曲、辞一体化。故重音乐性，而不重辞章性，即重声音美，而不重文字美，文学性处于从属地位，[③] 这是“词”的“原生态”。作为歌曲的“词”和作为“衍生态”的格律诗一种的文体的“词”，完全是性质不同的两种概念。唐五代时，只有歌词的“词”，而没有出现诗词的“词”，是铁的事实。饶宗颐先生在《“唐词是宋人喊出来”的吗》一文中引用许多材料，说明唐五代已有人用“词”字，来批评任二北的观点。[④]但饶先生没有注意到同是“词”字的不同含义，立论是靠不住的。因此，如站在历史“原生态”立场，只应说“唐五代曲子”，

---

① 王昆吾著：《隋唐五代燕乐杂言歌辞研究》，中华书局 1996 年版，第 5—17 页。
② 刘熙载著：《艺概》，上海古籍出版社 1978 年版，第 132 页。
③ 任二北著：《关于唐曲子问题商榷》，《文学遗产》1980 年第 2 期。
④ 饶宗颐著：《文化之旅》，辽宁教育出版社 1998 年版，第 130—145 页。

而不应说“唐五代词”。任二北废除“唐词”的提法是以历史的、动态的眼光看问题，更具其合理性。“唐五代词”是宋代以后“追认”的，已远离文学史“原生态”。

“曲子辞”重音乐性和娱乐性，这是唐五代人的观念。欧阳炯在《花间集叙》中说，他所辑录的“诗客曲子辞”，只是“用助娇娆之态”、“用资羽盖之欢”。晚唐五代“曲子辞”是音乐而非文学，重声曲韵律而轻辞藻文采，供歌唱而非诵读，功能是娱乐消遣而非言志教化。文学性和言志教化功能皆是后世“追认”的。

“曲子辞”发展到宋代，基本上仍是“流行歌曲”，是文化时尚，仅有少部分脱离音乐，成为新体格律诗。元代以后，人们将音乐体制“追认”为文学体制，把“曲子辞”视作“格律词”，以文学的标准衡量原本的音乐，评价随之改变。

后人多“追认”宋词主题及意蕴。如欧阳修的《朝中措》（平山阑槛倚晴空），黄苏《蓼园词选》解释说：“君子进德修业，欲及时也。无事不须在少年努力者。现身说法，神采奕奕动人。”[①]实际上，此词只是抒发人生感慨，“行乐直须年少，樽前看取衰翁”，是故作旷达，与“君子进德修业”无关。欧阳修的《蝶恋花》（庭院深深深几许），本是一首情词，借暮春黄昏景象，写楼头思妇的内心愁情。张惠言《词选》中却解释为：

> “庭院深深”，闺中既已邃远也；“楼高不见”，哲王又不寤也；“章台”、“游冶”，小人之经；“雨横风狂”，政令暴急也；“乱红飞去”，斥逐者非一人而已。殆为韩、范作乎？”[②]

又如苏轼《卜算子·黄州定惠院寓居作》本抒写投闲置散后幽独的心境。南宋鲖阳居士发挥说：

> “缺月”，刺明微也；“漏断”，暗时也；“幽人”，不得志也；“独

① 尹志腾校点：《清人选评词集三种》，齐鲁书社1988年版，第29页。
② 唐圭璋著：《词话丛编》（第二册），中华书局1986年版，第1613页。

往来”，无助也；“惊鸿”，贤人不安也；“回头”，爱君不忘也；“无人省”，君不察也；“拣尽寒枝不肯栖”，不偷安于高位也；“寂寞吴江冷”，非所安也。此与《考槃》诗相似。[①]

皆一一比附，任意曲解，主题及意蕴硬是他们“追认”附加上去的，与原作意义相距甚远，即使起作者于地下，也不会同意的。因此，王国维《人间词话删稿》评论道：

固哉，皋文之为词也。飞卿《菩萨蛮》、永叔《蝶恋花》、子瞻《卜算子》，皆兴到之作，有何命意？皆被皋文深文罗织。阮亭《花草蒙拾》谓：“坡公命宫磨蝎，生前为王珪、舒亶辈所苦，身后又硬受此差排。”由今观之，受差排者，独一坡公已耶？[②]

所言甚是。如此“追认”，纯属主观臆测，穿凿附会，是常州词派“比兴寄托”理论的极端体现。张惠言编选《词选》，谓“意内而言外谓之词”，推尊词体，将词上比《风》、《骚》，提高词的地位。张氏论文重复古，以继“正声”为己任，以经论词，以儒家诗教“温柔敦厚”衡量词，重“比兴寄托”，对古人词的主题及意蕴“追认”，实际上是“六经注我”式的任意发挥，目的是为自己的词学理论服务。

主题及意蕴“追认”，实质上是一种“再创作”。文学作品是语言艺术，字里行间包含着丰富的艺术信息，文学作品的形象性特征决定了其意义的模糊性、不确定性和多义性，接受者在解读时，可发挥想象，进行积极的“误读”和价值“追认”，对古人作品进行“再创作”。对同一部作品，仁者见仁，智者见智，谭献在《复堂词录序》中明确主张：“作者之用心未必然，而读者之用心何必不然。”[③]充分重视接

① 黄昇著：《唐宋诸贤绝妙好词选》卷二引，《四部丛刊》本。
② 唐圭璋著：《词话丛编》（第五册），中华书局1986年版，第4261页。
③ 谭献著：《复堂词话》，人民文学出版社1959年版，第19页。

受主体(读者)的主观能动性，给读者以阐释作品的主动权，对原作进行新的审美创造。谭献这一理论与现代西方接受美学和阐释学的理论不谋而合，以之论词，为常州词派的“寄托说”提供了理论依据。但常州词派在具体阐释宋词时，往往强作解人，代古人说话，任意曲解、拔高词作的立意，因此遭到后人的讥评。常州词派建立起“词教”理论，强调词作的意义和“教化”功能，以尊崇词体，自有其历史合理性一面，可称“片面的深刻”。但他们只知“追认”词作主题意蕴及价值，而轻视艺术本身的分析，离开了“文本”，词作成为他们随意发挥的对象，甚至被“曲解”得面目全非，失却了作为艺术品的真正价值，是为宋词之幸，又是大不幸。

文学接受是“再创作”，是客观存在的现象，若没有这种“再创作”，作品即难以有效地发挥其作用。但在具体的接受过程中，应掌握好一个“度”字，要充分考虑作家的思想观念，作品产生的时代背景、具体情境以及与作品有关的其他各方面因素，孟子强调的“知人论世”就是这个道理。作品内容和价值本身自有它的客观性和确定性，有其基本的内在规定性，并不能由读者不着边际地任意“追认”发挥。

宋词中许多词作的价值被词学家反复“追认”，原来低的被“追认”抬高，原来的“潜”价值“追认”后变成“显”价值。“追认”促成了宋代词作“经典”的形成，如柳永的《雨霖铃》(寒蝉凄切)、苏轼的《念奴娇》(大江东去)、李清照的《声声慢》(冷冷清清)、陆游的《卜算子》(驿外断桥边)、辛弃疾的《摸鱼儿》(更能消几番风雨)等，此类例子，不胜枚举。若没有历代反复“追认”，意义叠加，价值递增，词作便不可能成为“经典”。《全宋词》中肯定还有一些优秀词作，但历代皆无人发现欣赏，没有“追认”其价值，如同美女“藏在深闺人未识”，有待我们去发现。

二

宋代许多词人地位不断被“追认”拔高。特别是清代词论家，喜以诗论词，将宋代名词人比拟前代尤其是唐代名诗人，如《四库全书总目·东坡词提要》将柳永比拟白居易，苏轼比拟韩愈。这反映出清人推尊词体的观念，“词中杜甫”说最为典型。宋代词人被“追认”比拟为杜甫的主要是周邦彦，还有柳永、苏轼、辛弃疾、姜夔、刘克庄、吴文英、王沂孙、张炎等。

杜甫仅是当时一有名诗人，声誉地位远不及王维，后来被“追认”为“诗圣”。“定格”的“诗圣”杜甫形象即是历代不断“追认”的结果，宋、元、明、清，杜甫一直被人尊奉，享有诗史上“至高无上”的地位。清代不少词学家将周邦彦比拟“词中杜甫”。先著、程洪《词洁辑评》评张炎《齐天乐》(分明柳上春风眼)一词云：“美成如杜，白石兼王、孟、韦、柳之长。”[①]周济《词辨》自序谓董士锡于清真词“推其沉著拗怒，比之少陵”。[②]他认同董氏观点，自己在《宋四家词选目录序论》中首次提出“清真，集大成者也”的著名论断。冯煦《蒿庵论词》云：“《提要》云……词家之有文英，如诗家之有李商隐。予则谓商隐学老杜，亦如文英学清真也。”[③]即是把周邦彦比作“词中杜甫”。王国维晚年对周邦彦词推崇备至，《清真先生遗事·尚论》中“以宋词比唐诗”，认为“词中老杜，则非先生(按：指周邦彦)不可”。他认为周邦彦在宋词中地位最高，“两宋之间，一人而已。”[④]比拟杜甫，是对周邦彦的最高评价。周邦彦词在当时受欢迎是事实，但学者对其评价并不高。据现存资料，周邦彦生前，未见有词集刻印。南宋刊行的周邦彦词集，计有《清真词》二卷、续一卷，《注清真词》二卷，《清真诗余》二卷，《片玉词》二卷，有强焕序；《圈法美成词》，《详注周美成片玉集》十卷，陈元龙注，刘肃序；《三英集》，乃周邦彦与方千里、杨泽民词合刻。这些词集中，时间可考者仅强焕序本《片玉词》，成于1180年；刘肃序本《片玉集》，成于1211年，均在周邦彦去世后很久才刊行。其余各本，时间更晚。再看评论情况，杨湜《古今词话》，与周氏同时而略晚，现存十条词话，其中有三条论及万俟咏，而无一条论及周邦彦。胡仔《苕溪渔隐丛话》前后集共一百卷，词话甚多，然仅一处论及周词，且仅批评用词不当。吴曾《能改斋漫录》共有六十八条词

① 唐圭璋著:《词话丛编》(第二册)，中华书局1986年版，第1367页。
② 施蛰存主编:《词籍序跋萃编》，中国社会科学出版社1994年版，第781页。
③ 唐圭璋著:《词话丛编》(第四册)，中华书局1986年版，第3594—3595页。
④ 王国维著:《王国维文集》(第一册)，中国文史出版社1997年版，第124页。

话，也仅一处提及周词。此两部词话均作于南宋初，距周邦彦去世已有一段时间，都没有对周邦彦及其词加以重视和褒扬。①说明其“当世”影响有限，没有我们今天想象得那么大，周邦彦词史上的名声和地位是后人逐步“追认”造就的。

再如王沂孙，仅为宋末一般词人，自张惠言、周济推崇标榜以来，其人其词价值大增。陈廷焯更将其地位推向极致，比拟杜甫，《白雨斋词话》卷二云：“王碧山词，品最高，味最厚，意境最深，力量最重；感时伤世之言，而出以缠绵忠爱，诗中之曹子建杜子美也。”又称王沂孙词“惓惓故国，忠爱之心，油然感人，作少陵诗读可也”。②卷八亦云：“无论诗古文词，推到极处，总以一诚为主。杜诗韩文，所以大过人者在此。求之于词，其惟碧山乎？”③陈氏诗宗杜甫，他从忠爱、诚、品高、味厚、意境深等方面竭力称许王沂孙其人其词，誉之唯恐不及。可见，碧山词的价值，有许多是清人“追认”附加上去的。

“圣”是对文人的最高评价，“诗圣”杜甫是一特定概念，更是一种“境界”，是一般诗人无法企及的。宋人多视词为“小道”、“末技”、“诗余”，词人地位多不高，不少词人“悔少作”，不愿被人视为“词人”。宋代无一词人敢自比杜甫，事实上也无一词人配得上与杜甫相提并论。将某词人“追认”比拟为杜甫，与宋词原生价值及地位相距甚远。

“词中杜甫”的词人“形象”有动态变化的过程，其地位在不断“追认”中得到提升，是“层累”地造就的。“追认”促成了宋词“大家”、“名家”词史地位的确立。词人身后“形象”多高于生前形象。文学价值是由“原生价值”和“衍生价值”共同构成的，“追认”的“词中杜甫”多属于“衍生价值”。

清代“词学中兴”，词学家推尊词体，极力抬高某词人的地位，视为“偶像”，以相标榜，证明取径最高最正，实为自我标榜，古人只是“招牌”。清代不同流派的词论家“追认”各自的“偶像”，阳羡词派“追认”苏、辛，浙西词派“追认”姜、张，

① 杨海明著：《唐宋词论稿》，浙江古籍出版社1988年版，第307页。
② 陈廷焯著，杜维沫校点：《白雨斋词话》卷二，人民文学出版社1983年版，第40、47页。
③ 陈廷焯著，杜维沫校点：《白雨斋词话》卷八，人民文学出版社1983年版，第211页。

常州词派“追认”周邦彦、王沂孙，多誉为“词中杜甫”，实质上是一种理论和宣传策略。但轻视宋代词人的“自评价”，是片面的。（参见《“词中杜甫”说总检讨》）

宋词多“娱宾遣兴”，后世“追认”为“教化”、“载道”等功能。“无中生有”，“彼”功能“追认”为“此”功能。

一部宋词史，很大程度上就是一部“尊体”史，一部宋词评论史，也是一部“尊体”史，是宋词价值和地位的“追认”史。这样，宋词史被历代词学家不断“改写”。

将“宋词”与“汉赋”、“唐诗”并提，以“宋词”代表“一代之文学”，是元代以后“追认”的，是对词体文学价值和文学史地位的“追认”。宋人自己原本十分轻视词，多称词为“小词”、“小歌词”，词体在宋人心目中的价值和地位无法与诗、文相比，宋代绝无一人认为词体可代表自己时代“一代之文学”。宋代主流文学观念，文体分尊卑等级秩序，古文价值和地位最高，其次是诗、赋，再其次才是词。宋人若推出自己时代文学的代表文体，只能是散文或诗，而绝不会是词。朱熹《楚辞后语》卷六苏轼《服胡麻赋》题解云：“国朝文明之盛，前世莫及，自欧阳文忠公、南丰曾公巩与公（苏轼）三人，相继迭起，各以其文擅名当世，然皆杰然自为一代之文。”[①]此处，“一代之文”是大散文观。朱熹认为散文才可称宋代“一代之文”，而宋词根本不配提及。清初李渔《闲情偶寄·结构第一》云：“‘汉史’、‘唐诗’、‘宋文’、‘元曲’，此世人口头语也。”[②]充分说明，明末清初通行观念，与唐诗、元曲并称的不只是“宋词”，还有“宋文”，且“宋文”代表主流文学观念。宋人重诗，绝对胜过重词，这从学者对当朝文人诗集、词集重视程度的差异上即可看出。以苏轼为例，苏轼诗，当朝人笺注者即有百家之多，南宋出现了汇总性的《王状元集百家注东坡诗》。而苏轼词的注本却极少，仅有南宋初傅干的《注坡词》、顾禧的《补注东坡长短句》。宋人观念中，苏轼词的成就和地位根本无法与其诗相比。从诗文批评方面看，宋代诗文选本及评点极盛，重要著作如吕祖谦的《古文关键》、楼昉的《崇古文诀》、谢枋得的《文章规范》、真德秀的《文章正宗》等，影响皆极大。宋

① 朱熹著：《楚辞集注》，上海古籍出版社1979年版，第300页。
② 李渔著，单锦珩校点：《闲情偶寄》，浙江古籍出版社1985年版，第2页。

代文论、诗话皆远胜过词话，从《历代诗话》、郭绍虞《宋诗话辑佚》看，传世的可考知的宋代诗话著作在一百四十种以上，而词话则少得可怜，多在笔记中偶尔谈及，词学批评及理论上的相对冷落，亦可看出词在时人心目中价值和地位的低下。

元代以来部分学者"追认"宋词为"一代之文学"，自有其"创新"价值和现实意义，但不是宋词价值和地位的"原生态"，没有将其放在"历史语境"中评价。宋词变成后人"观念"上的"宋词"，而不是宋人心目中的"宋词"。宋人自己轻视词，后人却硬是代表宋人看重词，是对历史"当事人"宋人"自评价"的不尊重。宋人的词体价值观，是一种客观历史存在，我们首先必须予以充分体认，尊重古人，尊重历史。我们有权力创造性"误读"古人作品，但必须同时说明，这只是"我"的意思，而不是古人的意思。

王国维《宋元戏曲考·序》云："凡一代有一代之文学，楚之骚，汉之赋、六代之骈语，唐之诗，宋之词，元之曲，皆所谓一代之文学，而后世莫能继焉者也。"[①]《文学小言》中，王氏指出，"真文学""托于不重于世之文体以自见"。[②]他强调，词、戏曲、小说这些原不被世人重视的文体才是真正的文学。这与传统"大文学"观念鄙视宋词完全相反。但这种"追认"，基本上是以西方"纯文学"观念硬套中国文学史。胡适以"进化论"解释文学史演进现象，认为新文体必然胜过旧文体，可代表"一代之文学"。他"追认"白话文学为中国文学正宗，"追认"南宋白话词为词体正宗，《南宋的白话词》一文中，他认为宋词和元曲、明清小说等通俗文学的价值超过正统文学的诗、文。[③]词、曲之尊，达到极致。《〈中古文学概论〉序》中，他又说："从前的人，把词看作'诗余'，已瞧不上眼了；……近三十年中，不知不觉的起了一种反动。""于是我们对于文学史的见解，也就不得不起一种革命了。"[④]胡适确立了现代词体观念，对"宋词"的重视和价值"追认"，是对传统的主流文学观

① 王国维著：《王国维文学论著三种》，商务印书馆 2001 年版，第 57 页。
② 傅杰编校：《王国维论学集》，中国社会科学出版社 1997 年版，第 311 页。
③ 《晨报副刊》，1922 年 12 月 1 日。
④ 胡适著：《胡适古典文学研究论集》，上海古籍出版社 1988 年版，第 171 页。

的“反动”、“革命”，自有“历史进步性”。这时，“宋词”彻底摆脱了卑下的“身份”，与“唐诗”比肩甚至等值，成为现代观念中的文学史上的主流文体。将原来被宋人自己轻视的词体“追认”为文学正宗，宋词价值大增，这对矫正轻视“纯文学”的古代主流、正统文学观念，是有积极意义的，应充分肯定。但因此“矫枉过正”，认为宋词胜过宋文、宋诗，代表“一代之文学”，则是与文学史实不相符的。这种观念，对文学史研究格局和撰写模式影响甚大，暴露出来的弊端也较明显，很大程度上“遮蔽”了学者的研究视野，既“遮蔽”了正统文学的宋文、宋诗的价值和地位，亦“遮蔽”了元、明、清词的价值和地位，造成研究格局的不平衡和文学史认识的主观片面。

西方“纯文学”观念，强调文学的抒情性和审美娱乐，文学与政治、伦理疏离，与中国传统“大文学”观念不同。西方文学观念，“诗学”即文学、文艺，“诗学”涵盖其他文体，中国传统文学观念，文章学包括其他文体，散文体最尊最高，中西文学观念基本上是相反的。现代学者接受西方文学观念，重诗、词、戏剧、小说，轻散文，抛弃传统“大文学”观念，将古代文体的尊卑等级秩序几乎全颠倒过来。这正与新文化运动反传统、反主流，“重新估定一切价值”相一致，故词体地位大大提升，传统“小道”、“末技”的卑下词体，由“边缘”文体上升为“正宗”文体，地位甚至超过散文。“追认”宋词为“一代之文学”，是对传统观念的彻底“颠覆”，影响深远，至今不衰。我们今天有必要作学理上的深刻反思。（参见《词为宋代“一代之文学”说质疑》）

三

对原来“追认”的剥夺，是一种特殊的“追认”。如北宋末，万俟咏谑词风行一时，南宋末黄昇《唐宋诸贤绝妙词选》卷七云：“雅言之词，词之圣者也。”[①]“追认”

① 黄昇著：《唐宋诸贤绝妙词选》卷七，《四部丛刊》本。

其为“词圣”，但后世除杨慎外，几乎无人接受黄氏观点，这实际上是对原“追认”的否定。

不少词人年轻时填词，成为名人后却“悔少作”。孙光宪《北梦琐言》卷六记载道：

> 晋相和凝，少年时好为曲子词，布于汴洛。洎入相，专托人收拾焚毁不暇。然相国厚重有德，终为艳词玷之。契丹入夷门，号为“曲子相公”。[①]

陆游《渭南文集》卷十四《长短句自序》自述：“予少时汨于世俗，颇有所为，晚而悔之。然渔歌菱唱，犹不能止。”[②]王灼《碧鸡漫志》卷二载，万俟咏自编词集，分两体，一名《雅词》，一名《侧艳》，后召试入官，“以侧艳体无赖太甚，削去之”。[③]这种词史上的“悔少作”现象，实为一种“逆追认”，即对原来观点的否定，“收回”观点，后悔当时所作，将有价值反向“追认”为无价值。

首次“追认”往往就是新的“命名”，积极或消极影响，皆应重视。如苏轼《卜算子》(缺月挂疏桐)中的“寄托”，苏轼同时人皆无此观点，苏轼自己也无此意识。鲖阳居士首次“追认”，影响甚大，后人多承袭其说。

张惠言以后，词学家多以“比兴寄托”解释宋词，多用“浑”、“厚”、“和”、“雅”、“重”、“拙”、“大”等范畴，宋词价值无以复加，实为“追认”所致。实际上，宋词人并没有自视如此高，张惠言之前，历代绝大多数词论家也没认为如此高，常州词派的“追认”，往往是“过度阐释”，主观性太强，不忠于“文本”和客观史实，远离宋词“原生态”。实质上，是借品评宋词表达自己的词学审美理想。

宋词“追认”具有鲜明的时代特征。“追认”是追认者站在“当下”立场对传统的

① 孙光宪著：《北梦琐言》卷六，《丛书集成》本。
② 陆游著：《陆游集》(第五册)，中华书局1976年版，第2101页。
③ 唐圭璋著：《词话丛编》(第一册)，中华书局1986年版，第83—84页。

重新认识，做倾向性的选择和接受，看重的往往只是“宋词”的某一或某些侧面，带上时代印记。词学家“追认”宋词，以新的标准选择宋词，以“当下”为标准来套宋词，进行新的价值重估。他们“以今衡古”，将自己时代的观点加到宋人身上，通过积极主动的“误读”，“古为今用”。

“追认”有“层累”性特征。历代反复“追认”，价值累加递增，越来越大，或是不断重复“追认”，许多人认同，“重复”显出意义。“追认”使宋词的文学价值放大和提升。词学家通过“层累”、系统“追认”，不断地改写宋词史。从一定程度上说，一部宋词史，即是一部“追认”的词史，每一次“追认”，都是一次新的“盖棺定论”，都是宋词史的“重写”。

“追认”是“六经注我”式的为“我”所用，这种创造性的“误读”宋词，自有其正面价值和积极意义，它推动了词创作的繁荣和词学理论的创新。克罗齐说：“一切历史都是当代史。”研究者生活在“当下”，站在“当下”立场的解读是必要的，过于崇古、信古、泥古，只是注释古人，不敢有半点怀疑，半点创新，历史是不可能进步的。宋词价值“追认”，表面上“向后”，实质上是“向前”，不是着眼于过去，而是着眼于“当下”。“追认”的目的不是发思古之幽情，而是为“当下”服务的，“追认”只是手段，“当下”的词创作和理论创新才是目的。词学家通过不断“追认”，来增强自己理论的“历史感”及合理性，从传统中感知“现在”性，如此，历史便走进“当下”，“当下”也走入历史。因此，他们并不太计较客观、真实的宋词历史。他们带着自己的“前理解”，选择“追认”和评价宋词，让宋词“复活”在自己时代中，焕发文化生命活力。

英国史学家柯林武德在《历史的观念》中提出一著名命题：一切历史都是思想史。学者在研究历史时，对古人的思想进行“加工”，古人的思想中就有了他的思想，古人的思想便浓缩进今人的思想中。每一时代都在重写历史，重写思想史。宋词的价值及地位“追认”亦应作如是观。每一时代都有自己时代立场的“宋词”，有元、明、清人心目中的“宋词”，有现代人心目中的“宋词”，也有“当下”人心目中的“宋词”。

宋词价值及地位“追认”，局限性也是明显的。有的该“追认”却没有“追认”，有的不该“追认”的却“追认”了。有的过分“追认”，“追认”越多，意蕴越丰富，价值越大，同时越远离词史“原生态”。作为“歌词”的宋词，面目变得模糊，人们甚至意识不到它原来只是娱乐消遣的歌曲了，这在一定程度上“遮蔽”了文学史真相，歪曲了文学史。

对宋词的价值和地位，应做动态、综合的估价。对宋人的“自评价”应予以起码的尊重，应具“了解之同情”；对历代词学家的观点，也要充分体认；对现代学者的研究成果，要做系统的梳理，特别是“权威”的观点，不少已构成我们的“前理解”，是我们思考问题的基点，是论证问题的“前提”；再结合“当下”立场的合目的解读。如此，将宋词的当世评价和后世评价即历时评价结合起来综合分析，才能得出真正合理的科学结论。

第五节　近代词学师承论

“师承”指一脉相承的师法。学术师承是导师与弟子及再传弟子共同遵循“家法”、“师法”的基础上传承学术，代代相续。学术师承是一种重要的文化现象，特别在中国古代，文化传承主要即在“师徒”间进行。学术师承研究，清代江藩著有《汉学师承记》、《宋学渊源记》，为清代汉学、宋学著名学者立传，从中可见学术思想的师承，使读者对学术的承传演变有了比较具体明晰的认识。受此启发，可写“词学师承记”或“词学师承论”。关于词学师承研究，目前，国内外尚无系统的专文、专著问世，仅有一些论著中有所涉及，另有少数论文做过“个案”研究，如龙榆生的《论常州词派》、《清季四大词人》，唐圭璋的《端木子畴与近代词坛》、《朱祖谋治词经历及其影响》等。因此，这方面的研究可拓展词学研究领域，推动词学深入发展。本节专论近代词学师承，权作引玉之砖，期望有更多的学者从事这方面的研究。

一

本书所言“近代词学”，与通行的“近代文学”起迄时间不完全一致。因近代词学基本上是常州词派一统天下，论近代词学，不可不论张惠言。因此，本书主张近代词学应以张惠言《词选》问世年即嘉庆二年（1797）为起始时间。晚清词学“四大家”，是常州词派的嫡传，词学思想并未因入民国有多大改变，词学宗师朱祖谋直到1931年才谢世，近代词学时间下限可延伸至20世纪30年代。这样，“近代词学”上下限向前后自然延伸一段时间，更能看出师承的脉络和变化，把握词学发展规律。这是首先要说明的。

“师承”有狭义与广义之分。狭义师承，指有明确师生名分的师承。广义师承，除狭义师承外，还包括无师生名分，但有师生之实如私淑弟子，或思想观点上多服膺其说的师承，如夏承焘向朱祖谋学词，即属此种关系。有的词家与某词学大家交往不多，甚至未曾谋面，但自觉继承其学说，实际上也是“师承”关系，如梁启超与郑文焯的词学联系，王国维与况周颐的词学联系皆如此。本书所说师承为广义师承。

词在唐宋金元明时，多被视为“小道”、“末技”，地位卑下。受到观念束缚，词学发展缓慢，从事词学研究者极少，学术意识不强，因此少有师承。明末清初，词学发展较快，涌现了云间词派、阳羡词派、浙西词派，清中叶以后，又出现了常州词派，词学兴盛，蔚为大观。这时，词学师承特征始显现出来。特别是近代以来，词学师承更加“自觉”，有力地推动了词学发展。因此，本节特研究近代词学师承。

研究近代词学师承极有学术价值和意义。词学师承研究，长期以来不大受重视。这种情况在各种工具书及词学专著中的“词人小传”里表现得最为突出。绝大多数小传不写词人师承情况，甚至叶衍兰和叶恭绰是祖孙关系，刘履芬和刘毓盘是父子关系，都不写清楚，反将笔墨用于一些不甚重要的履历和官职罗列。作为

“词人小传”，不写师承，减少了学术含量，是不合理的。研究清楚词学师承情况，可为词人小传和评传撰写提供确凿材料，并完善其体例。词学师承是具体而微的词学史。研究师承，会发现词学史是具体的、个别的、细节的、生动的，这是历史的真实。学术研究要还原历史、再现历史，重回历史“现场”。而通行的研究，往往大而化之，太抽象、宽泛。抽去历史的“细节”，历史成为观念的历史，而不是真实的历史。研究近代词学师承，可明晰词学发展的源流，知其来龙去脉，演变轨迹，动态地认识词学史，纠正静态评价之弊。

学术师承是条文化链，一环扣一环，一环不可缺少。环有大小，有主次，但皆重要。要重视主要“环”的研究，也要重视次要“环”的研究。有些词家本身词学成就(成果形式)并不是太突出，但也属不可忽缺的一环，所起作用不可轻视，应重视其“史”的地位，如王拯、端木埰等。

常州词派的师承是近代词学师承的主线，不属常州词派的也多与常州词派有关，或多或少地受其影响。近代词学史基本上就是常州词派师承史。近代词学师承可以说是词学流变与发展的主线，词学家的词学批评与理论皆与师承有直接或间接的关系，有些没有多少师承关系的词学家的观点也多是对有师承关系的词学家的观点的“反拨”。因此，弄清近代词学师承的情况，便基本上弄清近代词学的发展演变情况。

传统的师承多在家庭、私塾或书院，一师一生或多生，耳提面命。近代西式学堂、大学的兴起，实行分班课堂教学制，形成多师一生和多师多生特点。因此，师承有一师一生、一师多生和多师一生、多师多生四种情形，应具体分析。从身份关系上看，近代词学师承有师生间的，属“学缘”，如谭献师事周济，徐珂师事谭献。又有亲人间的，如祖孙相承、父子相承、叔侄相承、舅甥相承、兄弟相承等，属“血缘”。词人家学渊源，也是一种类型的师承。如张琦从兄张惠言学词，董士锡从舅张惠言兄弟学词，董士锡子董毅又编《续词选》，张惠言词学在亲人间传承。俞樾兼擅词学，孙俞陛云、曾孙俞平伯皆承其词学，俞陛云著有《唐五代两宋词选释》，俞平伯著有《读词偶得》、《清真词释》、《唐宋词选释》等，皆自具特色。叶衍兰从父亲叶英华学词，孙叶恭绰又传其词学，著有《全清词钞》、《广箧中词》等。梁启超词学影响其弟梁启勋，又影响其女梁令娴。梁启勋著有《词学》，梁令娴著有《艺蘅馆词选》，传其家学。王国维词学影响其子王仲闻，王仲闻曾校订《全宋词》，又著有《李清照集校注》。家族词学师承研究应给予充分重视。师承又多"业缘"因素，词家为同僚同行，联系密切，交往频繁，经常在一起切磋词学，前辈影响后辈，上司影响属下，虽无师生名分，实际上形成师承关系。如同在京师为官的端木埰影响王鹏运，王鹏运又影响朱祖谋、况周颐。还有基于乡情对乡昔贤的词学师承，属"地缘"，如常州、苏州两地历代词学长盛不衰。近代词学师承多学缘、血缘、业缘、地缘等"关系"，师生间多亲人、同僚、同乡，这些关系网络决定了词学师承的诸多特点。

近代词家师承关系复杂。有的是一对一的关系，弟子基本师事一家，如杨铁夫师从朱祖谋，专治梦窗词。更多的是多重师从，或先后师从，或同时师从。如谭献先师事张景祁，后又师从周济，词学观发生变化。况周颐师事王拯，又与王鹏运同师事端木埰，自己又师事王鹏运。朱祖谋与王鹏运同师事端木埰，自己又师事王鹏运。龙榆生师事朱祖谋，又师事夏敬观、吴梅。刘永济师事黄侃，又师事朱祖谋、况周颐。赵万里师事吴梅，又师事王国维。有些词家关系在师友之间，如王鹏运、朱祖谋、况周颐之间的关系即是如此。又如吴梅、龙榆生皆从朱祖谋学词，吴梅年长于龙榆生，对龙氏多有指教，故吴梅与龙榆生关系亦在师友之间。有时，导师、弟子同师从某词学名家，师生关系中又有师生关系。如夏承焘初师从林铁尊学词，后又在上海从朱祖谋学词，而林铁尊也师从朱祖谋，师生俩又同为朱氏弟子。词学名家往往以一师为主，又重多师，博采众家之长，故能创新自立。

二

近代词学由张惠言发其端。张惠言(1761—1802)是常州词派的开山"祖师"，也是近代词学师承的“祖师”。嘉庆二年(1797)，他与弟张琦(1764—1833)同馆安徽歙县金榜家，二人合编《词选》，以授金氏子弟金应珹、金应珪，示以词学门径。张惠言推尊词体，倡“意内言外”、“比兴寄托”，求微言大义，严分正变，以儒家“诗教”论词，以治经之法解词，对近代词学影响巨大深远。董士锡(1782—1831)为张惠言外甥，直接师从舅氏治经学、古文和诗词，词学得张氏“真传”。周济与董士锡关系最善，常相过从，切磋词学。董士锡论词特别推崇周邦彦，誉为词中杜甫，又标举王沂孙为词家四宗之一，对周济词论有极大影响。董士锡子董毅(1803—1851)又编《续词选》，增选被《词选》摒弃的柳永、刘过、吴文英词，又多选浙派崇尚的张炎词，弥补了《词选》的偏颇。《词选》本在诸生间传阅，影响有限。张琦《重刻·词选·序》说：“同志之乞是刻者踵相接，无以应之。”[①]因此，到道光十年(1830)，张琦及诸弟子将《词选》重新校刻行世，影响始进一步扩大。

宋翔凤(1776—1860)是常州派今文经学家，以治经之法治词。据其《〈香草词〉自序》，他弱冠后游京师，就张惠言受古今文法。他十分推崇张惠言论古人词，“必缒幽凿险，求义理之所安”。[②]道光元年(1821)，他作有《论词绝句》，高度评价张惠言《词选》解释温庭筠词的方法和意义：“风雅飘零乐府传，前开太白后金荃。引申自有无穷意，端赖张侯作郑笺。”并在自注中说：“张皋文先生《词选》申太白、飞卿之意，托兴绵远，不必作者如是，是词之精者，可以仁者见仁，智者见智者也。”[③]他直接师承张惠言以经论词的文法，将张氏“意内言外”、“比兴寄托”词论发扬光大。他批评浙派仅从音律形式上推崇姜夔是“情浅”，而代之以情思内涵、比兴寄托评价姜夔。

周济(1781—1839)是常州词派的真正开宗立派者。嘉庆九年(1804)，他从张惠言外甥董士锡(字晋卿)学词。嘉庆十七年(1812)，他在《〈词辨〉序》中说自己“年十六学为词，甲子始识武进董晋卿”。董士锡为词“师其舅氏张皋文、翰风兄弟”，

① 施蛰存主编：《词籍序跋萃编》，中国社会科学出版社1994年版，第797页。
② 施蛰存主编：《词籍序跋萃编》，中国社会科学出版社1994年版，第578页。
③ 宋翔凤著：《洞箫楼诗纪》卷三，清咸丰刻本。

"晋卿虽师二张，所作实出其上。予遂受法晋卿，已而造诣日以异，论说亦互相短长"。[①]道光二十七年(1847)，吴县潘曾玮得到承龄的录本，作序刊行《词辨》。潘曾玮《〈周氏词辨〉序》自称"向读张氏《词选》，喜其于源流正变之故，多深造自得之言"。"尝欲举张氏一书，以正今之学者之失，而世之人顾弗之好也。"认为周济《词辨》"其辨说多主张氏之言"。[②]谭献认为周济撰定《词辨》《宋四家词选》，"推明张氏之旨而广大之，此道遂与于著作之林，与诗赋文笔同其正变也。"[③]蒋兆兰《词说》云："茗柯《词选》，导源风雅，屏去杂流，途轨最正。""周止庵《宋四家词选》，议论透辟，步骤井然，洵乎暗室之明灯，迷津之宝筏也。"[④]可见，周济词论推尊词体，阐发比兴寄托之旨，皆是承张惠言兄弟而来。他提出"诗有史，词亦有史"说，"非寄托不入，专寄托不出"说，"浑化"说，"宋四家词"说，倡言"问途碧山，历梦窗、稼轩，以还清真之浑化"，示人以学词门径。周济推衍修正张氏词论，词学研究由经学本位，复归文学本位。朱祖谋《彊村语业》卷三《望江南·杂题我朝诸名家词集后》评周济云："金针度，《词辨》止庵精。截断众流穷正变，一灯乐苑此长明。推演四家评。"[⑤]服膺其说，高度评价他在词学史上的地位。

蒋敦复(1808—1867)童稚时即与周济相识，周济称赏他为"奇童"。蒋氏后期词学以承续周济词学为己任，《芬陀利室词话》主张词"意内言外"及"有厚入无间"。董士锡首创"以无厚入有间"说，周济继之，蒋氏则主张"有厚入无间"，要求词的创作合乎规律地无为无不为，凸显个性。他又妙解韵律，于词律多所订正。

谭献(1832—1901)以常州词派的后继者自许。他认为张惠言、张琦兄弟同撰《词选》，"虽町畦未辟，而奥窔始开。"嘉庆以来词名家皆从《词选》出。"周止庵益穷正变，潘四农(按：潘德舆字四农)又持异论。要之，倚声之学由二张而始尊。"[⑥]

① 施蛰存主编：《词籍序跋萃编》，中国社会科学出版社1994年版，第781页。
② 施蛰存主编：《词籍序跋萃编》，中国社会科学出版社1994年版，第782—783页。
③ 谭献著：《箧中词》今集卷三，光绪八年谭献家刻本。
④ 唐圭璋著：《词话丛编》(第五册)，中华书局1986年版，第4631页。
⑤ 朱祖谋著：《彊村丛书》(第十册)，上海古籍出版社1989年版，第8303页。
⑥ 谭献著：《箧中词》今集卷三，光绪八年谭献家刻本。

谭献在《复堂日记》中明确宣称："予欲撰《箧中词》，以衍张茗柯、周介存之学。"他对周济推崇备至，说《宋四家词选》陈义甚高，胜于张氏《词选》，"以有寄托入，以无寄托出，千古辞章之能事尽，岂独填词为然？"但他对常州词派之弊有清醒的认识，对张、周之说并未照单全收，说"以常派挽朱、厉、吴、郭(原注：频伽流寓)佻染饾饤之失，而流为学究"。[①]谭献论词主张"折中柔厚"，是其"寓温厚和平之教"的文学观的体现。《箧中词》评语中，称赏张景祁、谢章铤等反映重大历史事件的词作是"苍凉词史"，又称蒋春霖为"倚声家老杜"，将其词与杜甫"诗史"相提并论。直接继承周济"词史"说，又有所发展。光绪三年(1877)，谭献批点周济《词辨》，又选《箧中词》，以比兴为本，大廓周氏门庭。叶恭绰云："仲修先生承常州派之绪，力尊词体，上溯风骚，词之门庭，缘是益廓，遂开近三十年之风尚。论清词者，当在不祧之列。"[②]钱仲联《光宣词坛点将录》将谭献比拟为"托塔天王晁盖"，认为他"拓常州派堂庑而大之。彊村以前，久执词坛牛耳"。[③]

谭献词学传冯煦。冯煦(1843—1927)曾协助谭献参校《箧中词》，《箧中词》有冯煦光绪八年序。冯煦论词主源流正变，标举"浑成"之旨，与谭献"柔厚"之论一脉相承。冯煦词学又传弟子成肇麐，成氏与冯煦合作，编有《唐五代词选》二卷，光绪十三年(1887)，冯煦作序刊刻行世，亦传常州词派"家法"。冯煦词学又影响陈廷焯，陈廷焯对碧山词评价甚高，即是冯氏观点的发挥。陈廷焯非常看重冯煦在词学史上的地位，说词学"复古之功，兴于茗柯，必也成于蒿庵乎"。[④]

谭献词学复传弟子徐珂。谭献曾应徐珂之请，将所录《词辨》二卷及《介存斋论词杂著》一卷加以审订和评论后刊行，世称《谭评词辨》。徐珂将谭献论词诸说凡见于文集、日记及《箧中词》和评《词辨》者汇辑为《复堂词话》，于民国十四年(1925)在上海刊行。徐珂著有《清代词学概论》，上海大东书局1926年出版，系统论述浙派和常州词派的发展演变，视野宏通，师承谭献而又不为其论所限。

---

① 唐圭璋著：《词话丛编》(第四册)，中华书局1986年版，第3998—3999页。
② 叶恭绰著：《广箧中词》卷二，民国二十四年(1935)叶氏家刻本。
③ 夏承焘等主编：《词学》(第三辑)，华东师范大学出版社1985年版，第226页。
④ 陈廷焯著，杜维沫校点：《白雨斋词话》卷五，人民文学出版社1983年版，第114页。

叶衍兰(1823—1897)，父英华，工词，有《花影吹笙词》。叶衍兰又与谭献为词友，所著《秋梦庵词》，曾嘱谭献为之校订，于光绪十六年(1890)刊于广州。叶衍兰在广州学海堂以词授诸生，冒广生、潘飞声皆为得意弟子，于词学多有建树。叶衍兰孙叶恭绰词承家学，十五岁时，曾从王以敏学词。后在上海从朱祖谋游，朱氏曾选辑清词，谢世后，叶恭绰承其遗绪，网罗搜讨，成《全清词钞》，曾请扬铁夫、饶宗颐襄助之。叶恭绰编有《广箧中词》，是承谭献《箧中词》而来，亦为谭献词学传人。

庄棫(1830—1878)，江苏丹徒人，与谭献友善，切磋词学，世称"庄谭"。他也是张惠言、周济词学的传人，《〈复堂词〉序》中以"比兴"论词，特别推崇碧山词。庄棫是陈廷焯的同乡，又是陈廷焯的姨表叔，词学传陈廷焯。通过庄棫，陈廷焯词学与谭献接上关系，因此又成为谭献词学传人。陈氏早年词学浙派，编《云韶集》二十六卷，以朱彝尊《词综》为准，《词坛丛话》持论亦与浙派相近，推崇朱彝尊、厉鹗无以复加。光绪二年(1876)，陈廷焯二十三岁，结识庄棫，从此改弦易辙，转宗常州词派，以鼓吹张惠言、庄棫、谭献之论为己志。著有《白雨斋词话》，提出"温厚"、"沉郁"的词学思想，强调"温厚以为体，沉郁以为用"，发展了常州词派理论。

蒋兆兰(1855—1938？)《〈词说〉自序》云："逮乎晚清，词家极盛，大抵原本《风》《雅》，谨守止庵'导源碧山，历稼轩、梦窗，以还清真之浑化'之说为之。……其间特出之英，主坛坫，广声气，宏奖借，妙裁成，在南则有复堂谭氏，在北则有半塘王氏，其提倡推衍之功，不可没也。"①

三

黄苏约与张惠言同时，选编《蓼园词选》，论词"家法"与张惠言颇接近，重比

① 唐圭璋著:《词话丛编》(第五册)，中华书局1986年版，第4625页。

兴寄托，但多臆说附会。黄苏是况周颐姐夫的曾祖父。同治十一年(1872)，况周颐十二岁时，在姐夫家得到《蓼园词选》，如获至宝，词学生涯由此开始。况周颐《〈蓼园词选〉序》称该书“盖余词之导师也”。

王拯(1815—1876)，广西马平人，以古文名世，并擅诗词。他为岭西“五大家”之一，论词颇受张惠言影响，《忏庵词序》谓词“其文窈深幽约，善达贤人君子恺恻怨悱不能自言之情，论者以庭筠为独至”。明显承袭了张惠言《词选序》中的观点。王拯论词，既重“风旨之微”，寄托之意，又讲究声律，以南宋姜夔、吴文英、王沂孙词为宗。王拯为王鹏运和况周颐的同乡先贤，对他们的词学有直接影响。王鹏运于同治九年(1870)乡试中举后，即赴京应进士试，落第后滞留京师期间，曾参加以在京广西籍官员为中心所组成的“觅句堂”文学活动(活动地点在龙继栋家的觅句堂)。王拯为“觅句堂”主要成员，是王鹏运的亲戚前辈，诱导提携王鹏运不遗余力。王鹏运还从其学词，由此步入词坛。况周颐《莺啼序·题王定甫师媭砧课诵图序》自述云：“周颐年十二，受知定甫先师。”

端木埰(1816—1887)，江宁人，被唐圭璋誉为晚清词坛的“祖灯”。端木埰词学有家学渊源，其父酷好白石词，极严词、曲之辨。他也是王鹏运、况周颐学词之导师。周济《宋四家词选》推衍张惠言《词选》之旨，教人学词自王沂孙碧山词入手。端木埰承周济词学，专学碧山词，其词集名《碧瀣词》，即指嗜碧山词之义，影响王鹏运亦嗜碧山词。他精选《宋词赏心录》十七家共十九首以赠王鹏运，指示其学词门径。此书后由卢前交上海开明书店出版，改题《宋词十九首》，附录有吴梅、邵瑞彭、陈匪石、唐圭璋等跋语，可见端木埰的影响。王鹏运对端木埰尊奉至极，先生作词，王氏即见和之。端木埰论碧山《齐天乐·咏蝉》甚精到，王鹏运《碧山词跋》引述之。

端木埰又指导况周颐作词。况氏《蕙风词话》中数次提及端木埰对他的词学教导。朱祖谋也自称为端木氏弟子，据张惠言《词选》夏仁虎识语，朱祖谋曾亲对夏仁虎说：“仆亦金陵弟子也。”

端木埰论词承张惠言、周济一脉，重比兴寄托，对王沂孙咏物词寄托家国之情评价甚高。他曾批注张惠言《词选》数首，语多精到。他同时又重声律，对张惠言词论重意格、轻声律之弊有所补救，还对张惠言等穿凿附会解词提出批评。他最早提出“重、拙、大”理论，由弟子王鹏运、况周颐继承光大。

王鹏运(1848—1904)与同道况周颐为首形成晚清“临桂词派”。王氏为晚清四大词人之冠，与朱祖谋合校《梦窗词》。他继承发扬常州派词论，力尊词体，论词倡“重、拙、大”，“纯任自然，不加锤炼”，“恰到好处，恰够消息，毋不及，毋太过”，影响甚巨。朱祖谋《〈半塘定稿〉序》谓其词“导源碧山，复历稼轩、梦窗，以还清真之浑化，与周止庵氏说契若针芥”。认为王氏词是周济词论的最好体现，也说明王氏词学承周济而来。叶恭绰说王鹏运“于词学独探本原，兼穷蕴奥，转移风会，领袖时流，吾常戏称为桂派先河，非过论也。彊村翁学词，实受先生引导，文道希丈之词，受先生攻错处，亦正不少”。[①]朱祖谋、况周颐、郑文焯、文廷式等皆从王氏治词学。王氏弟子及再传弟子其众，词学理论主导晚清词坛。

况周颐(1859—1926)先师事王拯，后又师事端木埰、王鹏运，因此，况氏词学遥接黄苏，同时又是王拯、端木埰、王鹏运的词学传人。况氏《蕙风词话》对导师端木埰、王鹏运标举的“重、拙、大”理论进行了系统的阐发，影响甚巨，赵尊岳、夏敬观、蔡桢、张伯驹、唐圭璋、缪钺、万云骏等，皆对“重、拙、大”做了进一步阐释。况氏得意弟子有赵尊岳、刘永济、陈运彰等，特别是赵尊岳终生以阐扬况氏词学为己任，成就斐然。

朱祖谋(1857—1931)早岁工诗，初学词，受亲家夏孙桐诱导。光绪二十二年(1896)，四十岁时，他在京师又从王鹏运学词，被王氏强邀入咫村词社，后遂专力研究词学。王氏喜奖掖后进，赠朱氏《四印斋所刻词》十余家，又约校《梦窗词》四稿，时指示朱氏词学源流正变。朱氏继王氏《四印斋所刻词》，校刻《彊村丛书》，王氏以“独步江东”相推许。朱氏作词取径梦窗，上窥清真，旁及宋词诸名家，突破浙、常两派偏见，博采众长。他四校《梦窗词》，影响弟子杨铁夫几乎用毕生精

① 叶恭绰著:《广箧中词》卷二，民国二十四年(1935)叶氏家刻本。

力作《梦窗词笺释》。他晚年又肆力于苏轼词，曾将《东坡乐府》编年，影响弟子龙榆生，作《东坡乐府笺》。他选《宋词三百首》，影响再传弟子唐圭璋，作《宋词三百首笺注》。叶恭绰称朱氏词"集清季词学之大成"，朱氏"或且为词学之一大结穴，开来启后"。[1]朱氏被誉为近代词坛"宗匠"、"一代大师"，弟子甚众，著名者有吴梅、陈洵、陈匪石、林铁尊、黄孝纾、刘永济、夏承焘、龙榆生、杨铁夫、邵瑞彭、庞树柏等。朱氏再传弟子更多，著名者如吴梅弟子唐圭璋、卢前、任中敏、赵万里、蔡桢、王季思、李冰若、万云骏，龙榆生弟子周泳先、朱居易，庞树柏弟子刘麟生，刘永济弟子胡国瑞，陈匪石弟子霍松林，夏承焘弟子周笃文、吴熊和等。

文廷式(1856—1904)为晚清词"四大家"之一。其祖、父均宦于广东，廷式生于潮州，为陈澧入室弟子。词涉猎百家，不尚苟且，推崇常州词派而又不为所囿。文氏多与王鹏运唱酬，词受王氏影响。因此，文氏同时为陈澧、王鹏运词学传人。文廷式词学传弟子夏敬观。夏敬观于光绪二十六年(1900)寓居上海，与文廷式日相过从，文氏授他作词之法。冒广生家与文廷式家为世交，冒氏《小三吾亭词话》言之甚详，冒氏词学亦受文氏影响。

梁启超词学受之于王鹏运、康有为，又接受郑文焯(1856—1918)的影响，亦属常州派一系。他曾将张惠言《词选》、周济《宋四家词选》、谭献《箧中词》列为国学入门书。其女梁令娴编《艺蘅馆词选》，也是常州派"家法"。其弟梁启勋《稼轩词疏证》即为完成梁启超遗愿而作，梁启勋又有《词学》一书，推衍梁启超词学思想及治词方法。

郑文焯为张尔田(1874—1945)词学导师。张尔田父亲张上龢曾从蒋春霖学词，与郑文焯为词画至交。张尔田少承家学，精于词，他曾指出郑文焯《词源斠律》数条错误，郑大惊曰："是能传吾大晟之业者也。"张氏自称三薰三沐，以郑氏为本师，其词作受郑文焯影响亦大，颇具《冷红词》神理。张尔田又多向朱祖谋问学。

---

① 叶恭绰著:《广箧中词》卷二，民国二十四年(1935)叶氏家刻本。

张尔田词学又传给缪钺。

近代词坛，常州派兴盛，浙派衰微，但仍一脉不断，仍可见师承统系。如黄燮清(1805—1864)俨然朱彝尊词学在近代的传人，他继朱彝尊《词综》、王昶《国朝词综》之后，取乾嘉以来《词综》未及登录者共五百八十三家词，成《国朝词综续编》二十四卷，选词宗旨与规式悉依朱、王两家。张鸣珂(1829—1908)少学词于黄燮清，有《国朝词续选》一卷、《续七家词选》等，张景祁(1827—1898)亦为黄燮清弟子，谭献又曾奉张景祁为导师。浙西词派"家法"代有传人。

四

近代词学师承，导师对弟子有直接的影响。有时，甚至是偶然的因素，一个"细节"，会影响弟子一生。如朱祖谋早年学诗，四十岁时才从王鹏运学词，从此词学成为他终生的事业，他也成为一代词学宗师，弟子众多，各有成就。又如龙榆生，早年师从陈衍学诗，后从朱祖谋学词，从此以继承朱氏词学为己任，终成为一代词学大家。

师承会改变词家的词学宗尚。嘉庆二年(1799)，周济十六岁时，始学词，受浙派词学影响，服膺白石，而以稼轩为外道。后受张惠言、董士锡影响，崇稼轩而抑白石，晚年编《宋四家词选》，推出周邦彦、辛弃疾、吴文英、王沂孙为宋词四家，退却姜夔，因此成为常州词派的真正开山者。又如谭献，早年词学浙派郭麐，后结识庄棫，"以比兴柔厚之旨，相赠处者二十年"。[①]自觉接受张惠言、周济词学，遂厌郭麐词之"薄"、"滑"，成为张、周词学的传人，以后继者自许。词学师承，随时代文学风尚以及词家生活际遇的变化而变化，应动态看待。

导师会影响弟子的治词路径。王鹏运、朱祖谋深精词律，守律綦严。朱氏更被誉为"律博士"，对万树《词律》精识分铢。徐珂《近词丛话》引况周颐自述作词严

① 谭献著：《箧中词》今集卷五，光绪八年谭献家刻本。

守声律，受王、朱二氏影响，“其得力于沤尹与得力于半塘同。”[①]查猛济《刘子庚先生的“词学”》中即将朱祖谋、况周颐推为近代词学“两派”中“主张侧重音律方面”一派的代表。[②]郑文焯受王鹏运影响，精于声律，著有《词源斠律》、《词韵订律》等。郑氏弟子蔡桢(嵩云)又著有《词源疏证》，承继导师《词源斠律》之绪。

导师词学偏嗜对弟子也有极大影响。近代词家对王沂孙词的推崇，可明显看出师承线索。董士锡推崇碧山词，周济承之，以碧山词为学词必由之径。端木埰承周济之论，笃好碧山词，又影响王鹏运。王鹏运又影响朱祖谋、陈洵，陈洵又影响詹安泰。冯煦为周济再传弟子，亦嗜碧山词，又影响陈廷焯，陈氏对王沂孙词评价最高，比拟杜甫。又如王鹏运推崇东坡词，影响朱祖谋，朱氏曾校订编年《东坡乐府》，又直接影响弟子龙榆生的东坡词研究，龙氏据以撰《东坡乐府笺》。

近代词坛，“梦窗热”长期盛行，最能体现词学师承的影响力。吴文英本为南宋一普通词人，地位一般，总体上历代批评者多，赞誉者少，并不为词家所重。张惠言《词选》即不取梦窗词。周济始推扬梦窗词，誉为宋词“四家”之一。从此，梦窗词为词家所宗，显扬于世。王鹏运、朱祖谋、况周颐、郑文焯、吴梅、陈洵、杨铁夫、易孺、陈匪石、蔡桢、汪东等皆嗜梦窗词，师友、师生间切磋琢磨，疑义相与析，承传有序，影响词坛风尚。王鹏运嗜爱并校刻《梦窗词》，曾与朱祖谋合校《梦窗词》。朱祖谋治《梦窗词》数十年，先后进行了四次校勘，张寿镛汇辑为《梦窗词校勘记》，收入《四明丛书》。弟子吴梅汇校《梦窗词》即受朱氏影响，汇校时曾参照朱氏《梦窗词集小笺》，并予以择录。吴氏对《梦窗词》校勘尤精，后人将其校勘语集成《汇校·梦窗词·札记》，发表于《文学遗产》增刊第十四辑。杨铁夫遵照导师朱祖谋旨意，专治梦窗词，撰成《梦窗词笺释》，杨氏几用毕生精力笺释梦窗词，成为梦窗词研究专家。

一些具体词学观点，亦师承有序。如宋翔凤论词强调读者的主观创造性，《论词绝句》自注云：“不必作者如是，是词之精者，可以仁者见仁，智者见智者

① 唐圭璋著：《词话丛编》(第五册)，中华书局1986年版，第4228页。
② 龙沐勋编：《词学季刊》第1卷第3号，上海书店1985年影印本。

也。"[①]直接影响周济《介存斋论词杂著》的"仁者见仁，智者见智"[②]，以及谭献《复堂词话》的"作者之用心未必然，而读者之用心何必不然"。[③]常州词派的接受理论一脉相承。又如端木埰最早提出"重、拙、大"词学范畴。端木埰传王鹏运，王鹏运又传况周颐，况氏《蕙风词话》中对"重、拙、大"有详尽的阐述。况周颐又传赵尊岳。

著述方面可明显看出师承轨迹。如词选方面，从张惠言、张琦的《词选》，到董毅的《续词选》，再到周济的《词辨》、《宋四家词选》、谭献的《箧中词》、叶恭绰的《广箧中词》，直至陈匪石的《宋词举》等，皆是一脉相承。

导师鼓励奖掖弟子，对造就词学人才，承续词学传统，起到积极作用。杨铁夫从朱祖谋学梦窗词，朱氏勉以多读，并严格督教。杨氏承朱氏之教，作《梦窗词笺释》，因破张炎"七宝楼台"之说，有功词学，亦朱氏所赐。夏承焘问学于朱祖谋，朱氏虚怀若谷，乐与论词。朱氏作《梦窗词集小笺》，夏氏继撰补笺，朱氏大喜，相约继续整理，获得更多资料。夏氏曾有论辛词绝句，朱氏谓何不多为之。后夏氏写了大量《论词绝句》，并结集出版，与朱氏启发、赞赏、鼓励是分不开的。吴梅给弟子蔡嵩云《词源疏证》、《乐府指迷》作序，又给弟子唐圭璋《宋词纪事》、《宋词三百首笺注》、《词话丛编》、《全宋词》作序，褒扬有加，评价中肯。

词学师承，首先应该充分肯定导师对弟子的影响。木有本，水有源，弟子应知本知源，牢记导师的惠赐。但这只是一方面，学术传承，是前人影响后人，但后人的批判性、创造性接受尤为重要。因此，应同时充分肯定弟子在继承、传播和发展师说上的作用。特别是词学大家，更不会墨守师说，而是在师说基础上勇于创新。还应肯定弟子反过来对导师的影响，弟子登堂入室，具备独立从事学术研究能力后，与导师的关系除名分上的师生关系外，实际上已变成平等的学术对话者的关系，是学友关系，不仅仅是导师影响弟子，弟子也影响导师，如龙榆生

① 宋翔凤著：《洞箫楼诗纪》卷三，清咸丰刻本。
② 唐圭璋著：《词话丛编》（第二册），中华书局1986年版，第1630页。
③ 唐圭璋著：《词话丛编》（第四册），中华书局1986年版，第3987页。

对晚年朱祖谋词学影响即较大。

重视师说，传播师说，弟子及再传弟子所起作用极大。如张惠言《词选》作于嘉庆二年(1797)，本是家庭教学用书，影响范围极有限，直至道光十年(1830)，因乞者众多，其弟张琦及诸弟子才重新刻印行世，影响始大。其时，张惠言已谢世29年。徐珂于光绪二十六年(1900)将导师谭献散见于各书及日记中的论词之语辑成一书，定名为《复堂词话》，至民国十四年(1925)始付梓行世。此时谭献谢世已25年。弟子们在“放大”导师的词学思想，扩大其影响方面，功不可没。

近代词家忠于学术，师生间开展理性的学术批评，不以情废理。导师可批评弟子，如在《复堂词话》中，谭献批评冯煦词“时有累句，能入而不能出。此病当救以虚浑”。①弟子也客观指出导师的不足，而不是为尊者讳。如吴梅汇校《梦窗词》时，对于其师朱祖谋的观点择善而成，不足则辨析之，并不盲从。龙榆生《晚近词风之转变》一文中对导师朱祖谋“守律”、“尊吴”之弊也提出批评。同门弟子间也相互批评。同为朱祖谋弟子，杨铁夫有《石帚非白石之考证》(《词学季刊》第1卷第4号)，吴梅则力辨其非。就是对“祖师”的观点也客观批评，理性接受。吴梅一方面承继张惠言之论，一方面也批评张惠言《词选》不收梦窗词是“门户之见”，“真不知梦窗”。②这种既不废“师道”，又忠于学术理性的精神，是值得称道的。

近代词学师承的“地缘”特征十分显著。常州、苏州、上海、南京、广州、北京，皆是词家聚集活动地，师生或师友交游唱和，或结社唱和，形成几个词学中心，流风余韵，至今犹存。

张惠言为常州人，他开创的常州词派，成为近代词学的主流。常州词家基于乡邦情结，对乡昔贤敬仰推崇有加，自觉继承其学。近代常州一地词学长盛不衰，无不受张惠言的影响。赵尊岳为江苏武进(属常州)人，《〈蕙风词话〉跋》云：“自吾乡皋文、翰风两张先生提倡词学，起衰振靡，宇内奉为宗派。”③可见，赵氏亦以继

---

① 唐圭璋著：《词话丛编》(第四册)，中华书局1986年版，第4000页。

② 吴梅著：《汇校梦窗词札记》，《文学遗产》增刊第十四辑。

③ 况周颐撰，屈兴国辑注：《蕙风词话辑注》，江西人民出版社2000年版，第652页。

承乡昔贤张惠言兄弟词学为己任。

苏州为吴中都会，历代词家聚集，词学发达。近代苏州仍是词学中心之一。戈载为首的“吴中七子”结社唱酬，标举声律，师承有序。潘曾莹、潘曾玮、潘祖荫等潘氏家族词人群体代代相承。苏州词学长盛不衰。朱祖谋于光绪三十一年(1905)冬，以病辞广东学政任回原籍，次年，卜居苏州。一时，郑文焯、张尔田、陈锐等词家群集，苏州隐然成为当时词学中心，朱氏为盟主。郑文焯晚筑樵风别墅于苏州，隐居苏州三十余年，卒葬邓尉山，影响苏州词坛甚大。王鹏运也病逝于苏州。陈锐久客苏州，与朱祖谋等论词。吴梅是苏州人，弟子众多。苏州词学传统一脉不断，今天仍为词学研究重镇，钱仲联、吴企明、严迪昌、杨海明等，皆精于词学。

近代广西籍词学名家辈出，朱依真、黄苏、龙启瑞、王拯、王鹏运、况周颐等，词学成就巨大，影响近代词学甚深。人称王鹏运、况周颐为代表的词学群体为“临桂词派”，也可见师承的地域色彩。

朱祖谋曾任广东学政，文廷式少长于岭南，广东词人多与二氏交游，故广东近代词风颇盛。番禺叶恭绰三世治词，即受朱祖谋、文廷式影响。叶恭绰编《全清词钞》，即遵循朱、文二氏之指示，朱氏还亲为叶恭绰选《全清词钞》。

词学名家虽流寓外地，不在故乡生活，其词学思想却在故乡产生影响。乡里后进承传其说，即使未曾谋面，也是遥相接应，也构成一种特殊的“师承”关系。

五

中国传统文化有强烈的“正统”意识，讲究政统、道统、学统、文统。词学亦讲究“词统”，明末陈子龙为领袖的云间词派即以接续“词统”自命，倡言复古。清代浙西词派、常州词派皆争词学“正统”地位，其理论体系的创立体现出接续“词统”的使命感。近代词学师承，争“正统”的意识更为明显，讲源流，严正变，求正轨，重家法，一脉相连，统系不断，推动了词学有序地繁荣发展，也因此产生一些流弊。

近代词学重师承，尊师说，尤重“祖师”之说，与复古观念相合拍，愈古愈好，愈古愈正。常州派传人不断重复着张惠言、周济之论，直至现代不衰。

与古代词学师承相比，近代词学师承出现一些新特点。一是词家多名高位尊者，如端木埰、王鹏运、况周颐、朱祖谋等，他们推尊词体，不再视词为“小道”、“末技”，观念上视作词、治词为高尚的事业，词学也成为学术的重要组成部分。词家师承有序，严谨治学，推动词学蓬勃发展。二是近代大都市中特别是上海，聚集着一大批词家，他们交游唱和或结社雅集，形成类似西方的文艺沙龙。词社中师生关系相对淡化，更多相互影响，传统单向度的师承模式出现了新变化。三是近代西式学堂、大学兴起，出现新的教学模式，学术视野更加开阔，师承由封闭走向开放。四是近代交通发达，词家交游、师生联系方便，学术观点的交锋更加频繁，词学师承的作用大大提升。五是近代西方先进传播媒介——报刊以及平装书的流行，使得信息传播更加便捷，词学师承影响更加广泛。

师承中，多数词家并不囿于师说，而是有所修正、发展，往往以一家为主，兼取诸家之长，突破“家法”局限，并善于吸收他派所长。近代词学浙派与常州派传人多善于彼此学习，取长补短，完善自己的理论。如常州派张惠言传人董士锡、董毅、宋翔凤、周济、庄棫、陈廷焯等，皆对浙派理论有合理性吸收。浙派传人如孙麟趾、杜文澜等也善于吸收常州派理论。

谨守师说与变通创新并不矛盾，完全可统一起来。优秀词家既尊师说，又大胆创新，是批判地继承，合理地扬弃，继承中创新，不断深化和发展师说，超越师说，提出自己的理论主张。如周济、谭献、况周颐、陈廷焯、龙榆生等，皆在继承师说的基础上构建自己的词学体系。

近代词学师承有积极的意义。师生间切磋琢磨，教学相长，对某些问题不断深入探讨，同声相求，扩大影响，有力地推动了词学发展。恪守“家法”，有“片面的深刻”，对延续词学传统有积极贡献。文化传承是一脉相连的，恪守师说，有保守的一面，而恰恰是保守观念，延续了传统，使文化发展不致断裂，其正面价值在“事过境迁”后尤其显现出来。应重视传统，创新是继承传统基础上的创新，而不是推倒一切，完全另起炉灶。

近代词学师承也有消极的一面。过守“家法”，取径过窄，观念狭隘，只推崇极少数名家，浙西词派只重姜夔、张炎，常州词派只重周邦彦、辛弃疾、吴文英、王沂孙，不懂博采众长，转益多师。不少名词人词作皆摒弃不学。实际上，应广泛学习宋代众名家词，还应学习唐五代名家词、金元名家词。不仅学习前代名家词，还应学习其他词人的优秀作品，一切优秀词作都应是学习对象。还应注重综合吸收，而不为名家所限。学词，又不仅仅学词本身，还应学诗、文、赋，学戏曲、小说，学习一切优秀文学作品。不仅仅学文学作品，还应学经、史、子，吸收思想养料。总之，应学习前代一切优秀文化遗产，才能博大，才能创新。不仅学习前代，还应学习同时代、同时期其他词人、其他文学家的优秀作品。当然，只读当代人词是远远不够的，王鹏运要求朱祖谋只读宋人词，不读当代人词，也是片面的。仅仅向书本学习，向书本讨生活，忘记生活本身，不懂生活是创作的源泉，也是不足。各派各家，极少强调向生活学习，多在书本、在词体本身打主意，很难创作出优秀作品。近代词总体上创新不够，成就不高，影响有限，主要是师承中过重“家法”，取径狭窄造成的。过分恪守师说，重复师说，缺乏己见，不敢创新，导致词学思想发展缓慢，与近代学术思想的发展主流相脱节。守门户之见，对“异己”理论持排斥态度，不注重吸纳有益的成分，缺乏宽容大度的学术情怀。学术视野受到限制，影响学术创新能力的发挥。

师承中多带有感情因素，受到“名分”、“关系”所限，弟子偏爱师说，对师说缺乏理性的评价，过于尊奉盲从，不敢怀疑，对师说不足视而不见，有时甚至曲意为师说错误辩护，为尊者讳。或过誉弟子，一味溢美，夸大失实。师生关系太密切，情胜于理。师承中存有标榜习气，缺乏学术评价的客观性和公正性。因此，我们对词家的言论应做具体分析，不可轻易接受。

近代词学师承具有封闭性特点。词学多在“师徒”间狭小的圈子里代代传播，影响不大。门户之见，限制了传播与接受。恪守师说，也影响了创造性。学术是天下之公器，不应固守师说。

近代词学观偏于保守，缺乏“新”、“变”色彩，缺乏近代学术新质。西方学术思想的大量引进和广泛影响，词学中却极少体现。这种天生的不足，影响了词学的创新发展，词学家对整个近代学术思想的贡献是有限的。这与师承的封闭性和保守性有关。不过，近代词学维系传统，远离功利实用，坚守文学的审美品格，坚守词学的纯洁性，保守中也有正面的价值和意义，这又有师承的“功劳”。

师生间的良好关系对学术有积极影响。朱祖谋虚怀若谷，与弟子平等对话，甚至不耻下问，值得学习。近代词学师承，最重“师道”，导师传道、授业、解惑，做“经师”，更做“人师”，不仅仅传授学业，更在人格风范上影响弟子。弟子尊师敬业，充分尊重导师的人格和学术成果，师生皆恪守“师道”。从导师一面看，无私帮助和大力提携弟子，有度量，容忍弟子超越自己，为弟子取得成绩而自豪。从弟子一面看，谦虚向导师学习，不狂妄自满，在继承师说基础上大胆创新，推动学术健康发展。近代词学师承中所体现的“师道”，对当下学者人格建设，对纯洁学术，极有借鉴意义。

第三章　比较词学

第一节　历代词曲异同论总检讨

词、曲皆属广义诗歌即韵文的子文体，曲原分为散曲和剧曲，本书所论之曲，是相对于剧曲的散曲。通行观念，词和曲分别作为宋、元两代文学之代表，元代以来，词曲论家往往喜欢将词、曲相提并论，或论其同，或说其异，现当代学者也在前人的基础上进行了更为广泛深入的研究，取得了丰富的成果，成为我们今天进行词曲比较研究的基础。我们有必要对这些成果进行全面、系统的梳理和检讨，评其得失，以进一步推动词曲研究的深入。

一

元人早就意识到词、曲之异同。元人对于词、曲之别已经有了一定的认识，这从他们对散曲称呼之变化中可以看得出来。称“今之乐府”和“今乐府”者，是有意识地与古之一切合乐可歌的诗歌相区别而言，这当中自然包括和词的区别。称曲为“乐府”，是尊体的表现，强调曲可与诗、词相提并论。

宋人轻词，元人重曲，观念不同。宋人对于新兴的词是鄙视的，认为是“小道”、“末技”，不登大雅之堂。赵以夫《虚斋乐府自序》云：“文章，小技耳，况长短句哉！”[①]赵与訔《〈白石道人歌曲〉跋》云：“歌曲，特文人余事耳。”[②]而元人却肯定自己时代的散曲价值。如元初刘祁《归潜志》卷十三云：“唐以前诗在诗，至宋则多在长短句，今之诗在俗间俚曲也。”[③]罗宗信《〈中原音韵〉序》云：“世之共称唐诗、宋词、大元乐府，诚哉！”[④]直接将曲与诗、词并列，以抬高曲的价值。虞集《〈中原音韵〉序》说：“一代之兴，必有一代之绝艺足称于后世者：汉之文章，唐之律诗，宋之道学，国朝之今乐府，亦开于气数音律之盛。”[⑤]更将元曲抬高到与汉文、唐诗、宋理学并列的地位，甚至胜过宋词。

宋、元人有时词、曲混称，曲即是词。曲是“曲子词”的“曲”，而不是散曲的“曲”。元末顾瑛《制曲十六观》说：“曲欲雅而正，志之所之，一为物所役，则失其雅正之音。耆卿辈不必论，虽美成亦自有所不免。”[⑥]几乎照搬张炎在《词源》中的话，张炎称词，顾瑛称曲，词、曲一体，并无区别，皆指配合燕乐的歌词，而非元代兴盛的曲。此点我们应注意，勿混为一谈。

虞集《〈中原音韵〉序》云：“我朝混一以来，朔南暨声教，士大夫歌咏，必求正声，凡所制作，皆足以鸣国家气化之盛。自是北乐府出，一洗东南习俗之陋。”[⑦]这实际上已开元人“曲源于词说”先河。元末陶宗仪《南村辍耕录》卷二十七云：“金季国初，乐府犹宋词之流；传奇犹宋戏曲之变。”[⑧]这是元人“曲源于词说”的明确表述，认为元曲由唐宋词发展演变而来。

明人开始对词、曲之异同进行更为广泛的辨析，涉及到词、曲之渊源关系、

---

① 赵以夫著：《虚斋乐府》卷首，《四部丛刊》本。
② 姜夔著：《白石道人歌曲》附，《四印斋所刻词》本。
③ 刘祁著：《归潜志》卷十三，中华书局1983年版，第145页。
④ 中国戏曲研究院编校：《中国古典戏曲论著集成》(一)，中国戏剧出版社1959年版，第177页。
⑤ 周德清著：《中原音韵》卷首，元刻本。
⑥ 顾瑛著：《制曲十六观》，清道光十一年晁氏活字印本。
⑦ 周德清著：《中原音韵》卷首，元刻本。
⑧ 陶宗仪著：《南村辍耕录》卷二十七，明崇祯虞山毛氏汲古阁刻本。

内容情调、语言风格、价值等方面。在词、曲之渊源关系上，王世贞依然赞同陶宗仪的意见。《曲藻》云："词不快北耳而后有北曲。"[①]又《曲藻序》云："曲者词之变，自金、元入主中国，所用胡乐嘈杂凄紧缓急之间，词不能按，乃更为新声以媚之。"[②]是从音乐背景来说明词为曲所取代的必然原因是在于词不能适应胡乐的节奏，不适合北方人的欣赏习惯。王世贞进而从音乐更替角度说明了曲取代词之原因。《艺苑卮言·词之正宗与变体》云："词兴而乐府亡矣，曲兴而词亡矣；非乐府与词之亡，其调亡也。"[③]俞彦《爰园词话》云："词何以名诗余，诗亡然后词作，故曰余也，非诗亡，所以歌咏诗者亡也。词亡然后南北曲作，非词亡，所以歌咏词者亡也。谓诗余兴而乐府亡，南北曲兴而诗余亡者，否也。"[④]即认为曲之取代词是因为其背后的音乐之代兴，而不是作为文本的词的消亡。可见，他们都认为曲和词原生态的本质不同在于音乐之不同。

徐渭则对"曲源于词说"提出相反意见，认为曲源于金、元时北方之胡乐。他在《南词叙录》中说："今之北曲盖辽、金北鄙杀伐之音，壮伟很戾，武夫马上之歌，流入中原，遂为民间之日用。宋词既不可被管弦，南人遂亦尚此。""北曲岂诚唐、宋名家之遗？不过出于边鄙夷之伪造耳。""中原自金、元二虏猾乱之后，胡曲盛行，今惟琴谱仅存古曲，余若琵琶、筝、阮咸之属，其曲但有《迎仙客》、《朝天子》之类，无一器能存其旧者。至于喇叭、唢呐之流，并其器皆金、元遗物矣。"[⑤]徐渭认为曲是北方新兴的音乐文学，是独立的发展系统，与词体无涉。

有学者认为元曲源于古乐府。胡应麟《少室山房笔丛》卷三十五《庄岳委谈》下云："世所盛行宋、元调曲，咸以昉于宋末，然实陈隋始之……炀之《春江》、《玉树》等篇犹近，至《望江南》诸阙，唐宋元人沿袭至今。词曲滥觞，实始斯际。"[⑥]凌

① 中国戏曲研究院编校：《中国古典戏曲论著集成》(四)，中国戏剧出版社1959年版，第27页。
② 中国戏曲研究院编校：《中国古典戏曲论著集成》(四)，中国戏剧出版社1959年版，第55页。
③ 唐圭璋著：《词话丛编》(第一册)，中华书局1986年版，第385页。
④ 唐圭璋著：《词话丛编》(第一册)，中华书局1986年版，第399页。
⑤ 徐渭著：《南词叙录》，民国间武进董康诵芬室丛刊影刻本。
⑥ 胡应麟著：《少室山房笔丛》卷三十五，清光绪间广雅书局刻本。

濛初《谭曲杂札》云："元曲原于古乐府之体，故方言、常语，沓而成章，着不得一毫故实；即有用者，亦其本事，如蓝桥、妖庙、阳台、巫山之类。"①既然元曲渊源于古乐府，而古乐府乃民歌，所以方言俗语运用很多，而不用典故，有的话也是用本事。这是从渊源上来说明曲的语言风格特色。但这种观点忽略了曲的音乐本质属性，是片面的。

词、曲之异同，王骥德有明确的论述，《曲律》卷四云："词之异于诗也，曲之异于词也，道迥不相侔也。诗人而以诗为曲也，文人而以词为曲也，误矣，必不可言曲也。"②这是从总体上认定词、曲两体有本质区别，曲就是曲，不应与诗词相混。实际上是反对以诗为曲，以词为曲，严分词、曲疆界。但他没有明确词、曲之异处究竟何在。他又说："晋人言：'丝不如竹，竹不如肉'，以为渐近自然。吾谓：诗不如词，词不如曲，故是渐近人情。夫诗之限于律与绝也，即不尽于意，俗欲为一字之益，不可得也。词之限于调也，即不尽于吻，欲为一语之益，不可得也。若曲，则调可累用，字可衬增，诗与词，不得以谐语方言入，而曲则唯吾意之欲至，口之欲宣，纵横出入，无之而无不可也。故吾谓：快人情者，要毋过于曲也。"③他认为曲韵律自由，可用方言口语，因而较词更"渐近人情"、"快人情"，即更能自由地抒发人的感情。他从新、变角度肯定曲胜过词。沈际飞《草堂诗余四集序》云："通乎词者，言诗则真诗，言曲则真曲。斯为平等观欤？……而以参差不齐之句，写郁勃难至之情，则尤至也。"④则认为在抒写作者之情时，词是真诗、真曲，词较诗、曲更具表现力。范文若《梦花酣序》说："独恨幼年走入纤绮路头。今老矣，始悟词自词，曲自曲，重叠金粉，终是词人手脚。"⑤他是从创作经验上着眼的，认为词和曲创作上是迥异的。明末孟称舜《古今词统序》云："诗变而为词，词变而为曲，词者，诗之余而曲之祖也。……盖词与诗、曲，体格虽异，而同本于

① 凌濛初著：《谭曲杂札》，清康熙七年刻本。
② 中国戏曲研究院编校：《中国古典戏曲论著集成》（四），中国戏剧出版社1959年版，第159页。
③ 中国戏曲研究院编校：《中国古典戏曲论著集成》（四），中国戏剧出版社1959年版，第157、160页。
④ 卓人月汇选，徐士俊参评，谷辉之校点：《古今词统》卷首，辽宁教育出版社2000年版，第17页。
⑤ 范文若著：《梦花酣》卷首，明末范氏《博山堂三种曲》本。

作者之情。”[①]认为曲是由词发展演变而来的，体制上不同，但是都出自作者之真性情。

王骥德《曲律》卷四说：“词曲不尚雄劲险峻，只一味妩媚闲艳，便称合作。”[②]认为词、曲两体的正宗、本色都是柔婉妩媚，与诗有别，更重词、曲风格之同。

明代不少学者卑视词体却推尊曲体，将曲与诗并列。周宪王朱有燉《散曲〈白鹤子·咏秋景〉引》说：“国朝集雅颂正音，中以曲子《天净沙》数阕，编入名公诗列，可谓达理之见矣。体格虽以古之不同，其若可兴、可观、可群、可怨，其言志之述未尝不同也……今曲亦诗也，但不流入　丽淫佚之义，又何损于诗、曲之道哉。”[③]万历时，清懒居士《序吴骚初集》说：“汉以歌，唐以诗，宋以词，迨胜国而宣于曲，迄今盛焉。总之，经风雅为宗，而愤激幽情、锦心慧口相伯仲焉。”[④]崇祯时的爱莲道人于《鸳鸯绦传奇序》中说：“词曲非小道也。”[⑤]闵光瑜《邯郸梦记小引》说：“若曲者，正当与三百篇等观，未可以雕虫小视也。”[⑥]王骥德《曲律》卷四云：“王渼陂好为词曲，客有规之曰：‘闻之太上立德，其次立功，其次立言，公何不留意经世文章？’陂应声曰：‘子不闻其次致曲乎？’”[⑦]这是对以诗、文为正统的主流文学观的突破，曲的价值和地位得到充分的肯定。

明人如王世贞、茅一相、胡应麟、陈继儒、卓人月等常将元曲与宋词并列，认为皆可代表“一代之文学”，充分肯定其新、变的成就，我们亦可理解为他们同时肯定词、曲两体的价值。胡应麟在肯定宋词、元曲价值的同时，却认为品格上曲不如词，他在《庄岳委谈》中说：“汉文、唐诗、宋词、元曲，虽愈趋愈下，要为各极其工。”[⑧]坚持的是正统文学立场。

---

① 卓人月汇选，徐士俊参评，谷辉之校点：《古今词统》卷首，辽宁教育出版社2000年版，第3页。
② 中国戏曲研究院编校：《中国古典戏曲论著集成》（四），中国戏剧出版社1959年版，第179页。
③ 阮芇、吴毓华编：《古典戏曲美学资料集》，文化艺术出版社1992年版，第83页。
④ 吴毓华编：《中国古代戏曲序跋集》，中国戏剧出版社1990年版，第143页。
⑤ 吴毓华编：《中国古代戏曲序跋集》，中国戏剧出版社1990年版，第143页。
⑥ 吴毓华编：《中国古代戏曲序跋集》，中国戏剧出版社1990年版，第164页。
⑦ 中国戏曲研究院编校：《中国古典戏曲论著集成》（四），中国戏剧出版社1959年版，第178页。
⑧ 胡应麟著：《少室山房笔丛》卷三十五，清光绪间广雅书局刻本。

二

清人对词、曲异同做了全方位的论述，基本上涉及了词、曲的各个方面。在词、曲渊源关系上，清人大致上有三种观点。一、主张词、曲同源。或认为词、曲同是渊源于《诗经》：梅花溪上老人《题曲目新编后》云："而词、曲者，亦《国风》、《雅》、《颂》之余韵也。"①张德瀛《词征》卷一云："郑夹漈曰：古之诗，今之词曲也。"②或认同明人提出的词、曲同源于乐府之说。钱泳《曲目新编小序》云："今之词曲，犹古之乐府也，有清庙堂之乐，有饮食燕享之乐。"③张德瀛《词征》卷一云："胡明仲曰：词曲者，古乐府之末造也。"杨恩寿《词余丛话》卷一引张度西语云："词曲之源，出自乐府。虽世代升降，体格趋下，亦是天地间一种文字。"④这种溯源只有在"音乐文学"的坐标下才有一定的意义。实际上，词、曲所配音乐不同，当初皆是时代歌曲，与古代诗歌并无多大关系。溯源太远，并未抓住问题实质。二、主张词、曲同源而异流。杜文澜《憩园词话》卷一云："至词之与曲，则同源别派，清浊判然。"⑤杨恩寿《词余丛话》卷一云："曲与诗、词异流而同源也。"⑥这种观点承认词、曲两体的差异性，是合理的。三、认同曲变于词之说。论证的角度更多：或总说，如《四库全书总目·集部·词曲类总序》云："近体变而词，词变而曲。"⑦焦循《易余籥录》卷十五说："词之体尽于南宋，而金元乃变为曲。"⑧或从音乐角度立论，如清吴乔《答万季野诗问》论述到，又问："《尚书》云：'诗言志，歌咏言，声依永。'则诗乃乐之根本也。乐既变而为元曲，则诗全不关乐事；不关乐事，何以为诗？"答曰："古今之变难言，夫子云：'雅、颂各得其所。'则《三百篇》莫不入

---

① 中国戏曲研究院编校：《中国古典戏曲论著集成》（九），中国戏剧出版社1959年版，第176页。
② 唐圭璋著：《词话丛编》（第五册），中华书局1986年版，第4076页。
③ 中国戏曲研究院编校：《中国古典戏曲论著集成》（九），中国戏剧出版社1959年版，第129页。
④ 中国戏曲研究院编校：《中国古典戏曲论著集成》（九），中国戏剧出版社1959年版，第237页。
⑤ 唐圭璋著：《词话丛编》（第三册），中华书局1986年版，第2859页。
⑥ 中国戏曲研究院编校：《中国古典戏曲论著集成》（九），中国戏剧出版社1959年版，第237页。
⑦ 中国戏曲研究院编校：《中国古典戏曲论著集成》（九），中国戏剧出版社1959年版，第237页。
⑧ 焦循著：《易余籥录》卷十五，清嘉庆刻本。

于歌喉。汉人穷经，声歌、意义，分为二途。太常主声歌，经学之士主意义，即失夫子雅颂正乐之意。而唐人《阳关三叠》，犹未离于诗也。迨后变为小词，又变为元曲，则声歌与诗，绝不相关矣，尚可以《尚书》之意求之乎？”[①]或从文体角度立论，如梅花溪上老人《题曲目新编后》引袁枚的话说：“诗当始于《三百》，一变而为骚、赋，再变而为五、七言古，三变而为五、七言律。诗之余变为词，词之余又变为曲。诗而至于词、曲，不能再变矣。”[②]姚华《菉猗室曲话》卷一《卓徐余慧》云：“词、曲相距，不过一阶；数其宗派，谊犹父、子。”[③]王定耕《白雨斋词话叙》云：“词之为体，诗以为祢，曲以为子。”[④]此外，张宗橚《词林纪事》卷九引《宜春遗事》谓阮阅《洞仙歌》俚词“已为北词开山”[⑤]；万树《词律》卷十二谓赵长卿《有有令》俳词“为北曲之先声”[⑥]等，则进一步注意到俗词对北曲形成的影响。这种观点是从“进化”角度指出了文体演进之一般事实，认为新体必代替旧体，但认为曲完全是由词演化而来，而忽视音乐的决定性影响，则是不科学的。

词、曲尽管有渊源关系，但毕竟是两种文体，自然有明显的差异。杜文澜《憩园词话》卷一云：“近人每以诗词、词曲连类而言，实则各有蹊径。……《古今词话》载周永年曰：‘词与诗、曲界限甚分明，惟上不摹《香奁》，下不落元曲，方称作手。’又曹秋岳司农云：‘上不牵累唐诗，下不滥侵元曲，此词之正位也。’二说诗、曲并论，皆以不可犯曲为重。余谓诗、词分际，在疾徐收纵轻重肥瘦之间，娴于两途，自能体认。至词之与曲，则同源别派，清浊判然。”[⑦]比较通行的看法是，曲于词后出，可以词作曲，而不可以曲作词。沈雄《古今词话·词品》上卷云：“前人有以词而作曲者，断不可以曲而作词。”[⑧]然而有学者指出，词、曲在草创期是很难

---

① 丁福保辑：《清诗话》（上册），上海古籍出版社 1999 年版，第 33 页。
② 中国戏曲研究院编校：《中国古典戏曲论著集成》（九），中国戏剧出版社 1959 年版，第 176 页。
③ 姚华著：《菉猗室曲话》卷一，《庸言杂志》，1913 年。
④ 唐圭璋著：《词话丛编》（第四册），中华书局 1986 年版，第 3748 页。
⑤ 张宗橚编，杨宝霖补正：《词林纪事　词林纪事补正》，上海古籍出版社 1998 年版，第 585 页。
⑥ 万树著：《词律》卷十二，清康熙刻本。
⑦ 唐圭璋著：《词话丛编》（第三册），中华书局 1986 年版，第 2859 页。
⑧ 沈雄著：《古今词话·词品》上卷，上海书店 1987 年影印本。

泾渭分之的，词、曲创作是可以互相借鉴的。刘熙载《艺概·词曲概》云：“未有曲时，词即是曲；既有曲时，曲可悟词。苟曲理未明，词亦恐难独善矣。”[①]而明确论述词曲作法之差异者，则为黄周星《制曲枝语》所言：“诗降而词，词降而曲，名为愈趋愈下，实则愈趋愈难。何也？诗律宽而词律严，若曲则倍严矣。”[②]

清初邹式金《〈杂剧三集〉小引》说：“诗亡而后有骚，骚亡而后有乐府，乐府亡而后有词，词亡而后有曲，其体虽变，其音则一也。声音之道，本诸性情。”[③]邹绮《〈杂剧三集〉跋》云：“诗三百篇不删郑卫，一变而为词，再变而为曲，体虽不同，情则一致。”[④]皆认为词、曲两体，体变音不变，情亦不变，是从内质上看其相同、相通一面。

江顺诒《词学集成》卷一云：“乐府亡而词作，词亡而曲作，非亡也，盖变也。本有所不足，变一格以求胜，而本遂亡。”[⑤]强调曲代词兴，变化是必然的。

清代多数学者主张严分词、曲疆界。沈雄《古今词话·词话》下卷引徐士俊话说：“上不类诗，下不类曲者，词之正位也。”[⑥]沈谦《填词杂说》云：“承诗启曲者，词也，上不可似诗，下不可似曲。然诗、曲又俱可入词，贵人自运。”[⑦]主张曲可入词，但词不可入曲。毛先舒《与沈去矜论填词书》说：“足下论曲与词近，法可通贯。鄙意仍谓尚有畦畛，所宜区别。”黄宗羲《胡子藏院本序》说：“诗降而为词，词降而为曲。非曲易于词，词易于诗也，其间各有本色，假借不得。近见为诗者，袭词之妩媚；为词者，侵曲之轻佻。徒为作家所俘剪耳。”[⑧]徐釚《词苑丛谈》卷一《体制》引董文友《蓉渡词话》云：“仆谓词与诗、曲，界限甚分，似曲不可，似诗仍复不佳；譬如拟六朝文，落唐音固卑，侵汉调亦觉伧父。”[⑨]谢元淮《填词浅说》云：

---

① 刘熙载著：《艺概》，上海古籍出版社1978年版，第123页。
② 中国戏曲研究院编校：《中国古典戏曲论著集成》（七），中国戏剧出版社1959年版，第119页。
③ 邹式金编：《杂剧三集》卷首，清顺治刻本。
④ 邹式金编：《杂剧三集》附，清顺治刻本。
⑤ 唐圭璋著：《词话丛编》（第四册），中华书局1986年版，第3223页。
⑥ 沈雄著：《古今词话·词话》下卷，上海书店1987年影印本。
⑦ 唐圭璋著：《词话丛编》（第一册），中华书局1986年版，第629页。
⑧ 黄宗羲著：《黄梨洲文集》，中华书局1959年版，第377页。
⑨ 徐釚编著，王百里校笺：《词苑丛谈校笺》卷一，人民文学出版社1988年版，第72页。

"词之为体，上不可入诗，下不可入曲。要于诗与曲之间，自成一境。守定词场疆界，方称本色当行。"[①]孙麟趾《词迳》云："近人作词，尚端庄者如诗，尚流利者如曲。不知词自有界限，越其界限，即非词。"[②]陈廷焯《白雨斋词话》卷八云："诗词同体而异用。曲与词则用不同，而体亦渐异。此不可不辨。"[③]江顺诒《词学集成》卷二则从音律方面论述词、曲之别："古歌无缠声，故听之欲卧。乐府有尾句之帮腔(如"妃呼豨"之类)，无增字，亦无缠声。唐人歌七言诗有叠腔(《阳关三叠》之类)，然究嫌板滞。长短句出，而古乐皆废，此古今乐之关键。曲之增字，更多于词，故有曲而歌词亦废。缘缠声多，则声调并淫，虽圣人出，能正庙堂之乐，而不能禁世俗之兴淫哇艳语。古调浸亡，奈之何哉！"[④]词、曲当初作为歌曲，区别是十分明显的，后来成为格律诗，有时则很难区别。坚持"异"，可维护文体"本色"，但过分强调，则束缚了创新。

当然，亦有学者反对严分词、曲疆界。主张从音乐角度看，诗、词、曲三者本为一体，无须强为划界。宋翔凤《乐府余论》云："宋、元之间，词与曲一也。以文写之则为词，以声度之则为曲。"[⑤]刘熙载《艺概 · 词曲概》云："词、曲本不相离，惟词以文言，曲以声言耳。""辞属文，曲属声，……其实辞即曲之辞，曲即辞之曲也。"他引《左传》襄公二十九年《正义》"声随辞变，曲尽更歌"，说"此可为词、曲合一之说"。[⑥]杨恩寿《词余丛话》卷一云："昔人谓'诗变为词，词变为曲，体愈变则愈卑。'是说谬甚。不知诗、词、曲固三而一也，何高卑之有？……诗、词、曲界限愈严，本真愈失。"[⑦]词、曲之"异"是客观存在的，过分强调"同"，亦不科学。

有学者主张以诗为词，以词为曲，以雅化俗，以高化低，反对以词为诗，以曲为词。沈雄说："前人有以词而作曲者，断不可以曲而作词。"[⑧]陈廷焯《白雨斋

① 唐圭璋著：《词话丛编》(第三册)，中华书局 1986 年版，第 2509 页。
② 唐圭璋著：《词话丛编》(第三册)，中华书局 1986 年版，第 2554 页。
③ 唐圭璋著：《词话丛编》(第四册)，中华书局 1986 年版，第 3975 页。
④ 唐圭璋著：《词话丛编》(第四册)，中华书局 1986 年版，第 3230 页。
⑤ 唐圭璋著：《词话丛编》(第三册)，中华书局 1986 年版，第 2498 页。
⑥ 中国戏曲研究院编校：《中国古典戏曲论著集成》(九)，中国戏剧出版社 1959 年版，第 122—123 页。
⑦ 中国戏曲研究院编校：《中国古典戏曲论著集成》(九)，中国戏剧出版社 1959 年版，第 236—237 页。
⑧ 沈雄著：《古今词话 · 词品》上卷，上海书店 1987 年影印本。

词话》卷五云："诗中不可作词语，词中不妨有诗语，而断不可作一曲语，温、韦、晏、史复起，不能易吾言也。"①这是正统文学观念对词、曲创作的要求，是较片面的观点。

王士祯《花草蒙拾》云："词、曲虽不同，要亦不可尽作文字观。此词与乐府所以同源也。"②强调从音乐上区别词、曲，而不应只重语言上的差异，所论有一定道理。

清代学者也注意到词、曲风格的异同。或者是从总体上论其风格之差异：有云词雅而曲俗，如沈雄《古今词话·词评》下卷引孙升执语云："顾宋梅常言词以艳冶为正则，宁作大雅罪人，弗带经生气。词至施子野《花影集》，旖旎极矣，宋梅独痛删之。良以词之视曲，其道甚远，词之去曲，其界甚微，又不能不为词家守壁耳。"③李渔《窥词管见》云："诗有诗之腔调，曲有曲之腔调。诗之腔调宜古雅，曲之腔调宜近俗，词之腔调则雅俗相和之间。"④有云词庄而曲谐，姚华《菉漪室曲话》卷一《卓徐余慧》引《词统》云："词取香丽，既下于诗矣，若再佻薄，则流于曲，故不可也。按：词曲之界，几微而已，词庄而曲谐，是诚有辨。若谓曲尽佻薄，实未必然，盖佻薄亦是曲之末流下乘耳。"⑤是持平之论。或从语言上论之，认为词雅曲俗，曲比词更口语化，如黄图珌《看山阁集闲笔·文学部·词曲》云："其有所不同者，曲贵乎口头语言，化俗为雅；词难于景外生情，出人意表。"⑥或联系时代变迁与文体更迭之关系论之，指出词曲风格差异与时代变迁有关系，如田同之《西圃词说》云："诗变而为词，词变而为曲，历世久远。声律之分合，均奏之高下，音节之缓急过度，不得而尽知。至若作家才思之浅深，初不系文字之多寡。顾世之作曲者，顾皆从《归自谣》铢累寸积，及《莺啼序》而止，中有调名则一，而字之长短

① 唐圭璋著：《词话丛编》（第四册），中华书局1986年版，第3904页。
② 唐圭璋著：《词话丛编》（第一册），中华书局1986年版，第684页。
③ 沈雄著：《古今词话·词评》下卷引，上海书店1987年影印本。
④ 唐圭璋著：《词话丛编》（第一册），中华书局1986年版，第549页。
⑤ 姚华著：《菉漪室曲话》卷一，《庸言杂志》，1913年。
⑥ 黄图珌著：《看山阁集闲笔》，清乾隆十年刻《看山阁集》本。

分殊，安能各得其所。莫如论宫调之可知者叙于前，余以时代论先后为次序，斯在运之升降可知已。”①

李佳《左庵词话》卷下云：“诗与词不同，词与曲境界亦难强合。”②是从“境界”上区别词、曲。

刘熙载《艺概·词曲概》说：“词如诗，曲如赋。”③皆“可补诗之不足”。将词、曲与诗、赋并称，尊崇其体。

有学者认为曲盛而词衰。清王定耕《白雨斋词话叙》云：“元代尚曲，曲愈工而词愈晦。周、秦、晏、史之风，不可复见矣。”④更极端者，认为曲盛而词亡。吴衡照《莲子居词话》卷三云：“金元工于小令套数而词亡。”⑤实际上，词衰只是曲兴的原因之一，但不是根本原因，不应夸大。认为曲兴词亡，更是不合文学史实际的。

有学者比较词、曲得失。姚华《菉漪室曲话》卷一《卓徐余慧》云：“宋词之所短，即元曲之所长。”⑥所说有一定道理，但他将词、曲“短”、“长”完全对立，则是偏激之论。

清代正统文人多以词为“诗余”，曲为“词余”，观念上认为曲不如词价值高。“诗余”、“词余”的“命名”是有其隐含的价值判断的，即认为词不如诗，曲不如词。如《四库全书总目·集部·词曲类总序》对词、曲的评价就是这样的：“词、曲二体在文章、技艺之间，厥品颇卑，作者不贵，特才华之士以绮语相高耳。……究厥渊源，实亦乐府之余音，风人之末派。其于文苑，同属附庸，亦未可全斥为俳优也。”⑦“附庸”二字正反映了主流文学观对词、曲的态度。姚华《论文后编·目录下》第四亦认为：“词与曲同源，词者诗之余，曲者词之余也。”⑧

---

① 唐圭璋著：《词话丛编》(第二册)，中华书局1986年版，第1472页。
② 唐圭璋著：《词话丛编》(第四册)，中华书局1986年版，第3166页。
③ 中国戏曲研究院编校：《中国古典戏曲论著集成》(九)，中国戏剧出版社1959年版，第115页。
④ 唐圭璋著：《词话丛编》(第四册)，中华书局1986年版，第3822页。
⑤ 唐圭璋著：《词话丛编》(第三册)，中华书局1986年版，第2461页。
⑥ 姚华著：《菉漪室曲话》卷一，《庸言杂志》，1913年。
⑦ 永瑢等撰：《四库全书总目》(下册)，中华书局1965年影印本，第1807页。
⑧ 姚华著：《弗堂类稿·论著》甲，中华书局1930年版。

毛先舒则反对“诗余”、“词余”说，他说：“填词不得名诗余，犹曲自名曲，不得名词余。”①田同之《西圃词说》亦云：“谓诗降为词，以词为诗之余，词变为曲，以曲为词之余，殆非通论矣。”②因此，“诗余”、“词余”说只是对词、曲观念上的价值评判，并不能代替事实判断。

王国维在《宋元戏曲考·序》中则以“自然”为最高标准，推崇元曲价值最高，胜过宋词，将曲的价值推向极致。这是对“词余”观念的颠覆。此后，这种观点便成为主流的文学观和文学史观。

正确的态度应是，词、曲各有价值，不必强分高低。

上述可见，历代学者在分析评论词、曲之异同时，更倾向于其中的差异之处，但在对源头的“追认”上，更多地着眼于词、曲之同源。他们对词、曲概念的理解和运用比较混乱，尤其是对于曲的认识还比较模糊，基本上是包括了南曲和北曲、散曲和剧曲的大曲概念，以至于不能清晰地论说。比如王骥德《曲律》总论南、北曲，李渔的《闲情偶寄》更多的是论戏剧，而刘熙载《艺概·词曲概》虽是总论性质的却偏重于散曲方面。历代词曲论家笔下的“词曲”概念往往是多义性的，“词曲”时常合称，或统称词和曲，或单指词或曲，而曲也是时而单指散曲，时而统称散曲、戏曲、戏剧，时而单指三者之一。本书所用某些材料未必是专论散曲的，可是由于散曲与戏曲、戏剧有共通之处，故可用来论说词与散曲之异同。

三

词、曲概念是到了民国时期才渐渐明晰的。1916年，吴梅在《顾曲麈谈·原曲》中说：“曲也者，为宋、金词调之别体。当南宋词家慢、近盛行之时，即为北调榛莽胚胎之日。”1926年，他在《中国戏曲概论》中，亦明确将散曲单独开列，与杂剧、

① 谢章铤著：《赌棋山庄词话》卷八引，唐圭璋著：《词话丛编》（第四册），中华书局1986年版，第3422页。

② 唐圭璋著：《词话丛编》（第二册），中华书局1986年版，第1471页。

传奇相对。1931年，任二北在《散曲概论》卷一《序说》中说："套数小令，总名曰'散曲'。"同卷《名称》中又说："'散曲'二字，自来对'剧曲'而言。惟普通以为凡演故事者谓之剧曲，杂剧、传奇皆是也；凡不演故事者即为散曲。以余所知，则此种解释殊非也。""然则欲为散曲下一定义，或者曰：'凡不须有科白之曲，谓之散曲。'当较妥贴矣。"[①]龙榆生《词曲概论》中说："词和曲都是先有了调子，再按它的节拍，配上歌词来唱的，它是和音乐曲调紧密结合的特种诗歌形式，都是沿着'由乐定词'的道路向前发展的。……它的名称的由来，是从乐府诗中的别名，逐渐扩展成为一种新兴文学形式的总名的。""散曲起源于金、元间普遍流行的民间小调，又叫'清唱'，是对有科白、动作的杂剧来说的。……它的体制和词的小令大致相同，不过用的都是新兴曲调而已。""元人的散曲，是宋词的替身，为一般文人所喜爱。"[②]现代学者对词、曲尤其是散曲概念做了科学界定，将其视为韵文系统内两子文体。从此，词、曲异同研究才真正具有科学性。

现当代学者从体制、题材内容、语言、风格、手法等方面对词、曲异同进行了全方位的探讨。从体制上看，任二北《散曲概论》中说："即曲牌体段，视词为短，大抵当词之引、近而已。"[③]王易《词曲史·明义第一》分别从"结构"、"音律"、"命意"三方面论述词、曲之界。王季思《词曲异同的分析》从句调之参差、字句之重叠、用韵之密三个方面论述词调和曲调的不同之处。赵义山在《元散曲通论》中认为词中小令不是有别于它词的体式的名称，只是让人想到"调短字少"；而曲中小令却演变成了一种体式的总称，让人想到"单片只曲"；"一着眼于同一体式的长短，一着眼于不同体式的类型"。[④]赵先生所论"小令"只有限定在格律诗范畴内才是正确的，若论词体原生态的"小令"，则并不准确。实际上，当初歌词中小令的"令"，是与引、近、慢并称的音乐概念，也是词的一种体式类型，与散曲中的小

① 王小盾、杨栋编：《词曲研究》，湖北教育出版社2004年版，第386—387页。
② 龙榆生著：《词曲概论》，上海古籍出版社1980年版，第3、65、73页。
③ 王小盾、杨栋编：《词曲研究》，湖北教育出版社2004年版，第385页。
④ 赵义山著：《元散曲通论》，上海古籍出版社2004年版，第85—86页。

令并无本质区别。赵义山《元散曲通论》中将张炎《词源》所论虚字和朱权《太和正音谱》所举曲中衬字对比研究后认为，二者的性质大致相同，并进一步提出，曲之衬字和词之虚字有一定渊源关系。[①] 通行观念，强调有衬字是曲区别于词的最重要标志，大体上是对的，但亦不能强调过分。赵先生指出散曲衬字与词虚字的渊源关系，是有见地的。

从声韵格律上看，任二北《散曲概论》说得最为详尽："长短句由词变而为曲，其进化之处，端在长长短短，极尽长短变化之能事。譬如一字之长句，在词中除冷僻之调……所有者之外，其他不见也。在曲中则……贯用之调中，固常见也。……若在曲中……则以上所述词中之两嫌，皆蠲免矣。……更因衬字之法，在词中为偶见，在曲则为常有……观于此，金元长短句之乐府，虽于平仄四声之外，又首创阴阳清浊，而为格律极严之韵文，但其句法之极尽长短变化之能事，实迥非齐梁唐宋诸代长短句乐府所可拟，其极严之处，别有极宽之径。"[②]龙榆生在《词曲概论》中说："在歌词形式上，词和曲的差别：前者的押韵，是上、去二部同用，平声部和入声部各自单独使用；北曲没有入声，其余三声互叶。"[③]王季思等《〈元散曲选注〉前言》云："用韵方面，曲和诗词也有不同。诗词韵分平仄（字分平上去入四声，以上去入三声为仄声），不能错押，但是有时可以转韵。曲则没有入声，平上去三声通押，一韵到底，而且用韵较密，差不多是每句一韵。……这种押韵方法可以使曲词更加顺口动听，有浓厚的声调美。"[④] 任二北、王季思等皆从"进化"角度肯定声韵格律方面曲优于词，有一定道理，但不必笼络地崇曲抑词。

从题材内容上看，任二北《散曲概论》卷二《内容》中论道："词纯而曲杂，词精而曲博。"并从四个方面加以比较："一曰词仅可以抒情写景，而不可以记事言理，记事则易伤浅直，言理则易流野放。曲则记叙抒写，无施不可。""二曰词仅宜

---

① 赵义山著：《元散曲通论》，上海古籍出版社2004年版，第113—115页。
② 王小盾、杨栋编：《词曲研究》，湖北教育出版社2004年版，第389—390页。
③ 龙榆生著：《词曲概论》，上海古籍出版社1980年版，第12页。
④ 王季思等著：《元散曲选注》，北京出版社1981年版，第20页。

于悲，而不宜于喜，曲则悲喜咸宜。”“三曰词仅可以雅，而不可以俗，可以纯而不可以杂。曲则雅俗咸宜，纯杂俱可。兴之所至，雅固可，俗亦何尝不可。我认为这正是曲的妙处：其妙在于借俗写雅，以俗为工，看来似极俗极粗，实则亦雅亦细。”“四曰词宜于庄而不宜于谐，曲则庄谐杂出，幽默纷陈，嘲讥戏谑，极尽喜笑怒骂之能事。散曲之所以重俳体，以其为游戏文字而卑下之，正因为其格式极多，制作无穷，足以尽曲之变，穷曲之妙。”[①]实际上，这并不是纯粹的就内容进行比较，而是比较了题材内容、风格、语言、手法等方面。王易《词曲史·明义第一》从“命意”上比较词、曲之别：“词意宜雅；曲则稍宜通俗。因词为文士大夫所为，类多述怀纪兴之作；而曲则托之优伶乐人，多传神状物之篇。故词可表见作者之性情，而气体尚简要；曲则著重听众之观感，而情韵贵旁流。”[②]

从风格、语言、手法上看，任二北在《词曲概论》卷二《作法》中对词曲“精神”的不同是这样概括的：“总之，词静而曲动，词敛而曲放，词纵而曲横，词深而曲广，词内旋而曲外旋，词阴柔而曲阳刚，词以婉约为主，而别体则为豪放，曲以豪放为主，别体则为婉约，词尚意内言外，曲竟为言外而意亦外。词曲之精神如此，作曲者有以显其精神，斯为合法也。”[③]任先生所说的“精神”即内在特质，是词、曲的本质区别。王易《词曲史·明义第一》论述词、曲之界：“词敛而曲放；词静而曲动；词深而曲广；词纵而曲横。以词笔为曲，不免意徇于辞；以曲法为词，亦将辞浮于意。就散曲言，犹与词近；若云剧曲，则纯为代言体之文，作者方当从事于揣摩剧情，不容有我矣。”[④]王季思《词曲异同的分析》云：“作者旧有《曲不曲》比较词和散曲之风格意境，谓：‘词曲而曲直，词敛而曲散，词婉约而曲奔放，词凝重而曲骏快，词蕴藉含蓄而曲淋漓尽致。以六义言，则词多用比兴，而曲多用赋。以诗为喻，则词近五七言律绝，曲近七言歌行。以文为喻，则词近齐梁小赋，

① 王小盾、杨栋编：《词曲研究》，湖北教育出版社 2004 年版，第 393—397 页。
② 王易著：《词曲史》，东方出版社 1996 年版，第 14 页。
③ 王小盾、杨栋编：《词曲研究》，湖北教育出版社 2004 年版，第 392 页。
④ 王易著：《词曲史》，东方出版社 1996 年版，第 4 页。

曲近两汉京都、田猎诸作。以人为喻，则词如南国佳人，曲如关西莽汉。以山水为喻，则词如秦淮月、钟阜云，曲如雁荡瀑、钱塘潮。’历览古今作者，于此虽不能无例外，而要非其正体。”“词曲风格之不同，由于句调作韵之有异，又由于二者唱法之各别。”“词、曲由于唱法不同，影响到句韵；又由于句调的不同，影响到风格。同源异流，愈去愈远。然曲以风格上宜于奔放，故往往能骏快而不能深沈，虽爽口而不耐咀嚼。”“然南宋以下词家，以过求深沈蕴藉，卒至晦涩莫解者，亦指不胜屈。王静安先生论词，力主不隔，实缘深明曲理，乃思以曲之长矫词之弊。予故深契融斋‘既有曲时，曲可悟词’之言为独得此中三昧也。”[①]周云龙《词敛而曲放——词、曲风格比较之一》中对此进行引申，从“婉约与豪放”、“含蕴与直率”、“雅正与尖新”三个方面分析了词曲风格的不同。[②]应该指出，诸家对词、曲不同的概括是从“正体”、“本色”、“当行”立场做出的，这些区别只是相对的，切忌绝对化。

通行观念，词雅而曲俗。赵义山先生对此说偏颇有所纠正。他在《词曲异同论》一文中说云：“然而，词中亦有少量俗词，……与正宗之曲，并无不同；曲中亦有少量雅曲，与正宗之曲，亦无二致。其异中虽又有同，然其意蕴，已迥然有别：词中之俗词，为曲体之先导；曲中之雅曲，则是向词体之回归。”[③]

王季思等著《〈元散曲选注〉前言》中说：“就表现手法来说，曲和诗词的区别也是明显的。诗词都讲究含蓄蕴藉，偏得使用比喻或象征——也就是比兴的手法。曲则贵‘尖新倩意’，‘豪辣灏烂’，多用直陈白描——也就是赋的手法。每写一件事，一定要把它写得淋漓尽致，不留余蕴。这在篇幅较长在套曲中固然如此，即在小令中也往往这样。”[④]王季思《词曲异同的分析》云：“词曲而曲直，词敛而曲散，……以六义言，则词多用比兴，而曲多用赋。”[⑤]羊春秋《散曲通论》云：“词和曲都是配乐的长短句，形式上有许多相似之处，但仔细推敲一下，就可以发现词

① 王季思著：《玉轮轩古典文学论集》，中华书局1982年版，第327、328、330、332、333页。
② 周云龙主编：《词曲研究的新拓展》，高等教育出版社2003年版，第9—19页。
③ 周云龙主编：《词曲研究的新拓展》，高等教育出版社2003年版，第7页。
④ 王季思等著：《元散曲选注》，北京出版社1981年版，第20页。
⑤ 王季思著：《玉轮轩古典文学论集》，中华书局1982年版，第328页。

与曲无论在形式与特性方面，都有许多差异。如果用中国画来比喻，词是宫苑画，即工笔的花鸟；曲是风俗画，即重彩的年画。析言之，词比较严谨，曲比较自由；词比较清丽，曲比较活泼；词比较雅致，曲比较俚俗；词比较含蓄，曲比较畅达。"[①]所论涉及语言、风格、手法等方面。

洛地在《戏曲与浙江》一书中考论了古代"唱"的两种类型，即"依字声行腔"(以文化乐)的"曲唱"和"以腔传词"(以乐套文)的"歌唱"；洛地认为，元曲的唱即属于"依字声行腔"的"曲唱"，"它并无确定不移的旋律，其'音'通过某些唱曲家所唱的某些曲作而流传"，而元曲调中任意加衬字的现象，正"反映了其唱的节拍无定"。[②]李昌集《中国古代曲学史》说："'曲'在古代及今天的归宿主要在文学。但是，作为音乐文学，'曲'在文学形式上、风格上必然有不同于其它文学品种的自身特性。词文学以'婉约'为主流，散曲文学以'豪放'为特色，与二者的音乐体系、二者的创作群体与接受群体的社会状况，以及现实的文化心态等方面的差异密切相关。但在二者文学演化史上，却又均出现了诸如'格律'与'才情'、'本色'与'文采'、'雅正'与'俚俗'等等流派的分野与文学观念的争辩，其原因，即在二者同是音乐文学。"[③]李先生强调从文化视角比较词曲异同，甚有见地。

赵义山《词曲异同论》对词、曲两体异同做了总体上的论述，他说："无论时代远近，关系亲疏，地位高低，词曲二体都是最为接近，若就比较研究而言，二者之可比亦较诗为多。""词曲二体，若就其同而言，或可谓同源、同质、同体；若就其异而言，或可谓异神、异貌、异味。然而，就其所同者观之，则同中有异；就其所异者观之，则异中有同。"[④]又说"词曲之相同者——同源、同质、同体，多与音乐相关，词曲之相异者——异神、异貌、异味，则多与文学相关。若论二者同异之根源，其同，关键在词曲二体作为音乐文学的本质特征相同；其异，关键在词

① 羊春秋著：《散曲通论》，岳麓书社1992年版，第68页。
② 洛地著：《戏曲与浙江》，浙江人民出版社1991年版，第141—143页。
③ 李昌集著：《中国古代曲学史》，华东师范大学出版社1997年版，第6页。
④ 周云龙主编：《词曲研究的新拓展》，高等教育出版社2003年版，第4页。

曲二体盛行于不同时代，因时代精神，文人心态有异。故论词曲之异同，既须将音乐与文学结合观照，又不能把二者混为一谈。否则，不免模糊笼统，难中肯綮矣！”[①]赵先生指出词、曲两体同作为音乐文学时，其音乐属性与文学属性二位一体不可分离，但又不能等而视之，这是有道理的。

四

我们要分清楚的是，虽然词和曲盛行于宋、元两代，如黄图珌《看山阁集闲笔·文学部·词曲》云：“宋尚以词，元尚以曲，春兰秋菊，各茂一时。”[②]通行观念，词和曲分别代表宋、元两代文学的最高成就。但是，词、曲并不等同于宋词、元曲，词、曲的异同也不等于宋词、元曲的异同。词、曲之异同应该是以历代全部的词、曲为对象的两种文体的异同，而不只是其中一部分的宋词和元曲之异同。

历代所论，“诗余”、“词余”观念，是站在正统文学立场上的文学“退化”观，认为词不如诗，曲不如词，反映出复古、崇古观念。这样评判词、曲价值，与文学史实际相差较远。以正、变观念论词、曲，崇“正体”，贬“变体”，重视“本色”、“当行”，从创作上看利于保持词、曲的文体特性，但同时也阻碍了文体创新。在评价上过轻“变体”的成就，也是片面的。过重词、曲疆界，过重相异处，亦有不合理处。实际上，还应重视词、曲相通、相融处，应重视词的“曲化”和曲的“词化”，重视“破体”。应该看到，每一种文体是动态变化的，在常态之外还有“变态”形式。从时间上看，词作为先于曲产生的文体，其影响曲的创作各方面是自然而然的。曲在创作过程中从词中汲取营养也是顺理成章的事。

词“曲化”，以曲入词，元曲诸名家，其词亦近于曲。赵维江在《略论金元词的曲化倾向》中认为在金元时代词“变化的一个明显特征就是词体的类曲化”。并从风

① 周云龙主编：《词曲研究的新拓展》，高等教育出版社2003年版，第8页。
② 黄图珌著：《看山阁集闲笔》，清乾隆十年刻《看山阁集》本。

格通俗化、叶韵宽泛化、句式灵活性三个方面论述了词的类曲化倾向。[1]杨栋《中国散曲学史研究》云："词的俗化并非就是曲化，曲化仅是俗化现象中的一部分。……词的曲化是有条件、有中间环节的。这个条件或中间环节不是别的，就是前述北宋末盛行的市井通俗歌曲。它如同一口'染缸'，不管是什么品类的乐调，只要被抛入其中，就不能不改变原来的颜色，而沾染俗曲的色彩。旧的词乐只有进入市井俗曲的'染缸'，经过反复浸染，催化，才有可能转化为北曲。……词转化为曲应是一个长期的双向选择、互相适应的融合过程，大概是较为切近事实的。"[2]因此，词的"俗化"和"曲化"应分别看待。反之，曲的"词化"，特征也是明显的，特别是元后期的散曲更与词相近。词、曲两体间的渗透、融合是自然而然的，不必过分固守疆界。

词和曲之所以能作为两种互相区别的文体而存在，肯定有它们作为这一种文体的内在规定性，即让词、曲互相区别，有别于其他文体的基本属性，因为一切文体都是有其独特的基本属性的。那么，作为文体的词、曲，其内在的特质决定了其外在的体式特征，达到一定要求才能算是做到"当行"、"本色"，也才能各守其界，尽管词、曲有交叉互化的情况存在。词和曲，在产生的初期和鼎盛期，大都是合乐可歌的，本质上都是"音乐文学"，是"由乐以定词"的。声与辞或言乐与词，即作为可歌的曲调和作为唱词的文本，是一种共生的关系。所以，"声辞一体化"或言"乐词一体化"是其本质特征。这种"声辞一体化"属性决定了词、曲不仅具有音乐的意义，同时亦有文学的意义。而这当中音乐的属性是占了主导地位的。所以说，音乐的属性决定了词和曲的本质区别。词和曲产生于不同的音乐背景，在"由乐以定词"的前提下，词、曲成为两种不同的文体。这是词、曲两体的原生态区别。但是，随着音乐背景的渐渐消亡，词、曲都不再入乐了，这时取而代之的就是平仄四声的格律了。所以，音乐由格律取而代之，词、曲也就丧失了作为音乐文学的本质属性，衍生为通常意义上的韵文体之两种。这时，它们的本质区

---

① 周云龙主编：《词曲研究的新拓展》，高等教育出版社2003年版，第77—78页。
② 杨栋著：《中国散曲学史研究》，高等教育出版社1998年版，第90页。

别便不是音乐，而只能由形式格律、语言风格、思想情调决定。由于词、曲两体的相互渗透、融合，词的“曲化”，曲的“词化”，雅的“俗化”，俗的“雅化”，两者从内容、风格上已很难区分，这时形式格律便成为区别的主要标志。

第二节 历代词曲异同论再检讨

《历代词曲异同论总检讨》中，有些问题未能充分展开，本节拟在其基础上对历代词曲异同论进行一番“再检讨”。

一

词、曲两体，各有特色，判然分明，历代学者多有精到概括，清黄燮清《寒松阁词题评》云：“词宜细不宜粗；宜曲不宜直；宜幽不宜浅；宜沉不宜浮；宜蓄不宜滑；宜艳不宜枯；宜韵不宜俗；宜远不宜近；宜言外有意，不宜意尽于言；宜寓情于景，不宜舍景言情。以上数条，合之则是，离之则非。合之则为雅音，通于风骚；离之则入于曲调，甚或流为插科打诨、村歌俚唱矣。”细分出词、曲之别。现当代学者在总结前人成就的基础上，对词曲异同问题进行了全面系统的“总账式”论述。任二北《词曲概论》卷二《作法》云：“词静而曲动，词敛而曲放，词纵而曲横，词深而曲广，词内旋而曲外旋，词阴柔而曲阳刚，词以婉约为主，而别体则为豪放，曲以豪放为主，别体则为婉约，词尚意内言外，曲竟为言外而意亦外。词曲之精神如此，作曲者有以显其精神，斯为合法也。”①任氏揭示了词、曲不同的美学风格与精神内质，为后来词、曲比较研究奠定了基础。王易《词曲史·明义第一》亦云：“词敛而曲放；词静而曲动；词深而曲广；词纵而曲横。以词笔为曲，不免意徇于辞；以曲法为词，亦将辞浮于意。就散曲言，犹与词近。”②王季思《词曲异同的

① 王小盾、杨栋编：《词曲研究》，湖北教育出版社2004年版，第392页。
② 王易著：《词曲史》，东方出版社1996年版，第4页。

分析》云："作者旧有《曲不曲》比较词和散曲之风格意境，谓：'词曲而曲直，词敛而曲散，词婉约而曲奔放，词凝重而曲骏快，词蕴藉含蓄而曲淋漓尽致。以六义言，则词多用比兴，而曲多用赋。以诗为喻，则词近五七言律绝，曲近七言歌行。以文为喻，则词近齐梁小赋，曲近两汉京都、田猎诸作。以人为喻，则词如南国佳人，曲如关西莽汉。以山水为喻，则词如秦淮月、钟阜云，曲如雁荡瀑、钱塘潮。'历览古今作者，于此虽不能无例外，而要非其正体。""词曲风格之不同，由于句调作韵之有异，又由于二者唱法之各别。""词、曲由于唱法不同，影响到句韵；又由于句调的不同，影响到风格。同源异流，愈去愈远。然曲以风格上宜于奔放，故往往能骏快而不能深沈，虽爽口而不耐咀嚼。""然南宋以下词家，以过求深沈蕴藉，卒至晦涩莫解者，亦指不胜屈。王静安先生论词，力主不隔，实缘深明曲理，乃思以曲之长矫词之弊。予故深契融斋'既有曲时，曲可悟词'之言为独得此中三昧也。"[①]诸家着重从风格、意境、手法上分析词曲异同。万云骏先生将词曲之别归纳为下列数条：(一)诗、词贵雅，曲则尚俗。(二)诗、词贵含蓄，曲则尚显露。(三)诗，赋、比、兴并用；词，比、兴多于赋；曲则赋、比多于兴。(四)诗、词忌纤巧，曲则贵尖新。(五)诗、词忌油滑，而曲则时带诙谐。"总之，曲能容俗，曲尚显露，曲贵尖新，曲带戏谑，这四个方面，构成了元曲的本色。"[②]李昌集《中国古代曲学史》认为："词文学以'婉约'为主流，散曲文学以'豪放'为特色，与二者的音乐体系、二者的创作群体与接受群体的社会状况，以及现实的文化心态等方面的差异密切相关。"[③]将词、曲不同概括为"婉约"与"豪放"风格上的区别。许多论者均持此观点，周云龙《词敛而曲放——词、曲风格比较之一》从"婉约与豪放"、"含蕴与直率"、"雅正与尖新"三个方面分析了词曲风格的不同[④]。赵义山《词曲异同论》云："所谓异貌，此就词曲二体之文体风貌而言。词之为体，以婉约为正宗，

① 王季思著：《玉轮轩古典文学论集》，中华书局 1982 年版，第 327—333 页。
② 万云骏著：《诗词曲欣赏论稿》，中国社会科学出版社 1986 年版，第 359—366 页。
③ 李昌集著：《中国古代曲学史》，华东师范大学出版社 1997 年版，第 6 页。
④ 周云龙主编：《词曲研究的新拓展》，高等教育出版社 2003 年版，第 9—19 页。

豪放为变体。……曲之为体，以豪放为正宗，以清丽为别派。”[①]张晶在《论元散曲的“陌生化”》中明确从抒情方式上区分词、曲：“元曲在抒情方式上与诗词有很大不同。诗、词大都以含蓄蕴藉为标准，讲究‘言有尽而意无穷’。曲则不然。曲的抒情方式则以明快淋漓为佳。正如王骥德所说：‘曲则惟吾意之欲至，口之欲宣，纵横出入，无之而无不可也，故吾谓：快人情者，要毋过于曲也。’这正是曲的抒情特征。”“曲的语言却不避俚俗，‘贵浅不贵深’，这是曲的‘当行本色’之一。”[②]

总之，词、曲两体，完全相反，词的特色是静、敛、纵、深、内旋、阴柔、婉约、意内言外、曲、凝重、蕴藉含蓄、多比兴、雅、忌纤巧、忌油滑，曲的特色是动、放、横、广、外旋、阳刚、豪放、言外而意亦外、直、骏快、淋漓尽致、多赋比、俗、重尖新、带诙谐，表现在风格、意境、手法等各个方面。较之前人，现当代学者对词曲异同的概括，更具体、系统、全面，更具理论性与逻辑性。

必须指出，这种概括只具有一定条件下的合理性。他们所论述的“词”，主要指的是宋词，而非元、明、清词；“曲”，主要指的是元曲，而非明、清曲。实际上，词、曲并不等同于宋词、元曲，词、曲异同也不等于宋词、元曲异同。词、曲异同应该是以历代全部的词、曲为对象的两种文体的异同。这种概括，缺陷是明显的，它遮蔽了前后各代词、曲的价值，轻视词史、散曲史发展的承继性和延续性。

另一方面，诸家所论，主要针对的是宋词中“正体”的“婉约”词而非“变体”的“豪放”词或其他风格的词；元曲中，主要针对的是“北曲”而非“南曲”。实际上，南北曲的区别是非常明显的，魏良辅《曲律》云：“北曲以遒劲为主，南曲以宛转为主，各有不同。”[③]沈雄《古今词话》引《艺苑卮言》曰：“词之变者曰曲。金元入主中国，所用音乐嘈杂凄紧，词不能按，更为新声以媚之，则有南北曲。北字多而调促，促处见筋。南字少而调缓，缓处见眼；北则辞情多而声情少，南则词情少而声

① 周云龙主编：《词曲研究的新拓展》，高等教育出版社2003年版，第7页。
② 张晶著：《辽金元文学论稿》，北京广播学院出版社2004年版，第368页。
③ 魏良辅著：《魏良辅曲律》，明崇祯十年《吴骚合编》卷首附刻本。

情多；北力在弦，南力在板；北宜和歌，南宜独奏；北气易粗，南气易弱。此吾论曲三昧语。”[①]康海《沜东乐府序》云：“南词主激越，其变也为流丽；北曲主慷慨，其变也为朴实。惟朴实，故声有矩度而难借；惟流丽，故唱得宛转而易调。”[②]词曲异同，绝不只是其中一部分“正体”词、曲的异同。此论也遮蔽了“变体”词、曲的价值。这样，原本丰富完整的词史、散曲史，遂变成片断的、残缺的。

过重词、曲疆界，过重其“异”，亦有不合理处。已有学者对此问题进行反思，如王季思在《与罗忼烈教授论元曲书——如何评价元散曲》中说：

> 您（罗忼烈）在《元曲三百首笺·凡例》里说：“曲于六义，少用比兴，常尊赋体。径写胸臆，不重寄托，以直写为能事。韵味固宜隽永，词旨必求显豁，要不当吞吐滞涩。”事实正是如此。但从散曲的历史发展看，它最初起源于华北东北的民间，又逐渐集中到大都汴梁等都市传唱。燕赵多慷慨悲歌之士，辽金传马上杀伐之音，这就在传统的诗词之外，形成别具一格的诗歌风貌。及元蒙统一中国，南方封建经济的恢复较北方为快。北方人为逃避政治动乱，大都南来杭州、扬州等城市寄寓。受到南方文人的影响，散曲创作逐渐摆脱了原来的蒜酪味儿，接受了传统诗歌尤其是南词的影响，越来越典雅、妩媚，乔梦符、张可久就是代表这个创作倾向的。五四运动提倡平民文学，尊尚民间歌谣，学者受其影响，比较重视关马姚卢等本色当行之作，这是对的。但如因此就看不到后来乔张等吸收传统诗词手法，在艺术上取得的一些成就，就未免是一种偏见。[③]

间接指出过分强调词、曲分界的弊端。杨栋认为：“任氏以豪放与清丽划分

① 唐圭璋著：《词话丛编》（第一册），中华书局1986年版，第793页。
② 康海著：《沜东乐府》卷首，江苏广陵古籍刻印社1979年版。
③ 王小盾、杨栋编：《词曲研究》，湖北教育出版社2004年版，第417页。

散曲派别，本身存在着一定缺陷或局限，因为前者倾向于内容而后者偏重于辞采，并不能完全在同一逻辑平面上构成对待。”[①]以“婉约”、“豪放”两分法论词、曲，是二元对立的两极思维模式，难免偏激。其实，词、曲的相通、相融普遍存在，应重视词的“曲化”和曲的“词化”，重视“变体”。应该看到，每一种文体都是动态变化的，在“常态”之外还有“变态”形式。从时间上看，词作为先于曲产生的文体，影响曲的各个方面是自然而然的。明、清词曲在创作过程中相互汲取营养，也是顺理成章的事。

两极思维，一分为二，过分强调词、曲的对立，而轻视其交融处，弊端明显。上述诸家之论，不应当作“定论”来接受。如以“一分为三”思维，重视中庸、中和，重视词、曲两体相互交融的“中间状态”，我们对词曲的认识会更合理些。词曲异同，不仅仅是两极的“异”和“同”，还应是同中之异和异中之同。

二

历代论者多从“本色”、“正变”层面论词曲异同。明张綖《诗余图谱·凡例》后所附按语中说：“词体大略有二：一体婉约，一体豪放。……大抵词体以婉约为正，故东坡称少游今之词手，后山评东坡词虽极天下之工，要非本色。”[②]“正”，即正宗、正体。他首次提出“正”的概念，认为秦观式的婉约才是词体正宗，东坡之词并非词之“本色”。此论确有独到处，故影响深远。王世贞首次对词体“正变”问题进行完整的阐述：“之诗而词，非词也。之词而诗，非诗也。言其业，李氏、晏氏父子、耆卿、子野、美成、少游、易安，至矣，词之正宗也。温、韦艳而促，黄九精而险，长公丽而壮，幼安辨而奇，又其次也，词之变体也。”[③]他不满苏、辛等“豪放”一派，因为他们不符合“秾情致语”之标准，是“变体”，婉约才为词之正宗。

---

① 杨栋著：《中国散曲学研究史续编》，山东大学出版社 1998 年版，第 186 页。
② 游元泾校刊：《增正诗余图谱》卷首，明万历刊本。
③ 唐圭璋著：《词话丛编》（第一册），中华书局 1986 年版，第 385 页。

凌濛初《南音三籁·凡例》云："曲分'三籁'：其古质自然、行家本色者为'天'；其俊逸有思、时露质地者为'地'；若但得粉饰藻绘、沿袭靡词者，虽名重词流，声传里耳，概谓之'人籁'而已。"曲以"自然"为本色。王骥德《曲律》云："词曲不尚雄劲险峻，只一味妩媚闲艳，便称合作。"[①]则以"妩媚闲艳"为当行。清黄图珌《看山阁集闲笔·文学部·词曲》云："曲贵乎口头语，化俗为雅；词难于景外生情，出人意表。""元人白描，纯是口头言语，化俗为雅。亦不宜过于高远，恐失词旨；又不可过于鄙俚，恐类乎俚下之谈也。其所贵乎清真，有元人白描本色之妙也。"[②]曲的可贵处在于口头语，通俗而不低俗，重"白描"，方称"本色"。孙麟趾《词迳》云："近人作词，尚端庄者如诗，尚流利者如曲。不知词自有界限，越其界限，即非词。"[③]沈雄《古今词话》引徐士俊语："上不类诗，下不类曲者，词之正位也。"[④]皆以"本色"、"正变"为标准区分词、曲。

词和曲之所以能作为两种相互区别的文体而存在，肯定有它们作为这一种文体的内在规定性，即让词、曲有别于其他文体的基本属性，因为一切文体都是有其独特性的。作为文体的词、曲，其内在的特质决定了其外在的体式特征，达到一定要求才能算是"当行"、"本色"。词和曲在产生的初期和鼎盛期，大都是合乐可歌的，本质上都是"音乐文学"，是"由乐以定词"的。声与辞或曰乐与词，即作为可歌的曲调和作为唱词的文本，是一种"共生"的关系。所以，"声辞一体化"或曰"乐词一体化"是其本质特征。这种"声辞一体化"属性决定了词、曲不仅具有音乐的意义，同时亦有文学的意义。而这当中音乐的属性是占了主导地位的。所以说，音乐的属性决定了词和曲的本质区别。词和曲产生于不同的音乐背景，在"由乐以定词"的前提下，词、曲成为两种不同的文体。这是词、曲两体的"原生态"区别。但是，随着音乐的渐渐消亡，词、曲都不再入乐了，这时取而代之的就是平仄四声的格律了。音乐由格律取而代之，词、曲也就丧失了作为"音乐文学"的本

① 王骥德著：《曲律·杂论》下，诵芬室丛刊本。
② 黄图珌著：《看山阁集闲笔》，清乾隆十年刻《看山阁集》本。
③ 唐圭璋著：《词话丛编》（第三册），中华书局1986年版，第2554页。
④ 唐圭璋著：《词话丛编》（第一册），中华书局1986年版，第794页。

质属性，衍生为通常意义上的韵文体之两种。这时，它们的本质区别便不是音乐，而只能由形式格律、语言风格、思想情调决定。明人孟称舜《古今词统序》云：

> 盖词与诗、曲，体格虽异，而本于作者之情。古来才人豪客，淑姝名媛，悲者喜者，怨者慕者，怀者想者，寄兴不一：或言之而低徊焉，宛恋焉；或言之而缠绵焉，凄怆焉；又或言之而嘲笑焉，愤怆焉，淋漓痛快焉。作者极情尽态，而听者洞心耸耳。如是者皆为当行，皆为本色。

作者以本于性情为诗、词、曲之“当行”、“本色”，而不论可歌与否，正是出于对此的认可。由于词、曲两体的相互渗透、融合，词的“曲化”，曲的“词化”，雅的“俗化”，俗的“雅化”，两者从内容、风格上已很难区分，这时形式格律便成为区别的主要标志。若一味以“正变”观念论词、曲，重“本色”，轻“别调”，崇“正体”，贬“变体”，从创作上看，利于保持词、曲的文体“纯洁性”，但同时也限制了文体创新和发展。

元代虞集《〈中原音韵〉序》云：“我朝混一以来，朔南暨声教，士大夫歌咏，必求正声，凡所制作，皆足以鸣国家气化之盛，自是北乐府出，一洗东南习俗之陋。”①指出词、曲不同，与时代、地域有关。宋朝地理位置偏南，词风偏于婉约柔弱，“北乐府”即元曲的出现，豪放骏快，正是对此弊的救赎。词、曲分别代表宋、元两个朝代与南、北两个地域不同风格的文化。

词曲异同，还与作者的性情、个性有关。李渔《窥词管见》云：“作词之难，难于上不似诗，下不类曲，不淄不磷，立于二者之中。大约空疏者作词，无意肖曲，而不觉彷佛乎曲。有学问人作词，尽力避诗，而究竟不离于诗。”②

---

① 周德清著：《中原音韵》卷首，元刻本。
② 唐圭璋编：《词话丛编》（第一册），中华书局1986年版，第549页。

三

词、曲价值论问题是词曲异同论的重要议题，历代论者对词曲的品第高下大致有三种观点，表现出多元的文体价值观。

一、词曲等值

论者认为词、曲价值是一致的，无高下之分。又分两种情况：一种是认为词、曲的价值同样低劣卑下，均比不上诗歌，更比不上散文。如茅一相《曲藻跋》云："唐之诗，宋之词，元之曲，……惟词曲之品稍劣。……大都二氏之学，贵情语不贵雅歌，贵婉声不贵劲气，夫各有其至焉。"[①]《四库全书总目·集部·词曲类总序》云："词、曲二体在文章、技艺之间，厥品颇卑，作者弗贵，特才华之士以绮语相高耳。然三百篇变而古诗，古诗变而近体，近体变而词，词变而曲，层累而降，莫知其然。究厥渊源，实亦乐府之余音，风人之末派。其于文苑，同属附庸，亦未可全斥为俳优也。"[②]"附庸"二字正反映了正统文人鄙视词、曲的观念。

另一种观点认为词、曲同样有价值，可与诗并列，不应轻视。清人毛先舒反对"诗余"、"词余"说，他说："填词不得名诗余，犹曲自名曲，不得名词余。"[③]田同之《西圃词说》亦云："谓诗降为词，以词为诗之余，词变为曲，以曲为词之余，殆非通论矣。"[④]黄图珌《看山阁集闲笔·文学部·词曲》云："宋尚以词，元尚以曲，春兰秋菊，各茂一时。"[⑤]杨恩寿《词余丛话》卷一云："昔人谓'诗变为词，词变为曲，体愈变则愈卑。'是说谬甚。不知诗、词、曲固三而一也，何高卑之有？"[⑥]杨

---

① 中国戏曲研究院编校：《中国古典戏曲论著集成》（四），中国戏剧出版社 1959 年版，第 38 页。
② 永瑢等撰：《四库全书总目》（下册），中华书局 1965 年影印本，第 1807 页。
③ 谢章铤著：《赌棋山庄词话》卷八引，唐圭璋著：《词话丛编》（第四册），中华书局 1986 年版，第 3422 页。
④ 唐圭璋著：《词话丛编》（第二册），中华书局 1986 年版，第 1471 页。
⑤ 黄图珌著：《看山阁集闲笔·文学部·词曲》，清乾隆十年刻《看山阁集》本。
⑥ 中国戏曲研究院编校：《中国古典戏曲论著集成》（九），中国戏剧出版社 1959 年版，第 236 页。

氏与《四库全书总目》作者“退化论”唱反调，认为诗、词、曲无高卑之分，见解深刻。刘熙载《艺概·词曲概》认为“词如诗，曲如赋”，皆“可补诗之不足”[①]。将词、曲与诗、赋并称，尊崇其体。

二、词高于曲

正统文人以词为“诗余”，曲为“词余”，观念上认为曲不如词价值高。明代徐复祚云：“词曲，金元小技耳，上之不能博高名，次复不能图显利，拾文人唾弃之余，供酒间谑浪之具，不过无聊之计，假此以磨岁耳，何关世事！”[②]姚华《论文后编·目录下》第四亦认为：“词与曲同源，词者诗之余，曲者词之余也。”[③]“诗余”、“词余”的“命名”即有其隐含的价值判断，即认为词不如诗，曲不如词。如《四库全书总目》在存目中仅著录了张可久和王九思的散曲集，且斥为“可谓敝精神于无用”，“与伶宫歌妓较短长”。[④]散曲的价值比词更低。实际上即认为曲不如词。

有些学者以“上”、“下”论述词、曲价值，表现出重词轻曲的倾向。黄宗羲《胡子藏院本序》说：“诗降而为词，词降而为曲。非曲易于词，词易于诗也，其间各有本色，假借不得。”[⑤]“降”，包含着“由上而下”的含义，词降而为曲，即词为“上”，曲为“下”。谢元淮《填词浅说》云：“词之为体，上不可入诗，下不可入曲。要于诗与曲之间，自成一境。守定词场疆界，方称本色当行。”[⑥] 姚华《菉漪室曲话》卷一《卓徐余慧》引《词统》云：“词取香丽，既下于诗矣，若再佻薄，则流于曲，故不可也。”[⑦]诗为上，词下于诗，曲又下于词。论者多主张以诗为词，以词为曲，以雅化俗，以上化下，以高化低，反对以词为诗，以曲为词。沈雄《古今词话·词

① 中国戏曲研究院编校：《中国古典戏曲论著集成》（九），中国戏剧出版社 1959 年版，第 115 页。
② 徐复祚著：《曲论》附录，中国戏曲研究院编校：《中国古典戏曲论著集成》（四），中国戏剧出版社 1959 年版，第 244 页。
③ 姚华著：《弗堂类稿·论著》甲，中华书局 1930 年版。
④ 永瑢等撰：《四库全书总目》（下册），中华书局 1965 年影印本，第 1836 页。
⑤ 黄宗羲著：《黄梨洲文集》，中华书局 1959 年版，第 377 页。
⑥ 唐圭璋著：《词话丛编》（第三册），中华书局 1986 年版，第 2509 页。
⑦ 姚华著：《菉漪室曲话》卷一，《庸言杂志》，1913 年。

品》上卷云："前人有以词而作曲者，断不可以曲而作词。"[1]陈廷焯《白雨斋词话》卷五云："诗中不可作词语，词中不妨有诗语，而断不可作一曲语，温、韦、晏、史复起，不能易吾言也。"[2]这是正统文人对词、曲的态度。

历代所论，"诗余"、"词余"观念，是站在正统文学立场上的文学"退化"观，认为词不如诗，曲不如词，反映出复古、崇古观念。这样评判词、曲价值，与文学史实际相差较远。

三、曲高于词

元人对自己时代的曲是自信的。虞集《〈中原音韵〉序》云："一代之兴，必有一代之绝艺足称于后世者：汉之文章，唐之律诗，宋之道学，国朝之今乐府，亦开于气数音律之盛。"[3]更将元曲抬高到与汉文、唐诗、宋理学并列的地位，甚至胜过宋词。

明代不少学者卑视词体而推尊曲体，将曲与诗并列。周宪王朱有燉散曲《白鹤子·咏秋景引》说："国朝集雅颂正音，中以曲子《天净沙》数阙，编入名公诗列，可谓达理之见矣。体格虽与古之不同，其若可兴、可观、可群、可怨，其言志之述未尝不同也……今曲亦诗也，但不流入秾丽淫佚之义，又何损于诗、曲之道哉。"[4]王骥德《曲律》卷四云："王渼陂好为词曲，客有规之曰：'闻之太上立德，其次立功，其次立言，公何不留意经世文章？'渼陂应声曰：'子不闻其次致曲乎？'"[5]这是对以诗、文为正统的主流文学观的突破，曲的价值和地位得到充分的肯定。

王国维以"自然"为最高标准，推崇元曲胜过宋词，将曲的价值推向极致。这是对传统"词余"观念的颠覆，具有一定程度上的合理性，但缺陷也是明显的。"自

---

① 沈雄著：《古今词话·词品》上卷，上海书店 1987 年影印本。
② 唐圭璋著：《词话丛编》（第四册），中华书局 1986 年版，第 3904 页。
③ 周德清著：《中原音韵》卷首，元刻本。
④ 阮芾、吴毓华编：《古典戏曲美学资料集》，文化艺术出版社 1992 年版，第 83 页。
⑤ 中国戏曲研究院编校：《中国古典戏曲论著集成》（四），中国戏剧出版社 1959 年版，第 178 页。

然”是早期北曲的特质，并不适用于元代后期及明清雅化的曲。最早的“原生态”的词本身就是通俗浅白、豪爽泼辣的，是“自然”的，和散曲的“原生态”特点一致。王国维是将曲的“原生态”与“衍生态”即诗化、律化、雅化以后的词进行对比，认为曲“自然”而词不“自然”，这样立论，难免片面。

其实，王国维以前，许多论者都肯定词的“自然”特质。元陆行直《词旨》上云：“古人诗有翻案法，词亦然。词不用雕刻，刻则伤气，务在自然。”[①]李渔《窥词管见》云：“‘一气如话’四字，前辈以之赞诗，予谓各种之词，无一不当如是。……‘如话’之说，即谓使人易解，是以白香山之妙论，约为二字而出之者。千古好文章，总是说话，只多者也之乎数字耳。”[②]彭孙遹《金粟词话》云：“词以自然为宗，但自然不从追琢中来，便率易无味。”[③]李佳《左庵词话》卷上说：“词有发于天籁，自然佳妙，不假工力强为。”[④]沈祥龙《论词随笔》亦云：“词以自然为尚。自然者，不雕琢，不假借，不着色相，不落言诠也。”[⑤]王国维之论，单纯强调曲之“自然”，是对词“自然”特质的“遮蔽”，不应当作“定论”来接受。

第三节　“唐诗宋词”说评议

若问唐宋“一代之文学”，多数学者会毫不犹豫地回答说是“唐诗宋词”，“唐诗宋词”说几乎成为“定论”。当从纯学理层面上重新审视时，我们便有许多疑问。此议题在《词为宋代“一代之文学”说质疑》中有所论及，兹进一步展开论证。

---

① 唐圭璋著：《词话丛编》(第一册)，中华书局1986年版，第301页。
② 唐圭璋著：《词话丛编》(第一册)，中华书局1986年版，第554页。
③ 唐圭璋著：《词话丛编》(第一册)，中华书局1986年版，第721页。
④ 唐圭璋著：《词话丛编》(第四册)，中华书局1986年版，第3105页。
⑤ 唐圭璋著：《词话丛编》(第五册)，中华书局1986年版，第4052页。

一

“唐诗宋词”说是“一代有一代之文学”说的重要组成部分，两者是“子命题”与“母命题”的关系。因此，必须紧密联系“一代有一代之文学”说进行论述。早在南宋，洪迈即有“一代有一代之文学”意识，他说：“唐人小说不可不熟，小小情事，凄婉欲绝，洵有神遇而不可自知者，与诗律可称一代之奇。”①“一代之奇”大体上即指“一代之文学”，洪迈推出唐代律诗代表“一代之文学”，这一观点成为“唐诗”说的源头。“唐诗宋词”相提并论，最早可追溯到金元之际的刘祁，他说：“唐以前诗在诗，至宋则多在长短句，今之诗在俗间俚曲。”②刘祁之论可称“唐诗宋词”说的雏形。元代罗宗信《〈中原音韵〉序》说：“世之共称唐诗、宋词、大元乐府，诚哉！”③说明元代后期，“唐诗宋词”已是“通行”的说法了。元末明初的叶子奇说：“唐之词不及宋，宋之词胜于唐，诗则远不及也。”④实际上也是认同“唐诗宋词”说。杨慎《词品》卷二说：“宋之填词为一代独艺，亦犹晋之字、唐之诗，不必名家而皆奇也。”⑤“唐诗宋词”是明中叶以后的流行说法。茅一相《题词评〈曲藻〉后》、胡应麟《欧阳修论》、《庄岳委谈》等，皆在韵文系统内肯定“唐诗宋词”，认为唐诗胜过宋元诗，宋词胜过元明词。清代，“唐诗宋词”说仍然是通行观点。吴伟业《北词广正谱》序、尤侗《己丑真风记序》、顾彩《清涛词序》、焦循《易余龠录》卷十五等，皆以“唐诗宋词”为“一代之文学”。可见，“唐诗宋词”说确是历代流行的观点，现当代学者的观点便是此说的自然承继。

学者信奉“唐诗宋词”说，却往往忽视古人的另一种观点，即“唐诗宋文”说。元代虞集《〈中原音韵〉序》云：“一代之兴，必有一代之绝艺足称于后世者：汉之文

---

① 陈世熙辑：《唐人说荟·例言》引，清乾隆刻本。
② 刘祁著：《归潜志》卷十三，中华书局 1983 年版，第 145 页。
③ 周德清著：《中原音韵》卷首，元刻本。
④ 叶子奇著：《草木子》卷四，中华书局 1959 年版，第 70 页。
⑤ 唐圭璋著：《词话丛编》（第一册），中华书局 1986 年版，第 462 页。

章，唐之律诗，宋之道学，国朝之今乐府，亦开于气数音律之盛。”①虞集是正统“大文学”观念，故将唐诗（律诗）与宋道学家文并提，这一观点被明清不少学者所接受。叶子奇《草木子》卷四、曹安《谰言长语》卷上，皆将宋理学家文与唐诗并提，艾南英《〈今文定〉序》亦将“唐诗宋文”并列。李渔《闲情偶寄·结构第一》说：“‘汉史’、‘唐诗’、‘宋文’、‘元曲’，此世人口头语也。”②可见，明末清初通行的不只是“唐诗宋词”说，还有“唐诗宋文”说。元明清三代，“唐诗宋文”并提，以“宋文”（性理文、理学、道学）代表“一代之文学”，是正统主流文学观和文学史观。而“唐诗宋词”并提，以“宋词”代表“一代之文学”，仅代表非主流的边缘的文学观和文学史观，两种观点一直并行。

近现代许多学者皆认同“唐诗宋词”说。王国维《宋元戏曲考·序》云：“凡一代有一代之文学，楚之骚，汉之赋、六代之骈语，唐之诗，宋之词，元之曲，皆所谓一代之文学，而后世莫能继焉者也。”③王氏引进近代西方“纯文学”观念，特别重视词、曲、小说，这与传统“大文学”观念鄙视词、曲、小说是不同的。王国维那里，宋词与唐诗才真正可以相提并论，无尊卑高下之分。胡适认为白话文学是中国文学的正宗，《南宋的白话词》中，他将词看作白话文学的代表，认为宋词的价值超过正统文学的诗文。词体之尊，达到极致。这时，“宋词”彻底摆脱了卑下的“身份”，与“唐诗”平起平坐，成为现代观念的文学史上的主流文体。胡云翼《宋词研究》仍是发挥王国维、胡适的观点，强调只有新文体，才有资格称“时代文学”。论唐宋“一代之文学”，只有唐诗（律诗）和宋词这两种新诗体才有资格。焦循、王国维的观点经由胡适、胡云翼等人的阐发、改造，自然地进入现代学术。从此，“唐诗宋词”为“一代之文学”，作为主流观念影响学术界。胡适将王国维及其以前人的“唐诗宋词”说“误读”为“唐诗宋词”胜过同时代其他文体，代表“一代之文学”。胡适以后，“唐诗宋词”说几乎成为“定论”，谈及唐宋“一代之文学”，很

---

① 周德清著：《中原音韵》卷首，元刻本。
② 李渔著，单锦珩校点：《闲情偶寄》，浙江古籍出版社 1985 年版，第 2 页。
③ 王国维著：《王国维文学论著三种》，商务印书馆 2001 年版，第 57 页。

少有人再提"唐诗宋文"了。"唐诗宋文"说由本来的主流退为边缘,"唐诗宋词"说则由边缘上升为主流。这是对传统文学观和文学史观的"革命"性"反动"和"颠覆",影响深远。

近现代,"唐诗宋词"说盛行时,仍有人坚持传统主流文学观念,认为"宋文"才能真正代表"一代之文学",而宋词是没有资格的。1910 年出版的林传甲《中国文学史》论宋代文学时,仍只谈诗文,不谈词,同时黄人《中国文学史》也是如此。宋词进入文学史的资格都没有,当然更没有资格代表"一代之文学"。谢无量《中国大文学史》认为,唐文学之特质,仅在诗歌,宋文学之特质,则在经学文章之发达。他以传统"大文学"观念肯定"经学文章"是宋代文学的"特质"。曾毅说:"唐之取士以诗赋,宋之取士以策论,故宋之文学,不在诗而在文。"①亦认为"唐诗宋文"为"一代之文学"。钱钟书先生早对"一代有一代之文学"说提出质疑:"唐诗遂能胜唐文耶,宋词遂能胜宋诗若文耶?"②钱先生实际上认为唐诗的成就不及散文,宋词的成就不及诗文,"唐诗宋词"皆没有资格代表"一代之文学",其观点是传统主流文学观念的承继,也是对现代盛行的"唐诗宋词"说的重新"颠覆"。这种观点极有价值,可惜未引起学界的重视。

二

长期以来,学界对"唐诗宋词"说多是笼统看待,未作深究,实是未真正认识它的内涵和价值。

"唐诗宋词"说只具特定角度、一定程度上的合理性。当以"合乐"、"可歌"为"真诗"标准,唐律诗多可歌,古体诗多不可歌,宋词可歌而宋诗不可歌,"唐诗宋词"实指"唐律诗宋词",放在音乐文学系统内,可称"一代之音乐文学"。唐律诗在律诗系统内与宋元明清律诗相较,宋词在词史系统内与唐五代词、元明清词相较,

---

① 曾毅著:《订正中国文学史》(下),上海泰东书局 1930 年版,第 69—70 页。

② 钱钟书著:《谈艺录》,生活·读书·新知三联书店 2001 年版,第 99—100 页。

成就最高，因此可称“一代之文学”，实指“一代之文体”。以现代“纯文学”观念看，唐宋文(特别是古文)多非文学成分，不合纯文学标准，而律诗和词是纯文学文体，且最具时代特色，故可称“一代之文学(纯文学)”。从上述这些角度看，说“唐诗宋词”为“一代之文学”，才是合理的或比较合理的。

“唐诗宋词”说的局限性是显而易见的。它过重诗词两体在唐宋两代的“专”、“绝”、“胜”，过轻它们在前后各代的成就，李梦阳、何景明等甚至认为“宋无诗”。实际上，先秦汉魏古诗成就皆极高，唐人自己也自愧弗如，宋诗成就亦大，唐五代词已取得很高成就，元词、清词成就亦不低。“唐诗宋词”说“遮蔽”了前后各代诗词的价值和成就。

“唐诗宋词”说将“文体”兴衰等同于“朝代”兴亡，过重文体与朝代的对应关系，认为文体演变主要靠外力推动，轻视文体自身演变的自主性、自律性。胡应麟说宋元时，“词胜而诗亡矣，曲胜而词亡矣”。[①]认为宋代因诗亡而词兴，元代因词亡而曲兴，词体兴以诗体亡为前提，文体兴衰与朝代兴亡是同步关系。实际上，朝代亡，文体不会随之而亡，唐初诗风仍是梁陈和隋代诗风的延续，宋初近百年诗坛盛行的是白体、晚唐体和西昆体，与中晚唐五代诗风一脉相承，并未因朝代更替而有多大改变。文体演变是一渐进过程，可经历几个朝代，一个朝代灭亡并不意味着某一文体的消亡，某一文体仍会按自身规律发展。文化发展演变有较持久的惯性，文体也有自身的演变规律，不因改朝换代而突然中断，各朝代初期文坛皆直接承继前代文坛绪余。按一般历史规律，新的王朝初建时，忙于军事征服、政治统一和经济恢复，重建新秩序，一时还难以顾及文化建设。身处改朝换代之际的文人适应新王朝的意识形态也有一个过程，文化观念的改变不像政权更替那样快，往往带有滞后性。朝代更替是突变的，文化演进是渐变的，文体发展也是渐变的，两个朝代之间界限分明，文体发展却气脉不断。代表某一朝代的文学特质总是在立国相当长的一段时间内才确立。此说轻视文体自身的稳定性和延续

① 胡应麟著:《诗薮》内编卷一，上海古籍出版社1979年版，第1页。

性，“遮蔽”了文体演变、文学发展在两个朝代之间的联系，导致这样的尴尬：宋初诗风、词风基本上是晚唐五代的，而时代是宋代，那么，宋初诗词究竟属于宋代呢？还是属于晚唐五代呢？

笼统地说唐诗衰、宋词兴，是不科学的。诗是母文体、基本文体，严格地说，它与词、曲不是并列概念，词、曲是诗的子文体、衍生文体。只能说唐歌诗衰，宋歌词兴，当歌诗脱离音乐，影响范围小，一种新的可歌诗体便兴起，成为流行的音乐文学。韵文系统内各文体的兴替盛衰与音乐关系至为密切，音乐变化是最直接、本质的原因，朝代的影响是间接的，不应仅以朝代兴替来解释。

“唐诗宋词”说的盛行和认同造成学者“身份”确认的尴尬。唐代文学研究界最出名的是唐诗研究者，而研究唐五代词的出名却在宋代文学研究界，因宋词研究几乎就是词史研究、词学研究。研究唐宋小说和戏曲的出名却在明清文学研究界，因明清小说、戏曲研究几乎就是小说史、戏曲史和小说学、戏曲学研究。

三

“唐诗”“宋词”，看似简单的两个概念，实际上内涵丰富复杂。“唐诗宋词”并提，“唐诗”多特指原生态的“可歌”之诗，说唐代歌诗与宋代歌词代表“一代之文学”，实指代表“一代之乐”或“一代之音乐文学”，这是最狭义的“唐诗宋词”概念。当纵向动态地论及文体特别是韵文体发展流变时，突出时代新文体，“唐诗宋词”堪称“一代之新文体”或“一代之新文学”。这时，“唐诗宋词”为并列概念，是较合理的。当唐诗指包括古、近体在内的全部诗作时，“唐诗宋词”并称，则不是严格意义上的并列概念，不应混为一谈。

“唐诗宋词”说有不同层面的含义：一、时代的代表文体，即唐宋文学各体中，诗、词的成就最为突出，故可代表“一代之文学”。二、诗、词发展到唐宋，分别到了顶峰，后代无能为继，“唐诗宋词”强调与后代相比成就最高。三、“唐诗宋词”在诗歌史上和词史上的成就和地位最高，前无古人，后无来者。我们应分别看待。

以“唐诗宋词”代表“一代之文学”，是元代以后“追认”的。而唐人多认为自己时代的诗不如汉魏古诗，也几乎无人认为诗歌胜过同时代的散文。宋人自己则更轻视词，词在宋人心目中的价值和地位是无法与诗文相比的。下面一则故事最能说明问题：魏泰《东轩笔录·佚文》载，欧阳修轻视晏殊，每对人说：“晏公小词最佳，诗次之，文又次于诗，其为人又次于文也。”[①]古人观念，太上立德，其次立功，其次立言，人生价值的实现，道德、事业、文章，轻重有序。而文章各体中，文最重要，其次诗、赋，其次词、曲。欧阳修把晏殊的成就整个儿颠倒过来，以示蔑视之意。这说明他的观念中，词是绝对没有资格与诗文相比的。

认为“唐诗宋词”代表“一代之文学”，往往是以肯定唐诗、否定宋诗为前提的。就是认为诗在唐诗达到极盛，到宋代达到极衰，宋诗无足道也，因为“宋无诗”，只剩下词才算“真”诗，才有资格与唐诗并提。焦循《与欧阳制美论诗书》云：“诗亡于宋而遁于词，词亡于元而遁于曲。”[②]但这只是部分学者的观点，显然是偏激之论。元明以来，肯定宋诗者亦大有人在，唐诗、宋诗优劣之争始终未断，我们不应简单地接受某一观点。平心而论，唐诗、宋诗各有特色，各有所长，亦各有所短。对此，清人陈梓的观点最为公允中肯，他说：“唐自成一代之诗，宋亦自成一代之诗。唐诗自有优劣，宋诗亦自有优劣，本不必较量高下。”[③]如果我们尊重古人的观念，就不应认为只有宋词代表“一代之文学”，而宋诗却无资格。若以宋诗代表“一代之文学”，则更合理。

“唐诗宋词”并提，只有限定在韵文系统内，从“可歌”角度立论，才是最合理的。真正可以并论的是“唐律诗”和“宋歌词”，若是理解为全部唐诗和全部宋词，则宋词的成就和地位是无法与唐诗相比的。此处不必多论，仅举其要者。一、诗在唐代是科举考试科目，词在宋代则无此资格。二、唐人观念上重视诗，宋人观

① 魏泰撰，李裕民点校：《东轩笔录》佚文，中华书局1983年版，第180页。
② 焦循著：《雕菰集》卷十四，道光四年阮福刻本。
③ 陈梓著：《定泉诗话》卷五，嘉庆刊本。

念上亦重诗而轻词。唐代作家投入诗创作的精力远远胜过宋代作家投入词创作的精力。诗在唐代是全民性文体，宋人则多以诗文创作余力作词。三、唐代诗学批评和理论成就远远胜过宋代词学批评和理论成就。四、唐诗反映社会生活的广度和深度远远胜过宋词。五、唐诗是时代主流文体、中心文体，渗透于社会文化生活的各个方面，词在宋代则属边缘文体，地位不高，甚至不被视为"文学"，影响有限。六、在诗歌史、文学史上的影响，特别是超越诗体本身的"跨文体"影响，唐诗远远胜过宋词。因此，总体上看，词在宋代的价值和地位是无法与诗在唐代的价值和地位相比的。比较而言，唐诗更有资格代表"一代之文学"，宋词则缺乏资格。不应完全脱离历史语境看待和评价唐诗宋词。

若论文学表现和代表"时代精神"，只推一种文体，难免片面。因古代文体有大致的分工，文载道，诗言志，词言情尤其是私情。一种文体只能代表"时代精神"的某些侧面，没有资格单独代表"时代精神"，只有最主要的几种文体合起来，才能真正代表"时代精神"。代表时代精神的文学必须具备反映社会生活的广度和深度，有深厚的文化意蕴，充当时代文化"代言者"形象。若要推出代表"时代精神"的文体，唐代可推出散文和诗，宋代可推出散文、诗和词，这样更合理。

古代主流文学观念，文体的尊卑等级秩序是文第一，其次诗，其次词，为诗之余，其次曲(散曲)，为词之余，小说、戏曲更是等而下之的文体。这点只要看《四库全书》收录标准、范围和比重即可明了。依此观念，如要选出某文体代表"一代之文学"，只能是诗、文，而不可能是其他文体。诗、文在各代都是代表文体，都是"一代之文学"，其"至尊"地位是其他文体无法企及、无法替代的。因此，"唐文宋文"或"唐诗宋文"、"唐诗宋诗"才有资格代表"一代之文学"，而"宋词"是无资格的。

纵观历代所论，主要是从文体演变"史"的角度纵向比较，极少有人将同时代不同文体横向对比。纵向比较，说"唐诗宋词"后无来者，是"一代之文学"，大体上是合理的。若横向比较，唐诗与唐文比较，宋词与宋诗、宋文比较，说"唐诗宋词"代表"一代之文学"，则是片面的。长期以来，学界多轻视这种区别，甚至不加分辨，造成唐宋各体文学研究格局的失衡以及评价上的偏颇。

“唐诗宋词”说过分拘泥于朝代与文体的对应关系，带有天生的局限性。作为此论的弥补、修正，论者又从另一角度立论，强调文体与时俱变，并不看重与特定朝代的关系，淡化或不谈朝代，而只谈文体自身的演变。如明王骥德《古杂剧序》说：“后三百篇而有楚骚也，后骚而有汉之五言也，后五言而有唐之律也，后律而有宋之词也，后词而有元之曲也。”[①]尤侗《己丑真风记序》、梁廷枏《曲话》等大体上亦作此论。诸家只就韵文系统立论，描述和总结韵文体内部兴替演变规律，并不特别强调文体盛衰与朝代兴亡有直接对应关系。从这一角度看，说律诗在唐代特盛，词在宋代特盛，这是文体演进的规律所至，而与朝代关系是其次的。

又有学者突破仅将“一代之文学”等同于“一代之文体”的局限，而从总体上论“一代有一代之文学”。如顾炎武说：“三百篇之不能不降而楚辞，楚辞之不能不降而汉魏，汉魏之不能不降而六朝，六朝之不能不降而唐也，势也。用一代之体，则必似一代之文，而后为合格。诗文之所以代变，有不得不变者。一代之文沿袭已久，不容人人皆道此语。”[②]他肯定一时代有一时代的文学，文学随时代变化而不同，重“一代之文学”，而不拘泥于“一代之文体”。冯桂芬《国朝古文汇抄序》（代）从总体风格上论述“一代之文章”，亦不看重一代之具体文体。这样立论更合理全面。

传统的文学观和文学史观认为“文以代变”，一代有一代之新文体，但在价值评判上，往往只承认艺术技法上的创新，不承认新文体的应有地位。胡应麟说：“诗之体以代变也。……诗之格以代降也。”[③]毛先舒云：“夫格以代降，体骛日新，宋之词曲，亦名一代之盛制。”[④]《四库全书总目·集部·词曲类序》云：“词、曲二体在文章、技艺之间，厥品颇卑，作者弗贵，特才华之士以绮语相高耳。然三百

① 王骥德著：《古杂剧》卷首，万历顾曲斋刻本。

② 顾炎武著，黄汝成集释：《日知录集释》（中）卷二十一，上海古籍出版社1985年版，第1590—1591页。

③ 胡应麟著：《诗薮》内编卷一，上海古籍出版社1979年版，第1页。

④ 毛先舒著：《诗辨坻》卷四，清康熙刻本。

篇变而古诗，古诗变而近体，近体变而词，词变而曲，层累而降，莫知其然。究厥渊源，实亦乐府之余音、风人之末派。”[①]正统学者眼中，一代有一代之文学新体，但这种新体品格和价值未必高。具体到“唐诗宋词”，也只是新体而已，唐诗的品格和价值地位不及先秦汉魏古诗，宋词亦无法与唐诗相比。从这一角度看，说“唐诗宋词”为“一代之文学”，准确的表述应为“一代之新文体”。

说某文体最具某朝代的文学特色，并不完全意味着代表某朝代文学的最高成就。肯定某一代表文体，看重其新、变，但新、变并不等于成就最高。说律诗为唐代新文体，最具时代特色，但唐代文学的最高成就可以是包括古体在内的“唐诗”，也可以是散文。说宋词为宋代新文体，最具时代特色，但宋代文学的最高成就可以是散文和诗。这样，将时代“文体特色”和“文学成就”分开理解和评价，更合理些。

四

传统“大文学”、“杂文学”观念将经、史、子、集的所有文字都视为文学，历代不少学者所谓“一代之文学”实谓“一代之文章”或“一代之学术”，我们应注重区分两种含义不同的“文学”观念。“唐诗宋词”说是在不同层面上论“一代之文学”的。

元代以后的“唐诗宋词”说，多是非主流文学观，与主流文学观基本上是对立的。持此论者多属“边缘”文人学者，其观点也多在部分文人学者圈内或民间流行。从总体上看，就是元、明、清各代，诗文独尊的地位并没有实质性的改变，“唐诗宋文”说仍占主流。只是元、明、清各代，受政治、经济、科举制度等方面变化的影响，“边缘”文人学者比古代更多，这样，“唐诗宋词”说才有一定的“群众基础”，才会在一定范围内流行起来。

一种文体的文学价值认定，可从“观念价值”和“实际价值”两方面来看。所谓

---

① 永瑢等撰：《四库全书总目》（下册），中华书局1965年影印本，第1807页。

“观念价值”，是指主观性较强的价值认定，是凭某种既定观念或主观好恶评定文学价值高低，与实际价值可能距离较大，甚至完全相反。所谓“实际价值”，是指比较客观的价值认定，与客观实际基本相符，是一种理性的评判，观点得到较普遍的认可。具体到“唐诗宋词”，唐人观念，唐诗是不如先秦汉魏古诗的，亦比不上唐文。宋人观念，词只是“小道”、“末技”，其价值是极低的，“一代之文学”只能是诗文，而不是词。但“唐诗宋词”的“实际价值”绝对比时人的“观念价值”高，所以得到元代以来部分学者的肯定。“唐诗宋词”的“实际价值”是一种客观存在，但历代学者皆有自己的理解，“观念价值”一直在变化。代表“一代之文学”的“唐诗宋词”是历代特别是现当代人观念上的“唐诗宋词”，而不完全是历史事实上的“唐诗宋词”，更不是历史“当事人”唐宋人观念上的“唐诗宋词”。

“唐诗宋词”并提，并不意味着两者“等值”。宋词价值再高，也只是与唐五代、元明清词相比，或与宋诗相比，但比不上唐诗。这点从历代“词中杜甫”说中即可明显看出。宋人自己轻视词，除偶尔将柳永比拟杜甫外，极少将宋词人比拟唐诗人，更不会比拟杜甫，元、明人亦复如此。清人推尊词体，宋词的“观念价值”大大提升。这时，才有许多学者将宋词人比拟唐诗人，进而将最崇奉的词人比拟“诗圣”杜甫。清人分别将柳永、苏轼、周邦彦、辛弃疾、姜夔、刘克庄、吴文英、王沂孙、张炎等词人誉称“词中杜甫”。但他们的观点多带有标榜习气，多夸大之辞。仅从将宋代名词人攀比杜甫这一点上看，也说明宋词是无法与唐诗“等值”的。

“唐诗宋词”基本上限于韵文范畴内立论，与散文无涉。历代学者极少将唐诗与唐文、宋词与宋文比高下，而只将同时代的韵文各体相比，或不同时代的韵文各体相比。历代论者“唐诗宋词”并提，却极少将唐诗宋词比较，做价值评判。当比较时，多将唐诗与宋诗、唐五代词与宋词比较，或诗、词两体总体比较。可见，“唐诗宋词”并提是一回事，并论又是一回事。

说“唐诗宋词”代表“一代之文学”，还要看它是不是时代中心文体，对其他文体有没有较大的辐射力，深刻影响其他文体？唐代律诗兴盛，是时代中心文体、主流文体，影响其他文体，赋亦“律化”，变成“律赋”，骈文也律化，还影响到词和小说，因此，可称唐代律诗为“一代之文学”。而宋代文学却不同，是散文影响诗，潘德舆《养一斋诗话》卷二说：“宋诗似策论，南宋人诗似语录。”[①]宋诗深受宋文影响，以文为诗，以论为诗，以学问为诗，宋词又受诗文影响，以诗为词，以文为词，而一般不会反过来以词为诗，以词为文。宋代只有散文或诗为中心文体，而词为边缘文体。从这一角度看，代表宋代“一代之文学”的不应是词而应是散文或诗，“唐诗宋文”或“唐诗宋诗”并论才更合理。

诗是基本文体、常新文体，先秦诗，汉魏诗，两晋南北朝诗，唐诗，宋诗，皆各有特色，说唐诗最好，但唐人却对历代诗歌赞不绝口，并不认为自己时代诗歌最优秀，成就超过古代。因此，横向比，与同时代其他文体特别是词、小说、戏曲比，说唐诗(广义唐诗)代表“一代之文学”，较有合理性。如纵向比，与历代诗歌比，说唐诗前无古人，后无来者，代表“一代之文学”，只能说是“一家之言”，不能作为“定论”。

以“唐诗宋词”代表“一代之文学”，持论的依据是“通变”和“进化”的文学史观，认为今必胜古。亦有学者不认同这种观点，如明中叶，郎瑛针对世人“常言唐诗、晋字、汉文章”，认为“此特举其大略，究而言之，文章与时高下，后代自不及前。汉岂能及先秦耶？……唐诗较之晋魏古选之雅，又不可得矣”。[②]郎瑛是文学“退化论”者，认为后代自不及前代，唐诗不及魏晋古诗。郎瑛的观念偏于保守，但亦有合理性。

“唐诗宋词”说与“诗词比较论”关系密切，有时，唐诗、宋词之比，代表甚或代替诗、词两体之比，诗、词之比往往即是律诗和词相比，诗庄词媚，诗尊词卑，诗境与词境之比，往往即以唐律诗和宋词为概括对象。“唐诗宋词”概念几乎代替了“诗词”概念，我们对此应有清楚的认识。

“唐诗宋词”说经王国维、胡适等学术权威的阐释和论定，成为现当代学界主流观点。论及唐宋文学和诗史、词史，似乎根本用不着再思考，反正有权威的“定

---

① 郭绍虞编：《清诗话续编》(四)，上海古籍出版社1983年版，第2023页。
② 郎瑛著：《七修类稿》卷二十六，上海书店2001年版，第275页。

论”，只要当作“常识”接受即可。笔者浅见，唐宋文学研究，诗史、词史研究，以及整个文学史研究的突破，首先应是思维观念的突破。若一味迷信权威的观点，那么，我们的思维和识见会永远停留在权威所处的时代，不可能与时俱进。权威观点的传播和影响，往往形成一种文化惯性，人们自觉不自觉地接受它。我们对权威的观点应保持理性的警惕，应慎重抉择，合理扬弃，不断修正完善。这样，学术视野才不会被遮蔽限制，学术才会有创新进步。

第四节 “宋词元曲”说评议

以“宋词元曲”代表宋元两代“一代之文学”，这种观点，我们称作“宋词元曲”说。自元初以来，此说便盛行不衰，特别是经过焦循、王国维、胡适等大学者的进一步阐发，“宋词元曲”说几乎成为“定论”。此说有必要做学理上的检讨，本节在“‘唐诗宋词’说评议”基础上进一步展开论证。

一

据现存资料，“宋词元曲”相提并论，最早可追溯到元初的刘祁，他说：“唐以前诗在诗，至宋则多在长短句，今之诗在俗间俚曲。”[①]刘祁之论中已含有“宋词元曲”说的因子，可称“宋词元曲”说的“雏形”。罗宗信《〈中原音韵〉序》说：“世之共称唐诗、宋词、大元乐府，诚哉！学唐诗者，为其中律也；学宋词者，止依其字数而填之耳；学今之乐府则不然。儒者每薄之。愚谓：迂阔庸腐之资无能也，非薄之也；必若通儒俊才，乃能造其妙也。”“国初混一，北方诸俊新声一作，古未之有，实治世之音也。”[②]说明元代后期，“宋词元曲”已是“通行”的说法了。罗氏强调新兴“乐府”即散曲为“治世之音”，认为可与“唐诗宋词”鼎足而立。虞集认为“乐

① 刘祁著：《归潜志》卷十三，中华书局1983年版，第145页。
② 周德清著：《中原音韵》卷首，元刻本。

府”代表“中州正声”：“我朝混一来，朔南暨声教，士大夫歌咏，必求正声，凡所制作，皆足以鸣国家气化之盛，自是北乐府出，一洗东南习俗之陋。”“方今天下治平，朝廷必将有大制作，兴乐府以协律，如汉武、宣之世，然则颂清庙、歌郊祀，摅和平正大之音，以揄扬今日之盛者，其不在诸君子乎？”①虞氏重“乐教”，推尊曲体，强调文体进化，为散曲争取正统地位。

“宋词元曲”是明中叶以后的通行说法。明人所说“元曲”，除李开先、冯梦龙等人偏重散曲外，一般多指元杂剧。臧懋循《〈元曲选〉序》云：“世称宋词、元曲。”②其《元曲选》收录100部元人杂剧，无一首散曲。王世贞《曲藻序》云：“曲者，词之变。……诸君如贯酸斋、马东篱……咸富有才情，兼喜声律，以故遂擅一代之长。所谓‘宋词、元曲’，殆不虚也。”③茅一相《欣赏续编》于王世贞《曲藻》后作跋语、胡应麟《少室山房类稿》卷九十八《欧阳修论》，皆强调“宋词元曲”是各自时代作家的专长，成就已达到顶峰，后代无论如何继作，也是无法企及的。张雄飞《〈西厢掐弹词〉序》说金元立国，“北曲大行于世，犹唐之有诗、宋之有词，各擅一时之盛，其势使然也”。④认为“宋词元曲”是宋元时的专盛文体，是时代发展的必然。可见，明人认为宋词胜过元明词，元戏曲胜过明戏曲，只有“宋词元曲”可与唐诗媲美。有清一代，“宋词元曲”说仍然是通行观点。清人所说“元曲”亦多指元杂剧，而非散曲。吴伟业《〈北词广正谱〉序》称李玉的《北词广正谱》是“骚坛鼓吹，堪与汉文、唐诗、宋词并传不朽”。⑤吴伟业持“一代之文”体现“一代之兴”的观念，实际上是肯定“宋词元曲”为“一代之文学”。尤侗《艮斋杂说》卷三、顾彩《清涛词序》、焦循《易余龠录》卷十五，皆肯定“宋词元曲”为“一代之文学”，只是对“元曲”的理解各有不同。

上述可见，“宋词元曲”说确是历代通行的观点，现当代学者的观点便是此说

① 虞集著：《〈中原音韵〉序》，周德清著：《中原音韵》卷首，元刻本。
② 臧懋循著：《元曲选》卷首，明万历刻本。
③ 中国戏曲研究院编校：《中国古典戏曲论著集成》(四)，中国戏剧出版社1959年版，第55页。
④ 蔡毅编：《中国古典戏曲序跋汇编》，齐鲁书社1989年版，第572页。
⑤ 李玉著：《北词广正谱》卷首，清初刻本。

的自然承继和发展。

“宋词元曲”说通行是事实，但我们往往忽视古人的另一种观点，即“宋文元曲”说。元代虞集《〈中原音韵〉序》云：“一代必有一代之绝艺足称于后世者，汉之文章，唐之律诗，宋之道学，国朝之今乐府，亦开于气数音律之盛。”[①]虞集首次提出分别以道学家文、“今乐府”即散曲为宋元两代的代表文体，这一观点被明清两代不少论者承继。清初李渔《闲情偶寄·结构第一》说：“‘汉史’、‘唐诗’、‘宋文’、‘元曲’，此世人口头语也。”[②]明末清初通行观念，与“元曲”并称的不只是“宋词”，还有“宋文”，且以“宋文”（道学、理学、性理）为“一代之文学”，代表主流文学观念。“宋词元曲”说并没有成为“定论”。

近现代许多学者皆认同“宋词元曲”说。王国维在《宋元戏曲考·序》中说：“凡一代有一代之文学，楚之骚，汉之赋、六代之骈语，唐之诗，宋之词，元之曲，皆所谓一代之文学，而后世莫能继焉者也。”[③]这里所说“元曲”主要指杂剧。王氏强调各体文学在某代发展到高峰，后代无法企及，这种观点与前人是一致的。他又专从文学发展演变角度论文体盛衰变化。在《文学小言》一文中，他认为，“真文学”“托于不重于世之文体以自见”。[④]因此，词、戏曲、小说这些原不被世人重视的文体才是真正的文学。

胡适是在王国维观点的基础上展开对此命题的论述的，他在《文学改良刍议》一文中以进化论解释文学史演进现象，认为“宋词元曲”在当时是新文体，故必胜旧文体，可代表“一代之文学”。1922年，胡适在《元人的曲子》一文中说：

> “诗变而为词，词变而为曲”这句话，现在承认的人渐渐多了。但普通人所谓“曲”，大抵单指戏曲。戏曲固然也应该在文学史上占一个

① 周德清著：《中原音韵》卷首，元刻本。
② 李渔著，单锦珩校点：《闲情偶寄》，浙江古籍出版社1985年版，第2页。
③ 王国维著：《王国维文学论著三种》，商务印书馆2001年版，第57页。
④ 傅杰编校：《王国维论学集》，中国社会科学出版社1997年版，第311页。

> 地位，但“词变而为曲”，乃是先变成小曲和套数，套数再变，方才有董解元的《弦索西厢》一类的长篇纪事的弹词，三变乃成杂剧。近人对于元朝的杂剧与传奇，总算很肯注意了。但元人的曲子，至今还不曾引起许多人的注意。[①]

胡氏所说的“曲子”，指的就是散曲，他明确认为“元曲”包括散曲和杂剧、传奇，严散曲与戏曲之辨，呼吁重视被世人忽略了的散曲，还在文中极力称赞它“大多数都是白话的”，“比词调自由多了”。认为宋词和元曲、明清小说等通俗文学的价值超过正统文学的诗文。[②] 词、曲之尊，达到极致。

胡适将王国维及其以前人的“宋词元曲”说“误读”为“宋词元曲”胜过同时代其他文体，代表“一代之文学”。胡适以后，“宋词元曲”说被学术界普遍接受。谈及宋元“一代之文学”，几乎无人再提“宋文元曲”了。“宋词元曲”说由边缘上升为主流，是对传统文学观和文学史观的“革命”性“颠覆”。现代学者也有如钱钟书《谈艺录》、程千帆《中国文言小说史》序，对“宋词元曲”说提出质疑。

二

“宋词”、“元曲”并提，看似简单的两个概念，实际上内涵丰富复杂，历代学者皆有自己的理解，我们应具体分析评价。长期以来，学界对“宋词元曲”说多是笼统看待，未作深究，难以认清它的内涵和价值。

“宋词”概念比较明确，但有“歌词”与“律词”之别。“元曲”概念很复杂，这一概念最早见于明初胡侍《真珠船》卷四“元曲”条：“元曲如《中原音韵》、《阳春白雪》、《太平乐府》、《天机余锦》等集，《范张鸡黍》、《王粲登楼》、《三气张飞》、《赵礼让肥》、《单刀会》、《敬德不伏老》、《苏子贬黄州》等传奇，率音调悠圆，气

① 《读书杂志》第4期，1922年12月3日。
② 《晨报副刊》，1922年12月1日。

魄雄壮，后虽有作，鲜与之京矣。”[①]胡侍所说“元曲”，包括北曲杂剧与北散曲。历代学者对“元曲”的理解和运用比较混乱，“曲”基本上包括南曲和北曲、散曲和剧曲的“大曲”概念，或单指北散曲、杂剧，或统称北散曲和杂剧，或涵盖所有元代的“曲”，包括南散曲和戏文，亦即属于韵文的散曲和属于戏剧的杂剧、南戏。

小令与套数统称“散曲”，以与“剧曲”相对，明代王骥德、冯梦龙、凌濛初、沈璟、沈自晋等人著作中即如此使用。刘熙载《艺概》卷四《词曲概》云：“曲止小令、杂剧、套数三种。”[②]这是曲学史上第一次对“元曲”的明确界定。王国维《宋元戏曲考》云：“元曲分三种，杂剧之外，尚有小令、套数。”[③] 1926年，吴梅在《中国戏曲概论》中明确将散曲单独开列，与杂剧、传奇相对。任二北《散曲之研究·概说》云：“套数小令，总名曰‘散曲’。”又《名称》云：“‘散曲’二字，自来对‘剧曲’而言。”[④]宣告了近代“散曲”学的创立。卢前将曲分为“诗歌之曲”与“戏剧之曲”，他说：“有诗歌之曲焉，有戏剧之曲焉，杂剧传奇，戏剧之曲也；小令套数，诗歌之曲也。”[⑤]梁乙真明确说散曲是“继词而兴的一种新诗体”。[⑥]现代学者多将元代的曲视为韵文系统内子文体，“宋词元曲”的“元曲”几乎专指元散曲。吴梅在《中国戏曲概论》中说：“元人散曲，作者至多，其词清新俊逸，与唐诗、宋词可以鼎足。”[⑦]

“宋词元曲”并提，“宋词”多特指其原生态的“可歌”之词，将宋代“歌词”与元代可歌之散曲并称“宋词元曲”，视为音乐文学，说它们代表宋元“一代之文学”，实为代表“一代之乐”或“一代之音乐文学”。这是最狭义的“宋词元曲”概念。当纵向动态地论及文体特别是韵文体发展流变时，“宋词元曲”对举，突出时代新诗体，而非旧诗体。这时，“宋词元曲”堪称“一代之新文体”或“一代之新文学”。以上“宋

① 胡侍著：《真珠船》卷四，《宝颜堂秘笈》本。
② 刘熙载著：《艺概》，上海古籍出版社1978年版，第128页。
③ 王国维著：《王国维文学论著三种》，商务印书馆2001年版，第165页。
④ 《东方杂志》23卷7号。
⑤ 卢前著：《散曲史》，国立成都大学1930年排印本，第1页。
⑥ 梁乙真著：《元明散曲小史·导论》，商务印书馆1934年版，第1页。
⑦ 王卫民编：《吴梅戏曲论文集》，中国戏剧出版社1983版，第137页。

词元曲”为并列概念，是较合理的。当“元曲”指包括剧曲在内的全部元代之曲时，“宋词元曲”并称，则不是严格意义上的并列概念，切忌混为一谈。

“宋词元曲”说只具特定角度、一定程度上的合理性。如以“合乐”、“可歌”为“真诗”标准，宋词、元散曲可歌而宋诗、元诗词不可歌，故认为宋词、元散曲是“真诗”，因此，“宋词元曲”并提，放在音乐文学系统内，可称“一代之音乐文学”。宋词在词史系统内与唐五代词、元明清词相较，元散曲在散曲史系统内与金、明清散曲相较，成就最高，因此可称“一代之文学”，实指“一代之文体”。

“宋词元曲”说的局限性是显而易见的。它过重词、曲两体在宋元两代的“专”、“绝”、“胜”，过轻它们在前、后各代的成就，遮蔽了前后各代词、曲的价值，轻视词史、曲史发展的承继性和延续性。宋元文学只突出词、曲的“专胜”，诗、散文、小说多变成陪衬，以惟一文体排斥其他文体，自然“遮蔽”其他文体特别是散文的成就。

三

“宋词元曲”并称，但不意味两者等值。“宋词”“元曲”在时人心目中的“原生态”价值是不同的。宋人普遍轻视词，元人不少则重视曲，观念不同。宋人看重的首先是文，其次是诗，对于新兴的词是鄙视的，认为是“小道”、“末技”，不登大雅之堂。赵以夫《虚斋乐府自序)》云：“文章，小技耳，况长短句哉！”[①]赵与訔《〈白石道人歌曲〉跋》云：“歌曲，特文人余事耳。”[②]说明他们观念中，词是绝没有资格与诗文相比的，更没有资格代表宋代“一代之文学”。

而元人却肯定自己时代的曲的价值。如虞集《〈中原音韵〉序》云：“一代之兴，必有一代之绝艺足称于后世者：汉之文章，唐之律诗，宋之道学，国朝之今乐府，

---

① 赵以夫著：《虚斋乐府》卷首，《四部丛刊》本。
② 姜夔著：《白石道人歌曲》附，《四印斋所刻词》本。

亦开于气数音律之盛。”[①]更将元曲抬高到与汉文、唐诗、宋理学并列的地位，甚至胜过宋词。元人称散曲为“大元乐府”、“北乐府”、“今乐府”，而以“院本”、“传奇”指称杂剧，是有意识地与古之一切合乐可歌的诗歌相区别，这当中自然包括和宋词的区别。称散曲为“乐府”，是尊体的表现，强调散曲可与唐诗、宋词相提并论。

“宋词元曲”在后代的“衍生态”价值也是不同的。元人轻词而重曲，自不必说，明人亦多轻词而重曲，仍视词为“小道”“末技”，对曲则推崇备至。如王骥德《曲律》卷四说：“晋人言：‘丝不如竹，竹不如肉’，以为‘渐近自然’。吾谓：诗不如词，词不如曲，故是渐近人情。夫诗之限于律与绝也，即不尽于意，俗欲为一字之益，不可得也。词之限于调也，即不尽于吻，欲为一语之益，不可得也。若曲，则调可累用，字可衬增，诗与词，不得以谐语方言入，而曲则唯吾意之欲至，口之欲宣，纵横出入，无之而无不可也。故吾谓：快人情者，要毋过于曲也。”[②]他认为曲韵律自由，可用方言口语，因而较词更“渐近人情”、“快人情”，即更能自由地抒发人的感情。他从新、变角度肯定元曲胜过宋词。不少学者推尊曲体，将曲与诗并列。崇祯时的爱莲道人于《鸳鸯绦传奇·序》中说：“词曲，非小道也。”[③]闵光瑜《邯郸梦记小引》说：“若曲者，正当与三百篇等观，未可以雕虫小视也。”[④]王骥德《曲律》卷四云：“王渼陂好为词曲，客有规之曰：‘闻之太上立德，其次立功，其次立言，公何不留意经世文章？’渼陂应声曰：‘子不闻其次致曲乎？’”[⑤]这是对以诗、文为正统的主流文学观的突破，曲的价值和地位得到充分肯定。王国维在《宋元戏曲考·序》中则以“自然”为最高标准，推崇元曲胜过宋词，将元曲的价值推向极致，这是对“词余”观念的“颠覆”。

清代正统文人则多以词为“诗余”，曲为“词余”，观念上认为曲不如词价值高。

---

① 周德清著：《中原音韵》卷首，元刻本。

② 中国戏曲研究院编校：《中国古典戏曲论著集成》（四），中国戏剧出版社1959年版，第157、160页。

③ 吴毓华编：《中国古代戏曲序跋集》，中国戏剧出版社1990年版，第143页。

④ 吴毓华编：《中国古代戏曲序跋集》，中国戏剧出版社1990年版，第164页。

⑤ 中国戏曲研究院编校：《中国古典戏曲论著集成》（四），中国戏剧出版社1959年版，第178页。

“诗余”、“词余”的“命名”即有其隐含的价值判断，即认为词不如诗，曲不如词。如《四库全书总目·集部·词曲类总序》认为“词、曲二体在文章、技艺之间，厥品颇卑”，“其于文苑，同属附庸”。[①]“附庸”二字正反映了主流文学观对词、曲的态度。姚华《论文后编·目录下》第四亦认为：“词与曲同源，词者诗之余，曲者词之余也。”[②]实际上即认为元曲不如宋词。“诗余”、“词余”观念，是站在正统文学立场上的文学“退化”观，反映出复古、崇古观念。这样评判“宋词元曲”价值，与文学史实际并不相符。

清人亦有平等看待“宋词元曲”的。毛先舒反对“诗余”、“词余”说，他说：“填词不得名诗余，犹曲自名曲，不得名词余。”[③]田同之《西圃词说》亦云：“谓诗降为词，以词为诗之余，词变为曲，以曲为词之余，殆非通论矣。”[④]黄图珌《看山阁集闲笔·文学部·词曲》云：“宋尚以词，元尚以曲，春兰秋菊，各茂一时。其有所不同者：曲贵乎口头言语，化俗为雅；词难于景外生情，出人意表。”[⑤]因此，“诗余”、“词余”说只是对“宋词元曲”观念上的价值评判，并不能代替事实判断。杨恩寿《词余丛话》卷一云：“昔人谓‘诗变为词，词变为曲，体愈变则愈卑。’是说谬甚。不知诗、词、曲固三而一也，何高卑之有？”[⑥]杨氏与《四库全书总目》作者“退化论”唱反调，认为诗、词、曲无高卑之分，不是退化，见解深刻。宋词、元曲各有价值，不必强分高低，这是科学的态度。

以“宋词元曲”代表“一代之文学”，是历代多数学者的观点，持论的依据是“通变”和“进化”的历史观、文学史观，认为今必胜古。亦有学者不认同这种观点。如明张元征《盛明杂剧序》云：“或又谓：汉文、唐诗、宋词、元曲，各绝一时，后有作者，难乎其继。此又大不然。我明风气宏开，何所不有？”[⑦]并不认同“宋词元

① 永瑢等撰：《四库全书总目》(下册)，中华书局1965年影印本，第1807页。
② 姚华著：《弗堂类稿·论著》甲，中华书局1930年版。
③ 谢章铤著：《赌棋山庄词话》卷八引，唐圭璋著：《词话丛编》(第四册)，中华书局1986年版，第3422页。
④ 唐圭璋著：《词话丛编》(第二册)，中华书局1986年版，第1471页。
⑤ 黄图珌著：《看山阁集闲笔》，清乾隆十年刻《看山阁集》本。
⑥ 中国戏曲研究院编校：《中国古典戏曲论著集成》(九)，中国戏剧出版社1959年版，第236页。
⑦ 沈泰辑：《盛明杂剧》卷首，中国戏剧出版社1958年影印武进董氏诵芬室复刻本。

曲”说，认为自己朝代的诗、词与唐诗、宋词比毫不逊色，则过分“厚今薄古”。姚华《菉漪室曲话》卷一《卓徐余慧》云：“宋词之所短，即元曲之所长。”[①]所说有一定道理，但将宋词、元曲短长完全对立，则是偏激之论。

以“宋词”代表“一代之文学”，是元代以后“追认”的。元代以后，有些学者将“宋词元曲”并提，誉为“一代之文学”，但属非主流观点，并未得到主流观念的认同。王阳明说：“诗余曲子，其辞愈滥，其调愈淫，愈趋愈下矣。然宋以诗余著，元以曲子著，其间亦尽有可当讽刺可励风俗者，但学者既有志于道，则诗文且为末技，况词曲乎？”[②]明确鄙视词曲。

“宋词元曲”说本属边缘、“另类”的文学观念，但恰与西方“纯文学”观念相吻合，故被现当代学界普遍接受，成为现当代的主流文学史观，规定了文学史研究格局。“宋词元曲”并称，对矫正轻视纯文学的古代主流正统文学观念，是有积极意义的，但把古人的观念完全“颠覆”，又矫枉而过正，走上另一极端。

四

纵观历代所论，主要是从文体演变“史”的角度纵向比较，极少有人将同时代不同文体横向对比。纵向比较，说“宋词元曲”是“一代之文学”，大体上是合理的。若横向比较，说“宋词元曲”代表“一代之文学”，则是片面的。长期以来，学界多轻视这种区别，甚至不加分辨，造成宋元各体文学研究格局的失衡以及评价上的偏颇。

“一代有一代之文学”说强调文体兴衰递变与朝代兴亡存在因果关系。如明胡应麟《诗薮》云：“宋人不能越唐而汉，而以词自名，宋所以弗振也。元人不能越宋而唐，而以曲自喜，元所以弗永也。”[③]王骥德《古杂剧序》说：“后三百篇而有楚骚也，后骚而有汉之五言也，后五言而有唐之律也，后律而有宋之词也，后词而有

① 姚华著：《菉漪室曲话》卷一，《庸言杂志》，1913年。
② 陆世仪著：《思辨录辑要》卷五《格致类》引，《四库全书》本。
③ 胡应麟著：《诗薮》内编卷二，上海古籍出版社1979年版，第23页。

元之曲也。”[①]梁廷枏《曲话》卷四亦云：“乐府兴而古乐废，唐绝兴而乐府废，宋之歌词兴而唐之歌诗又废，元人曲调兴而宋人歌词之法又渐积于废。……今曲盛而元曲之声韵废。”[②]谢章铤《赌棋山庄词话》卷九云：“自三百篇不被管弦，而古乐府之法兴，乐府亡而唐人歌绝句之法兴，绝句亡而宋人歌词之法兴，词亡而元人歌曲之法兴，至明代，曲分南北，檀板间各成宗派。”[③]认为“宋词元曲”与朝代同步兴亡，有一定道理。但过分拘泥于朝代与文体的对应关系，带有天生的局限性。

论者又从另一角度立论，强调文体与时俱变，并不看重与特定朝代的关系，淡化或不谈朝代，而只谈文体自身的演变。梅花溪上老人《题〈曲目新编〉后》载：“余尝闻之随园先生云：‘自虞、夏、商、周以来，即有诗、文。诗当始于三百，一变而为骚、赋，再变而为五、七言古，三变而为五、七言律。诗之余变为词，词之余又变为曲。诗而至于词曲，不复能再变矣。’”[④]描述了韵文体自身的兴替轨迹，强调与音乐变化密切相关，音乐变化是韵文体制变化的最本质原因。“被管弦”，仍可歌，韵文体制只是量变、渐变，不可歌，则引起质变、突变，与朝代更替没有直接对应关系。

“宋词元曲”并提并论，还隐含一种观点，就是词、曲在宋元两代达到极盛，后代则极衰，无足道也。王世贞《艺苑卮言》云：“元人有曲而无词，虞、赵诸公辈，不免以才情属曲，而以气概属词，词所以亡也。”[⑤]吴衡照《莲子居词话》卷三云：“金元工于小令套数而词亡。”[⑥]焦循《与欧阳制美论诗书》云：“诗亡于宋而遁于词，词亡于元而遁于曲。”[⑦]吴梅《曲学通论》也说：“乐府亡而词兴，词亡而曲作。”[⑧]认为元曲兴盛以宋词衰亡为前提，显然是偏激之论。

---

① 王骥德著：《古杂剧》卷首，商务印书馆1958年影印本。
② 中国戏曲研究院编校：《中国古典戏曲论著集成》(八)，中国戏剧出版社1959年版，第278页。
③ 唐圭璋著：《词话丛编》(第四册)，中华书局1986年版，第3437—3438页。
④ 中国戏曲研究院编校：《中国古典戏曲论著集成》(九)，中国戏剧出版社1959年版，第176页。
⑤ 唐圭璋著：《词话丛编》(第一册)，中华书局1986年版，第393页。
⑥ 唐圭璋著：《词话丛编》(第三册)，中华书局1986年版，第2461页。
⑦ 焦循著：《雕菰集》卷十四，道光四年阮福刻本。
⑧ 吴梅著：《吴梅戏曲论文集》，中国戏剧出版社1983版，第259页。

用“进化论”观念看，强调文体的进化，说唐诗(律诗)之后有宋词，宋词之后有元曲(特指散曲)，限定在韵文系统内立论，这是一“自足”的体系。说“宋词元曲”代表“一代之文学”，如指最具创新性、最具范式意义，其成就后世无法企及，对后世影响最大，而不是指“宋词元曲”一定胜过同时代其他文体，如此立论才合理。但过分强调宋词衰、元曲兴，是片面的。

“一代有一代之文学”说有不同的含义。一是限定在韵文即广义诗歌体制内立论，即“一代有一代之韵文”，所以“宋词”、“元曲”(特指散曲)与“唐诗”并提。二是“一代有一代之文体”，包括韵、散各体，“宋词元曲”并提，亦与汉文或汉赋、明八股并提。三是“一代有一代之文艺体制”，文学韵、散各体外，还包括文艺如书、画两体，这时，与“宋词元曲”并提的不只是文学各体，还包括一代之文艺，如晋字等。这是“大文学”观念，而非现代意义上的“纯文学”观念。四是“一代有一代之文学”，更强调“时代”而非“文体”特征，一代之文学可有多体，不一定限于一体。如宋代散文和词皆可称“一代之文学”，广义“元曲”即散曲和戏曲、元词皆可代表“一代之文学”。

“宋词元曲”说亦有不同层面的含义：一、时代的代表文体，即宋元文学各文体中，词、散曲的成就最为突出，故可代表“一代之文学”。二、词发展到宋代，到最高峰，元代以后无能为继，散曲发展到元代，亦到最高峰，明代以后无能为继。“宋词元曲”强调与后代相比成就最高。三、“宋词元曲”在词史上、散曲史上的成就和地位最高，前无古人，后无来者。四、宋词、元杂剧在文学史上的成就和地位最高。五、宋词、元戏曲在文学史上的成就和地位最高。六、宋词、元曲(包括散曲和杂剧、南戏)在文学史上的成就和地位最高。我们应区别看待。

“宋词元曲”说与“词曲异同”论关系密切。历代学者论词曲异同往往即以“宋词元曲”为概括对象，词曲异同即“宋词元曲”异同。任二北《散曲之研究》七《作法》云：“词静而曲动，词敛而曲放，词纵而曲横，词深而曲广，词内旋而曲外旋，词阴柔而曲阳刚，词以婉约为主，而别体则为豪放，曲以豪放为主，别体则为婉约，词尚意内言外，曲竟为言外而意亦外。词曲之精神如此，作曲者有以显其精神，斯为合法也。”[1]王易《词曲史·明义第一》云：“词敛而曲放；词静而曲动；词深而曲广；词纵而曲横。以词笔为曲，不免意徇于辞；以曲法为词，亦将辞浮于意。就散曲言，犹与词近；若云剧曲，则纯为代言体之文，作者方当从事于揣摩剧情，不容有我矣。”[2]王季思《词曲异同的分析》云：“作者旧有《曲不曲》比较词和散曲之风格意境，谓：‘词曲而曲直，词敛而曲散，词婉约而曲奔放，词凝重而曲骏快，词蕴藉含蓄而曲淋漓尽致。以六义言，则词多用比兴，而曲多用赋。以诗为喻，则词近五七言律绝，曲近七言歌行。以文为喻，则词近齐梁小赋，曲近两汉京都、田猎诸作。以人为喻，则词如南国佳人，曲如关西莽汉。以山水为喻，则词如秦淮月、钟阜云，曲如雁荡瀑、钱塘潮。’历览古今作者，于此虽不能无例外，而要非其正体。”[3]“宋词元曲”之比代表甚或代替词、曲两体之比，“宋词元曲”概念几乎代替了“词曲”概念。

我们要清楚的是，虽然词和曲盛行于宋、元两代，但词、曲并不完全等同于“宋词元曲”，词、曲异同也不完全等于“宋词元曲”异同。词、曲之异同应该是以历代全部的词、曲为对象的两种文体的异同，而不只是其中一部分的“宋词”和“元曲”之异同。

① 《东方杂志》24卷5—6号。
② 王易著：《词曲史》，东方出版社1996年版，第4页。
③ 王季思著：《玉轮轩古典文学论集》，中华书局1982年版，第327页。

第四章　当代词学之反思

第一节　词体起源及发生研究之反思

新时期以来，词体起源及发生研究取得了可喜成绩。木斋先生最近有系列论文就词的起源与发生问题提出新见，如《论李白词为词体发生的标志》等，其中多颠覆性的观点，新人耳目。笔者拜读后，深受启发，也有一些疑问，一些思考，极不成熟，这里提出来，就教于木斋先生和学界方家。

一、词体起源及发生与音乐的关系

论词体起源与发生，首先需界定清楚什么是“词”或“词体”？什么是“起源”和“发生”？这几个重要概念是论证“前提”。“词体”是指音乐的歌词，还是诗体的律词？是有区别的。词体初始阶段，乐因辞生，辞随乐行，乐、辞共生一体，不分先后。词体的雏形是歌词，是调无定格，句无定式，字无定数，韵无定声；成熟的词体是律词，是调有定格，句有定式，字有定数，韵有定声。如带着“前理解”，心目中先存有“律词”概念，这概念本身即是词体演变的结果，是词体“衍生态”概念，而不是“原生态”概念。不应以“衍生态”词体观念解释词体起源及发生。

“起源”与“发生”，是两个既有联系又有区别的概念。“起源”包括渊源和胚胎，只是“祖宗”、“父母”，不是自身，“发生”是指词体的产生过程，强调一种长时性、动态性，而“产生”只是一时的、静态的。历代论者论词的起源及发生，所用概念甚多，如渊源、肇始、兴起、发轫、鼻祖、胚胎、孕育、滥觞、萌芽、权舆、雏形、诞生、形成、成立等，内涵不同。词体演进可比喻为河流，如长江，最远源头是沱沱河，在东流过程中，又汇集了众多山涧之水，便形成长江，这些小河流，皆是长江之源。长江源头是一源，又是多源，论词的起源，亦应作如是观。词体起源是一源，又是多源，多源，不是平均，有主次之分，有主源和非主源。有远源，有近源，有直接渊源，有间接渊源。有内源，有外源，内源即作为音乐与文学自身之源，外源即外部文化环境。有音乐之源，有文学之源，还有文化之源。有民间之源，有宫廷之源，有文人之源。应做全方位的考察，不应只强调某一方面而否定其他方面。

论者站在音乐立场，词就是流行音乐的歌词，词体起源及发生，就是所配音乐的起源及发生。站在文学立场，词就是新体格律诗，就是律词，律词的起源及发生，就是词体的起源及发生。律词是“衍生态”的文学之体，是成熟的词体，不是曲子词的起源和发生。不应将“起源”当作“发生”，亦不应将“发生”当作“起源”，历代不少论者多混为一谈。

词体是“类”概念，抽象概念，总括此类文体。词体是由众多具体的词调构成，词调才是“实体”的词，应从词调入手论词的起源及发生，即哪一或哪些词调是最早产生的？那就是词的起源及发生。

木斋先生明确论断，词体发生的音乐原因，“是盛唐之后经过法曲变革而形成的新曲子”，“影响词体发生的音乐因素并非燕乐，而是隋代初唐燕乐的对立物法曲兴盛的结果”①，词是配合“新清乐”的歌词，词体发生于盛唐宫廷。这是对通行

① 木斋著：《宋词体演变史》，中华书局2008年版，第7页。

的“词是配合隋唐以来兴起的燕乐的歌词”观点的“颠覆”。作者论证材料丰富，逻辑严密，观点自能成立。窃以为这一观点要令人信服，还需先论证词与燕乐确实没有关系，或说明法曲与燕乐究竟是何关系？通行观念，词是配合隋唐以来吸收胡乐新成分的时代音乐燕乐的歌词。燕乐概念有广狭之分，隋唐时，广义燕乐实际上也包括清乐，在使用燕乐概念时，宜用狭义概念，即与清乐等相对应的概念。我们要思考的是，词体起源，究竟是一源还是多源？词究竟是配合燕乐的歌词，还是配合清乐或法曲的歌词？燕乐和清乐或法曲有没有可能都是词所配合的音乐？也就是说，词所配合的，是娱乐性的音乐，不管是狭义燕乐还是清乐或法曲。

论词体起源及发生，首先应讨论词的“母体”，知母方知子。原生态的词体是从何体孕育出来的？衍生态的律词，是从音乐蜕变而来，还是从乐府诗、近体诗蜕变而来？如从音乐蜕变而来，又是何种音乐？曲调又是如何转化为词调的？转化机制是什么？

论词体发生，只谈音乐是不够的，还必须谈文学因素。木斋先生认为，“就词体的文学建构因素言，是糅合偏取乐府诗的杂言以成长短句，熔铸近体诗的格律而为词律。”[①]词体发生与乐府诗、近体诗究竟是何关系？历代论者多认为曲子词是从古乐府演变而来。又有论者认为词与近体诗之间是“母子”关系，张炎《词源》卷上云：“粤自隋、唐以来，声诗渐为长短句。”[②]宋翔凤《乐府余论》说：“谓之诗余者，以词起于唐人绝句，如太白之《清平调》，即以被之乐府。太白《忆秦娥》、《菩萨蛮》，皆绝句之变格，为小令之权舆。”[③]汤显祖《花间集》序云：“古诗之于乐府，律诗之于词，分镳并辔，非有后先。有谓诗降而词，以词为诗之余者，殆非通论。”[④]也就是说，词体发生及演进，与近体诗发生及演进是共时并行的，这又如何理解？

---

① 木斋著：《略论词产生于盛唐宫廷》，《学习与探索》2008年第3期。
② 唐圭璋著：《词话丛编》(第一册)，中华书局1986年版，第255页。
③ 唐圭璋著：《词话丛编》(第三册)，中华书局1986年版，第2500页。
④ 汤显祖评：《花间集》卷首，明万历四十八年刊朱墨本。

二、李白词与词体起源及发生的关系

木斋先生强调，真正能作为词体产生标志的，应该是李白天宝初年的宫廷应制词，李白宫廷应制词“确为百代词曲之祖”，李白是词体发生的奠基人。

研究李白词与词体起源及发生的关系，首先要弄清两个问题，一为真伪问题，一为是否词体问题。应对历代李白词真伪讨论充分“体认”，认真梳理。这两个问题是进一步论证的“前提”。肯定是李白作品，一切推论都建立在“真”的前提上，前提如有问题，建立在它上面的结论便是不可靠的。

讨论李白词真伪问题，当时人记载最为重要。木斋先生据以立论的《清平乐》、《菩萨蛮》、《忆秦娥》，李白自己没有说明，李白家人和友人也没有记述，李白身后相当长的一段时期内，也无人记述，无任何原始材料证明其“有”，连旁证也没有，如真是李白所作，为何没有留下任何记载，没有留下任何蛛丝马迹？

《尊前集》中最早收录《菩萨蛮》，真伪难辨。释文莹《湘山野录》卷上的记载，本身的真伪就值得怀疑，后人以其为证据，结论亦不可靠。《忆秦娥》一词，崔令钦与李白交往密切，《教坊记》中却没有记载，现存宋蜀刻本《李太白文集》中也没有收录。北宋李之仪作有《忆秦娥》，调下自注云“用太白韵”，这只能证明当时已有此《忆秦娥》词，已传为李白所作，但不能确证为李白所作。南宋黄昇《唐宋诸贤绝妙词选》卷一选录李白《菩萨蛮》和《忆秦娥》，并认为此二词为“百代词曲之祖”，后人多以黄昇观点为推论“前提”，黄昇的观点依据何在？亦值得怀疑。

我们看“肯定论”者的论证是否无懈可击？有论者由《菩萨蛮》词调产生年代入手，论定该词是李白所作。他们详尽考证，论证崔令钦《教坊记》中已有《菩萨蛮》词调，说明盛唐时，已有此词调，以证明李白创作此词。这一推论无法说服读者，《教坊记》中所载曲调，多后人添加，所记《菩萨蛮》曲调，本来即值得怀疑，即使当时已有此调，并不能证明李白就创作此词，《教坊记》中有此调，并不能证明盛唐文人创作此调，即使盛唐文人都创作此调，也不能证明李白创作此调。退一步说，即使《教坊记》中其他词调皆是李白所作，也不能证明李白创作《菩萨蛮》，何况《教坊记》中此调也未必就是词调。

有论者从李白才情和词作风格入手，认为只有具李白那样的才情才能创作出佳词。黄昇《唐宋诸贤绝妙词选》卷一云："按唐吕鹏《遏云集》载应制四首，以后二首无清逸气韵，疑非太白所作。"①黄昇以有无"清逸气韵"作为判定李白《清平乐》四首真伪的标准，完全是主观臆断。李白作品是有"清逸气韵"，但并不一定推导出有"清逸气韵"的就是李白作品，"清逸气韵"并不是李白的"专利"。北宋高承《事物纪原》卷二引杨绘《本事曲》说《菩萨蛮》："其辞非白不能及此，信其自白始也。"②认为只有李白才能写出如此好的词，《菩萨蛮》是李白创制的，依据何在？何况此书的作者也值得怀疑。即使作此词的是"大家"，也未必是李白，李白诗才再高，也不一定创作此词，即使创作此词，也不一定水平就高，李白也不是每篇作品皆称佳妙。即使李白创作此词，也不能证明他创制词调。木斋先生认为，以风格而言，《菩萨蛮》、《忆秦娥》也断无晚唐人所作之可能，亦绝无五代人作之可能，别的不说，只"西风残照，汉家陵阙"的阔大气势，便是晚唐五代人所难以企及。此词眼光阔大，正是盛唐之音的词体表现，而这种眼光境界、技艺手法，非太白难以企及也。将此二词解读为典型的李白风格，认为只有李白这样的个性才能写出，他人无能写出，论证似欠充分。其实，此二词并非李白的典型风格，即使是，也不能证明为李白所作。"时代风格"不是绝对一致的，盛唐有似晚唐者，晚唐亦有似盛唐者，具体作品风格的个体差异性甚大，同一时代作者的作品，风格不同，同一作者的不同作品，风格也不同，作品风格的形成，有创作背景、具体情境、作者个性等复杂因素。对同一对象、同一作品风格的理解，也因人而异。"时代风格"只能作为判断真伪的参考，而不能作为标准。因此，以"风格"论真伪，是靠不住的。

即使肯定此二词为李白所作，还应论证盛唐李白之前词体发生情况，既然李

① 黄昇著：《唐宋诸贤绝妙词选》卷一，《四部丛刊》本。
② 高承撰，李果订，金圆、许沛藻点校：《事物纪原》卷二，中华书局1989年版，第91页。

白创作出如此成熟的词作，就说明在他之前，词体已有一段发展过程，逐渐成熟。敦煌曲子词中，有隋及初唐词作，皆在李白之前，又有唐明皇御制曲子《献忠心》，高国藩《敦煌民间诗词中的府兵制与词的起源问题》认为，词体成熟于盛唐开元十三年以前实行的府兵制时期。① 那么，此后李白的词作只是更成熟，而不是词体“发生”。如何看待李白以前和同时的词人词作在词体发生中的作用呢？李白的作用是不是有些“放大”了？

李白词真伪问题，牵涉到词史的真伪，词体发生的时间界定，词史的“原生态”与“衍生态”，词史的客观性与主观性，词史的写法，对研究词史意义极大。此二词，是盛唐李白作品，还是晚唐、五代或宋代作品，皆会“改写”词史。说是李白所作，不是说绝对没有可能性，而是可能性确实不大。即使肯定是李白作品，在史的坐标中，由现存词史资料看，此二词超前成熟，也是“异数”，是词史的“非逻辑”发展，学界过重“逻辑性”，对其史的评价也是不到位的。如肯定为李白所作，盛唐时已有成熟的词作，词史是一种写法。还有许多可能性，比如也是盛唐的作品，但不是李白所作，那么对词史做出重大贡献的就不是李白，而是他人，由此连带的对此词艺术高下的评价也大不相同。如是盛唐以前的作品，此二词的词史意义就更大了，当然，这种可能性不大。如是晚唐温庭筠所作，此二词置于温庭筠现存六十余首词中，只是其中比较优秀的，《花间集》中也不乏此类作品，此二词的词史意义即很一般。如是温庭筠以后五代人所作，此二词价值又会降低，如是宋人所作，那么其词史意义就极为有限了，甚至可以忽略不记。此二词真伪、时代、艺术评价等问题，完全解决清楚之前，词史发展的逻辑线条依然是模糊的。李白词的真伪，李白的词史地位，古今所论，或信或疑，或褒或贬，都只是“可能”，不是铁的事实。因材料所限，李白词真伪讨论可能是永远没有结论的。如不能以“铁证”证其“真”，最好“存疑”，以“可疑的”词人词作写出的自然是“可疑的”词史。词体起源及发生史只是由一些历史“碎片”拼接而成，而不是完整的历史。

① 高国藩著：《敦煌民间诗词中的府兵制与词的起源问题》，《许昌师专学报》1986年第1期。

历史也往往如此，这是我们面对历史时的无奈。

木斋先生认为，李白宫廷乐府诗，多以宫怨思君为题材，以宫廷女性为主人公，风格柔媚婉约，这些要素成为以《清平乐》五首为代表的宫廷应制词的题材、视角和风格，同时，也就奠定了唐五代曲词的题材、视角和风格。这一论断合乎逻辑，但要令读者完全信服，还需先论证李白之前，诗歌或歌诗史上从没有这类题材、视角和风格，证明确是李白“首创”，还要充分论证李白宫廷乐府诗与宫廷应制词以及唐五代曲词存在明确的时间先后顺序，构成逻辑发展关系。那么，“唐五代曲词”就不是泛称，而是特指盛唐李白以后的曲词。史实果是如此，又如何解释盛唐以前《玉台新咏》为代表的宫体诗？南朝宫体诗与唐五代词相似处甚多，如果说《玉台新咏》奠定了唐五代曲词的题材、视角和风格，且材料真实可靠，是不是更有道理？

李白的宫廷乐府诗、宫廷歌诗、宫廷应制词、抒发个人情怀之词，其间究竟存在多大关系？这种“关系”是不是本身客观存在的？是不是李白清楚意识到的自觉行为？仍需进一步论证。

三、“宫廷词”与“民间词”、“伶工词”、“文人词”的关系

木斋先生认为，词发生于盛唐天宝初年宫廷中，而不是民间，民间词应该是中唐以后才发生的，所谓民间词，可能主要是由宫廷流散到民间的宫廷乐工的作品，应该称之为“伶工词”可能更为接近历史的真实。这又是对近百年盛行的“词起源于民间”说的“颠覆”，值得讨论。认为词体发生于宫廷，以前也有学者论及，只是没有如此明确。

首先要界定清楚“宫廷词”和“民间词”的概念。木斋先生认为，“应制词”是狭义的宫廷词，广义的宫廷词，是指以宫廷为中心或是在宫廷文化背景下所发生的曲词，并强调敦煌词中绝大部分都是宫廷词，而非民间词。作者使用的广义宫廷词概念，把不少文人词甚至民间词也包括进来，模糊了“宫廷词”与“文人词”、“民

间词”的区别。实际上，“应制词”只是宫廷词的一部分，它是宫廷词概念下的子概念，宫廷词中“非应制词”也有许多。敦煌词中是有部分宫廷词，但这“宫廷词”是“广义的”，将表忠心的或歌功颂德的皆视为宫廷词，扩大了宫廷词的外延，实际上已包含了部分“文人词”和“民间词”，这样反而造成了概念上的模糊。“宫廷词”概念，如界定为宫廷中创制的以宫中生活为内容的词作，似更合理。

木斋先生论证，中唐德宗朝始遣散宫中乐工、伶人，流向民间，顺宗、宪宗朝又一次大规模遣散宫廷乐工，民间词始兴。不论是词乐还是曲词，都应该是由宫廷而向民间，而不是相反。此观点如成立，必须首先说明中唐以前民间词状态，有无民间词？如果有，情况如何？宫廷词又从何而来？是宫廷内部产生的，还是从前代宫廷承传下来的？李伯敬《“词起源于民间”说质疑》即认为，词起源于六朝宫廷和文人乐府。[①] 有无道理？宫廷词是接受胡乐改造已有本土音乐而成的，还是由民间采集加工而来的？笼统看，词本来即是配合宴享之乐的歌词，因此，可说词发生于宫廷。问题是，还需先证明盛唐宫廷词制作与民间词没有任何关系。由敦煌曲子词及现存史料来看，中唐以前，民间词的创作是比较活跃的，也是有成绩的，又如何看待？只有证明中唐以前确实不存在民间词，词体发生于宫廷而非民间的观点才能真正成立。事实可能是，宫廷乐工、伶人流向民间后，提升了民间词的品位，推动了民间词的创作，扩大了民间词的传播，但这只能说明是宫廷词对民间词的影响，是词体“发生”以后的事，并不能说明词体不是“发生”于民间。

“民间词”有不同内涵，使用时需注意：一、相对于宫廷，宫廷以外的，都是“民间词”。二、相对于士大夫文人词，没有身份、功名的词人的词即为“民间词”。三、相对于具名文人，“民间词”指无名氏词，无名氏词人，只是姓名无传，有的是真的“无名”，有的则是姓名散佚，才情可能比具名文人更高。“民间词”概念与“文人词”概念存在交叉，“民间词”中的优秀作者，本来就是优秀的“文人”。

“乐工”与“民间”究竟是何关系？木斋先生认为，如没有宫廷中乐工流散到民

① 李伯敬著：《“词起源于民间”说质疑》，《文学评论》1990年第6期。

间，便没有“民间词”，也就是说，“民间词”只是宫廷词的延续，实际上就是“伶工词”，是否妥当？

刘昫等《旧唐书》卷三十《志》第十《音乐》三云：“自开元已来，歌者杂用胡夷里巷之曲。”[①]“里巷”即指民间，而绝非宫廷，发生于李白天宝作词之前，这如何解释？

词体发生阶段，必定是众人即“英雄”和“人民”共同创造，宫廷中君主臣僚、乐工伶人和士大夫文人贡献尤大，只有宫廷、政府才能组织统一规范的音乐歌词制作，“方言”的民间词，传播有限。宫廷自上而下，影响民间，民间亦自下而上，影响宫廷。宫廷与民间及文人之间，是互动影响，绝不是单向影响，只是影响程度上有差异，不应将其对立起来。

木斋先生认为，唐五代曲子词可称“宫廷之词”，其本质特性可概括为“宫廷文化”。这一论断，从某种程度上说是合理的，但不能绝对化，因为宫廷文化在任何时代都是“主流文化”，过分强调“宫廷文化”，势必遮蔽了民间词和宫廷以外的文人词对词体发生的贡献。

第二节　李清照《词论》研究的回顾与反思

李清照《词论》，是当代李清照研究及词学理论研究的“热点”，其中大部分的问题至今尚未有定论，如作者问题、作年问题，“别是一家”说的内涵究竟是什么？为什么《词论》没有提到周邦彦？为什么李清照的词论和词作间存在“分离”现象？应如何评价《词论》的历史地位？《词论》研究牵涉到许多深层次的学术问题，非常值得分析研究。本书回顾《词论》的研究历程，进行全面综合的梳理和反思，期望对李清照研究以及词学史研究的拓展和深化有所助益。

---

① 刘昫等著：《旧唐书》卷三十，中华书局2000年版，第735页。

一、《词论》研究史述略

李清照《词论》的研究历史，可以大致分为以下几个阶段：

（一）宋元明清时期 《词论》最早见于南宋胡仔《苕溪渔隐丛话》后集卷三十三，作者评论云：

> 易安历评诸公歌词，皆摘其短，无一免者，此论未公，吾不凭也。其意盖自谓能擅其长，以乐府名家者。退之诗云："不知群儿愚，那用故谤伤。蚍蜉撼大树，可笑不自量。"正为此辈发也。①

后魏庆之《诗人玉屑》卷二十一《诗余》条、清徐釚《词苑丛谈》卷一《体制》、田同之《西圃词说》等，皆照引原文。方成培《香研居词麈》卷三提到《词论》，更注重音律方面。俞正燮《癸巳类稿·易安居士事辑》引用《苕溪渔隐丛话》所引全文，评曰："易安讥弹前辈，既中其病，而词日益工。"②冯金伯《词苑萃编》卷九《指摘》亦引胡仔评语，裴按云：

> 易安自恃其才，藐视一切，语本不足存。第以一妇人能开此大口，其妄不待言，其狂亦不可及也。③

可见，历代词学家重视《词论》的极少，且多讥评作者，对《词论》本身未做认真研究。

---

① 胡仔撰，廖德明校点：《苕溪渔隐丛话》后集卷三十三，人民文学出版社1962年版，第255页。
② 俞正燮撰，于石、马君骅、诸伟奇校点：《俞正燮全集》（第一册），黄山书社2005年版，第765页。
③ 唐圭璋著：《词话丛编》（第二册），中华书局1965年版，第1972页。

（二）近现代（1949 年以前）时期 这时期李清照研究开始全面化，出现了几种李清照评传，包括胡云翼的《李清照评传》[①]、腐安的《李易安居士评传》[②]、王宗浚的《李清照评传》[③]、傅东华的《李清照》[④]、汪曾武的《李易安居士传》[⑤]。有数篇对李清照其人其词的介绍和研究的文章，如王国章的《李易安底抒情诗》[⑥]、赵景深的《女词人李清照》[⑦]、龙沐勋的《〈漱玉词〉叙论》[⑧]、缪钺的《论李易安词》[⑨]、季维真的《大词人李清照》[⑩]等。但专门以《词论》为研究对象的文章几乎没有，只有一些论著稍有提及，如朱东润的《文学批评史大纲》[⑪]等。可见，此阶段《词论》的研究亦没有引起学者的重视。

（三）当代（1949 年后）时期 1949 年以后，《词论》开始成为李清照研究中的"热点"之一。关于《词论》的作者问题，马兴荣先生在《李清照〈词论〉考》[⑫]中首次对《词论》作者为李清照说提出质疑。顾易生、蒋凡、刘明今《宋金元文学批评史》对马先生的质疑做出回应[⑬]。关于《词论》的作年问题，相关文章有黄盛璋《李清照与其思想》[⑭]、夏承焘《李清照词的艺术特色》[⑮]、朱崇才《李清照〈词论〉写作年代辨》[⑯]等，分别提出作于北宋和作于南宋两种观点。对《词论》进行较综合研究的论文，有徐永端的《谈谈李清照的〈词论〉》[⑰]、顾易生的《关于李清照〈词论〉的几点思考》[⑱]、顾

---

① 《晨报副刊》1925 年 8 月。
② 《采社》1931 年 10 月第 6 期。
③ 《国风》半月刊，1934 年。
④ 傅东华著：《李清照》，商务印书馆 1934 年版。
⑤ 《国艺》1940 年 6 月第 5、6 期。
⑥ 《学灯》1924 年 3 月 1 日。
⑦ 《复旦学报》1935 年第 1 期。
⑧ 龙沐勋编：《词学季刊》三卷一号，1936 年 3 月。
⑨ 《真理杂志》一卷一号，1944 年 1 月。
⑩ 《妇女月刊》1944 年 3 卷 4 期。
⑪ 朱东润撰，章培恒导读：《中国文学批评史大纲》，上海古籍出版社 2001 年版，第 194—195 页。
⑫ 《柳泉》第 1 辑，1984 年第 6 期。
⑬ 顾易生、蒋凡、刘明今著：《宋金元文学批评史》（下），上海古籍出版社 1996 年版，第 598—599 页。
⑭ 《山西师范学院学报》1959 年第 2 期。
⑮ 《文学评论》1961 年第 4 期。
⑯ 《南京师范大学学报》2003 年第 6 期。
⑰ 《文学遗产》1980 年第 1 期。
⑱ 《文学遗产》2001 年第 3 期。

易生的《北宋婉约词的创作思想和李清照的〈词论〉》[①]、夏承焘的《评李清照的〈词论〉——词史札丛之一》、邓魁英的《关于李清照〈词论〉的评价问题》[②]、孙崇恩、蔡万江的《李清照〈词论〉试探》[③]、陈祖美的《对李清照〈词论〉的重新解读》[④]、林玫仪的《李清照〈词论〉评析》[⑤]、陈祖美的《李清照评传》[⑥]等。对《词论》的"别是一家"说、为何不提周邦彦、价值定位等问题做了深入细致的探讨，取得了显著成绩。

上述可见，《词论》研究正在不断拓展，人们对《词论》的认识也渐趋深入。《词论》受关注的问题有很多，大致有以下几个方面：关于《词论》的作者问题，关于《词论》的作年问题，如何理解"别是一家"说？《词论》为什么不提周邦彦？如何看待李清照词论和词作间的"分离"现象？应如何评价《词论》的历史地位？这些大的方面中，又各自包含着许多小的问题，且这些问题本身又相互交缠牵扯，《词论》研究疑点重重，许多问题难有定论，有必要做系统的梳理反思。

二、关于《词论》的作者问题

本师马兴荣先生《李清照〈词论〉考》认为：

> 从世传为李清照的《词论》的出处来源、流传情况以及《词论》本身存在不应有的疏失和《词论》的主张并不指导李清照的词作三个方面来看，可以说《词论》的作者并不是李清照，它是一篇托名伪作。如果是李清照作品的话，那就一定是经过别人的严重篡改，或者是在流传

① 《文艺理论研究》1982年第2期。
② 济南市社会科学研究所编：《李清照研究论文集》，中华书局1984年版。
③ 《东岳论丛》1984年第6期。
④ 吴熊和等主编：《中华词学》，东南大学出版社1994年版。
⑤ 林玫仪著：《词学考诠》，台湾联经出版事业公司1987年版。
⑥ 陈祖美著：《李清照评传》，南京大学出版社1995年版。

中，产生了严重脱误。

马先生说理由大概有四：一、《苕溪渔隐丛话·后集》所载的世传李清照《词论》这一条，未载来自何书，仅云："李易安云"，显然就是来自"闻见"，是师友闲谈、口耳相传的东西。因此不但它的内容可能违真失实，也可能张冠李戴，甚至是托名伪作。这就是说，胡仔在编纂《苕溪渔隐丛话》时，特别是编《后集》时，是选择不严，考辨不精的。据此可知《后集》所载的李清照的《词论》的真实性是可疑的。二、再从金、元、明、清历代众多的笔记、词话来看，其中谈到李清照这篇《词论》的，只有徐釚的《词苑丛谈》、田同之的《西圃词说》、冯金伯的《词苑萃编》、俞正燮的《癸巳类稿》、方成培的《香研居词麈》等几种，其他数十种重要的笔记、词话都谈到李清照，或谈到李清照的词作，但是就没有提到这篇世传的李清照的《词论》。即如明代的杨慎，极为博学，所见甚广，他著的《词品》也多引《苕溪渔隐丛话》，也论到李清照及其词，但也没有提到世传的李清照这篇《词论》。可见金、元、明、清历代的词学家们对这篇《词论》一般是不注意的，更谈不上承认它了。三、《词论》中没有提到《花间集》，没有提到周邦彦，不知道王安石、曾巩作过词，上述这些疏失是很显然的，同时，这些疏失也不可能出现在家学渊博、藏书极富、颇负文名的李清照笔下。因此，从《词论》本身考察也使人不得不对这篇《词论》的作者提出疑问。四、理论和创作是有密切关系的，就现存的、大家公认的《漱玉词》来看，很大部分并不受世人所传的《词论》的理论指导。①

顾易生、蒋凡、刘明今《宋金元文学批评史》对马兴荣先生的观点持不同态度，试与马先生的观点逐条对比：一、胡仔《苕溪渔隐丛话》的编辑似有不成文体例：凡文学批评资料之间接得诸诗话、笔记转述的，大都注明所据书名，而直接引自其说者本人文章著作的，则往往不举出处。二、至于自宋迄清的论著中谈到李清照《词论》的不多，这是古代文学批评家多着重评说创作而对理论不够重视的风气使

① 《柳泉》1984年第6期。

然。即如刘勰《文心雕龙》这样皇皇巨著在有些时期的遭遇也颇为冷落呢！三、传本李清照《词论》中对某些作品与词人未曾提及，既难以确定这些是否为录载时之阙遗，更不能设想在一篇论说之内定是面面俱到。如晁补之《词评》、李之仪《跋吴思道小词》都是比较完整的词论，但后者推《花间集》为宗而不提南唐君臣词与苏轼，前者列论宋代七位词家也不及周邦彦。王安石、曾巩作过词，而数量不多。所谓“不可读也”，便是对王词与音律关系的评估。[①]

马先生的质疑，多为推测，没有铁证，故难以得出明确结论。但极有理论价值，给我们进一步研究展示了另一种可能和方向。《词论》研究中的许多争论点，都在文中得到了梳理。不仅如此，马先生对《词论》作者真伪性提出的具有逻辑性与合理性的假设，提醒我们在面对古人记载文字时，应保持清醒的头脑和足够的警惕。而《宋金元文学批评史》提出的反驳，也是有其道理的。双方各执己见，实难定论。通过这两种论点的对比，我们可以发现，《词论》作者的真伪问题，已经不是单一的疑问，它牵引出其他许多问题，如历代词论家对《词论》的忽视，就涉及《词论》在词学史上的地位问题；为什么《词论》没有提到《花间集》、周邦彦？为什么李清照的词论和其创作是“分离”的？这些问题无法解决，《词论》是否出自李清照之手，就难以判断。诚如马兴荣先生所言，《词论》疑点甚多，但是历代评论者在谈到李清照时，虽没有承认《词论》是出自易安之手，但也没有人质疑。在无定论之前，我们不妨暂将其归入李清照名下。

三、关于《词论》的作年问题

《词论》究竟写于北宋还是南宋，也是讨论的一个热点。黄盛璋《李清照与其思想》云：“这篇词论写作时间可能相当地早，从所批评的作家来看，是在他以前，至少比他长一辈，连苏门四学士只提到秦、黄，而没有晁、张，因为晁、张逝世

① 顾易生、蒋凡、刘明今著：《宋金元文学批评史》（下），上海古籍出版社1996年版，第599页。

都较秦、黄晚，写作时间属于北宋应该可以肯定。夏瞿禅师曾面告作者，他以为这是她少年的作品，后来看法可能有改变，所以没有遵照这个标准。夏先生这个推测是有理由的。根据上文第一节的分析，她的前半生在北宋时代生活上一般是美满如意的，本身没有遭遇到什么大的波折或困顿不顺之境，因此她骄傲目空一切，轻视前辈的成就，词论的口吻是和她早年的情况相符合的，由于处处想逞才华，显本领，长调铺叙只不过是符合社会声乐的需要，而讲尚故实掉书袋也并不足以表现她的才能，结果就只有向字句和词意上创造新奇，压倒别人。南渡以后，政局发生很大的变化，生活上也受尽折磨，以忧患余生之人，饱尝了人间滋味，少年和中年的锐气和棱角应该磨了差不多，于是由灿烂而归于平淡，创作的风格也就由新奇而一变为浅近平易，她的创作和她早期的理论有了距离，从社会的发展、个人性格和生活的改变，是可以得到解释的。"[①]夏承焘《李清照词的艺术特色》云："她这篇词论批评北宋词没有提到靖康乱后的词坛情况，在批评秦观时，还要求词须有'富贵态'，看来这是她早期的作品；又，词论要求填词必须协五音六律，运用故实，又须文雅、典重，这和她后期的作品风格也不相符合；我认为她后期的流离生活已经使她的创作实践突破了她早期的理论。"[②]

陈祖美《对李清照〈词论〉的重新解读》则说："元祐末年只有十岁的李清照，当时不大可能研读晁补之此作。而在赵、李屏居青州的最初四五年，晁补之恰在缗城（今山东金乡）守母丧。大观二年（1108），是晁氏闲居金乡的第六个年头，这一年他重修了其在金乡隐居的松菊堂，可能就在是年或下一年，清照有偕明诚往金乡的可能。这期间她既研读了《评本朝乐章》，从而写作了《词论》，又写了一首从内容到形式都能体现'别是一家'的寿词。此词调寄《新荷叶》，不见于《全宋词》，而是孔凡礼从《诗渊》第25册觅得的，载于其《全宋词补辑》的第26页。这当是李清照词学主张的具体实践，也是她怀着敬意为晁补之所写的一首寿词。这就是笔

① 《山西师范学院学报》1959年第2期。
② 《文学评论》1961年第4期。

者对李清照《词论》写作背景的推断。”①

以上观点都是坚持《词论》是作于北宋的代表，对其论据进行罗列，大概有这么几点：

一、从所批评的作家来看，只提到苏门四学士中的秦、黄，而没有晁、张，也没有提到周邦彦。二、从《词论》的口吻来看，比较吻合李清照早年的性格。三、从《词论》批评的主要对象来看，主要是北宋词为主，而且也没有提到靖康乱后的词坛情况。四、《词论》的观点与李清照南渡后的创作并不一致。五、《词论》的观点似乎是受了晁补之《评本朝乐章》的影响。

而与之相反的观点，以朱崇才的“南宋说”为代表：朱崇才《李清照〈词论〉写作年代辨》认为，《词论》作于北宋证据不足，逐条进行反驳后，他提出自己的见解：一、《词论》力斥“亡国之音”，与南渡后的社会背景合拍。二、“后，晏叔原、贺方回、秦少游、黄鲁直出，始能知之”等语，似为南渡后追记之辞。三、《词论》所标榜的“五音”、“五声”、“六律”、“清浊轻重”等，在北宋末年才逐渐完善。四、《词论》出于《苕溪渔隐丛话》后集而不是前集。五、北宋后期，苏黄是非常敏感的话题，李清照身份特殊，此时不太可能写作针对苏黄的《词论》。六、《词论》可能是针对南宋词坛的现实而发。②

从这两种观点的交锋中，我们可以发现，其中直接和间接涉及的问题有：为什么《词论》中没有提到周邦彦？为什么李清照的理论与创作是“分离”的？李清照写《词论》是否受到晁补之的直接影响？同作者真伪问题一样，这些连带性的问题得不到解决，我们就很难给《词论》的写作年代下定论。

四、如何理解“别是一家”说？

《词论》的理论核心，就在于提出词“别是一家”说，到底如何看待“别是一

① 吴熊和等主编：《中华词学》，东南大学出版社 1994 年版，第 70 页。

② 《南京师范大学学报》2003 年第 6 期。

家”？其中涉及的问题又有很多，包括：词在诗之外“别是一家”，符合词体发展的方向吗？诗词之疆界究竟该如何划分，这种划分有必要性吗？词是否应该注重“音律”？这些问题彼此缠绕，有必要研究清楚。

关于“别是一家”的辩论中心之一在于《词论》对于诗词之间的划分是否合理？夏承焘《评李清照的〈词论〉——词史札丛之一》云：“我在上文说过：词和诗原应该各有其不完全相同的性能和风格；但在李清照那个时代，词的发展趋势已进入和诗合流的阶段，不合流将没有词的出路。”① 杨海明《李清照〈词论〉不提周邦彦的两种探测》也认同这种观点：“这种‘别是一家’的理论，是对《花间》以来的词的创作实践的概括。从诗与词在形式上的(以及体制风格方面的)某些区别而言，它是有一定的合理性的。但是从总体上看，却是站不住脚的。因为词自从脱离了音乐之后，便逐渐成为一种新型的抒情诗了。而诗的任务就应是抒发作者的情志，反映广泛的社会矛盾；这样，就不应该对它的题材、思想、风格、形式限制得过窄、过死。特别在激烈的社会矛盾面前，词要与诗一样担负起反映现实、参加战斗的任务；这样，强分诗、词界限的论调就显得陈腐落后了。”②

他们认为，《词论》对于诗词之间界限的划分过于狭隘，束缚了词的发展，是不符合历史发展潮流的。

一些学者则提出相反的观点。黄盛璋《李清照与其思想》云：“在词还可以‘倚声’的时代，它仿佛同现在的词曲一样，词调也就等于歌曲的乐调部分，一支歌曲所以成为名歌，曲谱是很重要的组成部分，词若不协音律，就不成其为词，犹如现在歌曲缺乏音乐之美，不成其为歌曲，如何能说不是缺点？”在举出几例后，黄盛璋先生总结说：“苏轼是当时文坛泰斗，影响很大，他的作品一出，是人争传诵的。他的词不协音律，在词可以付诸歌唱的时代是很容易识别的，因此这个缺点差不多是尽人皆知，这是严重违反社会娱乐需要与乐伎要求的，所以周邦彦一出就非常注意此点，对音律非常考究。‘下字用意，皆有法度’，这是时代要求如此，

① 济南市社会科学研究所编：《李清照研究论文集》，中华书局1984年版，第272页。
② 杨海明著：《唐宋词论稿》，浙江古籍出版社1988年版，第263页。

清照强调词要严格遵守音律，实际上也是基于这种时代要求与词的特点提出来的。”①黄墨谷《谈“词合流于诗”的问题——与夏承焘先生商榷》提出了与夏承焘先生不同的观点：“词从它一开始产生时，就是以语言与音律的结合体形成的形式。音律是词的主要构成部分，词的语言在一定的词的音律里自由奔放，然后才能制作出激动人心的歌词。……根据北宋苏东坡的那个时代词的发展情况，我认为有人提出词到苏东坡时期就趋向解放音律，夏先生提出词到北宋末不合于诗，便没有出路，是缺乏事实根据的。词要协律，词要合乐，词要歌唱，这是词体形式的特点，提出取消词的音律，取消合乐歌唱使合于诗，这是取消词体的独立性。”②此观点与黄盛璋先生的观点是相似的。

这些论点的罗列，给我们的提示是：我们在研究《词论》的“别是一家”，《词论》的重“音律”时，应回到当时的时代背景下进行探讨，应重视词的原生态。我们今天多是从题材、内容、风格、艺术手法等方面研究词，而词在宋代，还是以歌唱为主的。正如当下流行歌曲一般，曲谱是最重要的部分。可以说，我们和宋人对词的认识角度是有很大差别的。因此，我们不能责备《词论》对“音律”的重视，因为在当时，发出这样的议论完全是自然的，是符合时代要求的。

邓魁英赞同黄墨谷的观点，在《关于李清照〈词论〉的评价问题》一文中说：“‘和诗合流’，就等于说词与诗汇合为一，也就是夏先生所说的‘打破诗词界限’。那样做的结果要么是取消了词，使词变成诗；要么连诗也取消了，诗、词合为一种既不象诗，又不象词的东西。宋代文学史上不曾，也不可能出现这种情况。事实上，苏轼只是将诗、文的题材带入词中，使词能表现更广泛的内容；将诗、文的体制纳入词中，使词有了更丰富的语言和手法；不拘于清丽婉约的传统风格，提高了词的意境。这是词的提高与革新，而不是词被诗同化。”③邓魁英之论的提示我们注意的是，“诗词之间的界限”，既是内容的，又是形式的。

① 《山西师范学院学报》1959年第2期。
② 济南市社会科学研究所编：《李清照研究论文集》，中华书局1984年版，第273页。
③ 济南市社会科学研究所编：《李清照研究论文集》，中华书局1984年版，第290页。

陈祖美《对李清照〈词论〉的重新解读》也对此问题进行了阐释："这里必须强调指出的是，如果在《词论》中，读不出作者对于诗词题材的严格分工，那就势必造成对其作品(词)的误解，甚至曲解。比如她的《声声慢》，如果把它理解成借憔悴的黄花、雨中的秋桐和不再为她捎书的鸿雁，表达其中年被疏无嗣的隐衷，就很符合作者对于词的题材规范，而象以往那样，大都把这首词说成是表达国破家亡的苦闷，从而把'雁过也，正伤心'等句，等同于朱敦儒南渡以后写的'年年看塞雁，一十四番回'(《临江仙》)、把'梧桐更兼细雨'诸句，说成与张炎的'只有一枝梧叶，不知多少秋声'(《清平乐》)一样，都是表达对时事的忧虑云云，无疑都是牵强附会之词，因为这远远超出了李清照为其词所规定的思想情愫。如果真正读懂了《词论》，就会知道，这样去拔高李清照，恰恰违背了她对于词的理论主张。""同时还应该看到，《词论》对于词在格律方面迥异于诗的独特要求，无疑是基于时人对于词合乐、应歌的现实需要；而李清照对于词的题材内容的界定，则从另一方面强化了词的自身特色。她从两个方面所花费的苦心，集中到一点，就是不遗余力地为词争取生存权。如果没有李清照对于词之为词的特质的强化，那么在已经出现的'以诗为词'、'以文为词'，以及对词的格律有所突破的现实面前，词不但会处在作为'诗余'的名实相当的附庸地位，久而久之，随着其自身特点的弱化和消逝，在失去其独立存在的必要性之时，也就是被诗取代之日。"①

可见，《词论》所划分的诗词疆界，包括两个主要方面：一是题材之间的不同，二是格律方面的差异。

笔者要补充的是：首先，《词论》对于诗词题材内容的要求，和对声律的要求一样，是符合当时的背景的。众所周知，宋代文人对词是轻视的，称之为"小道"，因此，陈祖美提醒我们，在研究李清照词的时候，不可以拔高李清照，因为这"恰恰违背了她对于词的理论主张"。其次，词与诗的区别，在李清照时代，光以题材来区分，已经出现了困难。因为许多原本出现在诗歌中的重大题材已经开始融入

① 吴熊和等主编：《中华词学》，东南大学出版社1994年版，第74—75页。

词中，“以诗为词”、“以文为词”已经不是“合理不合理”的问题，而是客观存在的趋势。但是，词并没有因此从历史上消失，为什么呢？因为所谓的“以诗为词”、“以文为词”都是一种题材上的融合，而并非形式上的统一。可见，词之所以区别诗、文，不应以题材内容为主要划分标准（若以此为标准，诗、文之间又当如何划分呢？），而更应该是一种形式上的区别。方智范、邓乔彬等著的《中国词学批评史》中《李清照〈词论〉的本色理论》就注意到了这一点：“一种文艺形式，原本应有它的特殊性和独特的风格。虽说，词在广义上也属于抒情诗的一种，但是，它极富于变化的句式、句法、声律、叶韵等特点，密切配合乐曲之优长，又确非诗之所有，较诗更适宜表达宛转曲折的感情，故前人谓‘词之言长’。况且，在长期的发展历程中，词也确实形成了不同于诗的风格特色或表现手法，如婉约、铺叙等。”[①]其中所论述的句式、句法、声律、叶韵、风格特色、表现手法等方面，都是对词的艺术形式的一种描述。并且《词论》的作者本身也是注意到这一点的，因为她强调的不仅是诗与词的区别，还有词与文的区别。众多论者一直以来都关注《词论》中提到的诗、词的分别，而忽略了词与文的区别也是作者所关心的。因此，要真正理解“别是一家”，就应该看到《词论》对词体独立性的强调，不仅是针对诗，还针对文。另外，李清照强调词“别是一家”，不仅是将词体与诗文相比，显示出词体的个性；还将情致、典重、故实等作为词体应有的特质加以强调，崇雅正，反郑卫，这与苏轼的“自是一家”，又存在着承继关系。苏轼的“自是一家”说强调词体内部的风格创新，李清照的“别是一家”说主要强调词体的雅正，与苏轼一样，其主张皆是对盛行的艳俗词风的反拨。此点论者多忽略。我们在理解“别是一家”时，应看到李清照强调的不仅仅是词体与诗、文在音律上的区别，还有对词体内质的重视，且这一点尤为重要。

“别是一家”，还牵涉到关于“重音律”的问题。谢桃坊《中国词学史》中对此进行了清理：“关于词的音律问题，李清照提出了系列音韵学和乐学方面的概念，以

① 方智范、邓乔彬等著：《中国词学批评史》，中国社会科学出版社1994年版，第57页。

说明词与诗文的区别。她对这些概念及其运用并无稍为具体的解释，以致争论不休，给后世词学家造成理论的迷乱，我们如果辨析这些概念的内涵及其互相关系，以及它们与词律的关系，可以有以下两点认识：(一)‘五音’、‘六律’是古代乐律中的一对概念，用以强调词的入乐性质，要求作词者必须懂得音乐，识音律音谱。词如果不协音律就成为‘句读不葺之诗’。南宋词人杨缵总结的《作词五要》，第一要择腔，第二要择律，第三要按谱填词，都是属于词在音律方面的基本要求。作词要懂得‘五音六律’，才能对各调的声情有所了解，才可能按照音谱的要求倚声制词。(二)‘五声’是指字声的发音部位——喉、齿、舌、鼻、唇；‘清浊’是指字的声母的发音方法，清为阴，浊为阳；‘轻重’是指字的韵母发音方法，即开口呼为轻，合口呼为重。……尤其值得我们注意的是：李清照虽然提出了许多等韵学概念，然而其举例说明却只限于每词调用韵的平仄和四声的要求。这样的要求，凡是能辨识字声平仄和熟悉韵部的人都能掌握，并不难。从宋人作词的情形来看，这样的要求是接近创作实际的。”①

林玫仪《李清照〈词论〉评析》也谈到这一点：“由上文分析，可知‘句读不葺之诗’，乃指其不称体，而‘又往往不协音律’方是斥其不协乐，用一‘又’字，正明白表示其分属二事。实则易安之评骘诸家，自有其层次：晏、欧、苏三人以诗为词，又往往不协音律，可谓既不称体又不协律；柳永虽然协乐，却不雅伤格，就称体来说，不免稍有欠缺；唯有晏几道、贺铸、秦观、黄庭坚四家，既协乐又称体，方属知词者。娓娓叙来，条理井然，可见其批评体系之完整。唯是晏、秦诸人虽然合乎标准，在文字上仍不免有小疵，基于求全责备之心，易安亦一一提出针砭，可见其要求之谨严。前人颇有因而斥其狂妄者，但由上文之分析，易安对词为音乐文学之特殊性既有如许深刻之了解，故其标准谨严不无道理。一般学者评述易安《词论》，皆偏重于其对音律之严格，而忽视其对称体之要求，故将‘句读不葺之诗’、‘文章似西汉，若作一小歌词，则人必绝倒’云云，都曲解为不合音律，甚至

---

① 谢桃坊著：《中国词学史》，巴蜀书社2002年版，第67页。

责其‘不适当地过分强调音律，把形式绝对化’，皆属偏颇之论。”[①]

李清照重“音律”与重“格律”常被混为一谈。其实李清照重视的，是词的入乐可歌，是“音律”，而非强调作为新体格律诗的“格律”。蒋哲伦、傅蓉蓉《中国诗学史》(词学卷)就提到这一点：“‘别是一家’首先强调的是词应该合于音律，这是词区别于诗的关键之一。词自诞生之日起，就与音乐结下了不解之缘。欧阳炯《花间集序》称‘名高白雪，声声而自合鸾歌；响遏行云，字字而偏谐凤律’，已将词之合律放到了重要位置上。北宋中期人们关于苏轼词是否合律又有一场大争论，可见词与乐合的重要性。李清照对合律的要求极高。在她看来，歌词分五音，又分五声，又分六律，又分清浊轻重。它所要遵守的不仅是平仄格律，更要符合音乐声腔特点，与宫调声律相应和。”[②]

由上述观点，我们可以得出这样的认识：首先，《词论》对词的要求不只局限在平仄格律上的，更重要的是对音律的重视，即词的入乐可歌。其次，李清照的要求并不苛刻过分。再次，这种要求是符合词的发展方向的。

五、《词论》为什么不提周邦彦？

《词论》为什么不提周邦彦，是争论的又一热点：徐永端《谈谈李清照的〈词论〉》说：“有趣的是李清照在《词论》中虽然‘历评诸公，皆摘其短，无一免者’，其实倒有一位大师是免了的，这就是做过‘大晟乐正’的周邦彦。为什么呢？很清楚，她对这位精于音律的大词家没有微辞，实在挑不出毛病。”作者进一步论述：“能不能说因为李清照感到周邦彦与他同时代，李比周小二十多岁，故对这位前辈回避一下，所以只字不提呢？不对。因为贺铸同样也比李清照大二十多岁，也是李清照的老前辈，李清照却直言不讳地说：‘贺苦少典重’。可见李清照是无所顾忌的。

① 林玫仪著：《词学考诠》，台湾联经出版事业公司1987年版，第328页。
② 蒋哲伦、傅蓉蓉著：《中国诗学史》(词学卷)，鹭江出版社2002年版，第73页。

她说话很干脆，认为有疵病，就要指出，没有的话，也不洗垢索瘢。”①

邓魁英《关于李清照〈词论〉的评价问题》中持相同观点：“贺铸死于宣和七年，周邦彦恰和他同时，而且当时又是周贺齐名。为什么李清照《词论》中涉及了大晟词人，提到了同时的贺铸，却不见周邦彦的名字呢？这到是一个值得思考的问题。胡仔曾说：‘易安历评诸公歌词，皆指摘其短，无一免者’，我想或者正是因为周邦彦的创作实践和李清照的词学主张没有什么矛盾，所以才能不在她的‘指摘’之列。”②邱世友《词论史论稿》的观点也是如此：“李清照维护作为声诗的词的声律外部特征，不标举同时期的周邦彦，而客观上则以清真为论词的依据。这是词家自当审察，无庸拟议的。青山宏先生《唐宋词研究》说：‘李清照为什么在其词论中没有论及周邦彦？这是因为周邦彦的词正是满足了李清照认为的词的条件。’所说很有道理，只是难做一番实证。”③

上述观点，概括起来，就是认为，周邦彦的词完全或基本符合李清照的审美观，李清照认为对他没有可指责之处，所以在《词论》中只字不提。但是，有些论者往往就此又发出另一个疑问：如果周邦彦的词作完全符合李清照的审美要求，那么为什么李清照不发一赞语呢？

关于该问题，还有两个问题值得我们探讨：首先是关于周邦彦的创作完全符合李清照的审美标准，这个命题本身具有多大程度的合理性？即，清真词一定完全符合《词论》的审美规范吗？这个问题，近几年来已经开始被一些论者所重视。

施议对《李清照的〈词论〉及其易安体》云：“有关作年问题，因未有可靠材料佐证，暂勿考。有关周邦彦创作实践与李清照理论主张的关系问题，则值得认真探讨。论者曾就陈振孙、张炎、沈义父以及《四库全书总目提要》对周词的评论，谓前人所说与李清照《词论》中所要求的协乐、高雅、典重、铺叙、故实……，极相一致。因而进一步推断：周邦彦正是主张‘当行本色’的词家中间的典范人物，所以

① 《文学遗产》1980年第1期。
② 济南市社会科学研究所编：《李清照研究论文集》，中华书局1984年版，第293页。
③ 邱世友著：《词论史论稿》，人民文学出版社2002年版，第9页。

才避免了李清照批评。就某一个侧面看，这一推断并不错。但是，如果因此而得出这样的结论，即认为李清照的《词论》就是周邦彦创作实践的理论总结，却未必妥当。周邦彦的创作，和李清照以及其他歌词作家的创作一样，其思想内容、艺术风格和艺术表现方法，都并不那么简单划一。评论家既可以从中找到与李清照的理论主张相符合的特征，又可以找到相对立的特征。……当然，周邦彦的创作在许多方面所体现的特征，与李清照的理论主张相一致，这是不可抹杀的客观存在。但是，这种一致性，并不能说明李清照的《词论》就是周邦彦创作实践的总结。除了周邦彦，李清照的理论还可以从秦观的创作中找到依据。例如'主情致'，这既是秦观词的一个特征，也是李清照所追求的艺术境界。李清照的理论主张在北宋词人中所出现的这种一致性，正好体现了李清照《词论》所具有的普遍性。说明：她的《词论》不仅符合自身创作实际，而且也符合北宋词坛歌词创作实际；她的《词论》是发展期歌词创作实践的理论总结。同时，这也说明：她的《词论》并非骄傲自大、目空一切的产物。至于《词论》为何不曾提及周邦彦，各种解释仅是一种推测，其真正原因仍不得而知，不必过早作出判断。"[①] 从施议对的论证过程中，我们可以提炼出这样几个观点：一、周邦彦的创作并非简单划一的，我们可以找出与《词论》相符合之处，亦可找出不一致的地方。二、除了周邦彦，《词论》的观点也可以从他人那里得到印证，而这充分说明了《词论》的普遍性。三、正因为《词论》理论的普遍性，我们不能因为周邦彦词符合了其中的许多要求，就由此推断出，《词论》不提周邦彦是因为周邦彦的创作完全符合其理论，或者说，《词论》的写作就是以清真词为审美标准和依据。

的确，众多论者都认为《词论》不提周邦彦是因为清真词正好符合了作者的审美要求：协乐、高雅、典重、铺叙、故实等等。但是似乎都忽略了一点：周邦彦之所以被称为"大家"，其词作必定是时代共性和自身特性相结合的统一。《词论》又正好是对时代共性的一种概括和反映，周词中必定有符合《词论》的地方。因此，在

① 施议对著：《宋词正体》，澳门大学出版中心1996年版，第241—242页。

论证《词论》为什么没有提到周邦彦的时候，还有另一个值得探讨的问题是：周邦彦的词是否“完全”符合《词论》的审美标准？

第二个值得我们思考的问题是：如果《词论》确是李清照所作，并且李清照是在知道周邦彦词的基础上完成的，那么《词论》不提周邦彦是否有除了文艺以外的原因？关于这一点，也有研究者在思考：顾易生《关于李清照〈词论〉的几点思考》说：“窃按李清照《词论》之不提周邦彦盖别有其原因，周、李在精审音律、严辨四声方面或许志趣相近，却更有‘道不同不相为谋’者。”因为“《词论》虽专谈艺术，不及政治；然以当时的政治气候、李清照的处境和周邦彦的身份，李清照的不提到周邦彦是完全可以理解的。褒嫌趋附，贬疑攻讦，皆非所屑为”。[①]

此观点无论是否完全成立，都给我们这样的提醒：长期以来我们一直以“纯文学”的视角来看问题。对于《词论》为什么不写到周邦彦这个问题，论者都是在《词论》的理论与周邦彦的创作之间打转，而对李清照对周邦彦可能采取的态度，大部分研究者都认为，如果李清照知道周邦彦，就不可能不佩服他，如果知道他而不写他，就是因为李清照不轻易对人发赞美之辞。可是我们忽略了这样一点：即使李清照写《词论》时，她已经知道了周邦彦的大名，也可能欣赏他的词作，但是，李清照是否有可能出于政治方面的考虑而不写他呢？这也是有可能的。可见，“纯文学”视角对我们的研究存在着一定程度上的束缚。

以上论点多是在“李清照知道周邦彦”的前提下得出的，概括起来，大致如下：一、周邦彦的创作完全或基本符合李清照的审美要求，李清照对他无可指责，所以在《词论》中只字不提。二、《词论》不提周邦彦可能有除了文艺以外的原因，如政治立场的考虑。而在这里，笔者想发出的第三个疑问是：在写《词论》时李清照一定了解周邦彦吗？即，在《词论》写作的年代，周之名气已大到非写不可的程度吗？

杨海明《李清照〈词论〉不提周邦彦的两种探测》一文就此问题提出了自己的看

① 《文学遗产》2001年第3期。

法："要么是李清照读过不少周词，只因她不肯对别人轻下赞语，所以采取了避而不谈的办法；要么有时由于她未及读到较多的周词，所以无由评论。这两种假设中，自又只能选择一种——关键在于进一步探求《词论》的写作时间。如果它确是作于李清照屏居乡间之时，那么不提周氏的原因即在于读周词的不多；如果它作于随夫出守莱州到'靖康之变'前(1121—1127)的一阶段内，那么她是有机会'补读'周词的了，但此时却仍不肯轻赞一词，这就只能从其个性和心理的原因上来揣度了。文献不足，我们的探索自只能暂且到此为止。"[①] 杨先生看到了要解决该问题的关键之一——《词论》的写作时间，如果是在早期，那么周邦彦可能尚未成名，未提到是完全有正常的；如果是在晚期，并且周邦彦已经成名，那么就又有两种可能：周词符合李清照的审美标准，所以她不加批评；或者李清照不愿意对别人下赞语。这样的推测，也是合理的。

《词论》为什么不提周邦彦的问题，涉及了《词论》的作者真伪问题、作年问题。大部分论者在论述这三个问题时，都采取一种"各个击破"的方式。例如，在论述作年问题时，若论者认为《词论》作于北宋，就将不提周邦彦作为一个重要论据，那么，就等于间接认定《词论》不提周邦彦是因为还未读其词。可是事实上，《词论》不提周邦彦该论据本身就是一个尚未解决的问题，带着这样的未知论据来论证另一个未知论点，得出的结论必然是难以服众的，驳其论者往往就从论据入手反驳。

同时，杨海明先生还列出了一系列耐人寻思的统计："在此，我们不妨再来排比一下宋代出版的周词情况：《清真词》二卷、续一卷，《注清真词》二卷。见《直斋书录解题》卷二十一。《清真诗余》二卷。见《花庵词选》及《景定严州续志》。《片玉词》二卷。有强换序。《圈法美成词》。见《词源》。《详注周美成片玉集》十卷。陈元龙注，刘肃序。《三英集》，乃周词和南宋方千里、杨泽民词合刻。上列词集中，时间可考的有强焕序本《片玉词》，成于1180年；刘肃序本《片玉集》，成于1211年，

① 杨海明著：《唐宋词论稿》，浙江古籍出版社1988年版，第304页。

均在周氏、李氏死后很久才出。其余各本，时间还要迟些，因为陈振孙、黄升、张炎、方千里、杨泽民诸氏均生活在南宋后期，他们所见到的或与之合刻的周词本子，自然不会太早。因此可以这样说：当周氏活着时，他的词还未见有印刷出版的。这样，光凭口传或手抄，李氏当然不易多接触到它们了。如果上述推理还嫌证据不足的话，那么还另外可以找到旁证。我们不妨从产生于周氏逝世前后的一些词话中来看一下周词流传的情况。先看三部较早的词话(据赵万里辑本)：杨绘《本事曲》，时间早于周氏，自不必论。杨湜《古今词话》，与周氏同时代而略迟些。现存十条词话，中有三条论及万俟咏而无一条论及周。当然，这些辑本已非完璧，不能反映全貌。下面再看两本完整的词话：胡仔《苕溪渔隐丛话》前后集共一百卷，内列词话甚多，然仅一处(前集卷五十九)提及周词，且是批评它的用词不妥。吴曾《能改斋漫录》第十六、十七卷专论词，共有六十八条词话，也仅一处提到周词。这两部词话均撰于南宋初，距周氏逝世已有年矣。然而，就连它们都未对周词加以重视和褒扬。这就可以说明，李清照《词论》之漏掉周邦彦并不是一件孤立的事情。这种现象的发生，只能从周词在当时流传还不够广泛这个假设去求得解释了。"[1] 杨先生罗列的书目及数据，是很有意义的，它给我们的提示是：周邦彦文学史上的名声和地位是后人逐步"追加"上去的，他在当时的影响未必有我们今天看来那么大。如果该论点成立的话，那么《词论》为什么不提周邦彦这个问题就是非常简单了：因为周在当时的影响并非大到足以让李清照注意到他的地步，而这是极有可能的。

六、如何看待李清照《词论》和词作间存在的"分离"现象？

理论与创作"分离"之问题，归根究底，是《词论》之"苛评"引发的问题。《词论》中批评了许多"前辈"人物，甚至包括了大名鼎鼎的苏轼，这引起了后人的不

① 杨海明著：《唐宋词论稿》，浙江古籍出版社1988年版，第307页。

满，因此人们不禁猜测：李清照对前代名词人的创作都有所指责，那是不是表示她只对自己的创作充满自信，认为只有自己的词作才能达到《词论》中的标准呢？在一番对比之后，人们发现，李清照的理论和创作并不是完全相同的，是“分离”的。这里首先讨论关于“苛评”的问题。

李清照之所以被人斥为“蚍蜉撼大树，可笑不自量”，主要原因在于她对于苏轼等人的指责。苏轼乃其父之师，论情论理，李清照都应该避讳，应该采取更委婉含蓄的批评方式——这是批评李清照之人的看法。但是，论者往往忽略了一个问题，即批评立场与批评对象的问题。如果李清照是站在后生晚辈的立场上，她应该回避；而如果李清照是站在维护词的发展的立场上，她就应该直言批评，而且完全有理由从对世人最有影响力的一批词人入手，以起到更佳效果。同样地，如果李清照把她批评的对象，定位在苏轼、秦观等人身上，专门挑剔他们的不足，以反衬出自己的才气，那么她的态度我们应该批评；但是，如果李清照的批评对象是词在发展中存在的问题，她的批评方式我们就不应该过分指责。而我们对于批评者，如果在未理解其批评立场、批评标准、批评对象的前提下就加以全盘否定，我们的批评是否也是一种“苛评”呢？

徐永端《谈谈李清照的〈词论〉》说：“李清照是由北而南的转折时期的大家，她的论词也是带有总结性的。在她时期的词坛上，已有柳永、周邦彦诸家在自己的创作实践中对于词的音律下过功夫，作了研究和推进，词的音乐美已有很大发展，到南宋则有更大发展。一种艺术形式总是由粗而精不断完美的。北宋初期的晏、欧他们在词的音律方面的讲究本不如他们的后辈，李清照从音律上指出他们的缺点也是很自然的。”[①]在肯定《词论》总结性成就的同时，指出了李清照对晏、欧的批评是合理的。

谢桃坊《中国词学史》则说：“苏轼曾欣赏柳永某些雅词‘不减唐人高处’，又基本上否定其俚俗纤艳之词，规戒秦观不要‘学柳七作词’（《高斋诗话》）。关于苏轼

---

① 《文学遗产》1980年第1期。

改革词体，‘苏门四学士’中的张耒曾讽刺说‘先生小词似诗’（《苕溪渔隐丛话》前集卷四二）；晁补之则以为‘东坡词，人多谓不谐音律，然居士词横放杰出，自是曲子中缚不住者’（《复斋漫录》，《苕溪渔隐丛话》后卷三十三引）。陈师道又指摘苏轼‘以诗为词’（《后山诗话》）。到了李清照的时代，晏殊与欧阳修以小令为主的凝炼的表现方法在长调大量流行之后已经较为陈旧了。在士大夫文人看来，柳词过于俚俗粗率，苏轼以诗为词的作法更为坚持传统作法的词人所不能接受。李清照从词坛的现实情况和自己关于词体的观念而提出了词体艺术的规范。”①谢桃坊先生对李清照的“苛评”是抱着理解态度的。的确，我们从苏轼对柳永的态度中可以看到苏轼对柳永词中存在的一些过于俗的东西是不满的；而苏轼本人对词的改革，就连弟子也是不欣赏的，张耒、晁补之、陈师道都委婉地提出自己的看法；而晏、欧的创作中存在的不足也是众所周知的。从这个意义上来说，《词论》的作者只不过说出了大家很想说却不愿说出口的话，其诚实的态度是令人佩服的。这种难得可贵的批评态度和批评方法是能够引发我们深入思考的。张进《李清照〈词论〉与曹丕〈论文〉》说：“李清照采取的正是鲁迅所说的‘指其所短，扬其所长’的批评方式。其目的在于通过评析、对比各名家词之长短得失，来表达自己的词学主张和审美理想。”②

笔者认为，《词论》如真出于李清照之手，其理论与创作存在一定程度的“分离”也是很自然的。我们可以把它理解为李清照的审美追求和欣赏标准，但不能将之与李清照词一一对应。这与周邦彦词是否完全符合《词论》的审美要求是一样的，李清照和周邦彦一样，都是宋词名家，其创作风格是多变的，易安词中一定有符合《词论》标准的地方，也必定存在与之不尽相同之处。任何人都无法完全做到理论与创作的完全统一。例如评论《词论》的胡仔，从语气上看，他对李清照是嘲弄的，但是他自己的创作就明显不如李清照。从古至今，李清照的评论者不在少数，评论者每个人都对《词论》有着不同的看法，但是实际上评论者的创作很少能达到

① 谢桃坊著：《中国词学史》，巴蜀书社2002年版，第66页。
② 《人文杂志》1995年第4期。

李清照的水平。因此，我们拿理论与创作的统一去要求李清照，对她而言，也是一种“苛评”。

《词论》的作年问题必然牵涉到理论与创作的关系问题。《词论》创作的时间未能确定，我们可以从三个方面进行推测：一、如果《词论》创作于李清照生命的早期，对作者后来的创作就是一种指导；二、如果作于中期，对作者早期的创作就应该是总结，而对后期的创作就是指导；三、如果作于晚期，就是对作者一生创作的总结。可见，《词论》创作是早期、中期，还是晚期，与创作的关系即不同，引发的问题也不尽相同。这一点是应该考虑的。

七、应该如何评价《词论》的历史地位？

怎样看待《词论》的历史地位才是客观与合理的呢？这也是一直以来研究者探讨的问题之一，该问题涉及到：《词论》是否是第一篇较系统的词论？《词论》中的观点是李清照所独创的吗？《词论》的价值究竟有多大？

首先是关于《词论》是否是“第一篇较系统的词论”的讨论。大部分论者都是持肯定的态度的。黄盛璋《李清照与其思想》说：“词从唐、五代发展到北宋，已经有好几百年的历史，质与量都极为可观，可是有关词的理论却贫乏到可怜。北宋可说是词的极盛时期，但在清照以前，把词看成与诗文一样，从理论上加以研究是没有的，虽然也有一两个人偶尔评论过有关词的创作的话，但都零星不成体系。把词当作艺文学中一种体裁来进行分析讨论，指出这种体裁的特点，得出一套有系统而完整的理论，并对以前著名的作家作一个总结式的批评，逐一分析他们利害得失，不能不以清照这一篇最为完备、全面，说它是词学史上第一篇词论丝毫没有过分。”[①] 顾易生《北宋婉约词的创作思想和李清照的〈词论〉》说：“这篇词论也可说是词史上第一篇完整的独立宣言，也是婉约词的第一阶段的理论总结。”[②]蒋哲

① 《山西师院学报》1959年第2期。
② 《文艺理论研究》1982年第2期。

伦、傅蓉蓉《中国诗学史》(词学卷)说:“在词学史上,对于词的独特性的认识虽不自李清照开始,如李之仪就说过:‘长短句于遣词中最为难工,自有一种风格,稍不如格,便觉龃龉’(见《跋吴思道小词》),但对此问题作出系统理论阐述的,李氏却是第一家。”①

这些观点都是有其依据的,“较系统”不难理解,因为《词论》的确建立起了自己的审美规范,提出了词“别是一家”的理论,可以算得上是系统的理论体系。但是,若断定其为“第一篇词论”,就需要斟酌了。再退一步说,即使《词论》是第一篇系统的词论,我们可否将其视为李清照一人的独创呢?当然不能,我们应看到《词论》的承继性。

关于《词论》的产生背景,方智范、邓乔彬等著的《中国词学批评史》中《李清照〈词论〉的本色理论》一文这样阐述:“李清照写这篇《词论》时,词的发展已有三百年左右的历史。其间作手辈出,篇什亦夥,创作实际已为批评理论的建立提供了基础;况且,苏轼的诗化主张及其革新给词坛带来的强烈震动,又促使人们对词的体性、功用等问题进行认真思考,一时间议论纷纷,评词成风,在为建立比较系统的批评理论提供思想材料的同时,也提出了其迫切的需要。李清照的这篇《词论》,便由此应运而生。”②充分肯定了《词论》产生的时代性和历史继承性。

陈祖美《对李清照〈词论〉的重新解读》一文推断《词论》产生很有可能是受了晁补之的影响,《词论》中的观点,不全是李清照一人的独创。

提到“别是一家”,人们很容易联想起苏轼的“自是一家”之论。两者之间是否存在联系呢?研究者注意到了这一点。陈祖美的观点就很有代表性,《对李清照〈词论〉的重新解读》中论述道:“在推尊词体的问题上,李、苏又有着惊人的共识,或者说在这个问题上,清照是打心眼儿里佩服苏轼的。《词论》对柳永和秦观的批评,所接的基本上是苏轼的话茬儿。词史上是这样两件趣事常被提及……苏轼不仅自己与继承‘花间’词风的柳永分道扬镳,也不赞成他的门人秦观沾染‘柳词句

① 蒋哲伦、傅蓉蓉著:《中国诗学史》(词学卷),鹭江出版社2002年版,第73页。
② 方智范、邓乔彬等著:《中国词学批评史》,中国社会科学出版社1994年版,第57页。

法’，原因只有一个，那就是清照《词论》也批评的柳词内容有猥亵低俗之处。由此可见，从内容上维护词的纯洁和尊严，李苏之间不但无枘凿之乖，还颇有点苏唱李随的味道。”[①]

“别是一家”说，和苏轼的“自是一家”说确存在共同点，即在词的题材内容上的崇雅正、反郑卫倾向，提倡词的纯洁和雅化，维护词体的尊严。

顾易生、蒋凡、刘明今《宋金元文学批评史》进一步说明：“词在初期，一般被视为诗之附庸。北宋晏殊、欧阳修等大家致力于作词，词的地位大有提高。张先之词受到人们的爱好程度大大超过其诗，曾引起苏轼的慨叹（见苏轼《题张子野诗集后》）。这未尝不反映张先在词学所倾注心血多于其诗。自柳永以专业词人自豪，苏轼力图在词坛盛行‘柳七郎风味’外‘自是一家’，别树旗帜，都说明这块文艺园地受到作者的重视。晁补之、张耒说秦观”诗似小词“、苏轼‘小词似诗’，陈师道的‘本色’论与李之仪的‘自有一种风格’论，都反映词与诗有分庭抗礼之势。而李清照的‘别是一家’说，明确宣布词的独立存在，词有其独特创作规律，连学际天人、文如西汉的诗文大家于此尚是门外汉。其论偏激，也许是对词之为诗之‘余技’‘末技’等说有激而云然，突出词学门庭的森严，使人再不敢小觑了。”[②]

我们可以看出，《词论》中的种种观点，不是李清照独创的。她的观点与苏轼的“自是一家”说、晁补之、张耒等人的观点，以及陈师道的“本色”论与李之仪的“自有一种风格”论等，都有许多相似。我们虽然无法断言《词论》的所有观点都来自前人，但是多多少少受到前辈的影响则是肯定的，否则，《词论》与前人之论中存在的许多相似处当如何解释呢？ 退一步说，即使李清照没有谈过前人词作，其观念全为独创，亦不应过高评价，因为《词论》毕竟时代在后。

《词论》究竟是不是“第一篇较系统的词论”其实牵涉的，是关于《词论》在同时代词论中的地位问题。

《词论》在宋、元、明、清各代，一直受到轻视甚至忽视，贬多于褒。那么《词

① 吴熊和等主编：《中华词学》，东南大学出版社 1994 年版，第 82 页。
② 顾易生、蒋凡、刘明今著：《宋金元文学批评史》，上海古籍出版社 1996 年版，第 606 页。

论》在词学史上的实际地位，就远不如我们所想得那么高。

文化的价值不可能是不变的、静止的，因此我们对于文化的价值定位，就应该做动态的考察。这种考察应该包括，“当世”价值、身后价值、历时价值、“现在”价值。只有这样综合评价，才是客观、公正、科学的。因此，我们在评价《词论》时，应该将这几方面结合起来：首先，《词论》并不是完全的独创之作，它的许多观点可能直接承继前人或间接受其影响，李清照在世时，《词论》并没有引起人们的注意，在词坛上几乎没有任何反响。因此，“当世”价值是有限的，或者说只具备“潜价值”。其次，李清照去世后，《词论》被胡仔《苕溪渔隐丛话》、魏庆之《诗人玉屑》收入，但是并没有受到应有的赞扬，反而是讥评。因此，《词论》在李清照身后的“盖棺定论”，评价也是极低的。再次，从后代的评论来看，也都是贬多褒少的，自宋至清，《词论》并没有产生多大的影响力；最后，在当代，我们对《词论》的评价是很高的，甚至称其为“第一篇系统完整的词学理论”，或称赞其对词的发展起到了深远的影响，这样的评价与历代对《词论》的评价不相符合。因此，我们对《词论》的价值认定，既不能过分贬低，也不应该过分拔高。

八、对《词论》研究前景的展望

《词论》研究到了今天，已经相当成熟和深入，研究者对《词论》可能存在的问题，多做了透彻细致的分析。但是，《词论》研究细化的同时，综合化方面则相对不足。研究者致力于集中解决其中的一个问题，却往往忽略了问题之间的牵涉和盘结交错。《词论》留给我们太多的疑点，如果我们不先将这些疑点之间的关系理清，可能会陷入更加迷惘之中。

《词论》的每一个问题都牵扯到了其他各个方面。如作者真伪问题，就可以引发许多问题：如果《词论》不是李清照所作，那么“理论与创作间的分离”就不再是问题，而作年问题也会有相应的变化，其他问题也要进行重新解读。如果《词论》确是出自李清照之手，究竟作于其生命的早期、中期、晚期，对其创作是指导还是总结，成了问题，而为什么李清照不提与她理论有许多相似之处的周邦彦也就必须连带着思考：如果创作于其生命的早期，周邦彦可能还未成名，不写他是正常的；如果创作于周邦彦成名后，那么不写他就又有许多可能性：或许因为其创作完全符合她的理论；或许因为李清照性格上的原因；或许因为双方政治立场的不同；或许周邦彦在当时名气并非大到引起李清照的注意。诸如此类的问题，我们应该将它们联系起来考察分析，因为这些问题是彼此制约的，我们如果只是"各个击破"，只会顾此失彼。而事实也恰恰表明，许多研究者采取这种策略时，反驳者很容易从另外的未解决的问题出发，驳倒原命题。这也是《词论》研究一直受到关注的原因之一。

展望未来，我们完全有理由期待会有更多的《词论》研究的优秀成果面世。我们并非不需要"定论"的得出，但首先必须反思研究中存在的不足，力求在思维方式、研究方法上有所突破，以更宏阔的视野审视《词论》，《词论》的研究一定会取得新的成就。

第三节　论吴世昌对近代词学的"清算"

吴世昌的词学思想俱见《词林新话》[①]、《罗音室学术论著》第二卷《词学论丛》[②]，兹即以其为评述对象。吴世昌的词学理论自成体系，独具一格，笔者《吴世昌词体观述评》(《中国韵文学刊》1999 年第 2 期) 已有论及，本节拟在其基础上，专论吴世昌对近代词学的"清算"。

---

① 吴世昌著，吴令华辑注，施议对校：《词林新话》，北京出版社 1991 年版。本节以下引此著皆随文括注。

② 吴世昌著：《词学论丛》，《罗音室学术论著》(第二卷)，中国文联出版公司 1991 年版。本节以下引此著皆随文括注。

一

张惠言开启的常州词派本为救治浙西词派末流空疏饾饤之弊应运而生，有历史的合理性，发展到近代，常州词派成为词学主流，又产生新的流弊，穿凿比附，故求高深，晦涩难懂，引起一些词学家的不满。吴世昌对以常州词派为主流的近代词学进行了系统的“清算”。《我的学词经历》中，吴世昌提到自己看的第一部词学书——张惠言的《词选》，觉得“词的内容与评语连不在一起，看不懂”，后来发现“张惠言骗人，常州派的评语都是骗人的”。(《词学论丛》，第 2 页) 基于此经验，吴世昌对张惠言词学理论进行反思：

> (鲖阳居士) 这种荒谬绝伦的“微言大义”，前人早已加以驳斥。如《倚声集》就说：“鲖阳居士云云，村夫子强作解事，令人欲呕。”但张惠言见了，却如获至宝，而且立即模仿学舌，把温庭筠写美人早起梳妆的《菩萨蛮》说成“此感士不遇也。篇法仿佛《长门赋》而用节节逆叙。”……这是故意卖弄自己理解得胜于别人，其实是愚弄读者。(《词学论丛》，第 233—235 页)

批评张惠言之论的荒谬。晚唐五代词，本是起于歌女舞伎的曲子，文人作品也多半是赞美女性或谈情说爱，或代女子立言如“闺怨”之类。将这些词附会上美人香草，说成忠君爱国的“微言大义”，是有违词作本义的。吴世昌是站在词的原生态的立场上对张惠言词学进行“清算”的。张惠言说：“延巳为人，专蔽固嫉，而其言忠爱缠绵，此其君所以深信而不疑也。”吴世昌斥为“妄语”。(《词学论丛》，第 744 页) 他将张惠言式的“强作解事”喻为“猜谜”，是自欺欺人。张氏弟子金应珪《词选后序》论及“近世”词坛之“三蔽”，即“淫词”、“鄙词”、“游词”[①]。近代许多论者

① 施蛰存主编：《词籍序跋萃编》，中国社会科学出版社 1994 年版，第 799 页。

认为张惠言的“比兴寄托”理论可纠正阳羡、浙西二派末流粗率、空疏之弊。吴世昌则提出异议：“实则谈不到校正，只是制造混乱而已。”(《词林新话》，第23页)那些称赞梦窗、碧山的人，都是“解人以自充内行吓唬读者，其情可鄙，其事可恶，常州派之流毒一至于斯”！(《词林新话》，第261页)认为将“比兴寄托”说引入词学，远离文学本位，并不利于词学健康发展。

张惠言是“祖师”，周济是常州词派的真正开宗立派者。对于周济词学的局限，吴世昌指出：“止庵曰：‘《花间》极有浑厚气象。’余以为《花间》只是言之有物，无他奥秘。”(《词林新话》，第3页)他不赞成周济过度阐释，将《花间》拔高到“浑厚”的程度，强调《花间》的成就在于言之有物，此为花间词之原生态。他还批评周济的学词“求空”、“求有寄托”论。

周济《宋四家词选》将词分两派：苏、辛为一派，另一派以秦观为代表。吴世昌认为这样分派是不全面、不准确的。无论是苏轼、辛弃疾，还是秦观、柳永、周邦彦、李清照，都无法用豪放、婉约进行概括。“两派说，无法包括全部宋词。”[①] 吴世昌反对两派分法，但同意周济对苏轼词的部分评价，认为“周济不说苏‘豪放’而爱其‘韶秀’”是有道理的。因为苏轼是“大家”，自然不能将其简单定位为“词人”或“豪放词人”，他的词“时有妙语警句，深刻至情的话，而全篇精美者少，此点周济已说过”。(《词学论丛》，第694—695页)

蒋敦复《芬陀利室词话》卷一说：“近来浙、吴二派，俱宗南宋，独常州诸公，能瓣香周秦以上，窥唐人微旨，先生其眉目也。”[②] 推崇周济“窥唐人微旨”，吴世昌评道：“信口开河。”(《词林新话》，第337页)但吴世昌并未完全否定周济的词学成就，在指导弟子学词时，亦将《宋四家词选》及其序论列为入门参考书(《词林新话》，第50页)。对周济词论精当处，吴世昌亦不吝言辞地加以肯定，称赏其词学思想独立的一面：“介存时有卓识，不附宋人妄语”(《词林新话》，第134页)。

继周济后，谭献对张惠言“比兴寄托”说进行进一步的阐释与修正，《复堂词

① 吴世昌著：《我的学词经历》，《文史知识》1987年第7期。
② 唐圭璋著：《词话丛编》(第四册)，中华书局1986年版，第3634页。

话》标榜“折中柔厚”之旨，追求“虚浑”之境，提出“作者之用心未必然，而读者之用心何必不然”。[①] 吴世昌认为谭献不长于论词，如他以《花间》、《草堂》为“繁猥”，“非妄语即无识也”。(《词林新话》，第4页)“作者之用心未必然，而读者之用心何必不然”，更是“随心所欲教人造谣，欺人太甚”。(《词林新话》，第20页)批评谭氏随心所欲解词，违背词作本意，将谭献对文本的过度阐释喻为猜谜解谶。他指出，谭献对一些词作的胡乱发挥，盲目瞎猜，如同梦呓，完全没有必要。他批评谭献词论的穿凿附会，丝毫不留情面。

在发扬常州派“比兴寄托”理论的基础上，《白雨斋词话·自叙》提出“温厚沉郁”说：“温厚以为体，沉郁以为用。”[②]《白雨斋词话》卷七云：“入门之始，先辨雅俗。雅俗既分，归诸忠厚。既得忠厚，再求沉郁。沉郁之中，运以顿挫，方是词中最上乘。”[③]示人以学词门径。《白雨斋词话》多处提及“沉郁顿挫”，吴世昌大都予以批评。陈廷焯认为白石词中多寄慨，吴世昌说：“全是自欺欺人之谈。白石自写情词，与时事无关。”对“比兴寄托”、“忠厚沉郁”说深恶痛绝。《花间》是文人词之源，后世词人多以《花间》为学习对象，吴世昌批评陈廷焯论词而以《花间》、《草堂》为“陋”，是“数典骂祖”，是“故作矫情之语，以自鸣清高。若真陋《花间》，便不应作词论词。修辞贵立诚。亦峰作遁词伪矣哉”！(《词学论丛》，第391页)作词论词却贬低《花间》，是对历史的不尊重，对词的原生态的不尊重。“亦峰于词颇有所见，而一为谬说所蔽，遂多异论。”(《词林新话》，第67页)吴世昌对陈廷焯词学“清算”的同时，不忘肯定其合理处。吴世昌还进一步发挥陈氏之论：“亦峰以为‘回文、集句、叠韵之类，皆是词中最下乘’，‘断不可以此炫奇’。又曰：‘古人为词，兴寄无端，行止开合，实有自然而然，一经做作，便失古意。’此论极是！但应谓：‘一经做作，便失真意’。”(《词林新话》，第41页)陈氏重“自然”而“古”，吴世昌则强调“自然”而“真”，虽一字之差，却自出新意。

---

① 唐圭璋著：《词话丛编》(第四册)，中华书局1986年版，第3987页。
② 唐圭璋著：《词话丛编》(第四册)，中华书局1986年版，第3750页。
③ 唐圭璋著：《词话丛编》(第四册)，中华书局1986年版，第3750页。

吴世昌多次批评况周颐过分强调政治寄托的一面。又况周颐录王鹏运语云："填词固以可解不可解，所谓烟水迷离之致，为无上乘耶。"[①]吴世昌批评道："词必须作得读者能解，若不可解，即文字有病或未达意。"（《词林新话》，第44页）况氏论填词之道云："一曰多读书，二曰谨避俗。俗者，词之贼也。"[②]吴世昌评曰："末句大谬。大家不避俗，正如富贵不避布衣，暴发户才不敢穿布衣。"又云："刻意求雅，则雅得太俗矣。"（《词林新话》，第33—34页）故作高深，刻意求雅，则走向反面，变成"俗"。吴世昌崇尚词的通俗浅近、自然本色，故不赞成况氏之论。况周颐《蕙风词话》卷五云："词贵有寄托。所贵者流露于不自知，触发于弗克自已。身世之感，通于性灵即性灵，即寄托，非二物相比附也。……夫词如唐之《金荃》，宋之《珠玉》，何尝有寄托，何尝不卓绝千古，何庸为是非真之寄托耶。"[③] 表现出对"比兴寄托"说的反思与超越。吴世昌评论道："此反对寄托说也，所论甚是。"（《词林新话》，第24页）吴世昌能客观看待况氏词学的得与失。

吴世昌前，已有学者批评常州派之弊。如莫友芝《葑烟亭词草序》指出常州派有"三病"，谢章铤《赌棋山庄词话》续编卷一在肯定常州派功绩的同时，亦指出其弊。从张惠言到况周颐，吴世昌将常州词派的主要代表人物一一评点，进行学理上的"清算"，他是在近代词学流变的大背景下"清算"常州词派的。

二

吴世昌对近代词学的"清算"以常州词派为主，亦涉及常州派之外的其他词论家。如刘熙载反对词中的绮艳之风，推崇豪放之词，《词概》提到词"至东坡始能复古。后世论词者，或转以东坡为变调，不知晚唐五代乃变调也"。[④] 吴世昌反驳

① 况周颐著：《蕙风词话》卷一，唐圭璋著：《词话丛编》（第五册），中华书局1986年版，第4413页。
② 况周颐著：《蕙风词话》卷一，唐圭璋著：《词话丛编》（第五册），中华书局1986年版，第4406页。
③ 况周颐著：《蕙风词话》卷五，唐圭璋著：《词话丛编》（第五册），中华书局1986年版，第4527页。
④ 唐圭璋著：《词话丛编》（第四册），中华书局1986年版，第3690页。

道："此论妄极。在北宋而言复古，只有复到晚唐五代去，即复到《花间》、《尊前》作风。以晚唐五代为变调，是以祖先肖子孙，不是子孙肖祖先之类也。"（《词林新话》，第3页）以苏轼词为"复古"之作，是不符合词发展的时间顺序的。以晚唐五代的绮艳词风为"变"，宋代豪放之作为"正"，亦是有悖于词史发展逻辑的。吴世昌还指出刘熙载词论逻辑上的矛盾：

> 刘熙载《艺概》云："'雪霜姿'、'风流标格'，学坡词者，便可从此领取。"试问"风流标格"、"雪霜姿"，是"豪放"，还是"婉约"？又云："东坡《满庭芳》：'老去君恩未报，空回首、弹铗悲歌。'语诚慷慨，然不若《水调歌头》：'我欲乘风归去，又恐琼楼玉宇，高处不胜寒。'尤觉空灵蕴藉。"其实东坡《水调》自比仙人，故"归去"乃至天上高处。此从游仙诗化出，亦与"豪放"无关，几曾见人称郭璞、曹唐为"豪放"哉！（《词林新话》，第134页）

一方面，刘熙载欣赏苏轼词的豪放风格，另一方面，他所推崇的作品又不能完全归入豪放，论据与论点显然脱节了。词的主体风格特征当然是"婉约"二字，吴世昌一再强调词的风格以婉约为主，"豪放"极少，宋词史上没有"豪放"派，只有少数豪放词。他的废除"二派"的提法，也是要求人们从总体上把握词体风格特征，而不是把"婉约"与"豪放"对立起来。他并不贬低否定苏、辛"别体"词的价值和意义，相反，给予充分肯定。既维护词体的主体特性和它的传统，又重视词体的革新。这是一种开放的观念，是对词体的动态把握，而不是如历代有些词论家把"本色"与"别体"尖锐对立起来，看成水火不容的东西。

王国维《人间词话》观点新颖，对近代词学影响甚深，亦存有不精确处。吴世昌批评道：

> 《人间词话》首九则论境界，有纲有目。但此说本于皎然，非静安

独创。皎然《秋日和卢使君游何山寺宿扬上人房论涅槃经义》云："诗情缘境发。"《诗式》云："诗人之思初发取境偏高，则一首举体便高，取境偏逸，则一首举体便逸。"又曰："静，非如松风不动，林狖未鸣，乃谓意中之静。远，非谓淼淼望水，杳杳看山，乃谓意中之远。"王国维对于此说之贡献在于用"有我"、"无我"之说，指陈具体境界，便觉皎然之说空洞而无所附丽，故世之论者往往举王氏而逸皎然也。(《词林新话》，第27—28页)

现代学者多以"境界说"为王国维之独创。吴世昌指出，王国维是在皎然的基础上提出此说且加以发挥的，"境界说"并非王国维首创，王国维的贡献在于以"有我"、"无我"之说论境界，比皎然之说具体，故易为人所接受。吴世昌认为，王国维所举之例，如"闹"字"弄"字，"无非修辞格中以动词拟人之例，古今诗歌中此类用法，不可胜数"，不能算全新的理论。《人间词话》云："欧九《浣溪沙》词：'绿杨楼外出秋千'。晁补之谓：只一'出'字，便后人所不能道。余谓：此本于正中《上行杯》词'柳外秋千出画墙'，但欧语尤工耳。"吴世昌论证，秋千出柳外，原于王维诗《寒食城东即食》，晁补之和王国维都忽略了此诗。(《词学论丛》，第503页)

对《人间词话》精辟的论断，吴世昌亦充分肯定。如《人间词话》云："唐、五代、北宋之词家，倡优也。南宋后之词家，俗子也。二者其失相等。但词人之词，宁失之倡优，不失之俗子。以俗子之可厌，较倡优为甚故也。"吴世昌赞云："语妙天下。"(《词林新话》，第68页)王国维的一些经典论断，吴世昌多处加以发挥。如《人间词话》云："诗人对宇宙人生，须入乎其内，又须出乎其外。入乎其内，故能写之。出乎其外，故能观之。入乎其内，故有生气。出乎其外，故有高致。"吴世昌评曰："'入乎其内'，即移情体会，设身处境而写之。'出乎其外'，即不为物役，不欲占有。"(《词林新话》，第31页)又如关于"隔"与"不隔"，吴世昌认为，所谓"不隔"，"乃指具体形象之物，'语语都在目前'者"，"亦指直说，不扭扭捏捏或用典搪塞。"所谓"隔"，"指抽象笼统之语，或用前人典故凑合者，如欧阳'谢家池上，江淹浦畔’二语皆咏草典故。依此则白石‘二十四桥’一句不隔，‘宜有词仙’一句隔”。(《词林新话》，第 42 页) 是对王氏之论的进一步阐发。

三

吴世昌是站在历史学家和文学家的立场来“清算”近代词学的。历史学家求“真”，还历史的本来面目，因此，他反对任何歪曲真相或曲解词义的做法。针对常州派的“比兴寄托”，吴世昌主张“真言语真性情”，因为离开这个“真”字，词作也就丧失了生命力。也只有这个“真”字，“才能深切体验古词人之良苦用心，也才能学好词，写出有功于词苑、有益于读者的词论”。(《词学论丛》，第 8 页) 吴世昌提出：“填词之道，不必千言万语，只二句足以尽之。曰：说真话；说得明白自然，切实诚恳。前者指内容本质，后者指表达艺术。”(《词学论丛》，第 15 页) 文学家重“美”，吴世昌强调词体的审美特性，对之进行审美的评价，反对以道德的、事功的眼光来看待词。“真”即自然，不做作，即是“美”。况周颐云：“作词最忌一‘矜’字。”[①] 吴世昌说：“‘矜’，即做作。凡做作必搔首弄姿，此即‘矜之在迹者’也。”吴世昌认为，“意境高则不怕直率，无真情则不免曲折”，词的语言以“语琢而不见痕迹”者尤佳。(《词林新话》，第 38—39 页)

吴世昌从雅俗关系上论词的“本色”，强调词体的“本色”是“俚俗”。针对近代词论家往往“抑柳扬苏”的偏颇，吴世昌说：“实则词之为体，出自民间，正要有俚语以见其本色。”“今之评词者，如能站在第三者立场，从士大夫正统观念解放出来，则不当以柳之鄙俚为病。”(《词学论丛》，第 326 页) 称赞唐明皇的《好风光》“妙在俚浅，本色自然，不必音婉旨远，亦是佳作”。(《词林新话》，第 37 页) 又说“大家不避俗”，作词有艳语俚语，方有“词味”，方近人情。(《词林新话》，第 35 页)《白雨斋词话》卷二云“白石犹有未能免俗处”[②]，吴世昌指出：其所谓白石俗处，

① 况周颐著：《蕙风词话》卷一，唐圭璋著：《词话丛编》(第五册)，中华书局 1986 年版，第 4409 页。
② 唐圭璋著：《词话丛编》(第四册)，中华书局 1986 年版，第 3808 页。

“则正是白石近乎人情处。白石非仙人也，安得不俗乎？若真到‘免俗’，则无人味矣”，并得出结论：“世之一味求雅者，正是俗不可耐耳。”(《词林新话》，第34—35页)吴世昌反对以正统的文学观念来衡量词作，更反对以“雅俗”区分词作的优劣。他看重词体的原生态，这是历史的态度。吴世昌所说的“第三者立场”，即是客观、公正、理性的“纯学术”立场，进行学理上的评价，而不是以政治评价或道德评价代替审美评价。

综观吴世昌对近代词学的“清算”，不难发现其思维的求异性。所谓求异思维，即对司空见惯的、已成定论的观点采取逆向思考的方式。如陈廷焯《白雨斋词话》卷五云：“聪明纤巧之作，庸夫俗子每以为佳，正如蜣螂逐臭，乌知有苏合香哉！若以王碧山、庄中白之词，不经有识者评定，猝投于庸夫俗子之前，恐不终篇而思卧矣。”[①]吴世昌反驳道：“若真是杰作，虽庸夫俗子亦知其佳。庸夫俗子未尝读李杜诗不终篇而思卧。天下第一流作品，只有连庸夫俗子亦知其好，方为真正杰作，真正第一流作品。令人不终篇而思卧者，不论其人是否庸夫俗子，其所读必为劣作无疑。”(《词学论丛》，第426页)与陈廷焯的观点针锋相对。又如，王国维说：“四言敝而有楚辞，楚辞敝而有五言，五言敝而有七言，古诗敝而有律绝，律绝敝而有词。盖文体通行既久，染指遂多，自成习套。豪杰之士，亦难于其中自出新意，故遁而作他体，以自解脱。一切文体所以始盛终衰者，皆由于此。故谓文学后不如前，余未敢信。但就一体论，则此说固无以易也。”吴世昌云：“就一体论，亦未必然。唐人传奇岂不胜于晋宋志怪，《水浒》岂不胜于《宣和遗事》，《红楼》岂不胜于《金瓶》？即就诗论，陶、谢岂不胜于曹、应，李、杜岂不又胜于陶、谢？”(《词林新话》，第68—69页)求异思维能对定势思维起“颠覆”作用，得出新颖的结论。求异思维者往往敢于挑战定论，质疑权威。吴世昌对近代词学的“清算”过程中，必然涉及的一位“大家”，就是王国维。王国维与吴世昌为同乡，又是吴世昌胞兄吴其昌的导师，此二重关系，不可谓不密切，吴世昌批评王国维词学

---

① 唐圭璋著：《词话丛编》(第四册)，中华书局1986年版，第3900页。

观，是需要勇气的。我们不能轻意断定吴世昌的批评都是正确的，但吴世昌“虽尊师说，更爱真理，不立学派，但开学风”的治学精神和批评态度，是非常值得我们学习的。

吴世昌的词学观，是由其文学观决定的。他在《对古典文学研究的几点看法》一文中阐述了自己的文学观，强调文学是美学。他理解清代学者的“词章”之学属于美文，为求美之学，即康德的“美育评论”，亦即“美学”。[①] 他真正把文学当作文学，当作美和艺术，而不是政治伦理的附庸。具体到词，他坚决反对常州词派的“寄托”说，强调词特别是唐五代北宋词，本是情歌，是抒情诗，是“艳体”，不可妄以“寄托”来解释。

在对近代词学进行“清算”时，吴世昌有许多看似“偏激”的语言。如：“活见鬼，一派女巫骗人口气”（《词学论丛》，第332页）、“曰纡曰郁，都是活见鬼，死骗人，厚诬作者，硬欺读者”（《词学论丛》，第334页）等。吴令华《词林新话·前言》指出：《词林新话》“有些批语是只就一枝一叶而言，并不一定是全面的准确的评价。在一些书上，他赞赏时只加圈点，反对时才写批语，这样照录下来难免会给人以批评多而首肯少的印象。须知这些文字，原本只是为自己研究撰文时累积资料，正式发表时必将有许多补正”。（《词林新话》，第4页）实际上，吴世昌没有轻意否定任何一位词论者的成就。即使对曾“欺骗”过他的张惠言，他也客观地说：“尝谓词风之变，始于嘉道。二张所选，立论迂阔，然《茗柯》一集，犹高朗可咏。”（《词学论丛》，第10页）不因张氏词论的偏颇而否定其词作的成就。吴世昌批评常州派“比兴寄托”说的弊端，并不意味着推翻常州派词论家的一切观点，如他对谭献弟子冯煦某些词学观就赞赏有加，肯定冯煦反对雕琢、做作，崇尚自然的观点。在梳理吴世昌对近代词学的评论时，我们常能发现“的评”、“卓识”、“极是”之类的字眼。这些评语极为简短，但作者的赞叹之情是显而易见的。也许正因肯定之言少于否定之论，难免使人产生“全盘否定”的错觉。

---

① 吴世昌著：《罗音室学术论著》（第三卷），社会科学文献出版社1996年版，第639页。

吴世昌的绝大多数批语，都是依据词论者的具体观点进行点评的，对事不对人。在分析吴世昌的词学观时，应将其评论与所批评对象具体对应，不能将其片面化或普泛化。吴世昌对近代词学的“清算”带上了鲜明的时代特点，两极思维，二元对立，有简单化之嫌，但具有“片面的深刻”，他的许多观点皆为“救蔽”而发，“矫枉”往往“过正”。因此，我们要具体分析评价，有些观点不能当作“定论”来接受。

后 记

本书是我近年来研读词学（狭义词学）部分成果的小结，甘苦自知，自己很不满意。学海无涯，读书越多，越感到自己浅薄无知。书中肯定有许多不足甚至谬误，祈盼学界前辈和同仁不吝赐教！

大学毕业论文，我写的是《宋词雅化规范化之再评价》，得到程自信老师的鼓励，后来发表时题目改为《宋词雅化规范化之宏观透视》，人大报刊复印资料全文转载，这是我研究词学（广义词学）的正式开始。大学时，我迷上花间词，上铺同学殷亚东在我笔记本扉页写道："涉足花间，其香自溢。优哉游哉，其乐曷极！"我看了很高兴。读研究生进校不久，导师马兴荣先生要求我们选定硕士学位论文题目，我就选了《花间词试论》。后来知道施蛰存先生编选《花间新集》，分为《宋花间集》和《清花间集》两部分，全书以《花间集》为宗旨，选的也尽是婉丽的小令，更增加了我研读花间词的兴趣。毕业论文答辩时，得到答辩委员会主席王水照先生的鼓励。这是我研读花间词的开始，我也受到施先生的爱好传染，有种花间情结，后来还请朋友替我刻一枚闲章"花间访客"。毕业论文后来修改加工成《花间词风格新论》、《花间词与晚唐五代社会风气及文人心态》、《论花间词在宋金元时的传播》、《论明代的“花间热”》、《“应歌”——花间词的原生态及其价值重估》等论文发表，另发表《从花间词看晚唐五代女性闺中生活》、《温庭筠〈更漏子〉（玉炉香）的接受史解析》、《鹿虔扆〈临江仙〉并非伤蜀亡之作》等。重新校勘《花间集》，是我正在进行的工作。

我研治词学（广义词学），是从文本研究开始的。主要研究名家词，如《柳永评价“热点”“盲点”透视》、《论苏轼词风发展的四个阶段》、《秦观陆游名字考释》、《也谈李清照词的婉约风格》、《放翁隐逸词初探》、《论放翁词的风格类型》、《陆游〈卜算子·咏梅〉——一首宋词“经典”的形成史解析》、《也论稼轩其人其词之“气”》、《叶申芗〈小庚词〉论略》等。注重词艺术研究，主要是诗词合论，如《诗词中的“递进”抒情法》、《古代诗词中的“愁”情表达法》、《“诗从对面飞来”》、《诗词鉴赏是一种再创作》。我参与撰写马兴荣先生等主编的《全宋词广选新注集评》、《全宋词评注》、程自信老师主编的《宋词精华分类品汇》、王兆鹏兄主编的《唐宋词分类选讲》、王枝忠老师主编的《中国古诗词导读》等，出版了《豪放词三百首》（评注）、《中国百家文学名著鉴赏》（词曲卷），算是词学普及性研究。在词学书评中，我也谈到一些粗浅心得。《词学研究的又一硕果》评杨海明先生的《唐宋词美学》，《词学研究的新突破》评王兆鹏先生的《唐宋词史论》，《后出转精 嘉惠学林》评周明初、叶晔先生合著的《全明词补编》，《略论文学史的写法》评木斋先生的《宋词体演变史》，《地域性词派研究著作的写法》评陈雪军兄的《梅里词派研究》，还有评赵秀亭、冯统一先生的《饮水词笺校》，评邓乔彬先生的《唐宋词艺术发展史》。拜读词学界前辈和同仁大著，深受教益，与他们心灵对话，共享思维的乐趣，亦是人生一大乐事！

我近年来的学术兴趣转为词论研究即狭义词学研究。如名家词学研究，《论欧阳修的词学观》、《论王世贞的词学观》、《叶申芗词学述论》、

《词人邓廷桢及其〈双砚斋词话〉》。注重现当代词学研究的反思，如《吴世昌词体观述评》、《论吴世昌对王国维词学思想的“扬弃”》等。

上述这些浅薄的成果皆可视为这本小书的前期铺垫。词学研究的理论思辨，是我近来学术研究的兴奋点。

我爱好古代文学，与词学“结缘”，研究起词学，得从小时候说起。舅舅每次来我家，进门后第一句话就是“有朋自远方来，不亦乐乎”！经常整段背诵《论语》或苏轼的《前赤壁赋》，播下我热爱古代文学的种子。至今仍清楚地记得初中时整夜整本抄写胡云翼选注《唐宋词一百首》的情形，那是刚刚结束文化饥渴时代的如饥似渴呀！

堂叔欧远方是我小时候的偶像，我心目中，他可是个大人物，光是头衔我都数不过来。他是我们欧家的骄傲，长辈们都以他教育子弟，勤奋读书，希望将来有出息。我读高中的五河县第一中学校名，就是欧远方题写的。上大学以后，我才渐渐明白欧远方的价值。他原名欧元方（“元”字是辈分），1938 年参加革命，任《拂晓报》社长。建国后，先后任《安徽日报》总编辑、中共安徽省委副秘书长兼宣传部部长、中国科技大学党委书记、安徽省社科院院长兼党委书记、安徽省哲学社会科学联合会主席等。他是研究员，是学者，创办的《学术界》是学术界有名的刊物。欧远方 2001 年在合肥逝世，《炎黄春秋》2002 年第 4 期有他的老朋友于光远先生的纪念文章《中国有个欧远方》，高度评价他在当代中国思想界、学术界的影响及地位。

浮山，又叫浮山堰，是我小时候的乐土。山上有个仙人洞，苏轼当年游浮山，写了《浮山洞》诗：“人言洞府是鳌宫，升降随波与海通。共坐船中那得见，乾坤浮水水浮空。”宋代，浮山顶建有纪念苏轼的浮空亭，就是取他“乾坤浮水水浮空”诗句命名的。秦观一次凭吊浮山堰遗址，感慨兴亡，创作了《浮山堰赋》。当时听老人讲述这些诗文，意思不完全理解，但牢牢记住了苏轼、秦观的名字。

家乡与凤阳只隔一条淮河，小时候听了许多朱元璋的传说故事，萌发了我对历史的兴趣。我是哼着五河民歌《摘石榴》成长的，那是一片多情的土地。我喝淮河水长大，中学时的体育课，夏天就是横渡淮河。读研究生时，我自号“淮水闲闲垂钓客”，我深情地热爱着养育我的土地。

1982年9月，我考上了安徽大学中文系汉语言文学专业，系统学习了中国文学史，特别喜欢宋词，我还记得刚读到缪钺《诗词散论》时，佩服得五体投地，拍案叫绝的兴奋。

我喜欢姜夔。姜夔年轻时旅居合肥，与擅长弹奏琵琶的姐妹相识，并与其中的一位相爱，引发了一段有缘无分浪漫凄美的爱情故事。姜夔曾住赤阑桥，《淡黄柳》词序云：“客居合肥南城赤阑桥之西，巷陌凄凉，与江左异。唯柳色夹道，依依可怜。因度此阕，以纾客怀。”赤阑桥在今合肥师范附小门旁。词人《鹧鸪天》追忆道：“肥水东流无尽期，当初不合种相思。”我每次经过当年的赤阑桥边，面对不远处的肥水，都会想到姜夔，怅惘不已。

安徽大学中文系的老师们，饱读诗书，满腹经纶，把我引入神圣的学术殿堂。外国文学朱陈老师，是朱光潜先生长子，博古通今，学贯中西。李汉秋、朱一清、向光灿三位老师都是北京大学中文系55级的，李汉秋老师的《元明清文学》、朱一清老师的《文史工具书及其使用法》、向光灿老师的《美学》，都是同学们的最爱。课上课下，三位老师还常要求我们多读他们老师游国恩、浦江清、林庚、吴组缃、吴小如、王力、高名凯、朱德熙等先生著作，还要求我们多看他们老同学如王水照、谭家健、费振刚、张少康、陈铁民、谢冕、孙绍振等先生的著作。孙以昭老师复旦大学历史系毕业，是周予同先生的得意弟子。姜海峰老师是夏承焘先生的研究生，程自信老师是朱东润先生的研究生，惠淇源老师在南京大学学习时，得到胡小石、罗根泽等先生亲自指导。刘元树、徐文玉、潘孝琪、杨昕葆四位老师都是华东师范大学中文系毕业的，精于理论思辨，教给我们许多新思想。袁晖老师是修辞学名家，吕美生老师是古代文论研究名家。徐定祥老师以女性特有的灵性和敏锐的艺术感悟力讲解唐宋诗词，令同学们陶醉。我选修了白兆麟老师的《训诂学》、王健庵老师的《音韵学》、管锡华老师的《校勘学》课，得到系统严格的学术训练，我深深懂得学术研究的"童子功"有多么重要。老师们讲课时旁征博引，深入浅出，妙语连珠，出口成章，精彩纷呈，博得学子无数的热烈掌声。徐定祥老师辅导我考研究生，栽培之恩，终生难忘。惠淇源老师辅导我学年论文《论小山词的言情艺术》，对我关怀备至，我还记得在他家帮助抄写《婉约词》部分书稿，学到不少知识。《婉约词》由安徽文艺出版社 1989 年出版，一版再版，是本畅销书。

外语系的冒效鲁先生很有名士风度，有"活字典"美称，我很幸运常有机会在校园内听到他的高谈阔论。他是成吉思汗的后裔，冒辟疆后人，冒鹤亭之子。他与钱钟书先生最相投契，1938 年，他奉调取道欧洲回国，在法国马赛舟中，与钱钟书、杨绛伉俪相识订交，遂成莫逆，诗词唱和，从此交往甚密。钱钟书《围城》中之董斜川即以冒先生为原型。冒鹤亭（广生）的词学是我的研究对象。

刘文典先生是我读研究生的导师马兴荣先生的恩师，我的太老师。1928 年，安徽大学创办时，刘先生是首任校长。刘先生是皖中狂人，很有名士风度。他曾当面顶撞蒋介石，骂蒋介石是"军阀"，蒋介石把他抓起来，蔡元培、胡适等通电营救出来。刘先生还说过"大学不是衙门"，这句话很经典，已成为当代大学的精神资源。今天安徽大学新校区图书馆"文典阁"就是以刘文典先生名字命名的。刘先生是刘师培、章太炎的弟子，是陈独秀的学生，在日本东京时，做过孙中山的秘书。刘先生是蜚声于民国学术界的国学大师，早在 20 世纪 20 年代，就是清华大学中文系的名教授，代表作有《庄子补正》，胡适写序，《淮南鸿烈集解》，陈寅恪写序，都是学术经典，至今仍是大学生必读书目。40年代在西南联大中文系时，一次，他在月光下的草坪上讲谢庄的《月赋》，同学们围坐一起，听得陶醉，终生难忘，那是一种境界。刘先生的言行事迹，我在安徽大学时知道的并不多，许多是读研究生时从马先生那儿听来的，那时知道刘文典的人很少，从那时起，我一直关注和思考学者的命运和自我定位。

母校安徽大学，是我学术人生的起航港，我的青春我的梦，永远在美好的记忆中。

1986年9月，我考上了华东师范大学中文系硕士研究生，师从马兴荣先生研治词学。马先生挚爱词学如同生命，他和施蛰存先生主编《词学》集刊，为他人作嫁衣，花费许多精力，我后来问他后悔不后悔，他说：为他人服务，是最大的快乐。先生和善温情，如苏东坡，眼中无一个不是好人。先生有佛一样的慈悲情怀，宽容大度，与人为善，成人之美，“到处逢人说项斯”。先生如润物雨露，是和煦阳光，与先生在一起，真正感受到什么叫“如沐春风”。钱钟书有句名言：“大抵学问是荒江野老屋中二三素心人商量培养之事，朝市之显学必成俗学。”先生常与我谈起，要我耐得住寂寞。我听进去了，也努力做了，还要继续努力做。

吾辈小子最幸运的是亲睹老辈学者的风采，亲炙老辈学者的教诲。施蛰存先生颇有风神气度，他早年被鲁迅骂过，晚年自嘲“十年一觉文坛梦，赢得洋场恶少名”。敢于并善于自嘲是大智慧，自信的人才敢于自嘲，智慧的人才善于自嘲。历经磨难，施先生却一直豁达乐观，坦然面对。蔡元培夫人说蔡元培先生“饭硬他亦吃，饭烂他亦吃，饭焦他亦吃”。人生百味，施先生是酸亦吃得，甜亦吃得，苦亦吃得，辣亦吃得。施先生幽默智慧，锦心绣口，咳珠唾玉，听施先生说话，是精神享受的饕餮大餐，同学们经常称引他的语录、格言。徐中玉先生研究学术，充满当下关怀和人文关怀，维护学术尊严，是社会良心的代表。先生胸襟博大，正气堂堂，爱生如子，极富人格魅力，赢得学生的无比崇敬，桃李满天下。智者乐，仁者寿，先生今年已97岁高龄，仍醉心学问，笔耕不辍，健朗达观，享受智慧的快乐，更享受健康的快乐。王元化先生眼睛里闪烁着智慧的光芒，自由精神，独立思考，大家气象，他是以天下为己任的学者，真正意义上的知识分子。他倡导“有思想的学术”和“有学术的思想”，我永远牢记。三位先生是上海亮丽的文化风景，许多到上海来的学者，少不了的行程安排，就是登门拜访三位先生。徐震堮先生、万云骏先生皆是词曲学大师吴梅的弟子，是纯粹的学者。华东师范大学校园内，还常见到程俊英、周子美、戴家祥、苏渊雷等老先生的身影。老先生们的道德文章，小子望尘莫及。

郭豫适先生、齐森华先生，做经师，更做人师，一直关心我的学业和生活，扶持我成长，感纫曷极！我还得到赵山林、邓乔彬、方智范、洪本健、龚斌、陈晓芬、高建中、陈大康、胡晓明、谭帆、朱杰人等老师的许多鼓励和帮助，心存感激。

母校华东师范大学是我心中永远的学术圣地，是我自信和力量的源泉，也是我心灵受伤后栖息的精神港湾。美丽的校园，丽娃河畔，留下了我的万丈豪情和美丽忧伤，几回回梦见丽娃河，梦醒时分，依然孤独的我，魂牵梦绕的丽娃河，别来无恙乎?

饮水思源，我是喝老师们的精神乳汁成长的，天高地厚之情，永远铭记心中，我常怀一颗感恩的心。但惭愧的是努力不够，学术上没有做出多少成绩。

我读大学和研究生，最幸福、最自豪的是赶上读书的最好时光。经过长时间的精神饥荒，碰上书便饿虎扑食般拼命啃读，丝毫不觉其苦，反觉其乐无穷。那时，思想活跃，青年学子血气方刚，满怀豪情和理想，指点江山，激扬文字，对前程充满期待。记得我在笔记本上写下这样几句话:“我与太阳一起诞生，小时候，淮北平原是我的游戏场，淮河是我的游泳池，现在看来，太小了！”真是狂妄之极呀！现在呢？我的豪情我的梦呢？

我读博士的导师姚春树先生，襟怀博大，待人宽厚，博学，睿智，思想深刻，先生带我走进另一学术领域，栽培之恩，永志不忘。我从先生学习的情况将在另一本小书后记中叙述。

我工作的单位福建师范大学文学院，是个温暖的集体，和谐的人际环境，我得以有心情和时间心无旁骛地做我挚爱的学问。汪文顶副校长，执着、宽容、大度，令我敬佩折服，对我的关心提携，我将铭感五内。感谢文学院领导郑家建、赖瑞云、谭学纯等老师对拙作写作和出版的关心和支持。感谢陈庆元、张善文、郭丹等老师的热情帮助，感谢陈祥耀、欧阳健等老先生的关爱鼓励。

感谢师兄弟朱惠国、刘锋焘、陈雪军、程华平、许继荣的温情支持！感谢好友周绚隆兄的无私帮助！感谢本书责任编辑侯俊智先生帮我把关！感谢所有理解我、支持我的师友和学界同仁！世上有很多真情，很多感动，太多的隆情高谊，岂一个“谢”字了得！

我明白，学术研究是学者的“安身立命”之所，是一种生存方式或曰一种“活法”。学术研究为纯粹高尚的事业，为生命的升华，为精神的寄托。学者有责任维护学术尊严，坚守学术之“道”，保持书生本色，坚守“岗位”，不将学术完全工具化、异己化。

我对学术研究的理解，就是“我有话要说”，有观点要表达。特别是重要的学术议题，我要发言。他人没说的，我说；他人说过的，我可接着说；许多人都在说的，我亦可说。我喜欢写与他人同题的文章，在看似没有问题的地方发现问题，亦是做学问一乐。子贡曰:“贤者识其大者，不贤者识其小者。”大师们做大学问，我属于不贤者，只能做做小学问。我是以“玩”的心态做严肃的学问，享受做学问的乐趣，时刻提醒自己与名利保持一定距离。

圣人孔子《论语·为政》曰:“吾十有五而志于学，三十而立，四十而不惑，五十而知天命，六十而耳顺，七十而从心所欲，不逾矩。”这是我小时候舅舅每次来我家必背诵的一段，当时不完全理解。现在读来惭愧复惭愧！我十五有志于学而无条件学，三十该立而未立，四十该不惑而仍惑，马上要到五十了，可与“知天命”相差甚远，至于心灵和学术研究的“从心所欲”境界，只有梦中去实现了。

苏轼《洗儿》诗云:“人皆养子望聪明，我被聪明误一生。惟愿孩儿愚且鲁，无灾无难到公卿。”钱谦益《反东坡洗儿诗》云:“坡公养子怕聪明，我为痴呆误一生。还愿生儿狷且巧，钻天蓦地到公卿。”看来，聪明、糊涂又好又不好，关键在于个人的修炼。我现在是“一分为三”主义者，追求中庸，半聪明半糊涂，半醒半醉。我读研究生时，喜吴梦窗《八声甘州》中“倩五湖倦客，独钓醒醒”句，遂号“独钓醒醒者”，师弟陈雪军给我刻一闲章，我又自号“愚翁”，有一枚“愚翁藏书”印，那时是时醒时醉。不过，我现改号“醉醒斋主人”了，“独醒”太沉重，生命中已承担不起，还是半醒半醉、似醒似醉好，我是醉醒待自己，亦醒醉看世人。

跌跌撞撞走到今，年近“知天命”，我对生活的感悟是：小时候，不懂什么叫生活；长大后，认为生活是一首首诗，一支支歌，一幅幅画，一切都是美好的；后来才明白，原来生活什么都不是，生活就是生活。

我是个快乐主义者。《孟子·梁惠王下》曰:“独乐乐，与人乐乐，孰乐？”意在强调要与人同乐，不要只图自己快乐。我的人生信条是独乐乐，与人乐更乐，快乐着自己的快乐，更使他人快乐着。

还有不少话很想说，佛曰：不可说！

人是孤独的，孤独是一种生命存在。什么是孤独？孤独就是心灵上无人对话。一个人的时候未必孤独，因为他可以尚友古人，和古人进行精神上的交流，稠人广坐中也可能孤独，因为心灵上无人对话。孤独是学者的宿命，天生我才，没有理由去抗拒它。我是将孤独当作美酒享用，尽情享受一个人的思想狂欢。

欧明俊

2011年8月2日于榕城仓山醉醒斋

责任编辑:侯俊智
装帧设计:语丝设计室

图书在版编目(CIP)数据

词学思辨录/欧明俊 著. -北京:人民出版社,2011.10
ISBN 978 - 7 - 01 - 010280 - 1

Ⅰ.①词… Ⅱ.①欧… Ⅲ.①词学-文学研究-中国-古代 Ⅳ.①I207.23

中国版本图书馆 CIP 数据核字(2011)第 196089 号

词学思辨录
CIXUE SIBIANLU
欧明俊 著
人民出版社 出版发行
(100706 北京朝阳门内大街 166 号)

北京市文林印务有限公司印刷 新华书店经销

2011 年 10 月第 1 版 2011 年 10 月北京第 1 次印刷
开本:710 毫米×1000 毫米 1/16 印张:18.75
字数:270 千字

ISBN 978 - 7 - 01 - 010280 - 1 定价:40.00 元

邮购地址 100706 北京朝阳门内大街 166 号
人民东方图书销售中心 电话 (010)65250042 65289539